SULLA LETTERATURA

文学这回事

〔意〕
翁贝托·埃科
——
著

翁德明
——
译

上海译文出版社

目录

绪言 ········ 1

论文学的几种功能 ········ 1
图释《无题》 ········ 16
论《北京第其月》的文体风格 ········ 23
孔乙己之谜 ········ 28
王尔德: 悖论与警句 ········ 61
作为bachelor的艺术家之恋爱 ········ 84
我爱者和我剑之间 ········ 104
博尔赫斯以及接对艺术的兼容 ········ 118
论叙述重点、血液、身体、生殖 ········ 137
论符号体差 ········ 141
论文体风格 ········ 162
雨中的信号灯 ········ 181

形式中的缺陷 *201*

互文反讽以及阅读层次 *213*

《诗学》与我们 *238*

三个反美世代的美国神话 *257*

虚假的力量 *276*

我如何写作 *306*

前言

这本书集结了一系列应时的零散文章，尽管所有这些文章都和文学的问题有关。我说"应时"，是因为当时的写作动机要不是为了研讨会、座谈会或是学会、大会，就是人家邀我为哪本文集贡献一篇文章。有时因为受限于某个主题（即便是大家都去参加的研讨会，很明显，也通常和自己的兴趣有关），反而帮助我发展出一个新的思想，但有时则是重新陈述旧的。

为了这本新书，所有那些旧文章一律重新写过，有的缩短，有的扩充篇幅，有的删去与当时情境太过密切的指涉。我从不曾试图掩藏一个事实：这些文章的应时性质。

读者将会看到，在不同的论文里，甚至隔了数年之久，相同的例子以及相同的主题又回来了。这点在我看来相当自然，毕竟我们每个人的思想中都带了自己阐释文学的"习惯观点"，而且（在不妨碍读者的前提下）重复说明是有助于强调这些观点的。

其中有几篇也是，或者我宁可说"特别是"，自传性的或者自我批判性的。会这样说是因为，我认为自己在这里是以写作者的身份，而不是以文学评论家的身份来写作的。一般而言，我并不喜欢将这两种身份混淆起来，但有时候，回归自己的个人经验又是必要的，至少像这本书里绝大部分那种非正式不拘谨的写作方式,其目的是要解释文学究竟意味着什么。此外,作为一种文类,"创作谈"亦得到广泛认可。

论文学的几项功能[*]

传说，斯大林曾经向人问过，教皇统率几个师的军队。这个传说就算不是真的，仍旧是个好故事。后来的一些事件证明，虽然在某些情况下，几个师的军队确实相当重要，但并非一切。还有一些非具体的力量，我们无法精确加以估算，可是仍然拥有重量。

我们被各种不可触及的力量包围着，这里指的不仅是为世界各大宗教所探索的属灵价值。根号的力量也是一种不可触及的力量：它们那严密的规则已经存在了好几个世纪，不仅在斯大林过世后留存下来，甚至比教皇活得还要久。我还可以把文学传统算成这些力量中的一种，也就是说，人类业已出产以及正在出产的文本形成的网络中所蕴藏的力量。我说的文本并不是实用性质的文本（比方法律条文、科学公式、会议记录或列车时刻表），而是存在意义自我满足、为人类的愉悦而创作出来的文本。大家阅读这些文本的目的在于享受，在于启迪灵性，在于扩充知识，但也或许只求消磨时间。总之，没有任何人强迫我们去阅读（在学校或是大学里我们被迫阅读这种文本，但这算是例外）。

千真万确，文学仅能部分地算作不可触及，因为它通常以纸本的形态传到我们手中，虽然历史上曾经有过一个阶段，文学仰赖口头传统里某些人的声音散播出来，或是镌刻石上。时至今日，大家谈到未来书本会电子化，很明显，届时不管你读但丁的《神曲》或是一本笑话选集，眼睛都得盯着屏幕。容我此刻立即指出，今天晚上我一点也不想长篇大论来探讨电子书这挺恼人的问题。当然，我属于那一群比较乐意以纸本为媒介来阅读诗歌或是小说的人，书中的折角和被弄皱的扉页日后都能令我牢记于心；尽管有人告诉我说，目前兴起了一个数字迷的世代，以前一辈子没读过一本书的人，现在由于电子书的出现，竟然首次享受起阅读《堂吉诃德》的乐趣了。对这些人的心智而言，这是一项大利多，尽管这可能会大大折损他们的视力。如果未来的世代能够和电子书维持（心理上的和生理上的）良好关系，那么《堂吉诃德》的力量倒是可以毫发无伤。

那么，这种被我们称为文学的东西，它那不可触及的力量究竟有何用处？最浅显的回答我在上文已经交代过了，也就是说，它被消费的原因是自我满足的，因此不需要为哪个目的而服务。然而，像这种关于文学乐趣的笼统观点会冒一个风险：把文学乐趣弱化成和慢跑或是填字游戏一样的等级。话说回来，上述两种活动主要还是为某些目的服务的：前者为了身体健康，后者为了扩充词汇量。因此，我想讨论的便是文学在个人以及社会生活中所扮演的一系列角色。

尤其，文学让语言维持鲜活状态，令它成为我们群体的共同遗产。归根结底，语言只顾走自己的路，没有上面颁下来的敕令指导它，没有任何一位政客、任何一个学术机构可以阻止它的进化，将它诱导到他们自以为最理想的方向去。意大利的法西斯党人曾千方百计教导意大利人用 mescita 取代 bar（酒吧），用 coda di gallo 取代 cocktail（鸡尾酒），用 rete 取代 goal（球门），或用 auto pubblica 取代 taxi（出租车），而我们的语言却把这番训诫当成马耳东风。但另一

---

* 二〇〇〇年九月曼托瓦文学节演讲稿。——原注

方面，它也包藏了畸形怪异的词汇，例如用老气过时、让人难以接受的 autista 取代 chauffeur（司机）一词，我们的语言却接受了。也许是因为此举使意大利语避免了它不熟悉的语音。虽然它仍保留 taxi 一词，可是至少在口语里面，该词逐渐被 tassì 取代了。

语言随兴之所至而发展进化，但是它对于文学的建议却很敏锐。假如没有但丁，意大利就不可能有统一的语言。他曾在《论俗语》中分析并挑剔了意大利的诸多方言，决定打造一种崭新且出色的民族语言。当时，大概没有人会把钱押在如此傲慢的举措上面，然而，在《神曲》写成之日，他的赌注赢了。当然，但丁的民族语言耗去好几个世纪的时间方才成为今天所有意大利人的口语，但是它的成功是因为：相信文学的那个圈子持续受到但丁这个榜样的启发。假设没有这个榜样，那政治统一的理念或许也就无法勃兴发扬。也许正因如此，博西[①]说的并不是一种出色的民族语言。

法西斯执政二十年间，他们嘴边挂着"罗马那些命数注定的山丘"、"躲不掉的命运"、"无法规避的事"或"在土地上犁出深畦"等，可到最后，这些套话都没能流传到现今的意大利语里，而另一方面，未来主义的一些精湛的实验性散文，尽管当时没人接受，如今却反而留了下来。我曾经听见人家抱怨，由于电视的推波助澜，中流社会说的意大利语已然获得胜利。我们不要忘了：中流社会说的意大利语，其最高尚的形式，其实源自一些作家朴实而且完全为大家接受的散文，比方早年的曼佐尼，以及后来的斯韦沃[②]或莫拉维亚。

文学协助建构语言，而它自己也创造了认同感以及社群意识。刚才我先举但丁为例，不过大家也可以想想：假如没有荷马，希腊文

---

① Umberto Bossi（1941— ），意大利政治家，北方联盟前领导人。
② Italo Svevo（1861—1928），意大利小说家，代表作为《泽诺的意识》。

明会是什么局面？假如路德不曾翻译《圣经》，又如何侈言德意志的认同感？没有普希金，俄文会是何种面貌？少了创世史诗，印度又会有哪样文明？

而文学也能令个人的语言保持活力。最近有许多人哀叹所谓"电子文体"的诞生，它经由电子邮件以及手机短信等渠道进入大家的生活，我们甚至可以用符号来表示"我爱你"；不过我们不要忘记：时下寄发这种速写形式短信的年轻人中，至少有一部分同时也是那些拥入规模有如大教堂、上下好几层楼的大书店的顾客，而且就算他们不买书，只是随便翻翻，也能接触到苦心经营的、优雅的文学风格。而这种风格是他们的父母，尤其是他们的祖父母不曾见识过的。

虽然和前几代人比较起来，他们人数众多，不过却只是全球六十亿人口中极少数的一群。我倒不至于过度理想主义，认为文学能够为那些缺乏基本维生食物以及医疗资源的芸芸众生减轻痛苦。不过我想强调一点：那些成群结党、漫无目的地到处游荡的可怜人，有的从高速公路天桥上向下丢掷石块致人死亡，有的点火活活烧死一个小孩，不管他们是谁，会落到这步田地，并不是因为受计算机的"新语言"影响而堕落（他们甚至没有机会接触计算机），而是因为被排除在文学的天地之外，无缘通过教育以及讨论接触到世界某些价值观的光芒，而这些价值观既来自书本，又同时将我们送回书本。

阅读文学作品是一个培养忠诚和尊敬的练习历程，虽然在诠释上我们享有一定程度的自由。我们这个时代面对一种危险的评论异端，这是这个时代所特有的，根据这种异端，我们可以将一部文学作品玩弄于股掌之间，可以听从我们最不受节制的冲动的唆使，随便将它摆布。这种态度是不对的。文学作品鼓励诠释上的自由，因为它们为读者提供具有多层次阅读的论述，并且将语言上以及实际生活中的多样暧昧意义摆在我们面前。不过，为了能玩好这场游戏，这场允许每代人以不同观点阅读文学作品的游戏，我们心中必须受到某种深刻敬意的感召，被我以前说过的"文本意图"所引发的敬意所感动。

从某方面来看，世界似乎是一本"封闭的"书籍，只允许一种固定的解读方式。比方说，如果星球重力受某个定律所统辖，那么这个定律不是对就是错。与此相比，书本的天地在我们眼里似乎是个"开放的"宇宙。但是，让我们试着用常识来审视一部叙述性的作品，并且拿我们做出的假说和我们对世界做出的假说进行一番比较。说到世界，我们知道，万有引力定律是牛顿发现的，还有，拿破仑于一八二一年五月五日死于圣赫勒拿岛。不过，如果我们愿意敞开心扉，我们将随时准备修正自己的信念，只要哪一天科学界以不同的方式诠释宇宙的重要定律，只要哪一天某位历史学家发现从未出版过的资料，证明拿破仑在企图逃亡时死在一艘波拿巴党人的船上。另一方面，说到书籍的天地，比方"福尔摩斯是单身汉"、"小红帽先是被狼吃掉，然后又被伐木工人解救出来"，或者"安娜·卡列尼娜自杀身亡"等描述却是永恒的事实，任谁都无法予以反驳。有些人不愿相信耶稣是神的儿子，有些人怀疑历史上是否确有其人，也有些人宣称它是道路，是真理，是生命，还有些人相信弥赛亚尚未降世，不管我们如何思考这些问题，我们都会带着敬意来看待这些意见。可是对于那些宣称哈姆雷特和奥菲莉亚有情人终成眷属，宣称超人不是克拉克·肯特的人，我们就不会生出什么敬意了。

文学文本明显而且毫无保留地提供许多我们从来不会怀疑的东西，不过，对于这些文本，我们"不能"像对真实世界那样以天马行空、丝毫不受羁绊的态度作为出发点去诠释。

在《红与黑》第三十五章的结尾，于连·索莱尔去了教堂并开枪射击德·雷纳尔夫人。司汤达看到于连的手在颤抖,所以他告诉读者,这位主角发射第一枪,但并未命中目标。接着主角又开第二枪,夫人应声倒地。我们或许可以推论,于连持枪的手会颤抖,而且发射的第一枪没有命中,这两件事说明了他去教堂的时候,心中并未怀着必将对方置于死地的坚强决心。促使他移步前往教堂的,其实是一股狂热的冲动,就算心中有什么盘算,那也是模糊不成形的。在这种诠释之外,我们还可以提出另外一种说明,也就是说,于连起先杀意坚决,然而他是个懦夫。司汤达的文本允许我们做出上述两种揣测。

有人会好奇地问道,那么第一颗子弹射到哪里去了?这对司汤达迷来说可真是一个非常耐人寻味的问题。就如同崇拜乔伊斯的读者会特地走访都柏林,只为寻觅布卢姆[①]购买那块柠檬形状肥皂的药店(为了满足这些文学的朝圣客,那间的确存在的药店便重新开始生产这种肥皂)。我们不妨想象司汤达迷满怀希望硬要找出现实世界里的维立叶[②]以及那间教堂,然后睁大眼睛仔细检视每根石柱,看看能不能找到那道虚发子弹的弹痕。这可说是文学善男信女投入全副心神的有趣例子。

让我们假设,有一位文学评论家想要将他对于《红与黑》的整套诠释构筑在那颗不见了的子弹上面。在当今这个时代,此举是有可能发生的。有些人阅读爱伦·坡的《被窃的信》时,将自己的诠释全然植基于那封信相对于壁炉架的摆放位置。虽然说爱伦·坡很明显要让那封信的位置和情节发展息息相关,但是司汤达却没对那颗没射中的首发子弹做出进一步的描述,也因此把它从虚构想象的领域中排除出去。如果我们希望对司汤达的文本保持忠实的态度,

---

[①] Bloom,爱尔兰作家詹姆斯·乔伊斯小说《尤利西斯》的主人翁。
[②] Verrières,《红与黑》中的地名。

那么那颗子弹就永远丢失了，而它的下落归根结底也就和叙述的内容毫无干系了。另一方面，司汤达另一本小说《阿尔芒斯》里关于主人翁没明讲出来但有可能的性无能事实，却驱使读者做出偏执狂想的臆测，以求将故事没有明确告诉我们的部分补足起来。类似的情形也发生在曼佐尼的名著《约婚夫妇》上面。里面有句话说："那不幸的女人有所反应"，而这一句话根本无从显露葛尔楚德和艾吉迪欧的罪恶关系到底持续多少时间了。只是，臆断的幽冥冲动总是驱策着读者对于这段极端合宜含蓄而且善用省略法的段落进行揣测。

在《三个火枪手》一开始，故事就交代主人翁达达尼昂骑着一匹十四岁的老马，于一六二五年四月的第一个星期一抵达默恩。如果你的计算机拥有上好的软件，那么就可立刻算出，那个星期一是四月七日。这对大仲马迷只是鸡毛蒜皮，却是令他们津津乐道的花絮珍闻。我们是不是能够从这个细节扩大出对整部小说的过度诠释？我说不行，因为文本并没有将这个细节当成至关紧要的事来处理。在小说情节推进的过程中，很清楚的，达达尼昂在星期一抵达默恩一事并不是特别重要，不过这事发生在四月意义就相当重大了（我们记得，波尔多斯为了隐藏一个事实：他那华丽的肩带其实只有正面才有刺绣，就故意一直穿着一件猩红色的天鹅绒长外套，这种装扮在四月份并不合宜，以至于这位剑客只好谎称自己感冒了）。

这一切在很多人看来是相当显而易见的，它提醒了我们：文学世界让人相信一种确定的事——有些假说不可受到质疑，而且文学因此提供了我们一种真理的典范，即便这种典范是虚构的。这种文学上的真理冲击一般经常被称为"阐释学的真理"：因为不管何时，当人家试图说服你，说达达尼昂对波尔多斯产生了同性恋的情愫，说曼佐尼的因诺米纳多是受到俄狄浦斯情结的作祟才会步上邪恶歧途，又说蒙扎的修女受到共产主义的影响（这是当今一些政客所指称的），又说巴努日的所作所为是基于对初生资本主义的仇恨，我们总是能响应：在上述那些文章中根本不可能发现任何叙述、任何影射允许我们做出这种随波逐流、飘忽不定的诠释。在文学这个领域里，我们可以分得很清楚，读者到底是对现实具有概念，还是只是自己幻想的牺牲品。

角色会像候鸟一样迁徙。我们可以对文学作品中的角色做出真实的叙述，因为他们的经历全都记录在文本里，而文本正像乐谱。安娜·卡列尼娜自杀身亡这事，其实和贝多芬《第五交响曲》是以C小调（不像《第六交响曲》是F大调）写成，开头是G，G，G，E降半音一样真实。但是文学作品里面有些角色（当然绝不是所有的）会跳脱孕育他们的文本，迁徙到我们难以定义、难以划出界限的天地中。叙事文本里的角色会从一个文本迁徙到另一个文本，如果他们够幸运的话，然而那些没有迁徙的角色，从本体论的观点审视，和他们那些较走运的弟兄并无二致；那只是因为他们不够幸运，没能达到那个地步，而我们也没能再在别处碰见他们。

神话里的角色和"世俗"叙事文本里的角色，两者都会从一个文本迁徙到另一个文本（而且经过改编还会从一种媒介移居到另一种媒介，从书籍到电影或芭蕾，或者从口述传统到书面传统），诸如奥德修斯、伊阿宋、亚瑟王，或者帕西法尔、爱丽丝、匹诺曹和达达尼昂。如今，当我们谈及这类角色时，是在指称一些特殊的例子吗？让我们以小红帽的故事为例好了。最有名的两个版本，佩罗[①]的和格林的便截然不同。在前者的版本里，小女孩被野狼吃掉后故事就结束了，这引发了严肃的道德思考：粗心大意就会招致风险。但在后者的版本中，猎人出现了，他杀掉野狼，让小女孩和她的外婆死里逃生：典型的圆满结局。

---

① Charles Perrault（1628—1703），法国寓言作家。

让我们试想：有位母亲把故事说给孩子们听，讲到野狼吞掉小红帽之后就不再往下说了。孩子们可能要提出抗议，要求母亲说出故事"实情"，也就是小红帽起死回生那一段，此时母亲如果宣称自己是严格的文本语文学爱好者，可能是件没意义的事。孩子们知道"真实"的故事，也就是小红帽活过来的情节，这段比较像格林的版本，而不是佩罗。但是话说回来，这也不是百分之百合乎格林的故事，因为它省略了一大串次要情节（在这些细节上，格林和佩罗可又大有出入了，比方说，小红帽送给外婆的礼物究竟是什么），而孩子们在这方面就明显不太计较，因为他们关心的是一个比较概要式的人物，一个在传统上比较飘忽不定的角色，她出现在多种版本里，而其中有许多版本是口述传承下来的。

因此，小红帽、达达尼昂、奥德修斯或者包法利夫人，除了他们各自原有的身份，还变成拥有自己生活的个体，甚至那些从来没有读过原型的人也能够针对他们做出真实的叙述。在阅读《俄狄浦斯王》之前，我就知道俄狄浦斯和伊俄卡斯忒结缡。尽管飘忽多变，这些事情并非不能进行证实。但如果有人宣称，包法利夫人和夏尔和解、从此和他快乐地生活在一起，那么一定会遭到见解正常人士（也就是对爱玛个性稍有认识的人士）的反驳。

那么，那些飘忽多变的个体究竟在哪里呢？这就取决于构成我们本体论的方式，要看它是否有空间保留给根号、伊特鲁里亚语①以及对最神圣三位一体的两种不同见解了（第一种是罗马派，认为圣灵源自圣父以及圣子；第二种是拜占庭派，提倡圣灵只源自圣父）。可是这个场域具有非常不精确的界限，并且包含具有变异性的各种项目，因为即便君士坦丁堡的长老（他们决心和罗马教

---

① Etruscan Language，位于意大利半岛中部的古代城邦伊特鲁里亚及其周边地区使用的语言，现已消亡。

皇为了"以及圣子"的问题大战一场)也会同意罗马教皇,认为福尔摩斯就是住在贝克街,或者克拉克·肯特和超人不折不扣是同一个人。

然而,在多到数不清的诗歌和小说里记载道(我现在随意编造一些例子):哈斯德鲁巴[1]杀了考林那,或者泰奥弗拉斯托斯[2]疯狂地爱上了黛欧朵琳达,不过,没有一个人愿意相信,对于这类故事能够做出什么真实的陈述,只因为这些倒霉的角色一直没能够离开最初的文本,或者想到办法成为我们群体记忆的一部分。为什么似乎哈姆雷特没和奥菲莉亚结婚这件事比起泰奥弗拉斯托斯和黛欧朵琳达结婚一事更加真实?为何我们世界的一个角落里住着哈姆雷特和奥菲莉亚,而不是可怜的老泰奥弗拉斯托斯?

某些特定角色在群体的记忆中会变得真实,因为经过几个世纪的时间,我们在他们身上投注了情感。在任何形式的幻想当中,我们都习惯做情绪上的投射,不是睁着眼睛就是半梦半醒。想到钟爱的人死去,我们心中会有感触,或者想到自己和那个人做爱时也自然会产生生理反应。相同地,经由一连串认同以及投射的作用,我们也会受到爱玛命运的感动,或者,就像好几代人经历过的那样,我们也会受到少年维特或雅科波·奥尔蒂斯[3]的影响而走上自杀之途。然而,假如有人问道,我们幻想中已死的人是否真的死了,我们一定回答不是,那只是个人私密的狂想罢了,但假设有人问我们,少年维特是不是真的走上自杀绝路,我们会回答是,在这个例子里,我们所谈及的狂想不再是个人私密,而是整个读者群体都同意的事实。所以,如果有人只因为幻想(而且非常明白这只是他想象的产

---

[1] Hasdrubal,公元前三世纪的迦太基名将。
[2] Theophrastus(约前371—前287),古希腊逍遥学派哲学家,亚里士多德之徒。
[3] Jacopo Ortis,意大利作家乌戈·福斯科洛(Ugo Foscolo,1778—1827)小说《雅科波·奥尔蒂斯的最后书简》的主人翁。

物）自己所爱的人已经死亡而了断自己的性命，我们肯定认为他发疯了。可是，我们或多或少会替某个由于维特自杀而步他后尘的人辩护几句，即便我们明知维特只是小说里的虚构人物。

我们将必须在天地间找到一个让这些角色生活的空间，并选择他们作为我们生活的典范，来塑造我们的行为，甚至为别人的生活充当榜样。因此，当我们说某某人具有俄狄浦斯情结，或者哪个人食量如牛好似卡冈都亚，某某人的行为是堂吉诃德式的，某某人像奥赛罗一样妒火中烧，某某人像哈姆雷特逢事必疑，某某人又像唐璜一样无可救药，或说谁是斯克鲁奇①，我们的意思是再清楚不过的。在文学里，这种情况不仅发生在角色上面，情境和物品也不例外。为什么女人们来来去去，嘴里谈的是米开朗琪罗、蒙塔莱②那插在墙上的尖锐瓶子碎片在太阳下发出令人目眩的反光、戈扎诺③那些没有品味的好东西、艾略特在一把尘土中暴露出的恐惧、莱奥帕尔迪④的灌木树篱、彼得拉克的清凉而甜美的水、但丁那野蛮的餐食，这一切都变成在我们脑海中萦绕不去的比喻，准备一遍又一遍地告诉我们，我们到底是谁、我们需要什么、我们将往何处，或者我们并非什么，还有我们不要什么？

这些文学项目是与我们同生共处的。它们的存在并不是开天辟地以来就有，也许不像开平方和毕达哥拉斯的原理，可是既然它们被文学创造出来，且受到我们感情投射的滋养，它们便确实存在，我们也就必须习惯。让我进一步说明，为了避开本体论和形而上的讨论，它们就像文化习惯或像社会心态倾向一般存在着。甚至具有普世性质的乱伦现象也具一种文化习惯、一种理念、一种社会的心

---

① Scrooge，狄更斯作品《圣诞颂歌》的主人翁。
② Eugenio Montale（1896—1981），意大利诗人、作家，一九七五年获诺贝尔文学奖。
③ Guido Gozzano（1883—1916），意大利诗人，著有《三件法宝》。
④ Giacomo Leopardi（1798—1837），意大利诗人。

态倾向，曾经有过塑造人类社会命运的力量。

然而，就如同今天有些人宣称的那样，即使是历时最久远的文学角色也有消失、转变的危险，丧失先前让我们不得不承认他们命运的那种稳定性。如今，我们迈入了超文本的电子时代，这容许我们在文本的迷宫里自由来去（整部百科全书也好，全套的莎士比亚也罢），并非一定得阐明它所包含的信息，有时只要像一枚织针插进绒线球里便好。由于超文本的诞生，自由创意写作才能实现。在网络里，你可以找到许多写作计划，让你加入群体创作的行列，在叙事的天地里悠游，你甚至可以无限制地改写故事结局。如果你可以和一群网站上虚拟的朋友随心所欲地玩弄、创造一个文本，那么为什么不以同样的方式对待现存的文学文本呢？为什么不加入一些改写伟大杰作的计划，改写那些宰制人类心灵数千年之久的文本？

试想你正热切地阅读《战争与和平》，心里很想知道娜塔莎最后是否禁得住阿那托尔的阿谀攻势，还有那位令人赞赏的安德烈公爵会不会真的死掉，彼埃尔是否真能鼓起勇气向拿破仑开枪，而现在你终于可以改写个人版的托尔斯泰，赏给安德烈公爵一个长命百岁，让彼埃尔摇身一变成为全欧洲的救星。你甚至可以让爱玛和可怜的夏尔言归于好，使她成为一位快乐尽职的好母亲，或者决定让小红帽走进森林碰见木偶匹诺曹，要不然也可以被她的继母掳走，日后让人称呼她灰姑娘，专门替郝思嘉干活；或者在森林里遇见一个懂得魔法而且愿意助她一臂之力的弗拉基米尔·普洛普，而后者送给她一枚魔法戒指，让她得以在速格那棵神圣的榕树脚下发现可以让她看见整个宇宙的点——阿莱夫（Aleph）[①]。安娜·卡列尼娜没有因为俄国的窄轨系统命丧火车轮下，在远处，在爱丽丝那面镜子的另

[①] 见本书《拉曼查和巴别之间》一文对此概念的详述。

外一边,我们看到博尔赫斯提醒富内斯①不要忘了把《安娜·卡列尼娜》还给巴别图书馆。

这样就很差吗?不会,事实上,文学早已成就这种事了,从马拉美《书》中的观念到超越完美主义者"精美尸首"的想法,到雷蒙·格诺的"十亿首诗"以及第二代先锋派的"移动书册"想法。然后就是爵士乐那气氛极轻松的演奏会。不过,就算爵士乐流行起来,每天晚上都根据某个音乐主体表演一套变奏,它还是不至于阻止我们前往传统的音乐厅。在那里,每天晚上都有人演奏肖邦《降b小调第二钢琴奏鸣曲》Op. 35,并以同样的方式结束音乐会。

有人说,借着对超文本的操弄,我们得以逃避两种压迫,不必亦步亦趋地跟随已经被他人决定好的顺序关联,也不会陷入作者和读者之间的社会分隔。这在我眼里有些可笑,可是千真万确,用超文本来做创意游戏,改变旧有故事,创造新的故事,这是件让人心荡神驰的活动,是可以在学校里练习的精巧作业。这种新的写作方式其实和爵士乐的创作有异曲同工之妙。我认为尝试修改现存的故事情节是件好事,甚至具有教育功能,就像将肖邦的音乐改写成适合曼陀铃演奏的曲子一样有趣,它会使我们的音乐大脑灵光起来,也让我们了解,为什么钢琴的音色竟是降B小调不可或缺的成分。要想培养视觉品位,并对形状进行探索,就尝试用《圣母的婚礼》《阿维尼翁的少女》,或者最近的皮卡丘故事等碎片拼贴成一幅画。说到底,很多伟大的艺术家就曾经这样做。

只是,这些游戏并不能够取代文学真正的教育功能,这项教育功能并不局限于道德伦理观念的传递(不管是好是坏),或者审美观的养成。

---

① Funes,博尔赫斯短篇小说《博闻强记的富内斯》中的人物。

尤里·洛特曼①在他的著作《文化与爆炸》中援引了契诃夫那个有名的忠告，也就是说，如果一个故事或者一出戏剧提及或展示墙上挂着一把枪，那么在剧情结束之前，这把枪就必须射击。洛特曼指出，问题的重心不在于那把枪是否将真的用来射击。读者或观众不确定它到底会不会被派上用场，这才是对情节的意义所在。阅读一个故事意味着你被一份紧张、一份惊悚所吸引。到了结尾，读者或是观众终于明白子弹到底有无发射比它所提供的单纯讯息更有价值。不管他们的愿望是什么，这种发现就是了解事情以某种方式发生，而且总是不可逆转的。读者不得不接受这份挫折感，并由此领受到命运令人颤动之处。

假设我们可以决定角色人物的命运，那不就像是走到旅行社的柜台并且听人家对你说："那么，您想在哪里看到鲸鱼，萨摩亚还是阿留申群岛？什么时候？您是要亲自下手杀它，还是请《白鲸》里面的镖枪手魁魁格代劳？"事实上，《白鲸》里真正的教训是：鲸鱼想去哪里就去哪里。

请各位回想一下雨果在《悲惨世界》里对滑铁卢战役的描述。他和司汤达不同，因为后者是通过法布里斯的眼睛来叙述战争场面，那是在战场里面观察，法布里斯并不了解究竟发生了什么事情。而雨果却以上帝的视角来描述，那是从上往下看：他知道如果拿破仑早知道圣让峰高原那座山峰的另外一边有个小谷地（可是向导没告诉他），那么米约那些身穿甲胄的士兵也就不会被英国军队打得落花流水，假设那个替比洛②引路的牧人建议走另一条路，那么普鲁士的军队也就无法及时赶到，进而扭转战争的局面。

借助于超文本的结构，我们也许可以重新改写滑铁卢战役，比

---

① Jurij Lotman（1922—1993），俄国符号学者。
② Bernhard Fürst von Bülow（1849—1929），德国政治家、将领。

方让格鲁希的法国军队代替布吕歇尔麾下的部众驰抵战场,而且还有"战争游戏"软件助长这种可能,该是多么兴味盎然的事。可是,雨果书页里透出的宏伟悲剧特质在于(不是我们的愿望可以左右得了的)事情只循着自己的路径发展。

《战争与和平》美在哪里?美在安德烈公爵经历了临终的苦痛,最后还是一命归西,尽管这种结局可能让读者不悦。我们阅读伟大的悲剧杰作时,一种掺杂苦痛的讶异油然而生,那是因为里面的主角,本来可以逃过厄运的主角,却由于盲目或软弱,完全不清楚自己该何去何从,只能一味走向自己亲手挖掘的无底深渊。

这也是雨果要告诉我们的。叙述完拿破仑在滑铁卢原本可以把握的机会后,他又补充道:"拿破仑有没有可能赢得这场战争?我们的回答是否定的。为什么?是因为威灵顿,还是因为布吕歇尔?不,是因为上帝。"

这也就是重大历史事件传达给我们的信息,即它们以命运、生命那些毫不留情的定律来取代上帝。"不可更改"的记叙有它的功能:这些记叙即便违背我们的心愿,却注定无法去修改。既然这样,那么不论它们陈述的故事是什么,同时也在陈述读者的故事,因此,我们阅读,而且爱读它们。我们需要其中蕴藏的那种严厉的"压服性"的教训。超文本的叙述现象能够为我们养成自由观念,并启发我们的创造力。这很不错,但还不是一切。那些"既成的"叙述也教导我们如何面对死亡。

我很笃定,教导我们认识命运、了解死亡正是文学众多主要功能中的一项。或许还有别的,不过今晚,我一时还想不起来。

阅读《天堂》*

弗朗切斯科·德·桑克蒂斯①在十九世纪写了一部《意大利文学史》,里面有句话:"……而且《天堂》很少被人阅读或者得到正确评价。它的单调呆板让人觉得无趣,看起来好像师徒之间的一问一答。"除非上高中的时候你遇着一位了不起的恩师,否则大概每个人都要秉持这类保留态度。另一方面,只要我们翻阅比较新的一些文学史著作就不难发现:浪漫派文学批评一直以贬抑的态度看待《天堂》,而且这种谴责非难一直持续到下一个世纪。

因为我要提出的看法是:《天堂》自然是《神曲》三个部分里最美的,我们必须将话题再移回德·桑克蒂斯身上,而他,当然,他是那个时代框架里的人,但也是一位感性超乎常人的读者。我们好奇他对《天堂》的解读为什么是一部代表内心痛苦挣扎的杰作,充满了激动的情绪以及疑虑。

德·桑克蒂斯这位非常敏锐的读者很快就了解到一个事实,在《天堂》里面,但丁必须说出一些原本难以言表的东西,即属灵世界的内容,但德·桑克蒂斯却在思考"属灵世界如何能以具体的形式再现"。为了以艺术的手法处理《天堂》部分,但丁创造出一个"人的天堂",可以让人感受、让人想象。因此,他尝试在光明之中找寻一个人类智力能够理解的着力点。于是,德·桑克蒂斯便成为这首长诗的热情读者。在他眼里，这首诗里面没有质的高下分别，只有光线强度的差异而已，所以他举出大量有关明亮的例子：一片云雾"光亮有如太阳照耀在钻石上"，出现一群幸福快乐的人"好像蜂群倾巢钻进花丛里"，"从波涛里迸射出鲜明星火，炫目的光构成炽亮的川流"，那群幸福快乐的人"像重物淹没在深水里"消失了。作者还载明，当圣彼得指责卜尼法斯八世（以让人联想到地狱的用词指代罗马）："他把尊崇的墓园变成烂污水池——只有血水以及秽臭之物"，整片天空为了表现它的不屑也全变红了。

可是，颜色的改变难道就足以表达人的愤怒？这里，德·桑克蒂斯成了他自己诗论的囚徒："在这个漩涡里面，个人消失了……找不到不同的面目。也可以这么说，只有同一个面目……假如尘世之土以及伴之而来的其他形式、其他热情全都无法进入天堂，这种对形式和个体性的抹灭甚至会将《天堂》窄化成单一的解释……灵魂的讴歌空洞没有内涵，只是声音而不是词语，只是音乐而不是诗文……除了一波波的耀眼光芒，别无他物……个体性被存在之海淹没了。"

如果说诗歌是对人类热情的表达，而人类热情只会归结到肉欲上面，那么以上论述便是不可接受的谬误：比方全身颤抖着拥抱亲吻的保罗和弗朗切丝卡，比方那顿残酷恐怖的餐食，或那个将无花果献给上帝的罪人。

德·桑克蒂斯论述的矛盾源于两层误会：首先，只以强光和色彩来代表神性只是但丁个人的努力（有创意，但几乎不可能），而他这么做只是为了把人类无法想象的属灵内容拟人化；接着他又断言：只有再现灵与肉的激情才会有诗，还有，不可能有所谓纯粹知性的诗，

---

* 本文首度刊登在二〇〇〇年九月六日的《共和报》上，列属于纪念《神曲》面世七百周年的专题文章。——原注

① Francesco de Sanctis（1817—1883），意大利文学评论家。

因为在这种情况下，我们得到的只有音乐。(说到这里，或许最好不要挖苦我们的好德·桑克蒂斯，而是德·桑克蒂斯顽固的思考模式，因为这种模式喜欢妄下断言，一口咬定巴赫的作品不具诗质，而肖邦的作品就诗意丰浓，因为巴赫的《平均律钢琴曲集》以及《哥德堡变奏曲》都不会向我们叙述世俗肉欲的爱，而《雨滴》前奏曲则让我们联想起乔治·桑萦绕不去的愁云惨雾。天哪，这些、这些就是真的"诗质"了？只因为它让人哭?)

让我们回到原点。电影艺术也好，角色扮演游戏也好，这一切都引导我们认定中世纪由好几个"黑暗"世纪所组成。我在这里指的不是意识形态方面的黑暗（因为在电影艺术中这一点也不重要），而是指夜的颜色以及暗沉幽影。没有比这种陈述更荒谬的了。中世纪的人们生活在阴暗的森林、带门廊的城堡、只有炉火微光照亮的狭隘厅室；然而，这只不过是因为那个时代的人习惯早睡，和黑夜相比，他们更习惯白昼（而浪漫主义者却对黑夜情有独钟）。事实上，中世纪惯于用各种鲜艳的色调来呈现自己。

中世纪的审美观念除了看重比例，还强调色彩和光线，而这些绚丽的颜色正是红色、蓝色、银色、白色以及绿色的精彩协调，没有细腻的色调差别，也没有明暗对比，也就是说，它的华丽源自整体的协调，而不是从外部投射进来、笼罩一切物体的光线，或者让颜色从形体清楚界定的线条晕染出去。在中世纪的袖珍插画中，光线反而像是由物体从内向外散发出去的。

在圣伊西多尔[①]看来，大理石之美在于它白，金属之美在于它反射的光泽，甚至连空气都是美的，所以就用黄金（aurum）一词的衍生词 aes-aeris 来称呼它，意思是和黄金有关（而且，空气和黄金一样，只要稍微受光便会闪闪发亮）。宝石因其颜色而美，因为所谓颜

[①] Isidoro di Siviglia（560—636），西班牙学者、神学家。

色不是别的，正是被封存在矿物里的太阳光芒，是纯化了的物质。眼睛若明亮也是美的，而最美的眼睛应是海绿色的。优美身躯的首要条件，便是粉红的肤色。在诗人的作品中，随处可见对晶莹色彩的赞叹，草是绿的，血是红的，奶是白的，在圭多·圭尼泽利①眼里，女人若要称得上标致，就得具备"带有胭脂红的粉白脸庞"（遑论日后彼得拉克善用的比喻：清澈、凉爽以及甜美的水）；希德加尔德·冯·宾根②则以"红通通的焰火"来形容女性的美，第一位堕落天使的美就像用耀眼的宝石铺就，一如满天星斗的夜空，缀着数也数不清的亮点——身上佩戴的珍贵饰物，这些光亮充盈了整个世界。

说到哥特式教堂，为了将神性引进它那原本暗蒙蒙的中殿，让光线透过装着彩色玻璃的窗户像利刃一般刺进教堂内部，保留给光照回廊、窗户以及大玫瑰圆窗的空间不断增大，结果墙壁几乎消失不见，只靠扶垛和拱扶垛加以支撑，而教堂建造时的首要考量也是让大量的光线涌入，以此作为结构分割的准则。

赫伊津哈③的作品让我们回想起中世纪传记作家弗鲁瓦萨尔④对于旗帜迎风飘扬的战船的热忱描写，船上那些漆得五颜六色的家族纹章都在太阳的照射下闪闪发亮。同样的阳光也洒在头盔上、甲胄上、矛尖上、行进中骑士的军旗上。还可以看到家族纹章上的用色，有淡黄色和蓝色、橙黄色和白色、橙黄色和粉红色、粉红色和白色以及黑色和白色等搭配；更有一名穿着紫色丝绸衣服的小女孩，骑着身披蓝缎的白马，前方引马的三名男士则一律身着猩红丝质衣服，披着鲜绿丝质外衣。

追溯人们为何对光明如此着迷，就会发现其源头正是一些神学

---

① Guido Guinizelli（1235—1276），意大利诗人。
② Hildegard von Bingen（1098—1179），德国神学家、作家。
③ Johan Huizinga（1872—1945），荷兰语言学家和历史学家。
④ Jean Froissart（1337—1405），法国传记作家。

主张，和远古时代的柏拉图思想以及后来的新柏拉图思想息息相关（"善"犹如思想的太阳，是颜色所具有的简单之美，来源于一种支配着黑暗物质的形状。上帝的形象宛若光芒、火焰、发光的喷泉）。神学家把"光"当作形而上的原则，而且，在好几个世纪的时间里，在阿拉伯文化的影响下，光学这门学问蓬勃发展起来，有科学家对彩虹以及镜子的不可思议现象进行思索（在《神曲》第三部分，这些镜子有时似乎呈神秘的液态）。

因此，但丁并没有凭空捏造他的光之诗论，他是擅长操弄这种原本和诗不太相关之物质的诗人。他把在自身周遭发现的一切以自己的方式重新改造，对象是最热爱光和颜色的读者。如果重读一下我认为关于《天堂》最精彩的论文中的一篇，也就是乔凡尼·杰托于一九四七年发表的《但丁诗面面观》，我们便可以发现：一切有关天堂的意象其实都来自某些中世纪的传统，而对于当时的读者而言，这些都属于他们"脑袋里的东西"（我不会说是"理念"），包括他们日常的想象及情感。这些闪亮的光辉，这些如漩涡般狂卷的焰火，这些明灯，这些熠熠天体，这些辉煌，以及这些光如白昼的东西，"仿佛自地平线上升起的逼人光彩"，还有这些纯白的蔷薇和艳红的花朵。如杰托所说，"因此但丁面对的是一套言语（linguaggio），说得更确切些，是一种语言（lingua），而这种语言已经建构完成，足以表达生活以及心灵的真实，表达灵魂净化陶冶过程的神秘经验，表达受恩宠的生命是种神奇的喜乐，是欢愉和神圣永恒的序曲"。在中世纪的人眼里，阅读这些光明，就像现代人为超级巨星那诱人的仪态而倾倒，或者欣赏一辆汽车的优美流线、见识往昔恋人的爱意、短暂的邂逅，抑或老电影和老情歌的魔力。划过我们心田的，是我们从未感受过的强烈热情以及灵魂的颤动。至此，我们已经远远离开那种介于师徒间的讨论以及教义式的诗歌！

现在，让我们来谈谈第二层的误会，即没有所谓"知性的诗"，也就是说，除了让人读到保罗和弗朗切丝卡拥吻时心里会哆嗦一下，没有任何诗歌也能同时描述天穹构造、三位一体的本质，将信仰定义成希望的实质，或者对于眼不可见的东西发表论证。然而，正是将但丁的诗放进"知性的诗"的架构之后，才能使《天堂》现出迷人的一面，甚至在已经丧失中世纪读者熟稔指涉的现代人眼里也不例外。因为从彼时到今日，读者已经读过了约翰·邓恩①、艾略特、瓦莱里或者博尔赫斯，所以明白了诗歌可以是形而上的热情。

说到博尔赫斯，他是向谁借来"阿莱夫"这概念的，而通过这个至关重要的观点，可以看见挤满生物的海洋、黎明和黄昏，美洲的众多国度，黑色金字塔中央一张银光熠熠的蜘蛛网，伦敦这座残破的迷宫，索莱尔路的某处后院铺的地砖和三十年前人家在弗赖本托斯（Fray Bentos）路一间房子的前厅所看见的一模一样，还有几串葡萄、雪、烟草、矿山、水蒸气、赤道附近地形隆起的沙漠、因佛内斯（Inverness）那位令人难以忘怀的女人，以及在阿德罗格一座庄园里发现的普林尼著作的最初版本，和扉页上的每一个字母，克雷塔罗的黄昏映出孟加拉玫瑰的颜色，阿尔克马尔书房里那个地球仪摆放在可以将它复制成无限影像的两面镜子中间，黎明时分里海海岸的某处沙滩，在米尔扎普尔一个橱窗里的塔罗纸牌，还有铜管乐器的活塞。一群野牛，海上刮起的一阵暴风雨，生存在地球上的所有蚂蚁，一具波斯制的星盘，还有贝雅特丽齐·维特波（Beatriz Viterbo）那饶富趣味但却令人难以忍受的存在？阿莱夫也首度出现在《天堂》最后一首歌里，在其中，但丁看见（同时也尽其所能教我们看见）一些"意料外的事，一些物质以及它们的样态，好像全都配合在一起了"。在描写"这个结的普遍性形状"时，但丁用简洁的文字，心中怀着悬念，他看到了三种颜色的三个圆圈，而且又和

---

① John Donne（1572—1631），英国玄学派诗人。

博尔赫斯那令人难以忍受的贝雅特丽齐·维特波不同，因为但丁的贝雅特丽齐成为令人难以忍受的存在已经很久了，而且也已经再度化身为光。因此，但丁的阿莱夫在情感上要比博尔赫斯那个幻觉的阿莱夫更富有希望，博尔赫斯心里明白自己无权进入天堂，他只有布宜诺斯艾利斯而已。

所以，我们要从知性的诗的世俗波折或者突然变化去查考阅读，这样《天堂》才能读得更加深入，从而得出更中肯的评价。不过，我还要补充一件事：这样做也是为了那些更年轻的人以及那些对上帝和知性都不感兴趣的人，为了在他们的想象天地中留下最鲜活的印象。但丁式的天堂是虚拟和非物质以及纯粹"软件"最完美的典型，完全不具世间或地狱的"硬件"重量，说到后者，那就得到《炼狱》里找寻了。《天堂》比现代还具现代性，对于可能遗忘历史的读者而言，它变得极端未来主义。那是纯粹力量获胜的时刻，是如蛛网般的网络所应允我们、却永远无法给予我们的；是对于流动、对于没有器官的身体的高度赞扬；是一首由太空中新星和白矮星、由不间断的宇宙大爆炸所谱写而成的诗，一个由漫长光年所编造出的故事；还有，打一个比较熟悉的比喻，譬如太空中最后终于凯旋的奥德赛式旅程[1]，其结局是幸福快乐的。如果诸位读者愿意，就请由这个角度阅读《天堂》，这样做并不会对你造成什么伤害，并且总比闪光刺眼的迪斯科舞厅要好，总比恍惚忘形更强。因为，说到醉心狂喜，但丁《神曲》的第三部分对于其立下的允诺可没食言。

---

[1] 指科幻电影《二〇〇一：太空漫游》。

论《共产党宣言》的文体风格*

　　谁都不可能断言，一篇精彩的文章单凭一己之力便具有改造世界的威力。就算集合但丁的毕生之作也无法让神圣罗马帝国的皇帝在意大利登上宝座。说到这里，我不禁想到《共产党宣言》。毋庸置疑，这篇发表于一八四八年的文献对两个世纪的历史都有着巨大的影响，不过我认为应该从文学特性的角度来重读它，不然至少也应该欣赏它那超凡的修辞论证结构（就算不懂德文也可利用译本）。

　　一九七一年，有位委内瑞拉作家路多维科·席尔瓦出版了一本名叫《马克思的文学风格》（*El estilo literario de Max*）的小书，一九七三年由邦皮亚尼出版社出版意大利文版。我想，这本书今天在市面上已难找到，但是应该值得再版。作者重建了马克思的文学养成过程（很少人知道马克思也曾写诗）。席尔瓦非常仔细地分析了马克思全部的作品。说来奇怪，作者对于《共产党宣言》只给了几行的篇幅，也许严格来讲，它并不算马克思个人的作品。真可惜，这是一篇了不起的文本，灵活地在《启示录》般的语体以及讽刺手法之间游走，又有效果宏大的教条口号，还有极清楚的解释。而且，如果资本主义社会打算报复它造成的这几项麻烦，那么或许今天应该在广告学的课堂上，以宗教般的虔诚好好地分析《共产党宣言》。

《共产党宣言》开篇就像贝多芬的《第五交响曲》一样，迎面给你一句："一个幽灵……在欧洲游荡。"（我们不要忘记，前浪漫主义以及浪漫主义不久之前才在歌德小说里出现，而且大家仍以严肃认真的态度来看待鬼魂。）文章接着以鸟瞰的方式回顾了社会斗争的历史，从远古罗马直到中产阶级的发轫和勃兴，然后则是新的"革命"阶级。这些便是这部作品的前半部分内容，时至今日，对于拥护自由市场的企业而言，其中的教义依然有效。大家看到（我的确是指"大家看到"，一种几乎是电影意义上的用法）那股挡不住的力量，借由新市场对商品的需要，横扫过整个地球（根据我的看法，在这里，身兼犹太人和先知弥赛亚双重身份的马克思想到的必然是《创世记》开头的那几小节）。资本主义甚至颠覆了最遥远的国度，因为它的廉价商品就像一门门重炮，仗着这些武器，将万里长城的每一段都摧毁了，并让那些原本最结实有抵抗力的民族屈服投降，使他们对外国人产生刻骨铭心的憎恨。除此之外，资本主义还建立并且发展许多城市，就好像城市是自己力量的基础和象征。它跨越国家蔓延开去，造就全球化的趋势，甚至发明出一种不再是国家和民族的，而是世界性的文学。①

　　在这番赞美之后（相当有说服力，因为此乃真心赞叹），接着便是戏剧性的大逆转：资本主义的巫师无力镇压庞大的地下势力，它所

---

* 原载《快报》周刊（一九九八年一月八日），以纪念《共产党宣言》发表一百五十周年。——原注

① 在我写这篇文章的时候，当然大家都已经在谈全球化了，我选用这个词也绝非偶然。如今，既然大家对这个问题都很关注，这几页文献便值得再读一次。有件事情不得不教人惊讶：早在一百五十年前，《共产党宣言》就已经见证了所谓的全球化现象，以及该现象将要加以松绑释放的反对力量，仿佛要提醒我们：全球化并不是资本主义扩张过程中所发生的一项意外（不是只局限于柏林墙倒塌或是网络发达之类的事），而是新统治阶级无法避免而一定得跟从的模式，就算当年，考量到市场的扩张，最简便的（也是最血腥的）方式就是殖民政策了。而且，应该重新深刻思考，有个警告必须注意（该注意的不只是中产阶级，而是各个阶层的人）：在全球化、世界化的进程中，一切的反对力量刚开始的时候都是分散的、乱糟糟的，并且颇具游戏的特色，可以被对手用来打击他的敌人。——原注

激起的力量，让征服者被他自己的商品过剩压得喘不过气，因此它得从自己的胸怀和肚肠里生出自己的入殓师，也就是无产阶级。

接着，这股新的势力登场。起初力量是分散、莫衷一是的，而且在摧毁机器的时候失去它原有的锋芒。起先这股力量被中产阶级利用，借用这股冲劲来打击它敌人的敌人（专制君主政体、大地主及小资产阶级），接着逐渐吸收一部分对手，以至于上层资产阶级也普罗化了，好比手工匠、店铺主人、无产阶级农民等等，于是暴动成了有组织的斗争，工人彼此之间来往频繁、互通声息，这要感谢资产阶级原先为他们自己所发明的一些交通方式。《共产党宣言》里提到了铁路，不过它也记载了其他的大众联系方式（我们不要忘记：在《神圣家族》①里，马克思和恩格斯也晓得使用在那个时代相当于电视的东西，也就是连载小说，把它当作群体想象的典范，而且他们利用一些情势，还有他们自己发明并使之风行起来的语言风格作为批判武器）。

也就在这时，共产党人登上了历史舞台。在真正说出自己到底是什么、到底需要什么之前，《共产党宣言》（以壮丽的修辞技巧作为后盾）其实先以惧怕共产主义的资产阶级的观点来陈述，并且推出几个令人想到就不寒而栗的问题：难道你们想废除财产私有制？你们想要组成妇女公社？你们想要毁灭宗教、祖国、家庭这些东西吗？

这里，文体风格变得相当精细，因为《共产党宣言》似乎以令人宽心的方式来回答这些问题，仿佛是为了用甜言蜜语安抚它的对手似的。接着，它出其不意出手重击，打在腹腔神经丛这个要害，从而获得普罗大众的喝彩叫好……我们要不要废除财产私有制呢？不要，资本的关系一直都是变来变去的，法国大革命并没有站在布

---

① *The Holy Family*，马克思与恩格斯合著作品，一八四五年出版。

尔乔亚阶级的资产立场考量,没收封建贵族的私有财富。你们打算废除财产私有制?真是愚不可及的想法,哪有财产私有制这种东西呢,因为那只是十分之一的人口剥削十分之九的人口所累积起来的。你们要怪罪我们了,说我们想要没收"你们的"资产?猜对了,这正是我们接下来要进行的事。

"妇女公社"又是怎么回事?说明白点吧,我们只是想让女人摆脱生殖工具的桎梏罢了。你们以为我们要把女人集中起来?"妇女公社"这个制度可是你们发明出来的,你们榨干工人的妻子,津津有味地用勾引之术去性诱你们同侪的夫人。摧毁祖国?可是,工人本来就没有东西,你们又如何从他们手里夺走呢?相反,我们指望在他们得势之后,创造属于他们自己的国度……

接下去还有各种这类的论证,直到回答有关宗教问题那三缄其口的精彩之处。我们明白它的回答是,"我们想要摧毁这个宗教",只是原文并没有说,就在它必须详尽处理这个如此微妙敏感的论证时,居然轻盈地从上面滑翔过去,只是让人听出弦外之音:所有的改变都要付出代价,那么好了,我们倒是不必立刻为这种白热化的问题另辟章节讨论。

然后便是《共产党宣言》里教条成分最多的那一部分,是无产阶级运动的进程表以及对各式各样社会主义的批判,但是在这个阶段,读者已经被先前的文字迷住了。如果说那个有关进程表的部分过于困难,不要紧,最后两句致命一击的口号出现了。这两句简单、好记、但是教你读了一口气喘不上来的口号,日后(在我看来)注定要大大扬名:"无产者在这个革命中失去的只是锁链。他们获得的将是整个世界",还有"全世界的无产者,联合起来"。

《共产党宣言》除了发明好记易懂的比喻之外,它还是政治雄辩术(而且不限于这个领域)的经典杰作,或许应该和莎士比亚《恺撒大帝》中安东尼对着恺撒尸首说的那一段话,以及西塞罗训斥喀提林的那段议论①一起被人仔细研读才是。而且，又因为马克思本身的古典教养深厚，我们无法排除一种可能：他其实脑子里装的正是那些作品。

---

① 指古罗马哲人西塞罗（Marcus Tullius Cicero，前106—前43）训斥贵族喀提林（Catiline）的著名演说。

瓦卢瓦之氤氲[*]

二十岁那一年，我几乎在偶然的情况下发现了《西尔薇娅》（Sylvie）这部著作。我读到它的时候，对作者奈瓦尔[①]几乎没有丝毫概念。也就是说，我在全然没有先入之见的前提下看完这本叙事性的著作。后来，我又发现普鲁斯特也曾经和我有过类似的感受。如今我已无从追忆，当年我是如何遣词造句来表达自己的印象的，因为从那之后，我竟然只能用普鲁斯特的词汇来表达，也就是他在《驳圣伯夫》里论奈瓦尔的那几页文字。

《西尔薇娅》并不像巴雷斯[②]（以及某些"反动的"文学评论）说的那样，是一部新古典主义的、田园牧歌式的作品，纯粹法国情调的东西，因为书中并没有表达对祖国土地根深蒂固的情怀（到了最后，故事主角所感受到的事实上是一种失落感）。《西尔薇娅》（以一种不真实的颜色）向我们描绘事物，一件有时我们在睡梦中才看得到的事物，而且我们很想要为它定出轮廓，可是无可挽救地，一旦睡醒，一切就消失得无影无踪。《西尔薇娅》是梦中之梦，而且它那梦的本质如此深厚，以至于"读者得时不时翻回前面读过的部分才能明白自己到底在故事的什么地方……"《西尔薇娅》的色调并不是古典主义的淡雅柔和；《西尔薇娅》是"紫色的，以紫色或近似紫色的天鹅绒做成的玫瑰，绝对不是法兰西那种温和内敛的水彩色调"。说什么也不是"极富节制的优雅的"典型,反而是一种"病态的执迷"。《西尔薇娅》的调子是"蓝蓝的紫色",不过这种氛围并不是直接由词汇表示的,而是从字里行间流露出来的:"仿佛尚蒂伊的早晨"。

或许,我在二十岁那年还写不出这样的文字:从这个故事走出之后,双眼仿佛被粘住,倒不像梦,而是像清晨你从酣梦中醒转之际,把最初几个有意识的思考和梦境里最后几道微光混淆在一起,在这节骨眼上,我们无法看见(或者尚未越过)梦境和现实的分界线。在阅读普鲁斯特之前,我已经经历了我所谓的"氤氲效果"。

过去四十五年以来,我将这本故事拿来重读过好几次,而每一次,我都设法向别人和自己解释,为什么我会有那种感受。我每一次都以为自己找到原因,然而每一次我重读的时候,却又发现自己再一次回到原点,困在"氤氲效果"当中。

在接下来我写的文字里,我尝试要解释奈瓦尔的这个文本为何并且如何产生这种"氤氲效果"。不过对于愿意追随我思路的读者,就别担心在《西尔薇娅》的奇幻世界中半路跟丢了。恰好相反。在这个主题上,我们懂得愈多,那么重读的时候就愈会再度感到惊愕。③

---

* 这是我修订自己翻译的热拉尔·德·奈瓦尔作品《西尔薇娅》时所写的后记(都灵:伊诺第出版社,一九九九年)。这个主题我已经在《悠游小说林》里面谈过。那时我说:关于这篇故事,我起先只是写了一篇短评《西尔薇娅的时间》,然后在七十年代,我在博洛尼亚大学负责一系列的讨论会,结果写出了三本论文;接着,一九八四年我在哥伦比亚大学讲学期间,又将研究《西尔薇娅》的心得做成一个课程,之后,一九九三年我在哈佛大学诺顿讲座开讲的时候也曾讲授此专题,两年后,我又在博洛尼亚大学开设两门与此有关的课程,最后就是一九九六年在巴黎高等师范学院那一次了。数次讲授此专题所得出的最有意义的结果,便是一九八二年期刊 VS(31/32)为我的研究成果所发行的专刊《论西尔薇娅》。——原注
① Gérard de Nerval(1808—1855),原名热拉尔·拉布吕尼(Gérard Labrunie),法国作家、诗人。
② Maurice Barrès(1862—1923),法国小说家、社会主义政治家。
③ 在阅读这篇论文之前,我给读者的建议是去读(或重读)《西尔薇娅》。在进行批评的反思之前,去发现或再发现阅读"纯然的"乐趣是很重要的。除此之外,我还将在后面不时提及小说的各个章节,而且用普鲁斯特的话说,"读者得时不时翻回前面读过的部分才能明白自己到底在故事的什么地方",因而这种来来回回的个人经验是无可避免的。——原注

拉布吕尼和奈瓦尔

首先我必须区分一件非常重要的事。我的意思是，从一开始，就要解决掉一个挺麻烦的家伙，他就是那位只凭经验写作的作者。他名叫热拉尔·拉布吕尼，不过只以笔名热拉尔·德·奈瓦尔发表作品。

如果你读《西尔薇娅》的时候一心只想着拉布吕尼，那么你就立刻误入歧途了。不必跟随诸多为他的作品提出诠释的人，例如，试图探讨故事情节和拉布吕尼的私生活有何关联。此外，《西尔薇娅》的各种版本以及译本里面的批注一般而言都是传记式的，旨在为书中的奥蕾丽和现实世界里的演员科伦①搭上线（关于这点，你只要看到她的肖像就必定幻灭），假设在卢瓦齐果真有一支射箭队，假设拉布吕尼真的继承了他叔父的遗产，或者假设阿德丽安娜这个角色是把真实人物苏菲·道威、也就是弗歇尔男爵夫人②当样本塑造出来的。这些巨细靡遗的考据已然获得许多扎实的大学名声的背书。写一本热拉尔·拉布吕尼的传记是大有助益的，但如果我们想借此了解《西尔薇娅》，那会是徒劳无功的。

热拉尔·拉布吕尼数度进出不同的心理治疗机构之后，终究还是自杀身亡，我们根据他的一封信知道，他是在极度兴奋的状态下写成《西尔薇娅》的，就用铅笔写在活页纸上。如果说拉布吕尼发疯，那奈瓦尔绝对没疯，换句话说，这位我们通过《西尔薇娅》的文本阅读而成功加以个体化的"典范作者"绝对没疯。这个文本描绘了一位濒临发疯边缘的主角，然而，这可是一位病人写出来的东

---

① Jenny Colon，奈瓦尔迷恋的女演员。
② Sophie Dawes（1795—1840），波旁公爵的情妇，后来嫁给一位副官。波旁公爵将副官升为男爵，她即成为弗歇尔男爵夫人。

西：不管这部作品出自谁的手笔（这位"不管是谁"我从此之后就称他为奈瓦尔了），他的文章就是以令人赞叹的方法建构而成的，是平衡了对称、反衬以及内部元素的相互呼应。

如果奈瓦尔不是故事外部的人物，那他是如何出现在里面的？首先，这是一种叙事的策略。

故事和情节

为了弄明白奈瓦尔的叙事策略以及他如何成功地在读者心中营造出我所说的氤氲效果，请参考图 A。在水平线上，我把故事各章的名称胪列出来，而在左边，也就是那条垂直线，我将故事所叙述的事件依照时间顺序加以排列。因此，在垂直线上，我重建了故事（fabula 或者 storia），而在水平线上，我则展示了情节（intreccio）。

情节是故事文本表面上的构成方式，它是一点一点透露给我们的：有一名年轻人从剧院走出来，决定前往卢瓦齐的舞会。途中，他回忆起以前某次旅程。后来，他抵达舞会现场，再度看到西尔薇娅，和她共度一天之后回到巴黎，接着又和一位女演员逢场作戏。到了结尾（这时西尔薇娅已经嫁给大个儿卷毛了），年轻人决定把他的故事说出来。因为情节是从夜间展开的，那时主角正从剧院走出来（我们就将它设定为时间一），情节的展开我们用黑线表示，从那天晚上开始，接续的时间段落则以时间一到时间十四表示，一段接续一段，直到故事结束。

可是，在这些细枝末节推进的过程中还要接上对于往事的回忆，分别以虚线箭头指向之前的时间。那几条垂直的实心黑线表示主角的重建，而虚线则说明对于过去的指涉，有时是匆匆忙忙的，出现在不同人物的对话中。例如，在凌晨一点到四点之间，主角回想起自己上次前往卢瓦齐的路程（时间一），而这件事，从情节的角度而

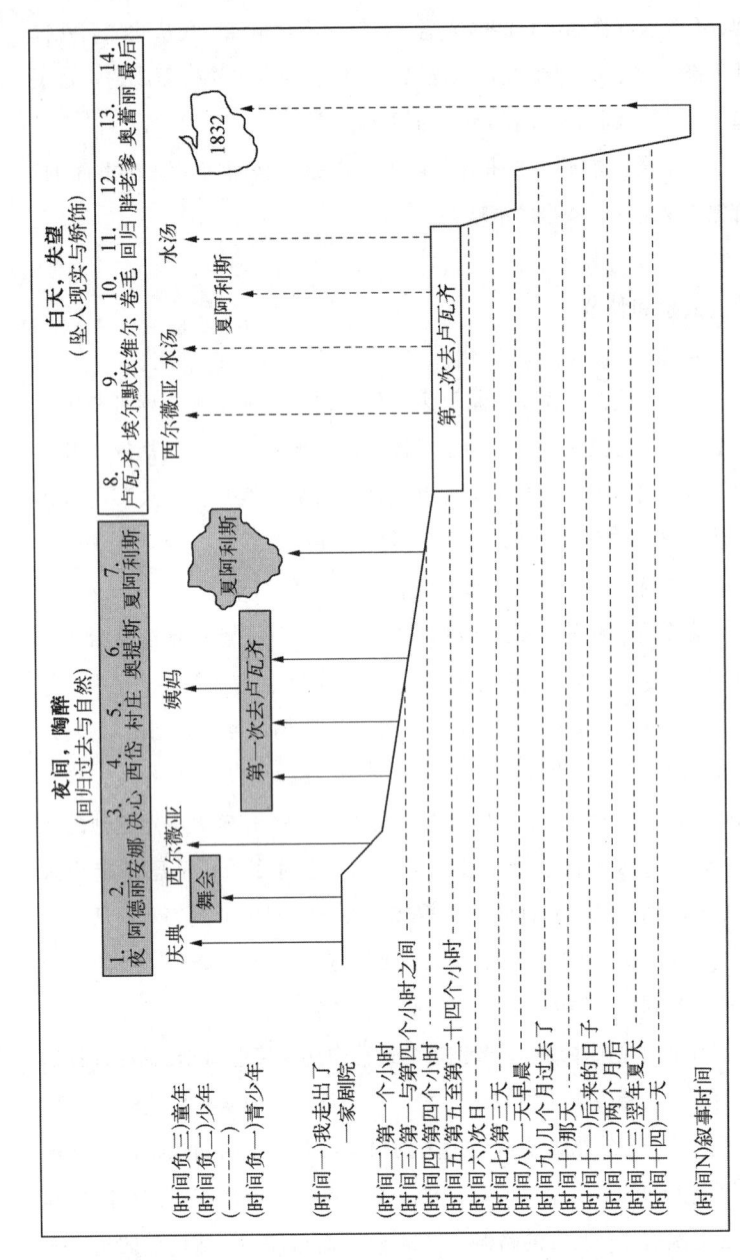

夜间，陶醉　　　　　　　　　白天，失望
（回归过去与自然）　　　（坠入现实与矫饰）

1. 夜 2. 阿德丽安娜 3. 决心 4. 西尔薇亚 5. 西岱 村庄 奥提斯 6. 夏阿利斯 7. 夏阿利斯 8. 卢瓦齐 西尔薇亚 埃尔默尔 卷毛 9. 10. 水汤 维亚 11. 12. 回归 胖老爹 奥蕾丽 13. 14. 最后

庆典　舞会　姨妈　第一次去卢瓦齐　夏阿利斯　第二次去卢瓦齐　夏阿利斯　1832

(时间负三)童年
(时间负二)少年
(——)
(时间负一)青少年

(时间一)我走出了一家剧院
(时间二)第一个小时
(时间三)第一与第四个小时之间
(时间四)第四个小时
(时间五)第五至第二十四个小时
(时间六)次日
(时间七)第三天
(时间八)第一天早晨
(时间九)几个月过去了
(时间十)那天
(时间十一)两后来的日子
(时间十二)两个月后
(时间十三)翌年夏天
(时间十四)一天

(时间N)叙事时间

图A

言，一口气就花去三章的篇幅，至于第九章和第十章则以惊鸿一瞥的方式倒叙西尔薇娅童年的一些插曲以及在时间负三中提到"水"的故事。

这些回忆片段允许我们以断断续续的方式重新将故事建构起来，换句话说，也就是那些枝节的时间顺序：起先，主角还是小孩，但他已经喜欢上西尔薇娅；稍微长大之后，他在一次舞会里遇见了阿德丽安娜；后来，他重回卢瓦齐；最后，某天夜里（这时他已长大成人），他决定要重返舞会现场，然后便是前文已经交代过的情节了。

情节就这样清楚地摊在那里，在阅读的过程中呈现在我们眼前。但是故事则不然，它不是那么明显，当我们想要重建它，某些氤氲效果便显露出来，因为读者从来无法精确地指出叙事者的声音正在谈论的时间到底属于哪一段。我提供的图表并没有拨云见日的宏图，正好相反，它只尝试解释为何那些氤氲效果得以产生。因而，故事只能以假设的方式重建起来，我的意思是，也许，被回忆起来的事件说不定和先前的经验吻合，大概在十到十一岁间，然后是十四到十六岁间，最终便是十六到十八岁间了（可是，如果要换个方式计算也不是没有可能，主角也许是一位异常早熟或是发育特别迟缓的男孩）。

这种重建（或许仅是尝试）必须从文本出发，而不该借由拉布吕尼传记的内容，后者的所有尝试最后都证明只是徒劳无功，有不少评论家努力要将剧院之夜定在一八三六年，因为小说中提及的道德伦理氛围似乎和那一年颇相吻合，而且里面提到的俱乐部也和其他一些游乐场所同时都在一八三六年底关门歇业。但若硬要把主角和拉布吕尼扯在一起，那么就会产生一连串有些光怪陆离的问题。一八三六年的时候，那男孩多大年纪？他在舞会上看见阿德丽安娜的时候又是几岁？拉布吕尼（生于一八〇八年）从一八一四年开始（也就是他六岁的时候）就不再和他的叔父一起住在孟特芳丹，那么他是什么时候去参加舞会的？既然他是在一八二〇年十二岁的时候进入查理曼大帝中学就读，那么他是不是在这期间里的某个夏天回到卢瓦齐并且看到阿德丽安娜的？这样算来，他去剧场的那个晚上就是二十八岁的人了？而且，如同许多人深信不疑的那样，要是他去奥提斯拜访姨妈是往前三年的事，那么他就是个装扮成猎场看守人（被姨妈称呼为金发的俊俏小子），和西尔薇娅嬉戏的二十五岁大男孩了。这个大男孩在这期间（一八三四年）继承了一笔三万法郎的遗产，而且已经到意大利旅行过了（不折不扣的成年仪式）。还有，往前回到一八二七年，他已经翻译了歌德的《浮士德》？看着这些资料，我们简直如坠五里雾中，所以应该放弃这些传记式的推测。

热-拉尔[①]和奈瓦尔

小说开头便是："我走出了一家剧院。"这里，我们面对两个实体（一个我以及一家剧院），而动词用的是未完成过去时。

既然当时那个说话的我并不是拉布吕尼（那就任由他在不幸命运里自生自灭吧），那么，那个说话的我究竟是谁？在第一人称的叙述里，那个称我的人就是故事的主角，但并不一定是作者本人。因此（拉布吕尼已被排除在外），《西尔薇娅》的作者是奈瓦尔，而他又推出一个我，负责向我们陈述一些事情，所以我们看到的是叙事中的叙事。为了避免一切模棱两可，我决定，那个一开始从剧院走出来的我，就让我们称呼他为热-拉尔（Je-rard）吧。

可热拉尔是"什么时候"说话的？他在所谓"叙事陈述时间"或简称为时间 N，也就是说，在他开始写作忆起往事，告诉我们某

[①] 此处的热-拉尔（Je-rard）有特殊涵义，Je 在法文中是指"我"，将原本的 Jerard 拆为 Je-rard，其目的和作者接下来的论述有关。

一天（时间一，情节的起始时间）他从剧院里走出来的时候。如果读者愿意，既然文本出版于一八五三年，姑且就把这个日期设定为时间N，不过，这样设定纯粹是出于方便，为了倒推比较容易。因为我们无从知晓在时间十四和时间N之间到底相隔几年（但有可能很长，因为，在时间N这里，他回想起西尔薇娅已经生了两个小孩，他们都会玩射箭游戏了），剧院之夜也许定在五年前或是十年前都可以，只要我们想象，在时间负三的时候，热拉尔和西尔薇娅还是小孩。

然而，那个在时间N里讲话的热拉尔，他回忆起的是很久以前的自己，而那个自己也回忆起小孩和青少年时代的热拉尔。这个现象其实不足为奇，我们有时候不也会说："我（我一，现在说话）当年十八岁（我二，在那时候），一直无法从悲伤中走出来，因为十六岁那年（我三），我有过不幸的恋爱经验。"但这并不表示"我一"依然承继"我三"的激情，也不意味着他能够说明"我二"忧伤的理由。他顶多就是怀着宽容温柔的心去回忆那些往事，同时发现自己已经和昔日截然不同了。从某种层面看来，它正是热拉尔的作为，唯一不同的是，在他认清时光流逝、自己也异于从前的同时，他却没告诉读者，他到底认同过去的哪一个"我"。他对于自我的认同一直是如此暧昧不明，以致在整本小说里，他始终没有提及自己的姓名，只在第十三章第一段以"陌生人"的身份出现。因此，这个表面上看起来如此毋庸置疑的第一人称代词总是指涉另一个人。

说了这么多，问题还不止于热拉尔有好几个，因为有时候说话的人不是热拉尔而是奈瓦尔，后者真可以说是偷偷摸摸混进叙述里的。请读者注意，我是说"叙述"里，而不是"故事"或"情节"里。故事和情节是可以视为相同的，不过那也仅仅因为两者是通过"论述"传达给我们的。容我进一步解释清楚：在翻译《西尔薇娅》的过程中，我把法文的原文论述转变成意大利文的译文论述，殚精竭虑只为保存全部相同的故事及情节，不允许任何细节走样了。一位导演也许可以将《西尔薇娅》"翻译"成电影版本，通过串联起来的淡入和淡出，通过倒叙往事的镜头，可以向观众重建"故事"。我宁愿不去评估他有没有可能成功，但有一点是确定的：他不可能像我一样，把"论述"翻译出来，因为他也许得将字词转换成影像。毕竟，你写"苍白如夜"和让观众看见一位苍白的女人，两者之间是有不同的。

奈瓦尔从不出现在故事中，也不出现在情节里，但是论述里就有他的影子。不过，他不像任何哪个作者，仅限于使用遣词造句的方式，他悄悄地变成向我们这些典型读者说话的"声音"。

在第三章的第二段，是谁说出"让我们再度回到现实"的？是不是热拉尔在怀疑阿德丽安娜和奥蕾丽的身份时对自己说的话？会不会是奈瓦尔在向他的人物或者我们这些被迷住的读者发出的邀请？在下文里，也就是在一点钟和四点钟之间，热拉尔在前往卢瓦齐的途中，文本写道："现在车辆正爬上坡，让我们把往日我常来这里的回忆重组一下吧。"那是时间三里的热拉尔在说话，是一段运用直陈式现在时的独白，还是时间N里的热拉尔在说，当"他"上坡的时候，我们暂时别理会"他"，就让我们试着回到往日的时光？又或者，这句"让我们重组一下"只是热拉尔说给自己听的劝告，还是奈瓦尔说话的对象是读者，为的是要呼唤我们加入他的写作历程？

十四章的开头究竟是谁说了下面这句："一如那些在生命的晨间时光就迷惑人，使人走错路的离奇怪物？"可能是时间N里的热拉尔，因为他已成为往日幻象的同谋兼牺牲者，可是我们注意到，在这项观察中，读者可以确定"叙述各项遭遇中的次序"，加上对读者直接的称呼（可是许多人将了解我），这些都有其道理。因此，那位说话的人似乎不可能是热拉尔，而是读者正在阅读的那本《西尔薇娅》的作者。

很多人在这项安排说话人的技巧上发表过意见，然而一切都是无法真正确定的臆测。正是奈瓦尔自己决定这种模棱两可的效果的,而他告诉我们"可是许多人将了解我",那不只是为了参与我们的迷惑(然后了解他的用意),更是为了强调激化这项用意。在小说共十四章里,我们总是搞不清楚,说话的人到底是本人在陈述事件,抑或他只是正在"代表"另外一位陈述事件的人;乍看之下我们也一直无从获悉,那些被陈述的事件究竟是人家正在经历的,还是人家正在回忆的。

从剧场里"走出来"?

从小说的最初几行开始,我们可以直截了当认定,"剧场"这个主题就如影随形地跟着读者直到小说结束。

奈瓦尔是剧院的常客,拉布吕尼也确实爱上过一位女演员,而热拉尔爱上的那个女的,他也只在舞台上见过;直到小说结束,他几乎都在剧院的舞台上游荡。《西尔薇娅》整本小说里时时刻刻都带有剧场效果,和阿德丽安娜在草地上跳舞的那段便是带有剧场效果的事件。还有在卢瓦齐的繁花庆典时(鹳鸟从花篮里飞出更像是舞台道具所营造的效果),热拉尔和西尔薇娅在姨妈家所计划安排的场景,还有夏阿利斯的圣剧演出都是例子。

这还不是全部:许多人也注意到,在小说一些寓意深远的场景中,奈瓦尔总是运用类似舞台的灯光效果。女演员出场首先有成排的脚灯照亮,接着是头顶上的分枝吊灯,而且草地上第一次舞会的场景中更借用了舞台的一些灯光技术,比方夕阳西下时从树枝间洒下来的余晖便具有背景布幔的效果;另外,阿德丽安娜唱歌的时候,她所在的位置好比被月亮这个大灯孤立起来似的(而且,她走出今天剧场术语所谓的"聚光灯"光环,然后按照女演员退到后台前向观众致意的习惯,优雅地行了礼)。第四章开头处,也就是"西岱之游"那一段（尤其是视觉表达的语言呈现，这是受到洛可可风格大家华托画作的影响），场景再度浸淫在傍晚天空洒下的鲜红霞光里。最后，到了第八章，热拉尔来到卢瓦齐舞会的现场，我们简直见识了剧场导演史上的一大杰作：作者让几棵菩提树的根基逐渐隐入黑暗，同时却让树梢染上带蓝的光，直到整个场景被清晨苍白的晨曦缓缓淹没为止，这过程真可谓人造光源以及初透曙光间的拉锯。

所以，不要以粗略的方式阅读《西尔薇娅》，因为如此一来读者会受蒙蔽，进而断言：由于热拉尔在幻想的梦境和找寻真实两者之间挣扎，所以情节在剧场以及现实两者中做出清清楚楚、直截了当的对比。

首先，每次热拉尔试图从一个剧场式的场景离开，就会再度进入另一个剧场式的场景。热拉尔开始时庆幸自己那幻象里的唯一真实，在第二章他还陶醉其中。到了第三章，他似乎踏上通往现实的旅程，因为那位他想前去拜访的西尔薇娅确实存在。只是当他来到现场，西尔薇娅竟然不是他期待中自然朴实的模样，而是深受文化熏陶、唱着文绉绉的歌词（同时身上穿着她姨妈以前的嫁衣，准备赴一场戴面具的化装舞会，像一位演技精湛的演员般利落机灵，学活了阿德丽安娜，还学着后者将之在夏阿利斯唱的那一首歌再唱了一遍，而热拉尔在场只是充作西尔薇娅的剧场导演罢了）。后来，热拉尔自己的行为举止因此更像舞台上的人物了（见小说第十一章），那时，他做了最后一次努力，想要赢得西尔薇娅的芳心，那身段可以媲美古典悲剧。

因此我们可以推断，剧场有时是令人得意洋洋、助人脱苦的幻影所在，有时却是幻影破灭、令人幡然醒悟的地方。这本小说所质疑的（这又造成另一层氤氲效果），并不是幻象和真实间的对立，而是贯穿两者之间的裂痕，它让这两个世界失去疆界，混淆起来。

情节的对称

如果我们重新检视图 A 就会发现，将情节组织起来的十四章又可分为两大部分，一边基本上是黑夜，而另一边基本上是白天。夜的部分指涉的是由回忆和梦想所构成的被渴望的世界：一切都以陶醉的方式被经历，如对自然的迷恋，空间经缓慢地穿越，字里行间充满浓厚的节庆气息等细节。可是白昼部分恰好相反，热拉尔发现的瓦卢瓦纯粹是人工的，由假的废墟所构成，前一次旅途所经之处再度以幻灭的心态加以造访，这次不再耗费笔墨描写景色，只是专心致志强调失望的直觉洞察。

从第四章到第六章，也就是在庆典过后（在庆典中尽是不可思议的惊奇，例如鹳鸟的出现、和西尔薇娅的相遇，这个女孩似乎融合了先前那两个被弃置不顾的幽灵所拥有的优雅于一身），热拉尔走过森林，投身在黑漆漆的夜色里（与他作陪的唯有与他共享秘密的明月，而这明月的光照拂砂岩石块，也是饶富剧场效果）；在雾霭笼罩的平原上出现水塘的模糊轮廓，空气中香泽飘荡，而地平线上渐渐显现中世纪优美的废墟侧影。村落如此明朗亮丽，投梭织布的西尔薇娅在她处女般纯洁的房间。而通往姨妈家的道路两旁一片花团锦簇，像在庆祝什么，两个年轻人快活地迈开步伐，四周尽是毛茛和惊飞的山雀、雪青色的长春花和带紫的毛地黄，还有树篱以及淙淙小溪。沿着泰弗河溯流而上，愈近源头河面愈窄，最后化成静静淌在平原上的小湖，湖畔长满鸢尾花和剑兰。我们几乎把十八世纪奥提斯的好处都说尽了，旧日时光闻起来是那么香气宜人。

至于第二趟旅程（第八章到第十一章），热拉尔在庆典结束之后抵达。西尔薇娅发里簪的、胸前别的花朵都已了无生气，泰弗河成了一潭死水，田里虽然依旧遍布草垛，但已嗅不到昔日令人陶醉的香气。在第一趟旅程中前往奥提斯的路途上,两名年轻人还有本事纵身一跃跳过树篱,可如今他们连越过田野的兴致都提不起来。

热拉尔走向叔父的房子,但是对于途中所见只字未提。来到房前,他却发现狗已死了,花园也荒废了。他又朝埃尔默农维尔的方向进发,可是说来奇怪,鸟儿全都噤声不鸣,道路指示牌上的字迹也都磨灭难辨。出现在他眼前的,唯有以不自然的方式重新建造起来的"哲学之殿",但如今也已倾颓而成废墟;月桂树已经不见踪影,而且加布丽艾拉之塔下的湖面(人造湖),"湖水腾滚,虫鸣嗡嗡……"空气中弥漫着一股臭味,砂岩化成粉末,一切如此悲凉孤寂。热拉尔来到西尔薇娅的房间时,发现金丝雀取代了红雀,现代风格的家具透出俗不可耐的造作,西尔薇娅织布不再投梭,而是操纵一套"机器设备",连姨妈都已谢世。在夏阿利斯散步时,他们不再一时兴起,疯掉似的向前狂奔,而是随着驴步缓慢行进,途中不再停步摘花,只在那里口头较劲,比谁的文化素养较为深厚,气氛充满对彼此的不信任。来到圣 S 附近,他们只是专心注意脚该踩在什么地方,因为有几条小溪好像不怀好意,和人作对似的在草地上肆意流淌。

后来到了第十四章,热拉尔回到那些相同的地点,他甚至找不到往日的森林,夏阿利斯被修复,新挖的池塘"白费心机地卖弄那摊连鹳鸟都嗤之以鼻的死水",直接通往埃尔默农维尔的道路没有了,原来的空间仿佛变成一座莫名其妙的迷宫。

这类前后倒置对称现象还可以进一步寻找,而且也有很多人试过,以至于出现诸多对各章彼此间关系几乎是相反的推论(也就是说第一章和最后一章,第二章和第十三章等等,即便这些对应关系并非完全遵循这些规则)。让我们检视一下其中最令我们印象深刻的:

陶醉	失望
1. 拉弓射箭，神话联想	14. 拉弓射箭，儿童游戏
2. 阿德丽安娜优雅致意，安排要过修道院生活	13. 奥蕾丽优雅致意，世俗女子
3. 坏的时钟：将可掌握时光	12. 坏的时钟：对已逝时光的追忆
4. 舞会： 女孩们代表法兰西的千年历史 热拉尔是舞会中唯一的男孩 人家特地为阿德丽安娜准备了一顶王冠 接吻如同神秘经验 众人以为自己置身天堂	8. 舞会： 男孩们是没落家族的后代 每个男孩都有女孩陪伴 西尔薇娅取得王冠是意料之外 接吻只是造作之举 大家参与一场男女互献殷勤的欢庆活动
5. 独自散步，满心喜悦	9. 独自散步，情绪低落
6. 兴高采烈散步并且拜访姨妈	10. 姨妈已死，慌乱出发到夏阿利斯
7. 唱歌的阿德丽安娜现身	11. 西尔薇娅唱歌，回想阿德丽安娜

事实上，夏阿利斯是令人不安的一章，它破坏了原有的对称并将前面六章和最后七章分隔开来。一方面，我们看出第七章和描述舞会的第四章是对立的：岛上贵族的庆典和庶民的作乐形成反差（除了舞台上面，其他地方没有年轻人的踪影，热拉尔和西尔薇娅的兄弟是擅闯其中的不速之客），一处封闭空间对照西岱的开放空间，阿德丽安娜皈依基督后那具有《启示录》磅礴气势的歌唱对照阿德丽安娜童年时代的柔美歌唱，丧礼仪式对照维纳斯的崇拜，再度迷恋阿德丽安娜对照征服了西尔薇娅……

另外，第七章可能也包含了其他章节里面的一些主题，只是有点模棱两可，难做定论。有人举出拉弓射箭、时钟、舞蹈表演形式、一顶由鎏金硬纸板制成的王冠，尤其是一只鹳鸟，然而这些并没有什么显而易见的理由。有许多人在诠释这一章时认为，鹳鸟不仅是一个象征、一个刻上去或雕出来的家族纹章（比方纹章术语"展翼的"),而且是一只活生生被钉死在门上的鹳鸟。这种诠释在我看来似乎太过牵强(就算在梦境中一切都有可能发生),然而不管怎样,这只鹳鸟可以是第四章里生动得意的那一只,以及第十四章里已不在场的那一只两者的综合体。

还有人提出"颓败仪式"的理论,可是并不需要特别找出各种对称关系以便将其分门别类:对称关系几乎是在读者没有察觉的情况下运作的,每一个先前已经处理的主题再回来的时候总会给人"似曾相识"的感觉,不过我们仅会意识到,某种我们以为曾经属于自己的东西从我们这里被夺走了。

转圈圈

氤氲效果、迷宫效果:乔治·布莱[1]曾称之为"圆圈蜕变"(metamorposi del cerchio)。也许文学批评家在《西尔薇娅》中看到比实际多出许多的圆圈,仿佛是剧场舞台那个具魔力的圆圈和草地上跳舞时那些同心的圆圈(被树木围绕起来的草地或是小孩子们的圆舞,像漩涡一样激烈的,好像在一个电影的特写镜头中,女孩子们长长的金色鬈发)。此外,还有在卢瓦齐的第二次欢聚时由水塘、岛屿和神殿所构成的三个圆圈。有时,我似乎觉得,圆圈的重要性却被另外一些批评家忽略了。

例如在第九章,去已故叔父家拜访的时候,"花园"这个词在同一个段落里出现过三次,这可不是风格上的疏忽:那里其实有三座花园,属于三个不同时期的花园,但设计成同心圆的形式。如果不承认三座花园具有空间远近透视,至少从时间的观点来看,是具有远近透视技巧的。仿佛热拉尔的眼睛首先观察到叔父的花园,然后稍

---

[1] Georges Poulet(1902—1991),比利时文学批评家,日内瓦学派代表人物。

远一些是他自己童年时代的花园，接着更远之处则是历史的花园（好像是考古遗址那样永恒的场所）。从这层意义上看，这三重花园居然成为整本小说的缩影模型，不过是从终点往前回顾。从那怀着失望落寞心情重返的场所（当时花园只剩丛生的乱草）冉冉升起的是记忆的氤氲，最初尽管有一部分被磨灭掉，但那痕迹依旧井然有序，那是童年时代充满魅力的天地，然后再远一些，当观看花园的已不是肉眼，而是热拉尔的记忆时，处于他书房那些排成一列的残片中，大家似乎听见了罗马以及德鲁伊教时代的回音，而这些时代在小说一开始便被提及了。

最后，热拉尔每次造访卢瓦齐的行动路径也是圆圈式的：起先从巴黎出发，不过当天就返回，接着又从村庄出发，穿越池塘、森林和沼泽后也是返回原处。

这种转圈圈的情况值得以测量土地的精确方法画出方位关系，不过我倒认为不必如此大张旗鼓。于是，我决定拟出一张位置关系简图（图 B），它对译者的用处会比对读者大。虽然我眼前摆着好几份不同的瓦卢瓦地图[①]，我却没去斤斤计较经纬线的细微差异，只想让大家对于村落之间以及村落和森林的相对方位关系有个大概的了解。不管怎样，我们先以鸟瞰方式从吕扎尔什看到埃尔默农维尔，这段距离大概是二十公里，从埃尔默农维尔到卢瓦齐三公里，从卢

[①] 出于一股细心考证的冲动，我甚至亲自去了当地。当然，道路和往日早已不同，不过仍有几座森林以及不少池塘（位于科麦尔附近的那几个，里面有天鹅悠游，旁边还有布朗什王后城堡，特别教人感触良多）；我们可以沿着泰弗河蜿蜒曲折的河道前行，埃尔默农维尔的风貌以及街道和昔日相差无几，马路从罗内特以及四座鸽舍附近通过，夏阿利斯仍然是废墟一堆，那个样子引人伤感。到了卢瓦齐，人家会把可能是西尔薇娅的老家指给你看。对于一位心怀感动的奈瓦尔研究者而言，最主要的危险即是在奥里和孟特芳丹之间走到半路会被阿斯特利克斯主题游乐园（Le Parc Astérix）挡住去路，那片"沙漠"中看到人造的美国西部以及撒哈拉的景致，还有印第安人和单峰骆驼徜徉其间（法国迪士尼乐园就在不远处）。不必去试弗兰德斯公路，因为戈奈斯镇和巴黎戴高乐机场近在咫尺，四周尽是摩天大楼和炼油厂。然而，过了卢浮之后，你不妨开始重组记忆，而氤氲雾气果然就在那里，即便你从高速公路远眺那处风景也是一样。——原注

图B

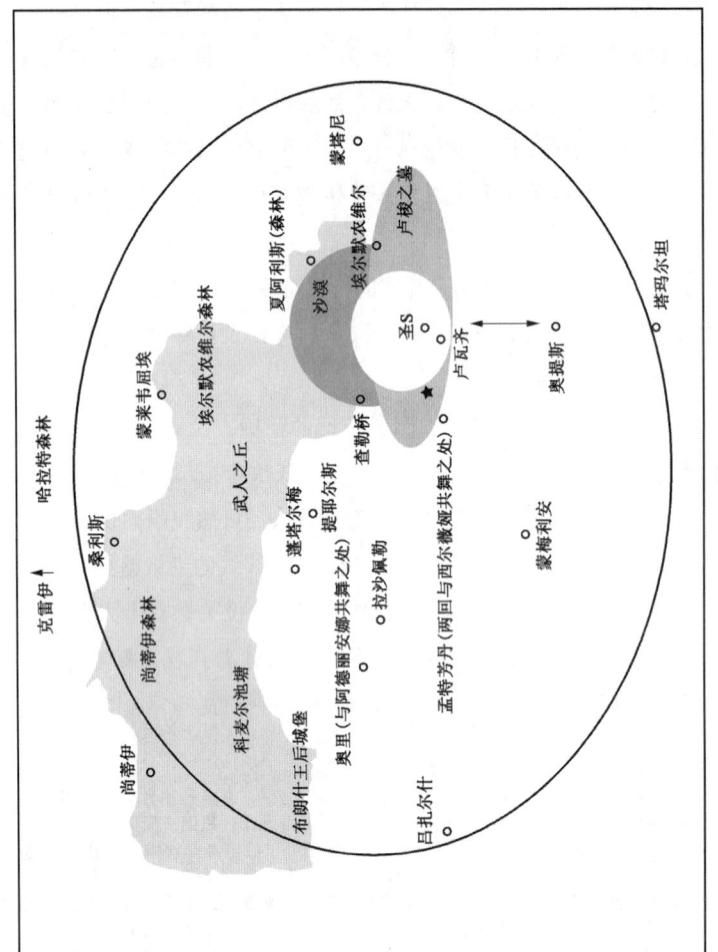

瓦齐到孟特芳丹两公里。在十三章里我们得知，和阿德丽安娜的那场舞会是在奥里那边的古堡前面举行的。幸好有孟特芳丹北缘那些池塘做标志，我才能够确定卢瓦齐第一次和第二次舞会的位置，就在今天泰弗河源头处（当年的发源地似乎位于卢瓦齐和奥提斯之间）。

如果我们一面看图一面阅读原文就不难察觉，该处的空间好像一块被嚼食的口香糖，每次提起它，形状都不太一样。那辆车绕了一大圈为了要让热拉尔在距离卢瓦齐不远的地方下车，而他对于那个时代当地的道路本该熟悉才是。夏阿利斯之夜，西尔薇娅的兄弟选择的路径也让评注《西尔薇娅》的学者手足无措，因为他们想在地名上找出证据却都徒劳无功，为了脱困，他们只好推断那个男孩八成是喝醉酒了。从卢瓦齐前往夏阿利斯果真应该途经奥里，然后沿着哈拉特森林走才行？还是说，两名男孩并非来自卢瓦齐？有时，奈瓦尔似乎会重构自己的瓦卢瓦，不过似乎又避免不了被拉布吕尼的瓦卢瓦所影响。文本提及，热拉尔的叔父在蒙塔尼，可是我们知道拉布吕尼的叔父是住在孟特芳丹的。然而，如果我们参考简图再仔细读一遍，我们便能了解，假如拉布吕尼的叔父果真住在蒙塔尼，那是行不通的，所以大家不得不认为他住在孟特芳丹，或者说，在小说的瓦卢瓦中，蒙塔尼正好就处于孟特芳丹的位置。

第五章里，热拉尔提到，舞会之后，他送西尔薇娅和她的兄弟回卢瓦齐，因为下文提到他"回"蒙塔尼。很明显，他回去的地方只可能是孟特芳丹，更何况他踏上卢瓦齐和圣 S（实际上是距离卢瓦齐才两步远的圣苏尔彼斯）之间的林地，更何况他是沿着显然是位于西南方的埃尔默农维尔森林前行的，而且一觉醒来，他看到圣 S 修道院的外墙就在眼前，而远处则是"武人之丘"，提耶尔斯修道院的废墟、蓬塔尔梅的城堡，以及卢瓦齐西北方所有的地点，而不久之后他也再度回到那里。他绝对不可能走上通往蒙塔尼的路，因为

45

那里太偏东了。

第九章一开始，热拉尔从舞会场所前往蒙塔尼，然后又朝卢瓦齐走去，这时他发现大家都还在酣睡，于是他又朝埃尔默农维尔的方向走下去，经过左手边的荒原，抵达卢梭之墓，最后回到卢瓦齐。假设他真的去了蒙塔尼，那么可得远远绕上一圈才能抵达，而且必然穿越埃尔默农维尔地区。果真如此，那么重返卢瓦齐岂不是件失算的事？因为那要大费周章，先要再度穿越埃尔默农维尔地区，然后还得下决心重新登上通往埃尔默农维尔的路，最后才能再一次回到卢瓦齐。

从作家的生平来看，这件事可能意味着，奈瓦尔早就决定要将叔父的房子搬去蒙塔尼，可是接下来他又没能贯彻始终，并且继续（和拉布吕尼一起）想着孟特芳丹。然而这件事对我们而言应该不是什么关键，除非我们很想重返现场，将那路径重走一次。文本只负责将我们领往记忆和梦想混淆在一起的瓦卢瓦，而且他也在字里行间动了手脚，让我们在其中迷失脚步。

如果情况真是这样，那为什么还要千方百计重绘一张地图？我相信一般正常的读者都不会耗费这种工夫，多少年以来我也和那些读者一样，只要享受从那些地名逸散出来的迷人魅力便吾愿足矣。普鲁斯特曾经观察到，这本小说里的专有名词具备了巨大的魅力，他也下过这样的结论：读过《西尔薇娅》的人，日后要是有机会在火车时刻表上看到"蓬塔尔梅"这地名时，一定会全身感到一阵哆嗦。可是他也指出，其他在文学史上出现过的显赫地名却不会在我们心底产生类似的不安。为什么唯独在这里出现的地名会在我们的心灵中放进"一个短句"，就像一串音符似的？

在我看来，上述问题的答案显而易见：因为那些地名"一再出现"。读者并不会动手画张地图，可是他们（靠耳朵）感觉到，热拉尔每次"返回"瓦卢瓦的时候，去的总是同样的地方，顺序也几乎是相同的，宛如每个诗节后面总是出现相同的主题。在音乐领域中，这种形式就叫"回旋曲"（rondeau），这个词源自 ronde（圆舞），就像人家围成一圈跳舞一样。因此，读者的耳朵感受到一种圆形循环的结构，而且就某个意义层面来说，他们还"看到了"，只是看得并不十分清晰，仿佛涡漩运动，或者错落接续的圆周。

从上面的理由说来，将地理位置的彼此关系重划出来是值得的，因为我们借此可以在视觉上了解文本在听觉上施与我们的感受。各位可以从我画的简图上发现，以卢瓦齐为中心，总共有三个深浅不同的偏心圆，各自代表三次主要的散步路径，倒不是真正走的路径，而是被推定出来的远足区域。颜色最浅的圆圈当属第五章里热拉尔的夜间散步（从卢瓦齐动身前往蒙塔尼——也就是孟特芳丹——不过换个方向沿着埃尔默农维尔森林的边缘走，经过圣 S，最后又回到卢瓦齐，而其间在远处可以看到蓬塔尔梅、提耶尔斯或是武人之丘）。

颜色稍深的圆圈表示热拉尔在第九章的散步（从舞会场地走到叔父的房子——房子应该位于孟特芳丹——然后再到卢瓦齐，最后来到埃尔默农维尔，直到卢梭之墓的所在地才返身走回卢瓦齐）；那么最明显的那个圆圈则表示第十章和十一章里热拉尔以及西尔薇娅前往夏阿利斯的路径（从卢瓦齐出发，穿越埃尔默农维尔森林，然后一直走到夏阿利斯，接着经由查勒桥附近走回卢瓦齐）。奥提斯的行程其实就是重返十八世纪的十趟来回。

最后便是那个最大的圆圈了，范围就是整个图 B，符合十三章里与奥蕾丽那几次漫无目标的闲逛。热拉尔绝望地想要寻回一切，而且丧失了前几次散步时的地域核心。这个核心他再也找不回来。到最后，既然西尔薇娅从此定居塔玛尔坦，十四章里提到的几次返回都局限于这个大圆周的边缘。热拉尔、西尔薇娅，以及其他所有人，大家从此都被排除在起初那个神奇的核心地域外面，热拉尔只能够远远地从旅馆的一扇窗户观看它。

无论什么时候，热拉尔只要展开旅程便在那里兜圈子（明眼人一看便知，或者说，耳聪人一听便知，就算那些地名只像远方混淆在一起的长长回音）。热拉尔这种兜圈子的状态不像和阿德丽安娜第一次跳舞时的完美圆圈，而像一只冲撞灯罩的狂乱夜蛾，再也寻不回前一次他所留下的东西。因此，我们确实应该同意乔治·布莱的看法，也就是说，这种圆形结构代表一种时间隐喻：这种情况不像是热拉尔在小说描述的空间里绕圈子，倒像是时间，是热拉尔的过去在绕着他自己飞舞。

未完成过去时

让我们回到小说的第一个句子："我走出了一家剧院"。我们已经在"我"以及"剧院"上面做了许多推敲，现在该仔细研究"走出了"这个部分。动词使用的时态是未完成过去时。

在法文中，未完成过去时通常用来表示持续性的，而且经常是重复性的时间。它表示一个还没有完全结束的动作，同时仅仅需要在上下文稍微点出便可使它兼具重复性的意涵，换句话说，读者便可推知动作是否被完成许多次。事实上也真是如此，因为一年以来，热拉尔每晚都从那家剧院里走出来。①

---

① 不具备未完成过去时的语言没福气了，因为很难翻译出这种奈瓦尔式的开场。十九世纪的一个英译本尝试用"我走出一座每晚惯常出入的剧院"（I quitted a theater where I used to appear every night），而另外一个较晚的英译本则译成："我走出一座每晚惯常来到这里花钱的剧院"（I came out of a theater where I used to spend money every evening）。我们不知道"花钱"的文字从何而来，也许译者想让读者明白，主人翁出入剧场已成习惯，是种偏差行为，一件已经持续太久的事。为了这个未完成过去时的动词，译者真是挖空心思在努力了！不过我觉得晚近理查德·希布尔思（Richard Sieburth）的英译本对这个句子的翻译要忠实得多："我当时正从一座剧院走出来，而夜复一夜，我都会在其中一个舞台包厢现身……"（I was coming out of a theater where, night after night, I would appear in one of the stage boxes . . .）这种译法有些过长，但是原文里面未完成过去时动词的持续性和重复性都反映出来了。——原注

请读者原谅这种表面看起来似乎是无谓的重复,可是未完成过去时之所以被称为未完成过去时,正是因为它表现了动词过去未完成的状态:它将我们从正在说话的此刻搬移到先前一个时间,只是并没有确切告诉我们到底什么时候,到底持续多久。这也就是它让人觉得津津有味的地方。普鲁斯特说(他是指福楼拜):"我坦白讲,直陈式未完成过去时的某些用法对我而言,正是神秘哀愁永不枯竭的泉源,它是一种残酷的时态,向我们所呈现的生命仿佛是蜉蝣般短暂消极被动的东西,在它重新唤起我们过往行为的时候,同时将那些行为打入幻影的层次,将那些行为消弭于过往中,它不像完成时那样,能将行为活动的慰藉传给我们。"

在《西尔薇娅》一书里,未完成过去时更是凸显出了它取消时间界线的特性。表面上,这个时态似乎用得太慷慨,可是实际上,每次用它都是精确表露数学般的洞察。这里我来举例为证:奈瓦尔在《西尔薇娅》第二版里加入了一个未完成过去时,但也删去了另外一个。在第一章里,当热拉尔在一八五三年发现自己有钱的时候,他写道:"那时我的脑海闪过一个念头(pensai-je):刚才那位年轻人会说些什么,"然后接着,"意念及此,我颤抖了一下。"到了一八五四年,他将"pensai-je"改成"pensais-je"(我正想着)。其结果是:未完成过去时用在这里以便凸显叙述者的思想,是思想持续性的流动:在数秒(或者数分钟)的时间当中,热拉尔心里怀着也许可以获得那个女演员青睐的想法,只是没能做成任何决定。接着,突然,而且仅在这个时间点上,他用了简单过去时"je frémis"(我颤抖了一下),这表示他将脑海中盘旋的梦想驱赶出去。

另外,在一八五三年第二章的尾声我们读到阿德丽安娜"正出发"(repartait),到了一八五四年改成简单过去时:她"出发了"(repartit)。现在让我们将整个段落重读一遍。直到那一刻,先前的一切动作都以未完成过去时的形式进行,仿佛作者有意让场景显得朦胧，而那一刻却发生了一件属于现实世界的事情，不再是幻想领域，那是一件精确的事情。隔天，阿德丽安娜人不见了。她的离去是突然的、不可逆转的。事实上（如果我们不计第七章里面那段充满质疑的、如梦般的情节），那也是热拉尔最后一次见到她了（或者至少是最后一次能接近她的机会）。

此外，读者从第一章开始便察觉到，在开头的五个段落里，六十个左右的动词形式中，未完成过去时便占了五十三个。在开头这五个段落中，所有被描述的事都是惯常发生的事，每天晚上都要发生，长久以来一向如此。接着到了第六个段落，有个人对热拉尔"说"，换言之，有个人问他上剧院究竟"为谁"。而热拉尔"给了"一个名字。于是原来缥缈模糊的时间蓦地聚拢过来，精准地变得确定：故事便从这个阶段出发，或者说，这个阶段标志了时间一，而从这时间一中，热拉尔（他提到了时间 N）激活了自己散步的情节。

如果想明白未完成过去时能将时间模糊到何等地步，那么就去参考夏阿利斯那一章吧。那个两度以直陈式现在时介入叙述中间的人（一次为了向读者描写修道院，而另一次则为了告诉我们，说话的人一旦回忆了那些细节便同时寻思，那些究竟是真实抑或梦境）正是奈瓦尔——或是时间 N 里的热拉尔。至于其他，一切都以未完成过去时来叙述——除非语法不容许这样做。这一章里对于动词时态的分析恐怕要依靠太多语法上的细腻区分。不过，我们只需多读上几次，竖起耳朵倾听这种时间的音乐，这样才能理解为什么我们竟和奈瓦尔本人相同，在梦魇和回忆间一直犹豫到底该选定哪个。

《西尔薇娅》里未完成过去时让我们面对仔细分清"故事"、"情节"以及"论述"间的差异。时态的选择是落在"论述"这个层次里的，可是在"论述"层次里所产生的模糊却对于我们透过情节以及故事重新建构的可能性造成影响。因此，诠释这本小说的人终究无法在事件先后次序这一点上达成一致，至少前七章是这种情况。

为了在这片时态的森林里搞清方向，我们决定把和阿德丽安娜在城堡前的那场舞会称为"第一次舞会"（也许地点就在奥里），天鹅庆典的那场（首度前往卢瓦齐）称为"第二次舞会"，至于热拉尔最后乘车来参加的那场则是"第三次舞会"。

那么夏阿利斯之夜那一段到底发生在什么时候？是首度前往卢瓦齐之前还是之后的事？请读者再度注意，这并不是什么需要拿来辩论的问题。这是读者对于上述疑问在潜意识里所意欲回答的问题，而这个疑问基本上造就了所谓的"氤氲效果"。

有些人甚至提出大胆假设（这点也证明了"氤氲效果"有多强烈）：夏阿利斯插曲其实发生在第一次草地舞会"之前"，理由是，第二章的第五段里提及舞会结束之后，"我们也许再也见不到她了"。可是，说什么这都不可能发生在舞会之前，理由共有三个：其一，在夏阿利斯时，热拉尔"认出"阿德丽安娜，而在舞会的时候，他才第一次看到阿德丽安娜（这点在第三章获得证明）；其二，先前文本已经说过，只有舞会举行过后，她才会投身宗教生活；其三，第一场舞会的场景是在第四章一开头、当成童年的回忆被提及时，而且大家也不明白，热拉尔以及西尔薇娅的兄弟年轻些的时候，夜里如何坐车到森林里看宗教圣剧的演出。

那么，夏阿利斯插曲会不会发生在第一次和第二次舞会之间？如果要下这个结论就得满足一个前提：在上述两个事件之间，热拉尔又二度去了卢瓦齐。在这种情况下，为什么在他抵达第二次舞会现场时，西尔薇娅没给他好脸色看，仿佛她还在意面对阿德丽安娜时曾受过的屈辱似的？无论怎样，这应该可视为另一种"氤氲效果"。文本完全没提到西尔薇娅因为昔日这场羞辱而对热拉尔不理不睬——也许是热拉尔自己片面的想法而已。不管西尔薇娅或是她兄弟都责备他"好久"都不来看他们。谁说这段好久的时间是从第一场舞会算起？热拉尔也有可能不管哪种情况下曾在这期间回来过，和她的兄弟一起消磨一个晚上的时间。然而，这种说法不能使人信服，因为那天晚上，热拉尔的确让人觉得从第一次舞会之后他是首度再和西尔薇娅见面的，而这时的西尔薇娅已经脱胎换骨似的，远比以前令人痴醉。

因此，热拉尔也许是在第二次舞会（在时间一中）才去夏阿利斯的。可是如果根据大部分诠释者的看法，第二场舞会是发生在剧场之夜前三年的事，而且如果在他抵达的时候人家责备他好长一段时间都没和他们联络，这种情况怎么可能发生呢？这里也是，或许我们已经成为另一次"氤氲效果"的受害者了。文本压根没有提及第二次舞会（时间一）发生在剧场之夜的前三年。文本某处（第三章的第三个段落）说到西尔薇娅："为什么这三年来我都没想起她？"但是并没有说自从第二次舞会后时间已经过去三年，而是（第七个段落）说热拉尔三年来尽情挥霍他叔父留给他的遗产，而我们可以推论，在这段享受世俗刺激的三年当中，他将西尔薇娅抛在脑后。在第二次舞会和剧场之夜当中，流逝的时间或许不止三年。

不管我们相信哪种假说，那么又如何依据一八三二年阿德丽安娜死亡那年来定位夏阿利斯插曲的时间点呢？如下推敲难免令人感动：当热拉尔在夏阿利斯看到她（或者梦想看到她）的时候，阿德丽安娜已经濒临死亡或者已经咽气。

正是这些明显非常仔细的计算，才能够解释为什么我们读者（包括普鲁斯特）阅读这本小说时总是不得不一直回头去翻前面的情节，以便了解"到底身置何处"。当然，在这种情况下，混淆不清可能源自拉布吕尼本人的精神问题。不过话说回来，要不是那些无孔不入的传记作家夸张地将这位不幸作者的病历表披露出来，我们读完文本之后也只会简单认定：我们不知自己身置何处是因为奈瓦尔并不想让我们知晓。奈瓦尔的手法和侦探小说作者的手法正好相反，后者在写作过程中到处预留伏笔，以至于等到再度阅读文本的时候，我们会说，当初第一次读它就应该可以早早猜到真相。然而，奈瓦尔却是故意让我们迷失在"时间的次序"里。

所以，热拉尔（在第一章）曾对读者说，他不晓得"时间的次序"到底是怎么回事，然后到了十四章的开头，他要试着以"没有太多头绪"的方式，将自己那些怪异念头固定下来。在《西尔薇娅》的世界里，我们认为时间以不规则的脱序状态前进，"时钟发挥不了作用"。

其他地方也有同样的例子，比方第三章描述时钟的段落。我曾说过，如果作者不厌其烦地描写一个从情节的角度看来毫无重要性的事物，那么，这个事物就是作者有意置入的"象征手法"。第三章里的时钟便是很具代表性的一例。为什么要长篇大论去描写那件老古董呢？毕竟它已无法计时，甚至连门房的咕咕钟都比它强。那是因为那个时钟是整个故事象征的汇聚焦点，其一是它所唤起的文艺复兴世界，也就是瓦卢瓦的世界；其二是时钟表达了（也许对象是我们这群读者而不是热拉尔）：我们将永远无法找回所谓"时间的次序"。根据上文我们已经讨论过的对称现象，十二章里又出现了损坏的手表这一主题。如果后面这一描写仅仅出现在十二章，那么充其量就只是童年生活的一件饶富滋味的趣闻，然而这却是对先前主题的呼应。奈瓦尔借着这项对称告诉我们，从一开始，在他看来，时间只不过用来表示支离破碎、模糊不清的状态，或者，套句莎士比亚的名言："时间是脱序的（Time is out of joint）。"对于热拉尔或者对于我们都是相同的。

欲望的对象

为什么不能寻回时间的秩序？因为在故事的时间曲线上，热拉尔将情欲投掷在三个不同的女人身上，只是其中的次序不是直线的，也不朝向同一方向，而是呈螺旋状运动的。在这个螺旋状的运动中，热拉尔渐次将甲女或乙女视为自己情欲的目标，可是他又经常将她们混淆在一起，而且，不管在哪种情况下，只要以前的女人再度出现（重被找回或者重被忆起），她一律不再具备往日的特质。

热拉尔的情欲有它投射的目标，而且故事才一开始，他就将这目标的特色向读者清楚描述过了。这代表了女性的理想，不管她是女神或者王后都好，只要是"不可狎近"便可。不过，接下来的几章里，他也尝试要获得他的目标。只是，一旦他的情欲目标靠近过来，热拉尔总能找到理由疏远它。因此，所谓的"氤氲效果"不仅与时间和空间相关，也和情欲有涉。

在第一章里，在热拉尔的眼里，似乎梦想是他渴求的，而现实是他憎恶的，他的理想则体现在女演员的身上。

梦想	女演员	现实
不确定和怠惰	是他或是别人有何不同？	英雄式的殷勤
模糊暧昧的欲望	她满足我所有的热情欲望	追求利益
对宗教的渴求	赫库兰尼姆①的神圣时刻	丧失白昼时光
形而上的幽魂	她让人因爱和欢愉而颤抖	怀疑主义，闹酒狂饮
因爱情和诗歌而陶醉	苍白如夜	实际的女人
不可狎近的女神和王后	是谁都没关系	罪恶

直到这里，剧院的舞台肯定比起剧院的观众席更要真实。此外，在女演员的眼里，那一大群观众不过就是"虚空的角色"而已。可是到了第二章，热拉尔似乎企求某件比较实质的东西，就算只是在记忆中回想起自己曾经接近过它的那一时刻也好。具备那个女演员所有特质优点的女人，仅仅从舞台上被观看的女演员现在就是阿德丽安娜，是热拉尔夜里在草地上苍白的光线中瞥见的阿德丽安娜。

---

① Herculaneum，意大利古城。

奥蕾丽（第一章）	阿德丽安娜（第二章）
苍白如夜	我是现场唯一的男孩
她只为我而活	初升明月的光只照拂在她身上
她的声音颤抖	声音尖锐而且清新
具有魔法的镜子	鬼火飘离
幻影	鬼魂没碰到绿色的草地
美如白昼	荣光与美的幻象
如同神圣的时刻	瓦卢瓦的血液在她的血管里流动
她的微笑令他充满莫大的幸福	他们自以为身处天堂福地

由于这个原因，热拉尔便自问（第三章第二段），他会不会爱上一位外表是女演员但内心是修女的人，这个问题直到书末都萦绕在他的胸怀。

可是阿德丽安娜并不只拥有，让我们这样说吧，理念上的特质，她同时还具备容貌体态的长处，在第二章里，由于这些特质，她胜过了那位纤弱优雅的乡下女孩西尔薇娅。到了第四章，也就是间隔数年之后，当热拉尔再度见到西尔薇娅的时候，后者已不再是黄毛丫头，而是灿烂夺目的青春姑娘，她可以说是获得了消失了的阿德丽安娜以及奥蕾丽的所有优雅（就算只是微弱的反映而已），而在记忆中，奥蕾丽早已褪色。

阿德丽安娜（第二章）	西尔薇娅（第二章）	西尔薇娅（第四章）
长大	小女孩	已不再是小女孩
美丽	活泼清新	她变得如此美丽
金发	晒黑的皮肤	手臂白皙
身材高挑	还是个小女孩	身材苗条
瓦卢瓦家族的后裔	来自邻近的小村落	称得上远古的艺术品
荣光和美丽的幻象	身段恰如其分	雅典式的优美
她一直单身但是以此为傲	（她不值得头戴冠冕）	不可抗拒的魅力
似是而非的爱	温煦的友谊	她那如女神般美丽的微笑

热拉尔不仅怀疑、恐惧、渴求,而且出乎大家的意料,他直到最后都相信奥蕾丽和阿德丽安娜是同一个人,然而有些时候,他又认为自己对起初这两位女子所企盼的,后来的西尔薇娅都能给他。由于一些没说出来的理由,在第二次舞会之后,在和她举行过象征性的婚礼之后,他便远远躲开了。在第三次舞会中,为了逃避奥蕾丽那不可狎近的风韵,热拉尔试图接近西尔薇娅,结果却发现后者竟和他想要躲开的那个人相似,于是他明白了,要不是对他而言西尔薇娅已经不可掌握,就是他对西尔薇娅已经没有感觉。我们不妨断言,在每次交叉式的消融当中,每个女性角色都蒸发消逝在另一个女性角色里,原来非真实的变成真实;然而,正因为现在这个真实唾手可得,它也随时准备变化成另一种东西。

热拉尔那不为人知的痛苦来自一项事实:他必须一直排拒自己以前渴望的东西,而且正好因为事情总是变成他以前所一直希望它变成的那样。我们如果参考第十三章便可看到,奥蕾丽如何不偏不倚变成他以前在潜意识里希望她变成的样子:她隶属于另一个人,而那个人到了海外之后便音讯全无了;女演员没有哪个有真心,而现在她表现出迫不及待准备恋爱的样子……可是,真可悲啊,凡是变得可以狎近的就不再能够被爱。正因为她有真心,奥蕾丽就绝不可能和那个确实爱她的男人结合。①

这种折磨人的想要和不想要之间的拉扯,几乎是以神经官能症的方式呈现在十一章的内心独白里。热拉尔依稀忆起阿德丽安娜的命运因而感觉震惊(而在先前一刻,他还渴望着西尔薇娅),并且发现引诱一位修女是桩亵渎的行为。于是他立即将意念转到(这种善

---

① 米蕾娜·古塞因(Mirène Ghossein)一九八四年在我于哥伦比亚大学开设的课程里交过一份期中报告。她发现《西尔薇娅》一书中在柏拉图概念和洞穴里教人失望的幽影之间存在着持续性的失调。我不确定奈瓦尔是否想到柏拉图,可是其中的机制必然如此:当某件事物渐渐来到触手可及的范围内时("真实"的,一如这一字词通常的定义),它就转变成为幽影而且无法和先前所幻想的理想形象契合。——原注

变是很恼人的）奥蕾丽身上，同时再度将欲望投注进去。可是在下一章开头，他又重新准备冲去跪在西尔薇娅的脚边，并且愿意将自己的房子以及那笔还不十分确定能获得的财富奉献给她。热拉尔的心被三个女人围绕，她们在他身边婆娑起舞，他因此丧失了对于她们清楚的认同。热拉尔渴求她们，但也同时失去她们中的每一位。

一八三二年

此外，奈瓦尔自己也鼓励我们不要拥有记忆。为了帮助我们（或者说令我们失去记忆），他推出了一个没有记忆的西尔薇娅，因为直到最后她才想起阿德丽安娜已在一八三二年谢世。

这是令诠释者最感手足无措的元素。为什么要选在故事最后才提供如此基本又重要的讯息？就像七星文库版一条相当天真的批注提到的，读者应该一开始就期待这个讯息。这里，奈瓦尔实践了热奈特①笔下所称的"补充回复"（analessi completive），也就是说，叙述者假装遗忘某个细节，而且后来提起它时，从情节主轴看来已经相当迟了②。这并非小说中唯一的例子，另外一例则是对女演员名字的偶然提及，而那时故事已经讲到第十一章了：不过后面这一例子似乎有其动机存在，因为就在这个节骨眼上，热拉尔觉得既然和西尔薇娅那单纯而美妙的关系业已消失，他便开始思念起女演员，仿佛她是一位也许他能狎近的女人。相对来看，对于日期的"补充回复"

---

① Gérard Genette（1930—2018），法国结构主义学者。
② 有时候，"补充回复"这一修辞手法并非精细算计的技巧，而是单纯一个临时起意的权宜之计。这种情况在十九世纪许多连载小说作家的作品中屡见不鲜，因为一旦将小说拉长成过多庞杂插曲的作品，他们就不得不故意遗漏一些东西，或者透过突然出现、回溯过往的解释来交代某些他们必须刻画的事件。关于这项技巧可以参见《欧仁·苏，社会主义以及慰藉》（Engène Sue, il socialismo e la consolazione）一文，收录于《全民超人》（Il superuomo di massa，米兰：邦皮亚尼出版社，一九七八年）。——原注

感觉上最不教人吃惊,更何况在它之前还有一个乍看之下无法认定为合理的拖延策略。

事实上,在第十一章里,我们发现了整个文本中语意最暧昧的句子,cela a mal tourné(事情结果很糟)。对于重读这本小说的人来讲,这个暗指西尔薇娅的短句有点像是提早泄露故事结局,不过对于第一次接触这部作品的人而言,这个短句反而延缓了结局的揭示。西尔薇娅还没有说,对阿德丽安娜而言,事情结果很糟,是"她的故事结果很糟"。因此我不同意意大利译者把它译成 le è andata male(她最后很糟),也不同意比较谨慎的译者把它译作 è finita male(结果很糟——不敢断定这个很糟的主体就是阿德丽安娜)。事实上西尔薇娅说:"那故事结果很糟。"为什么要重视这句暧昧不清的话?(一如面对这项暗示时,我们会理解为:热拉尔愈来愈坚信,阿德丽安娜已经变成女演员了。)因为这句话的暧昧强化了延迟效果并且证明这种延迟合情合理,而且由于有了这种延迟,西尔薇娅才能仅在文本的最后一行永远摧毁了热拉尔的全部幻想。

承上所述,西尔薇娅并没有三缄其口。那么,这项讯息对谁才是基本而且重要的?对热拉尔,因为在对阿德丽安娜的记忆中,在对她与奥蕾丽等同的可能性上,他建立起一种全意迷恋。可是在西尔薇娅这边,热拉尔还不曾向她透露(不像后来他和奥蕾丽之间发生的那样)自己的全意迷恋,所以除了透过暧昧的暗示之外还能乞灵于什么?对西尔薇娅而言(尘世间的西尔薇娅),阿德丽安娜简直不及一个幽魂(她不过是昔日曾经往来过的附近一带所有女人当中的一位)。西尔薇娅并不知道热拉尔曾经试图将修女和女演员混同起来,她甚至无法确切知道,女演员是否真有其人或者这个女人的真实身份究竟为何。西尔薇娅对于那个不停蜕变转化的世界是全然陌生的,在这个世界中,一个意象消融在另一个意象中并且将它掩盖起来。因此,我们不能遽下定论,硬说西尔薇娅故意一点一滴把最后透露的事在故事发展的过程中蒸馏出来。做这件事的是奈瓦尔而不是她。

西尔薇娅并非出于恶意算计才以暧昧模糊的方式说话,而是"心不在焉"地透露出来的,因为她觉得那件事一点也不重要。她促成了热拉尔梦想世界的崩解,这正是因为她"不知道"那个世界的存在。她和时间的关系是温和的。她的时间是由一些平息下去的愁绪或者一些窝心的回忆构成的,不会质疑自己平静的现状。正因如此,在那三个女人当中,她才会是那个到了最后最不可狎近的人。热拉尔的确和阿德丽安娜共度过醉人的时光,而且据我们了解,他也和奥蕾丽建立起爱恋的亲昵关系,可是他和西尔薇娅却几乎什么也没发生,充其量只有一个纯洁得可以的吻,以及在奥提斯的那场纯洁程度更不在话下的婚礼游戏。就在西尔薇娅完整成为现实世界的表征时(而且说出了所有文本中那句唯一毫无疑问、最真实、最具历史意涵的话),她也就同时永远被排拒了。至少作为情人:在热拉尔眼里,她从此以往不过就是个姐妹,而且嫁给他乳母的儿子。

以至于大家或许忍不住会说:正因如此,这本小说才以西尔薇娅为名,而不是像稍后奈瓦尔另外一本风格绚丽以奥蕾丽命名的小说。西尔薇娅意味着失去了的真实时间,再也寻不回来的时间,那正是因为她是唯一留存下来的。

然而这点凸显了一项强而有力的理论,由于它将奈瓦尔和普鲁斯特对比起来而显得十分重要。奈瓦尔或许也会追寻逝去的时间,但是可能无法找回,而且他也可能只能耽溺于自己怪异幻想的虚荣里。所以,西尔薇娅在书末说出的那个年代听起来仿佛是为了结束故事而敲响的丧钟。

这样我们也许就能理解,为什么普鲁斯特会对这位精神之父带有那般倾慕的而且几乎是孝子般的兴趣,而后者在一项令他绝望的志业中一跃而起(或许因为这样拉布吕尼才会自杀身亡)。也许普鲁斯特挺身而出要替这位精神之父的惨败复仇，以他自己的方式战胜时间。

可是西尔薇娅是在什么时候向热拉尔透露阿德丽安娜逝世已久的消息的？在时间十三里（"翌年夏天"，那时剧团正在达马尔坦演出）。不管我们用哪种方式计算，有件事是确定的：她在时间 N 前很早的时候便透露了（热拉尔正是从时间 N 开始叙述的）。因此，当热拉尔开始忆起剧场之夜，接着立刻就往前回溯草地舞会的时候，他告诉我们的是一想到阿德丽安娜居然是女演员时，便浑身颤抖了一下；另外，他也想让读者知道，他心存能在圣 S 修道院附近瞥见她的幻想。在这段时间（和叙述）里，他让我们参与了他的不确定，当时"他已经知道"阿德丽安娜毫无疑问已经于一八三二年去世了。

因此，并不是说当热拉尔明白一切都已结束（或者奈瓦尔也和他一起）便不再叙述：正好相反，他是在明白一切都已结束的时候才开始叙述的（并且叙述他的另一个自己，那个不知道也无法知道从此以后一切都已结束的自己）。

一个如此作为的人，他会不会是一个没和自己的过往把账算清楚的人？不是，当然不是，他只是觉得人没有办法再度体验过往，除非把当下时间的定时器归零，而且唯有回忆（即便没有太多秩序，或者正因如此）才能为我们重建某种东西，而且这个东西，如果不值得为它而生，至少值得为它而死。

不过在这种情况下，普鲁斯特应该不会把奈瓦尔看成一位弱势且没有倚仗的父亲而加以扶助，而是一位太强势的父亲而必要超越他。而且他说不定也愿意将生命献给这项挑战。

王尔德：悖论与警句*

没有什么东西比警句（aforisma）更难定义的了。随着时间的推移，这个源自希腊文的字眼从原始涵义"为献祭而储备的东西"演变成"定义，谚语，简洁语句"。这也正是希波克拉底所言。因此，根据津加雷利字典的定义，警句是"表达一个生活准则或是哲理的简短格言（massima）"。

那么，警句和格言这两个词有何不同？并没有不同，只是长短稍有出入而已。

很少有事情能够安慰我们，因为很少有事情能令我们伤悲。（帕斯卡《思想录》，136）

假设我们没有任何缺点，我们也不会如此兴味盎然地去注意别人的缺点。（拉罗什富科①《箴言录》，31）

记忆是我们永远随身携带的私密日记。（王尔德《不可儿戏》）

某些我自己没有的思想，或者我自己无法形诸文字的思想，我便从语言里汲取。（卡尔·克劳斯②《论家及世界》）

以上句子可以称为格言或者警句，但是接下来的段落就是格言，因为太长，所以称为警句就不合适了：

> 贵族身份为人大开方便之门，凡是拥有它的，从十八岁开始便处处吃得开、名声响亮且受人尊敬，换成别人，得要等到五十岁才有此等待遇。这是毫不费力就赚得三十年。（帕斯卡《思想录》，322）

> 没有哪位艺术家会有伦理道德上的顾忌。对一位艺术家而言，任何形式的伦理道德上的顾忌都是不可宽恕的矫揉造作。（王尔德《道林·格雷的画像》前言）

在意大利文版的王尔德《箴言集》中，亚历克斯·法尔宗将警句定义成形式简短的格言，此外，他还认为它的内涵该表现出智慧。明确这项特色之后，他还观察到现今的趋势，警句旨在凸显优雅和生动，却牺牲掉了它原本在表达真理上的果断立场。当然，不管是格言还是警句，其真理观和发表者的意图是息息相关的：如果说一个警句表示一个真理，那就意味着它传达出了发表者认为是真理的东西，希望听到的人能够认同。可是一般来讲，格言或警句并不一定要展现高人一等的智慧或故意冒犯挑战一般人的意见：格言警句旨在从一般意见看来似乎浅薄的地方加以深入，以期修正那个意见，让它更趋完善。

这里举出尚福尔③的一句格言："最富的人就是俭省的人，最穷的人就是吝啬的人。"（《格言与沉思》）这句话精妙的地方在于：一般

---

* 二〇〇〇年十一月九日博洛尼亚大学"奥斯卡·王尔德研讨会"演讲稿。——原注
① La Rochefoucauld（1613—1680），法国箴言作家。
② Karl Kraus（1874—1936），奥地利作家。
③ Nicolas Chamfort（1741—1794），法国作家、思想家。

人都认为俭省的人通常是一个不随便浪费自己有限资源的人，对于自己日常的生活开销都会精打细算，而所谓吝啬的人通常指那些累积财富超过自己日常所需的人。这句格言对应的正是上述一般人的看法，所谓"富裕"是从资源的角度来看，而"穷困"，除了伦理道德上的意义之外，还加上一层对于需求的满足。

一旦修辞上的游戏厘清，那么格言也就不再是为了反驳一般意见，而是证实并强化它。

相反地，当警句和一般人的意见起强烈冲突的时候，乍看之下显得悖情违理，令人难以接受，而且大家需要先将那修辞夸大的形式明智地减缩才能拨云见日，明白这种警句其实包藏了很难让人接受的真理，于是，我们进入了悖论（paradoxos）的畛域。

从词源学的角度考查，所谓的悖论是由parà、ten和doxan等字所构成，意即"超越一般意见"。因此，这一字词最早系指一个偏离大众舆论的断言，令人感到怪异、陌生、出乎意料，而这正是中世纪作家圣伊西多尔使用该词时所要表达的概念。如果这一令人惊讶的断言得以被人看出负载着真理价值，那也是要在漫长的时间道路上行进后才能成功。

因此，在莎士比亚的作品中，有个在当时被视为谬误的悖论，时至今日却成为真理。请参考《哈姆雷特》：

> 奥菲莉亚：殿下是什么意思？
>
> 哈姆雷特：如果你贞洁又美丽，那么最好不要让你的贞洁跟美丽来往。
>
> 奥菲莉亚：殿下，美丽跟贞洁相交，不是再好不过吗？
>
> 哈姆雷特：嗯，的确，因为美丽可使贞洁变成淫荡，贞洁却未必能使美丽受自己的感化；这句话从前是怪诞之谈，可如今已经得到证实了。

悖论的逻辑是自成一格的，都是一些大家既无法证明真伪，内部又自相矛盾的断言，比方说谎的人提出的悖论。不过渐渐地，超越修辞的意义也崭露头角了，因为这个缘故，我还是执着于巴塔利亚《意大利语大辞典》里的定义：

> 命题、概念、陈述、结论、隽语，通常以纯理论式或道德伦理式的论述呈现，并和广泛传播或者大家都接受的意见相左，同时也和经验及常识相悖，更和它涉及的信仰系统，和大家认为天经地义的知识元素大相径庭。（而且通常不具备真理的力量，只是被贬到诡辩的层次，它被幻想出来只是因为有人性好偏激或喜爱卖弄辩论技巧，但在似乎不合逻辑和不协调的形式里它也有可能包含一丝主观上的效力，而这种效力最后会扎稳根基，对抗那些不加鉴别就人云亦云的人，对抗他们的无知以及过于简单的判断。）

因此，警句似乎是被视为真相的格言，它有意呈现隽言妙语的外貌，而悖论所显露出来的原始面目似乎是谬误的，只不过经听者的一番深思熟虑之后，便能明白它揭示了作者认为是对的东西。悖论在舆论的期待以及它那惊世骇俗的形式之间存有一道鸿沟，因此让人觉得机智。

文学史上多的是警句，但说到悖论就寥寥无几了。警句的艺术是容易的（谚语也可视为警句：滚石不生苔；狗吠比狗咬更糟糕），而悖论的艺术是艰难的。

不久以前我研究过一位警句大师：皮提格里黎[①]。下面列出他最精彩的作品；其中几条极富哲理，所断定的真理却和一般人的意见

[①] Pitigrilli（1893—1975），意大利作家。

南辕北辙：

> 美食家：上过高中的厨师。
> 语法：教你语言却妨碍你说出口的复杂工具。
> 片段：对于不知如何构思书写一整本书的作者而言不啻是天赐良方。
> 酗酒病：如此美的一个医学词汇，看了真叫肚里的酒虫蠢蠢欲动。

以下几条比较像是经推定的真理，肯定了某个道德伦理上的决定或行为准则：

> 我明白为什么要吻麻风病人，但不了解为什么要握笨蛋的手。
> 宽容对待对不起你的人，因为你不知道他人脑中有多少对付你的方法。

不过，在《反胡扯词典》（*Dizionario antiballistico*）中，作者收集了谚语、格言和警句，有些是他编的，有些则是借别人的。他无论如何要人家始终注意到他的犬儒式人生观，也就直言不讳自己粗俗不风雅的意见，而且让人感受到警句的文字游戏可以狡诈到什么程度：

> 既然大家彼此在交心的道路上努力，我就承认自己助长了读者性格里小流氓的那一面。让我把话说明白些：如果街上有人厮打起来或者发生交通事故，就会不知从哪里冒出一个家伙，试着用雨伞去打吵嘴双方中的一位，挨打的通常是那个开车的。这个没人认识的小流氓因此便可以痛快地发泄原先隐藏起来的

怒气。同样的事情也发生在书里面：一个思想未成形或未组织的读者，一旦让他找到一个饶富滋味、闪耀夺目或者具爆炸性的句子，便与这个句子谈起恋爱，不但接纳它，而且还以惊叹号收尾来评论它，比如"真棒！"、"没错！"等等，仿佛这个句子在他脑际萦绕已久，仿佛这个句子凝聚了他思考模式的精华、他哲学体系的膏腴。他"采取了立场"，就像墨索里尼经常挂在嘴边的一样。我为读者提供一个采取立场的机会，却不用他们深入文学的丛林里。

从这个角度来看，所谓警句就是用别出心裁的方法表达人尽皆知的道理。如果把风琴称为"钢琴受够了尘世的生活所以投身教会去了"，那只是把一项我们已经知晓而且也相信的事情用一个强有力的意象重新陈述一遍，换句话说，风琴是教堂乐器。把酒精称为"一种害死活人却可保护死人的液体"，并无法让我们更进一步理解酗酒的害处或是发生在解剖学博物馆里的事。

当皮提格里黎在他那本《波特的实验》（*Esperimento di Pott*）里的主人翁说出"有智慧的女人是一种我们偶尔会碰上的不正常现象，好比白子、左撇子和阴阳人或者生来具有十多只手指或脚趾的人"这句话时，他正好投一九二九年男性读者（或许也包括女性读者）所好，说出他们想听的话。

皮提格里黎在评论自己对于警句的见解时，也曾告诉我们，有许多精彩的警句反过来读也不会减损丝毫的威力。让我们看看几个皮提格里黎在《词典》里所提出来的反读实例：

> 许多人轻视财富，却很少人知道如何慷慨运用财富。
> 许多人知道如何慷慨运用财富，却很少人轻视它。
> 我们根据自己的惧怕而做出允诺，并且根据我们心存的希

望去保守这些允诺。

我们根据自己的希望而做出允诺,并且根据我们心存的惧怕去保守这些允诺。

历史除了是自由的遭遇以外,其余什么都不是。

自由除了是历史的遭遇以外,其余什么都不是。

幸福存在于事物中,而不是我们的品位里。

幸福存在于我们的品位中,而不是事物里。

除此之外,他还胪列了一张由不同作者写出的格言。这些格言看起来彼此矛盾,可是似乎各自代表了为人接受的真理:

只有出于乐观,人才会欺骗自己。(埃尔维厄①)

怯懦的人通常比充满自信的人更善于欺骗。(里瓦罗尔②)

假设国王是哲学家,而哲学家是国王,人民会更快乐。(普鲁塔克)

如果哪天我准备惩罚某个行省,就会派哲学家去统治那里的人。(腓特烈二世)

我建议使用"可置换警句"一词来称呼那些可以反读的警句。一个可置换警句是它的作者尝试卖弄机智时所经历的不舒服感觉,换句话说,只要这个警句显得妙趣横生,那么"它的相反说法也为真理"这项事实就不会干扰到它了。可是悖论正是大家习以为常观点的颠倒,它呈现了一个不能被接受的世界,只会引起抗拒和排斥。然而,如果我们花费心思去了解它,那么它就产生知识;到最后,

---

① Paul-Ernest Hervieu (1857—1915),法国剧作家、小说家。
② Antoine de Rivarol (1753—1801),法国讽刺诗作家。

它看起来妙趣横生，那是因为我们不得不承认它是对的。可置换警句包含的真理是片面的，而且经常要等到反读以后，才透露出真理来，它的两种陈述没有一个是真的：只因为它诙谐隽永，所以看起来似乎是真的。

悖论并不是"世界秩序大乱"的古典命题，因为后者是机械式地预言一个怪象纷呈的世界：动物像人一样说话而人却发出动物叫声，鱼飞上天而鸟游水中，猴子主持弥撒而主教从一棵树跳到另一棵树。后者并没有遵循任何逻辑，而是将一些杂七杂八或者不可能的事拼凑起来，只是嘉年华式的文字游戏罢了。

如果要踏入悖论的境界，那么逻辑便不可或缺，而且它还只能局限于世界的某个部分。一位波斯人来到巴黎，他描述的法国，好比一位巴黎人描述的波斯。它的效果是悖论式的，因为它逼着读者超越根深蒂固的成见去观照大家习以为常的事物。

区分什么是悖论，什么又是可置换警句的一种方法，就是试试看能否将悖论加以反读。皮提格里黎援引特里斯坦·贝尔纳①对于"犹太复国运动"一词的定义并且将它稍加改动，当然，这个定义只在以色列建国之前方才适用：犹太人某甲向犹太人某乙借钱，为的是要送犹太人某丙回巴勒斯坦。

我们试试能否将它反读：没有办法。这说明了：正确的形式包含了真理，或者至少是特里斯坦·贝尔纳要我们当真理加以接受的观念。

下面几条是卡尔·克劳斯笔下有名的悖论。我没有尝试将这几条加以反读，因为只要稍加检视便知道绝不可能。这些语句都和一般人的观念背道而驰，所包藏的真理并不是因袭传统的，而且不能为了表达相反的真理而拿它们来扭曲加工。

---

① Tristan Bernard（1866—1947），法国剧作家、小说家。

当警方将一项丑闻结案时，丑闻才真正开始。

为达到完美，她缺少的只是一个缺陷。

处女情结就是想要玷污处女的人的情结。

兽奸非法，而屠宰合法。可是大家难道没注意到，屠宰这一行为可能就是虐待狂的杀戮？

惩罚只能用来威吓那些根本无意犯罪的人。

地球上有一个黑暗的所在，探险者从那里被派遣到世界上来。

小孩爱扮军人。这倒不是完全没有道理，可是为什么军人蛮干起来竟像小孩？

精神科医师总是能诊断出精神病，因为住院之后，那些病人总会出现焦躁的行为。

当然，即使是克劳斯本人也会掉进可置换警句的陷阱里，下面我就举出几个轻而易举便可加以反驳，也就是说，可以被反读的例子（反读部分当然是我加上去的）：

没有任何事物比起女人的肤浅更深不可测。
没有任何事物比起女人的深不可测更肤浅。
宁可原谅丑脚也不原谅丑袜！
宁可原谅丑袜也不原谅丑脚！
有些女人不算漂亮，但有美的韵味。
有些女人算是漂亮，但无美的韵味。
超人是想象凡人时的早熟理想。
凡人是想象超人时的早熟理想。
百分之百的女人为了享乐而欺骗，其他女人为了欺骗而享乐。

百分之百的女人为了欺骗而享乐,其他女人为了享乐而欺骗。

仅有的几条似乎绝无办法反读的悖论则出自斯坦尼斯瓦夫·耶日·雷克①之手。下面我摘录了他在《纷乱思绪》里的几句妙语:

唉,要是我们能借睡眠分期抵偿死亡的债该多好!
今晚我梦见现实,还好我醒了过来,真险!
芝麻开门,我要出去!
要是美洲没有挡住哥伦布的探险路径,天晓得他会发现什么。
恐怖就是在言论钳制上涂上蜂蜜。
虾死了才会变红。对牺牲者而言,这是多么具鉴戒性的精妙比喻!
如果你要摧毁塑像,那么请保留基座,终有一天它又能够派上用场。
他非常谦逊地认为自己是个只爱涂涂写写的人,事实上他是个专门告密的人。
他娶来知识却无法使她怀孕。
火刑的柴堆不能照亮黑暗。
不是拿破仑也可以死在圣赫勒拿岛。
他们彼此紧紧相拥,以至于再也没有空间留给他们的感情。
他在头上扑粉,但用的是牺牲者的骨灰。
我梦见弗洛伊德,这是什么意思?
若和侏儒来往,你的脊椎从此再也直不起来。

---

① Stanislaw Jerzy Lec(1909—1966),波兰诗人。

他有的是诚心善意，只是很少用到。
即便静默不语，他还是犯了拼字错误。

我坦诚自己对雷克的作品爱不释手，不过鸡蛋里挑骨头，我还是找到一条可以反读的例子：

表达意见前要思考！
思考前要表达意见！

现在让我们把话题转到奥斯卡·王尔德身上。纵观他在作品中到处留下的警句格言，我们可能要认清，这位自命不凡的纨绔作家其实只要能让布尔乔亚阶级觉得惊世骇俗，他才不去细分什么是警句、可置换警句或是悖论。相反的，他有足够勇气让隽言妙语披上警句的外衣，除了那股机智劲儿，剩下的就变成低俗可鄙的陈腐言语，或者至少对于维多利亚时期的布尔乔亚阶级和贵族阶级只是老生常谈。

不过，如果我们对这种文类稍加钻研就可知道，利用警句作为元素来写作小说、喜剧或者随笔的作者，终究是个振聋发聩的悖论大家或者只是收集机智文字的老手而已。另外，如果属于前者，那么他的功力又到何种程度？当然，我的经验也还处于摸索阶段，希望能鼓励哪个学者出来进行全方位的研究，最好还能写成一篇论文。

这里我先列举一些货真价实的悖论，我敢保证谁都无法加以反读（在明理机智的人眼中，充其量只能说它没有意义，或是错误的格言）：

生命不过是蹩脚的一刻钟，人在其中能够品尝短暂的畅美时光。

自私并不意味着按照我们的意愿生活，而是要求他人也按照我们愿意的方式生活。

或许比较谨慎的做法是先认定人性本恶，直到哪天你发现人其实是有道德的才终止这种想法。只是今天此举需要很深入的检视方能成功。（我们注意到，这个陈述是可以反读的："或许比较谨慎的做法是先认定人性本善，直到哪天你发现人其实是无恶不作的才终止这种想法。"然而结果显然是错误的。）

在这世上赢得胜利的尽是丑人和傻子。他们好整以暇地、以沾沾自喜的态度环顾四周。假如他们从来不曾尝过胜利的滋味，至少失败的苦楚也会饶过他们。

一个敏感易受伤害的人经常借口脚底长了厚茧，毫不客气地踩在别人的脚趾上。

当人无法再继续学习时，就开始教别人了。

每当别人同意我的看法时，我总是感觉自己的看法似乎是不对的。

一位大家喜欢谈论的人总是很有魅力。于是后来大家就下结论，说他这个人一定具有什么给人好感的东西。

今天，所有的伟人都有门徒，可是为这些伟人执笔作传的一定都是犹大。

我能抗拒一切，唯独不能抗拒诱惑。

谎言是他人的真理。

我们对历史的唯一责任就是重新改写历史。

如果要让一个理念成为必然不可的真理，那么甘心为它赴死还不足够。

所谓家庭就是一堆令人生厌的人，浑然不知如何去过生活，而碰到死亡的时刻连一点微知略觉都没有。

然而，那些似乎很容易就可加以反读的警句格言就多得不可胜数（当然，反读是我加上去的）：

生活是世界上最罕见的东西。绝大多数的人只是活着，没有别的。

活着是世界上最罕见的东西。绝大多数的人只是生活，没有别的。

凡是看出灵魂和肉体之间有所不同的人，即便只是看出一丝不同，那他两者都不能拥有。

凡是看不出灵魂和肉体有任何一丝不同的人，那他两者都不能拥有。

生命是件太重要的事，以至于无法严肃谈论它。

生命是件不太重要的事，以至于无法严肃谈论它。

世人可以简单分成两类：相信难以置信事物的人，比方普罗大众，以及创造似不可信事物的人，像我就是。

世人可以简单分成两类：相信似不可信事物的人，比方普罗大众，以及创造难以置信事物的人，像我就是。／世人可以简单分成两类：创造似不可信事物的人，比方普罗大众，以及相信难以置信事物的人，像我就是。

中庸之道是个要命的东西。没有什么会比过度更容易成功。

过度是个要命的东西，没有什么会比中庸之道更容易成功。

好的决定总有一个命数——它们总是下得太早。

好的决定总有一个命数——它们总是下得太晚。／坏的决定总有一个命数——它们总是下在适当的时刻。

所谓不成熟就是完美。

所谓不成熟就是不完美。／所谓完美就是不成熟。／所谓不完美就是成熟。

无知好比一种外国来的稀罕水果，要是你伸手去碰，它的花朵便会掉尽。

知识好比一种外国来的稀罕水果，要是你伸手去碰，它的花朵便会掉尽。

钻研艺术愈深，对自然就愈没兴趣。

钻研自然愈深，对艺术就愈没兴趣。

绘画里夕阳的风景已经退出流行了。在前代艺术家中最后对它诠释得最好的人是透纳。今天如果崇拜他，那么就是乡下人的品位了。

绘画里夕阳的风景再度具有现代感。在前代艺术家中最后对它诠释得最好的人是透纳。今天如果崇拜他，那么就是最时髦的品位了。

美揭示一切，因为它什么也不表达。

美什么也不揭示，因为它表达一切。

所有的已婚男人只能吸引自己的妻子，而且经常连她都不动心。

所有的已婚男人只能吸引自己妻子以外的女人，而且经常连她也会动心。

就时髦这件事本身而言，就是尝试宣称美的绝对现代性。

就时髦这件事本身而言，就是尝试宣称美的绝对非现代性。

交际谈天的内容应该触及一切但什么也不必深入。

交际谈天不该触及一切但需深入每件事。

我喜欢言不及义。那是唯一我知道一切的领域。

我喜欢言之有物。那是唯一我一无所知的领域。

只有一流的文体大师才能达到晦涩的境界。

只有一流的文体大师才能达到清晰的境界。

任谁都能创造历史。可是只有一个伟大人物能够将它记录下来。

任谁都能记录历史。可是只有一个伟大人物能够创造历史。

今天再也没有什么可资区别英国和美国。当然，语言是个例外。

今天一切事物都可用来区别英国和美国。当然，语言是个例外。

只有现代的东西才会退出流行。

只有退出流行的东西才具现代感。

如果我们对于奥斯卡·王尔德的评断到此为止，那未免不够厚道。他是纨绔子弟这个形象的化身，可是布吕梅尔爵士[①]或者他中意的德塞森特[②]都是他的先驱。他在悖论（包藏激怒人的真理）、警句（包藏可接受的真理）和可置换警句（对真理无所谓的心灵机智游戏）三者之间不做任何区别。此外，王尔德对于艺术的诸多理念也容许他采取这种立场，既然一个警句不应该把实用性、真理或者道德教训当作目的。它的目的是文体上的高贵与优雅。

话说回来，这种追求美学及文体风格上的激怒人的挑衅并不足以令王尔德脱罪，因为他将混淆悖论式的挑衅以及自命不凡的招摇。不过，大家知道，根据他的原则，他锒铛入狱的原因本来不应该是因为他爱上道格拉斯爵士，而是因为他给后者寄发了内容如下的一封信："真是奇迹，你那两片如玫瑰花瓣般红艳的嘴唇，不论唱歌或是激吻都同样合用。"而在法庭上受审的时候，他还辩称这封信只是文体风格的练习，好比一首散文式的十四行诗。

---

① Beau Brummel（1778—1840），英国摄政时期以穿着品位出众而闻名的历史人物。
② Des Esseintes，法国作家于斯曼（Joris-Karl Huysmans，1848—1907）的小说《逆流》（À Rebours）之主人翁，一名颓废的末代贵族，远离繁华而居，镇日赏玩自己所收藏的艺术品。

《道林·格雷的画像》被伦敦法院的法官认定是伤风败俗的作品，理由当然蠢得可以，不过，从文学创作的角度来看，尽管这本小说具有引人入胜之处，它在本质上却模仿了巴尔扎克的《驴皮记》并且大篇幅抄袭于斯曼的《逆流》（尽管他只是间接承认这个事实）。普拉兹①也注意到，《道林·格雷的画像》受到洛兰②《福卡斯先生》的影响甚巨，甚至王尔德作为审美专家所提出的诸多格言里有一条："没有哪种罪是粗鄙的，但粗鄙却是罪"，明显出自波德莱尔笔下一句隽语："纨绔子弟从不会是粗鄙的人。假设他犯了罪，也许还不至于身败名裂。不过，如果这罪的缘起是个琐屑无趣的动机，那么对他的荣誉所造成的损害就无法弥补了。"

然而，如同亚历克斯·法尔宗在上述那本意大利文版王尔德警句里所评论的：一般来讲，如果一位作家从来没有写过警句集，那么很难搜集他散见在各作品里的警句，也就是说，我们在这类作家的作品中所看到的警句，并不是写来只为展现光芒、架空在语境之外的，而是插在一件叙事或者戏剧作品里面，因此也就是在特定语境里由某某人说出口的。

比方，如果作者借由笔下一个荒诞可笑的人物说出一个警句，那么这个警句的力量会因此而削弱吗？

在《不可儿戏》里，巴拉克诺太太说过："失去父亲或母亲可以视为不幸，但若失去双亲那就像是疏忽！"这是一句格言吗？所以有人推测，王尔德根本不相信他自己所写出来的格言警句，乃至那些最享盛名的悖论。而这推测倒也合情合理：他在乎的，是描写一个欣赏这类格言警句的社会罢了。

对此，他本人也证实过。让我们检视《不可儿戏》里的一段

---

① Mario Praz（1896—1982），意大利文艺批评家。
② Jean Lorrain（1855—1906），法国象征主义诗人、小说家。

对话：

> 亚吉能："所有的女人都会变成她母亲的样子。这是女人的悲剧。这种事绝不会发生在男人身上，这是男人的悲剧。"
>
> 杰克："你认为这句话言之有理？"
>
> 亚吉能："不管如何，至少措辞精彩绝顶，这和人家对于我们文明生活所做的评论一样真实。"

因此，王尔德也许不应该被看成生活糜烂的作家，而是当时社会风气的批评家和讽刺者。至于他活在这种社会风气里是否悠游自在，那是另一回事，而这也是他的不幸。

让我们重读《道林·格雷的画像》。除了极少数的例外，最令人印象深刻的格言警句总是由像沃登爵士这类浅薄而且自命不凡的角色说出来的。王尔德并不是在做保证，提供我们可以安身立命的准则。

沃登以发表隽言妙语的方式说出一系列的陈词滥调，都是当时社会里流行的话（正因如此，王尔德的读者读起这些错的悖论反而觉得津津有味）：某主教到了八十岁，嘴里念叨的还是他十八岁时人家教他说的那一套话。只要人们将之隐藏起来，那么最平庸、最俗不可耐的事也会变得饶富滋味。婚姻唯一吸引人的地方在于，它让男女双方把幻灭的生活变得绝对不可或缺（可是在下文中，沃登爵士又说婚姻真正的缺点在于它让人变成利他主义者）。我并不相信百分之十的劳动阶级生活还过得去。今天，要是谁心碎了，那么好几家出版社就有生意了。年轻人在情感上想要忠实但忠实不了，而老头子想出轨，却无计可施。我不缺钱，得自己付账的人才有需要，而我从不自己付账。我不认为英国国内需要任何改变，气候是唯一的例外。若要重拾青春，那就重蹈覆辙，干些当年的蠢事。男人因为倦怠而娶妻,而女人则出于好奇而嫁人。女人没有一个是天才,她们不过是装饰用的性别。女人的现实精神令人衷心折服:我们老是忘了触及结婚这个话题,而她们一定会提醒我们。当我们快乐的时候,总是善良有德,可是当我们善良有德的时候却未必快乐。穷人最大的不幸在于,除了自我牺牲什么都做不了。(天晓得沃登爵士是否读过《共产党宣言》,因此知道"无产阶级除了身上的锁链之外再无长物"的道理?)宁可爱人也不要被爱,被爱实在无聊。每次我们造就一件事迹就会多揽一个敌人,如果你想普受欢迎那就得平庸一些。乡下人谁都能够善良有德,因为那里没有诱惑。婚姻生活就是一种习惯。犯罪是下层社会的专利品,犯罪之于他们好比艺术之于我们,都是一种睥睨同侪的陶醉感觉。谋杀说什么都是错的:我们也许不应该做出一些茶余饭后无法拿来谈论的事……

　　上述言语尽是些堆砌起来的陈腐言语,这一大篇之所以显得出色仅仅因为是连珠炮似的倾巢而出而已。(就好像枚举的手法,最平庸的字眼只因为跟同样平庸的字眼并陈排列,只因为这种并陈排列如此怪诞不协调,所以令人心生惊叹。)沃登爵士有种特殊天分,那就是将拿来包巧克力都不配的陈腐言语拣选出来,然后加以颠倒:

> 所谓自然而不造作其实只是一种姿态,而且是我所知道最教人恼怒的姿态。
> 摆脱诱惑的唯一方法就是屈从于它。
> 我酷嗜简单的乐趣,那是复杂的人最后的避风港。
> 我所要的只有讯息;不是有用的讯息,而是无用的讯息。
> 我敢打赌,美国人从来不开玩笑。多吓人哪!
> 我同情一切,除了受苦一事。
> 今天,大多数人……发现下面这件事的时候都太晚了:我们过去所犯的错其实才是我们永远不会懊悔的事。

我想对我来说结婚是极不可能的。我在爱里涉足太深（这是道林说的，不过他的思想受他老师的影响甚巨）。

亲爱的孩子，肤浅的人说穿了就是一辈子只爱一次的人。

发生在别人身上的惨事总包藏一件穷极猥琐的事。

不论何时，当一个人做出一件彻底愚蠢的事时，背后的动机总是高尚的。①

当你不得不和别人和谐共处的时候，总会出现不和谐的事。

男人可以和随便哪个女人愉快相处，一旦他不再爱她的时候。

我和行动不会失和，我只在面对字词的时候才有那种现象。

善良有德比不上俊俏美丽。②

丑陋是七大美德其中一项。

所有飞短流长的根基都确定是不道德的。

今天我还会怀着敬意倾听他们意见的人，都是年纪比我小很多的人。

只有肤浅的心灵才拒绝以貌取人。

时下大家待人处事的方法实在恐怖：他们在你背后说话反对你，而反对的事都是绝对而且完全属实的。

一时兴起随便玩玩和作为一生志向的兴趣有点不同，前者比后者持续的时间稍微长一点。

我们必须承认，沃登爵士口中的确说出过几条挺有效的悖论，

---

① 这句格言将"为了高尚动机而做美事"的老生常谈加以反读，然而它也可以反读成："当一个人做出一件完全高尚的事时，背后的动机总是愚蠢的。"——原注

② 这句是将陈腐套语加以反读的结果，可是它还可以接上另一个话头："反过来讲，没人像我一样认清一项事实：善良有德比丑陋更为值得。"它诉诸的是一个极端的滥调，就像电视主持人挂在嘴边的："宁可美貌、有钱、身体健康，也不要丑陋、贫穷、疾病缠身。"——原注

比方：

  我选择俊美的人当朋友，声誉良好的人我才和他们来往，但是只有聪明的人才配当我的敌人。
  年轻的美国女子善于隐藏自己的父母，一如年轻的英国女子善于隐藏自己的过去。
  慈善家丧失掉对人道的意识，这是他们的共同特点。
  我可以忍受粗暴的力量，可是粗暴的理智是完全无法忍受的。
  我喜欢瓦格纳的音乐胜过其他人的音乐，因为它够大声，大到就算有人整场都在说话，其他人也听不到。
  我们谈恋爱的时候，起先是欺骗自己，最后总是变成欺骗别人。
  所谓的极度热忱是那些无所事事者的专利特权。
  女人唤醒我们想要成就杰作的欲望，但总又妨碍我们达到那个境界。
  称猫为猫的人[①]有义务豢养一只。

然后，沃登爵士的悖论通常不过是可置换警句而已（当然，下面的反读部分是我自己加上去的）：

  现代生活中唯一存留的颜色便是罪恶。
  现代生活中唯一存留的颜色便是美德。
  我们以太过严肃的态度看待人道主义，这是世界的原罪。
  假设山顶洞人懂得笑，那么历史将会截然不同。

---

① 直言不讳之意。

我们以不够严肃的态度看待人道主义，这是世界的原罪。假设山顶洞人可以忍住不笑，那么历史将会截然不同。

女人代表物质战胜精神，而男人代表精神战胜道德。

男人代表物质战胜精神，而女人代表精神战胜道德。

事实上，《道林·格雷的画像》呈现了沃登爵士的自命不凡和愚蠢可笑，同时也对此加以批判。谈到他，另一位角色会说："亲爱的……别听他胡诌。他从不说正经话的。"谈到他，作者则说："他玩弄这个意念，并且任性地变本加厉；沃登将它丢到空中，把它加以转换；沃登放它逃跑，接着又将它捕捉回来；他让这个意念发出奇幻的诱人闪光，并且让它背上悖论的双翼……他发现道林·格雷将目光停留在他身上，于是知道，在听众当中有一位他想吸引住的人，而这个人的心性使他的机智锋利起来，为他的想象力增添色彩。"

沃登爵士对于自认为是悖论的说法沾沾自喜，可是他认识的人却不顶看重悖论：

"人家说好的美国人要死的时候会去巴黎。"托马斯爵士笑着说道。这位大人拥有一个巨大的衣柜，里面尽是幽默的破旧衣物。

而男爵又补充道："悖论肯定是有趣的，自成一格的有趣……"

艾斯金爵士的确说过："所以那是一项悖论？我不这么认为。不过也许是。好吧，悖论之道乃是真理之道。为了检验真理，你得把它拿到绷紧的绳索上试试。唯有真理摇身一变成为走绳索的特技表演者时，我们才可以加以判断。"艾斯金爵士没有搞错，可是沃登爵士（不相信任何东西）对于悖论用得十分俭省，而走上那条绷紧绳索上的只是陈词滥调而不是什么真理。可是沃登爵士他在乎吗？

"现在，我年轻的朋友，如果你容许我这样称呼你，我想请教你，刚才吃饭的时候你说的那些话自己全部都相信吗？"

沃登爵士面带微笑回道："刚才说过什么我已忘得一干二净。你从头听到尾难道发现有什么不道德的吗？"

在《道林·格雷的画像》中，真正不道德的事大家说得少但做得多。追根究底，道林会干那些事是因为朋友们用他们那些虚假的悖论误导了他。到头来，这是我们可以从这本小说里获致的结论。可是甚至这项结论王尔德也予以否定，因为他在小说的序言里就已经表达清楚："没有哪个艺术家该有道德伦理上的顾忌。对任何一位真正的艺术家而言，一切伦理道德上的顾忌都是不可原谅的矫揉造作。"

而道林·格雷的风格则是对自命不凡、滑稽可笑人格的描述。因此，就算王尔德本人正是自己爱好炫耀犬儒主义的受害者，就算他老是喜欢用讥讽来宴飨读者和观众，我们也不应该错怪他，硬把他笔下的格言警句孤立起来，仿佛他想要而且能够教导我们什么。

当然，王尔德笔下某些最好的悖论曾在牛津某报纸上刊行过，为的是以"对年轻人有用的格言和哲理"，给读者提供生活上的指导：

所谓的不道德只是那些正直清白人士发明出来的神话，为的是要解释其他人散发出来的独特吸引力。

当你证明宗教的真相时，宗教就非死不可。从死去的宗教灰烬里便生出科学。

有教养的人会反驳别人的话。有智慧的人会反驳他们自己的话。

野心是失败者最后的避风港。

考试的时候，总是一些蠢蛋提出一些聪明人没办法回答的问题。

只有文体大师才懂得晦涩的艺术。

生命的首要义务在于尽可能地矫揉造作，至于第二项任务直到今天还未被发现。

真正发生的事其实一点也不重要。

人到了成熟的年纪，严肃反倒成为心智呆滞的标记。

如果你说真理，那么迟早有一天会被拆穿。

只有肤浅的人才会彼此成为知音。

可是王尔德在何种程度上把这些句子看作真正的知识？我们找到的答案有时是矛盾的、值得怀疑的："我很少认为自己所写的是真实的。"或者："这是一句好玩的悖论，可是作为格言，我不能说自己赋予它什么太大的价值。"

另一方面，如果说"真理如果多过一个人相信，那就不再是真理了"，我们对王尔德笔下的真理要如何判定才能让大家同意呢？既然他也说过，"在一切不重要的事情中，风格才是基本必要的，而非真诚，反过来说，在一切重要的事情中，风格也是基本必要的，而非真诚"。

所以，不必要求王尔德严格区分悖论（真理）、警句（显而易懂）或者可置换警句（虚假，或者缺乏真理上面的价值）。王尔德所展现的是一种"修辞上难以克制的乐趣"，而不是什么哲学上的热忱。

或许唯一被王尔德发誓为真的格言警句只有一条，而实际上也是他毕生奉行不悖的："所有的艺术都是彻底无用的。"

作为 bachelor* 的艺术家之形象**

或许我是最没有资格发言纪念詹姆斯·乔伊斯获得文学学士（Bachelor of Arts）学位的人，因为一九〇一年《圣斯蒂芬杂志》（*St. Stephen's Magazine*）里有篇文章提到，乔伊斯是受到意大利传来的观念影响才变坏的。不过，发表这篇纪念文章不是我的初衷，要怪就怪大学学院好了，责任要算在他们头上。至于讲稿的标题，也许我这互文性的游戏还称不上是最有创意的，毕竟我只是"南方世界的花花公子"。

这样一来，我所选择的文章名称让我有些尴尬：事实上，我原先的构想是谈谈某个特定时代，也就是詹姆斯在克朗格斯伍德公学里因为说了"我六岁半"从而泄露自己年龄的那个时代。不过，我们不要离题了，专门注意乔伊斯作为 bachelor 的主题就好。

各位应该都知道，在现代语义学的许多研究里，bachelor 已然变成一个满载魔法的字眼。一段时间以来，作家们一位接着一位都在探讨这个最具典范性、语义暧昧模糊的字眼。它至少具备四种很不同的语义。一个 bachelor 可以是：一、未婚的成年男人；二、服务另外一名骑士的年轻骑士；三、获得高等教育初级文凭的人；四、在发情季节找不到配偶可以交配的公海豹。然而，罗曼·雅各布森曾经指出，尽管这个词富含语义分歧，但这四个含义都有"不完整"或至少是"未完成"的弦外之音。因此，在所有的情况下，bachelor 一词要说的都是还没有到达成熟阶段的个体。年轻男性还不是丈夫、成熟的父亲，小厮尚未成为可以接受授权的骑士，年轻的学士还没有获得博士学位，或者可怜的公海豹找不到母海豹可以交配、不能享受性爱的滋味。

在离开都柏林大学学院的时代，詹姆斯还是个不完整的乔伊斯，因为他还没有写出那几部永垂不朽的巨著，而如果没有那些巨著，乔伊斯将永远只是个初入社会的傲慢年轻人而已。不过，尽管如此，我还是要指出一点，在毕业时，詹姆斯并不像一般人想象的那样不完整、不成熟；还有，他正是在这阶段以清晰的头脑在自己初试啼声的写作经验中，规划了成年之时要遵循的方向。

詹姆斯的履历自一八九八年开始，他跟着奥尼尔神父研习英文，后者是"莎士比亚—培根"这个争论性议题的热忱学者；跟着盖齐神父研习意大利文，还随埃杜瓦·卡迪克研习法文。那是所谓"新托马斯研究"的年代，这种研究理论似乎找出了研究阿奎那的快捷方式，但詹姆斯本人对此不过是一知半解。不过有件事是确定的，在《普拉日记》和《巴黎日记》之前，还在大学学院念书的詹姆斯已经念通一些阿奎那博士的东西。他曾经对斯坦尼斯劳斯[①]说，托马斯·阿奎那是位非常复杂的思想家，因为出自他口中的竟和人云亦云的内容完全相同，或者和普通人心中所想一模一样，而这一点在我看来，意味着詹姆斯就算不是全盘明白，也八九不离十掌握了圣托马斯的思想精髓。

乔伊斯在一九〇〇年一月二十日于都柏林大学学院文学及历史

---

* 英语，有单身汉、学士、年轻骑士等意。
** 本文为一九九一年十月三十一日于"纪念詹姆斯·乔伊斯获都柏林大学艺术学士学位"研讨会上的讲稿。此为其意大利文版。——原注
① Stanislaus Joyce（1884—1955），乔伊斯的弟弟。

学会举办的一场研讨会上发表一篇名为《戏剧与人生》的论文。此时，他已经揭橥了《都柏林人》中的意境："然而，我认为大家应该能从生命悲哀的单调中找出具有戏剧张力的成分，最平庸的人，最像行尸走肉的人，也能在最刺激的人生剧本中担任要角。"

一九〇〇年四月一日，乔伊斯又在《双周评论》（*Fortnightly Review*）里发表一篇名为《易卜生新戏剧》的文章，我们在其中发现了艺术去人格化这项基本的论调，而这在《一个青年艺术家的画像》里表现得淋漓尽致。讨论到易卜生的戏剧作品时，他指出：易卜生以"精确而又清醒的眼光处理自己的全部作品，他怀着纯净心灵特有的完美和超然客观，好比一个人可以直视太阳而不目眩"。而《画像》的神"应该在作品的里面，或者后面，或者上面，或者下面，让人目不得见，细腻到隐其身形的地步，态度毫不在乎，只忙着修剪指甲"。

一九〇二年二月十五日，在同一个学会举办的另一场研讨会中，乔伊斯又发表了一篇名为《詹姆斯·克莱伦斯·曼根》的论文（后来在《圣斯蒂芬杂志》五月号里刊出）。在这篇文章中我们读到如下的文字："真理的灿烂夺目即美，当想象强力观照美的本质或可见世界之时，美就优雅地展现出来，而从真理和美脱胎而出的精神则是欢愉的神圣精神。这些都是真实的东西，也唯有这些能赐予生命，维系生命。"毫无疑问，这种对于事物、意义等突然的直觉与洞察，将在其日后的作品中被发挥出来。

此外，在大一那年（一八九八年至一八九九年），他就写了一篇名为《语言研究》的论文。我们注意到作者对于日后巨著《尤利西斯》的结构已经做出令人印象深刻的断言：这位年轻的作者提到一种艺术语言，说它"超然独立于索然无味的日常语言之外，后者只配拿来表达全然呆板的事物，而我说的艺术语言可以从下列要素汲取养分：某些激情套语里蕴含的美、一些夸张字眼、一些连珠炮似的咒骂痛斥、文体风格各式各样的修辞比喻转义。但是这些手法却丝毫不减损它内在的和谐,即便在情绪最强烈的时刻亦复如此"。

另外,在同一篇论文中,我们仿佛可以听出在遥远的将来他写出《芬尼根守灵夜》以及对维柯①解读的回音:"在字词的历史中,有许多事情可以直指人类的历史,如果拿今天的语言和许多年前的语言相比,我们就能极具说服力地证明外来的影响如何改造一个民族的真实语言。"

另一方面,乔伊斯最为着迷的事情,也就是经由对世界所有语言的操弄而寻找一种艺术上的真理,亦在这篇他年轻时论文的另一个段落里出现。那时他还是个大一新生,便写出了如下句子:"语言里较高等的层次,例如文体、语法、诗歌、雄辩术以及修辞等等,都是真理的捍卫者和诠释者。"

如果所有作者在他一生中都会发展出一套独一无二的精华理念,对于还没有取得学士学位的乔伊斯而言,这已是理所当然的事:尽管还不是 bachelor,他对自己未来该做什么已经非常清楚。即使是以非正式而且天真的方式说出来的,他终究表达了。或者,如果我们愿意换个方式形容那也可以:当他还坐在教室里听人讲课时,他已经决定成年后要做什么,而且他预想的事居然实现了。

在大一那年,詹姆斯在新圣母大殿沉思科学的呈现,他获致结论:语法应该是"各种科学的领袖"。日后他果真将大部分生命奉献给新语法的发明,而且在他看来,追寻真理等同于追寻完美的语言。

今年,就在都柏林荣膺"欧洲文化首都"的时候,我们不妨借这机会观察一个事实:找寻完美语言过去曾是欧洲典型的文化现象,

---

① Giambattista Vico(1668—1744),意大利哲学家、修辞学家。

而将来也还会持续下去。欧洲脱胎自单一的语言文化核心（希腊—罗马世界），然后分裂为操着不同语言的民族。远古世界的人并未多费心思去思考完美语言的问题或多语的问题。希腊时代的"共同语"在前，罗马帝国时代的拉丁文在后，它们都确保了一种令人满意的国际沟通系统，将自地中海地区到现在英国诸岛的地区全都包括进去。那两个发明哲学以及法律用语的民族，将他们语言的结构等同于人类的理性。只有希腊人才会"遣词造句"，而其他民族都是"野蛮人"，从词源学的角度来看，也就是说话结结巴巴的人。

罗马帝国崩解以后，欧洲便进入语言和政治多样化的阶段。拉丁文开始急遽变化。蛮族入侵，引进他们的语言和风俗。后来，罗马帝国半数的属地落入东罗马帝国的希腊人手里。一部分的欧洲人以及地中海盆地周边所有的人说起阿拉伯语。公元一千年前后，各国或各民族纷纷拥有了自己的语言，直到今天，在这块大陆上我们仍旧在说这些语言。

当今正是个历史时刻，基督教文化着手重新阅读《圣经》中关于建造巴别塔时"语言混乱"的章节。经历许多世纪，大家开始幻想是不是可能重新发现，或者重新创造一种前巴别塔的语言，全体人类共同的语言，它可以借由某种事物和字词彼此间的内在对应来表达事物的本质。这类对普世沟通系统的追寻从当时到现在已经以各种形式表现出来：有人在时间流里往前回溯，以便重新发现创世之初亚当用来和上帝沟通的语言；有人孜孜不倦，尝试建构一种理性语言，具备如今已丧失的亚当语言的完美特质；有人尝试追随维柯的理想，找出一种普遍存在于各民族中的心灵语言；有人硬是发明出希望能通行国际的语言，世界语即为一例；如今甚至还有人努力不懈，想要确立人和计算机共通的"心智语言"……

然而，在这一连串的寻觅过程中，却也有人发现所谓的完美语言其实就是自己同胞说的语言。十七世纪时，格奥尔格·菲利普·

哈尔斯德费尔①一口咬定亚当说的必是德语,因为只有德语才具备可以完美呈现事物本质的字眼。(后来,海德格尔也说过,只有用德文方能进行哲学推论,不过出于慷慨,希腊文也受其青睐。)在安托万·德·里瓦罗尔的著作《论法语的普世性》里,法语的语法结构是唯一真正能反映人类理性的语法结构,也就是世界上唯一的逻辑语言(德语太多喉音,意大利语太绵软,西班牙语过于累赘,而英语语意晦涩难明)。

大家都知道,乔伊斯在大学时代便成为但丁迷,且终其一生,这个立场未曾动摇。虽然他对但丁的所有引用只限于《神曲》一书,但是我们有充分的理由相信,他对于但丁在语言起源的问题上以及在创造完美诗歌语言的计划上(一如但丁自己在《论俗语》里所说)的看法都相当熟稔。无论如何,乔伊斯必然在《神曲》中找到过有关这个议题的清楚指涉,而在《神曲·天堂》第二十六首诗歌中也提出对亚当语言这个旧主题的新见解。

《论俗语》一文写于一三〇三到一三〇五年间,比《神曲》问世的时间要早。尽管它以学术论文的面貌呈现,但实际上是一篇自我评论;在那其中,作者尝试分析自己艺术创作的方法,虽然没有明白点出,但字里行间透露出他将自己的方法等同于一切创作论述的典范。

根据但丁的说法,在人类还没犯下巴别塔的罪过、各国语言还没有出现之前,只存在一种完美语言,幸亏有这语言,亚当才能和上帝交谈,而他的后代也用它彼此沟通。在巴别塔的语言大混乱发生之后,语言的数目从单一变成众多,起先只在世界不同的地理区域之间产生变异,后来连大地理区域内部也出现语种分歧现象(也

---

① Georg Philipp Harsdörffer(1607—1658),德国诗人。

就是今天我们称呼的罗曼语族诸语言，其中可区分出 sì 语言，奥克语以及奥依语①）。Sì 语言，或称意大利语，内部又分散成数量庞大的方言，有时在同一座城市里，不同区的居民就使用不同的方言。这种纷乱现象起因于人类不稳定和易改变的天性，也归因于他们的风俗还有语言习惯，从空间和时间两个角度来看都是如此。为了弥补语言这种缓慢、但是无可避免的特性，于是语法的制定者便企图塑造一种在空间以及时间上都不会变质的语言，而这语言便是中世纪各大学里使用的拉丁语。

可但丁追寻的是一种通俗的意大利语，而且基于他在诗学上面的造诣和周游各地的流浪经验，他有机会用各种意大利方言以及欧洲各种语言来做试验。《论俗语》旨在找出一种更高贵、更具威信的语言，为此但丁坚持以严格批判的态度来分析意大利语的方言。一旦那些最伟大的诗人开始以各自的方式同自己的区域方言保持一定距离，这就意味有可能找出一种"高尚的方言"，一个"光明的散播者"，它有资格坐在民族王国宫殿的宝座上。但丁构想中的方言必须是意大利所有的城市共同使用，不能专属于某个城市，好比理想的典范，被各个伟大的诗人所采用，并且以它为尺度，所有通行的方言都该受人检验。

因此，和各种语言混乱的情况有所不同，但丁似乎想要推出一种诗的语言，和亚当时代的语言类似，而在他的想法里，亚当的语言即是诗的语言，他自己便以创建者的身份为傲。这种完美的语言、但丁所苦苦追求的语言，一如其所追求的"芳香之豹"，有时会出现在被但丁视为高手的伟大诗人的作品里，尽管那种语言还未定型，没有令人满意的规则，而语法上的内容也还不够清楚。

---

① 奥克语指中世纪法国卢瓦尔河以南的方言群，而奥依语则指同时期该河以北的方言群。

但丁一方面面对的是各种方言，它们自然形成却不具普世性；另一方面则是拉丁语法，具普世性却是人工建构的，于是他想另辟蹊径，开创一种兼具普世性和自然性的伊甸园式语言。可但丁又和后世企图重建原始希伯来语的研究者不同，因为他们希望透过现代发明的手法去重现伊甸园的环境。这种受人景仰的通俗语言（以他这种通俗语言所写的诗应成为标准模范），将帮助"现代"诗人治愈后巴别塔时代的伤口。

这个关于语言角色的大胆前卫观念——复兴完美语言——向我们解释了，为何但丁在《论俗语》中不去谴责语种的分歧，而是凸显它们那类似生物的活力，以及在"时间轴"上自我更新的能力。但丁正是在这种语言创造力的基础上判断出自己能够发明并推动一种完美语言，既现代又自然，不必参照那些已失落的典范。假设但丁相信人类初始语言和希伯来语恰巧相同，那么他应该决定学习它、并且用这种圣经语言进行创作才是。然而，这种可能性从未闪过他的脑际，因为他坚信，通过精炼意大利方言，他一定能够找到那个普世语言，而希伯来语仅是它最受崇敬的化身罢了。

年轻时代的乔伊斯似乎做出许许多多不可一世的断言，他指出，必须通过他个人的诗歌创作来重建一种完美语言，目的在于塑造他所属民族"未成形的意识"，而且这种语言不该像普通用语那般任意武断，而是必要的、有存在动机的。所以，乔伊斯这位年轻的bachelor以上述方式完美地、神秘地了解了但丁的用意，而且终其一生奉为圭臬。

不过，但丁的构思与其他企图找出完美语言的构思相同，是一个想找出让人类脱离后巴别塔时代迷宫的计划。就像但丁一样，我们可以接受语言的变异性，然而所谓的完美语言必须清晰明显，不像迷宫一般复杂。但乔伊斯在这点上和他相左，因为前者日渐脱离最初奉行的托马斯的伦理道德系统，而且逐步接近他在《芬尼根守灵夜》里所呈现出来的世界观。这种世界观似乎要超越后巴别塔时代的混沌状态，但其方法不是排拒那种混沌，而是将它视为唯一的可能，并加以接纳。乔伊斯从来不曾试图将自己定位在巴别塔的前面或者上方，他只愿意"住在里面"。请容许我如此臆测：也许凑巧当他决定从巴别塔的高处开始写作《尤利西斯》时，其实在潜意识里乔伊斯已经怀有一个终极目标，也就是打造一个多语杂语的实验环境，所代表的不是"语言混乱"的终结，而是它的胜利。

我们不禁要问：这种决定可以追溯到什么源头？

公元七世纪，爱尔兰出现一本名为《诗人准则》的语法专著。该书的基本理念是：如要将拉丁文语法的架构移植到爱尔兰文上，那就应该模仿巴别塔的架构。根据这本专著的不同版本，语言论述包含八个或九个部分（名词、动词、副词等等），而用来建造巴别塔的基本元素亦有八种或九种（水、血、土、木等）。为什么会有这种平行式的对比？因为斐尼乌斯·法尔萨伊德学派里那七十二位博学之士，也就是巴别塔之混乱出现十年后、创造出第一种语言的人（这种语言想当然是爱尔兰的本土语言——盖尔语）。他们尝试建构一种和原始形式并无二致的语言，不但可以和事物的本质对应，而且能够透露巴别塔混乱之后产生的所有语言的本质。他们这项倡议从《以赛亚书》六十六章十八节汲取灵感："我将前来聚集所有的国族和所有的语言。"他们所使用的方法如下：将每种语言的精华部分提取出来，然后打散其他的语言，接着将那些片段重新组合成一种崭新完美的结构。大家或许忍不住想说，如能达到目标，那么他们可称得上真正的艺术家了，因为，就像乔伊斯说过的："何谓一等一的艺术家？这种艺术家有能力从局限住形象的纷杂环境中，将这形象的细腻精华以最准确的方式呈现出来,并且根据艺术的条件使它重生,而对于上述条件的选择就凭那形象的新功用决定。"(《英雄斯蒂芬》①)"分割成为部分"(今天,这是语言学系统分析方法中的基本观念)对于那七十二位博学之士是如此重要的观念(根据我所掌握的文献),以至于用来表示这个观念的爱尔兰语词汇 teipe,也就是选择和塑造的同义词,它天经地义地用 berla teipicle 来指爱尔兰语。结果,作为定义这个事件的文本《诗人准则》,便被公认为对世界的一项寓言。

有件事相当有趣:我们注意到有个和但丁同时代的人也发表过几乎一模一样的理论,这个人便是十二世纪伟大的犹太教神秘教义理论家亚伯拉罕·阿布拉非亚②。根据他的看法,上帝最初赐给亚当的不是某种特定语言,而是一套方法,一套普世的语法,而这语法在巴别塔事件发生之后除了在希伯来人之间延续,其他地区的人便从此失去了它。希伯来人匠心独具,根据这个规律创造了希伯来语,是后巴别塔时代七种语言里最臻完善的。然而,阿布拉非亚提及的希伯来语并不是其他语言的剪裁拼凑,而是全新的完整个体,由二十二个独创的字母组合起来(亦即最基本被分别而成的元素),那是一套神圣的字母。

相较之下,爱尔兰的语法家的选择就不一样:他们并没有回溯历史去追寻亚当的语言,而是建构一种崭新而且完美的语言,亦即他们的盖尔语。

我们不禁要问:乔伊斯是否知道中世纪的这些语法?我在他的作品中找不到任何对于《诗人准则》的参考,不过有一事倒引起我高

---

① *Stephen Hero*,乔伊斯自传体小说,部分内容于作者死后发表。小说大多数观点后来用于《一个青年艺术家的画像》。
② Abraham Abulafia(1240—1291),犹太教喀巴拉神秘主义学者。

昂的兴致：艾尔曼①在他的报告中提到，一九〇一年十月十一日，年轻的詹姆斯曾参加"学生辩论会"的集会，并且聆听了约翰·F. 泰勒的演讲，主题是"爱尔兰语的美和完善"，但同时也提出爱尔兰人有权使用母语，好比希伯来人有权使用摩西的语言，那是揭露神意的语言，拒绝别人把埃及语强加在希伯来民族身上。然而我们知道，泰勒的理念在《尤利西斯》第七章被广泛采用，将爱尔兰语和希伯来语加以平行对照，而这种对照构成了布卢姆和斯蒂芬两位角色在语言学评论上的平行对照。

请允许我在这里提出一项怀疑。在《芬尼根守灵夜》中出现了taylorised这个字眼，被阿瑟尔顿诠释为对新柏拉图主义者托马斯·泰勒的指涉。我宁愿相信乔伊斯指涉的对象是约翰·F. 泰勒。我是拿不出证据，可是我觉得根据上下文判断（《芬尼根守灵夜》第三百五十三页以后）就觉得这个问题确实引人入胜。乔伊斯极有可能受到早年泰勒那场演讲的启发，才会利用分割拆解字根的方法，结合他对《诗人准则》的间接认识而发明像"消灭词源"和"一切混淆起来"，或者"听起来反之亦然"等奇异字眼。可是，既然我们没有任何书面证据，我也只好把上述见解当作是令人垂涎的假设，或者个人消遣的方式。

没有任何证据足以说明乔伊斯和爱尔兰中世纪的一些传统可能存有关联。一九〇七年在的里雅斯特曾举办一场名为"爱尔兰，圣徒与智者之岛"的研讨会。那次乔伊斯也发表了一篇强调爱尔兰语古老特性的论文，并且将它等同于腓尼基语。乔伊斯并不是历史学家，更别说是可靠的历史学家，他竟把约翰内斯·斯克图斯·爱留根纳（Johannes Scotus Eriugena）与约翰·邓斯·司各脱（John Duns Scotus）混为一谈，仿佛他们果真是同一个人似的（前者确定是九世

---

① Richard Ellmann（1918—1987），美国文学评论家，乔伊斯传记作者。

纪时的爱尔兰人，而后者则是生于十三世纪的爱丁堡人，尽管有许多人坚信他是爱尔兰人）；此外，乔伊斯还认为《丢尼修文集》的作者，也就是他称作伪古希腊雅典刑事法庭法官的丢尼修，是庇佑法兰西的圣徒圣德尼。然而根据中世纪沿袭的传统，大家把《文集》的丢尼修认为是活在圣保罗时代的古希腊雅典刑事法庭法官伪丢尼修。乔伊斯是谬误的，因为我们根本无从知道所谓的丢尼修究竟是哪个丢尼修。可是不管怎样，《文集》的真正作者应该是一位古希腊雅典刑事法庭法官伪丢尼修，而不是伪古希腊雅典刑事法庭法官丢尼修。

另外，乔伊斯上大学时曾经学习拉丁文、法文、英文、数学、自然哲学以及逻辑学，但并不曾研究中世纪哲学。尽管如此，在爱尔兰语法学家的呼吁和乔伊斯对于完美诗语言的理论之间存在着令人惊讶的对等关系，所以我要试着进一步找出其他的关联。

为了发明自己的诗歌语言，尽管乔伊斯对于爱尔兰的古老传统并无什么清晰印象，他至少相当了解《凯尔斯书》这个文本，而且在的里雅斯特那次关于爱尔兰的研讨会中他也首度亲口提到了它。

乔伊斯年轻的时候肯定在三一学院读过那部作品，而且后来他还谈到该作品的复制版：《凯尔斯书，爱德华·苏利文爵士改写，附二十四张彩色插画》（第二版，伦敦—巴黎—纽约，一九二〇年）。乔伊斯曾在一九二二年送了一本给韦弗小姐当作圣诞礼物。

最近我在替《凯尔斯书》手稿那品质教人叹为观止的精摹复制版写导读时，就提醒读者一件事：这部爱尔兰的艺术杰作被包围在一阵"呢喃低吟"的赞叹中，而我确信乔伊斯也受其影响，就算不是直接的影响。才两天前，我在爱尔兰最神奇的地方——克隆玛克诺伊斯的七圣堂度过了整个下午（这是我第二次前往该地），并且再一次了解到，没有任何人（就算他从来没有听人说过爱尔兰古代的语法学家，或者流传下来的古书：《凯尔斯书》《杜罗之书》《林迪斯法尔尼福音书》或《邓考之书》[①]）在欣赏七圣堂全景以及教堂石壁时，不会听见伴随千年前诞生的《凯尔斯书》所发出的呢喃低吟。

公元一千年以前的拉丁文化，尤其是介于七世纪和十世纪中间的那一段，记载了一种被称为伊斯佩黎克（Hisperic）风格的艺术，那是一种出现然后发展在从西班牙到英伦三岛的地区，甚至把高卢地区也包括进去的艺术。古典拉丁传统已经描述（同时谴责）过它，起先把它定义为"亚洲风格"，然后又称它为"非洲调调"，将它视为和希腊"阿提卡"平衡稳重精神背道而驰的东西。昆体良在《雄辩术原理》里特别强调，所谓的完美风格应该"大度而非小器，崇高而非唐突，坚强而非鲁莽，严格而非黯然，庄重而非迟缓，愉悦而非淫逸，喜乐而非放荡，宏伟而非浮夸"。不仅只有罗马的修辞术谴责"亚洲风格"，认为那是"拙劣的矫饰"，后来连基督教文化的修辞术也加入声讨的行列。这里为了举例说明教会的长老们在面对这种"拙劣的矫饰"时是如何震惊，我们举出圣哲罗姆的一段咒骂："某些作者用笔干出野蛮行为，而且他们的论述如此含糊不清，真可称为文体之罪，以至于我们已经无法明白谁在说话或者所谈主题为何。在这流的作品中，每一件事先是浮夸膨胀，然后又突然泄了气，好比一条虚弱的蛇，试图要蜷缩成一团却突然断成数截……所谈及的事都好像被复杂得解不开的言词打了死结，以至于只有引用古罗马戏剧作家普劳图斯的名句才能形容上述困境：'除了西比拉，这里没有任何人可以了解任何事。'这些言语的邪术究竟是什么？"

[①] 《杜罗之书》（*Book of Durrow*）是七世纪手稿式福音书。《林迪斯法尔尼福音书》（*Lindisfarne Gospels*）是七世纪写就的福音书手稿，当时英国宗教艺术的展示典范。《邓考之书》（*The Book of the Dun Cow*）是爱尔兰文学中现存最古老的手稿，记叙修士口述传统等内容。

像这样有如排山倒海的长篇怒斥，代表了保守主义者充满憎恨的态度。要是让他们读到《凯尔斯书》或者《芬尼根守灵夜》一类的书，想必也要气急败坏。被那些传统派人士视为不可宽恕罪过的地方，却是伊斯佩黎克诗歌的显著特色。这种诗歌并未遵循传统诗歌对语法和修辞的严格要求，至于节奏和韵律也一再被违反，为的是要呈现出类似巴洛克风格的独特滋味。被拉丁格律传统视为不堪入耳的押头韵用韵法开始产出一种新的音乐风格，比方圣奥尔德海姆在《与埃弗利敦书》中，就曾经出于自娱娱人的动机写过每个字都以同一字母开头的怪句："Primitus pantorum procerum praetorumque pio potissimum paternoque praesertim privilegio panegyricum poemataque passim prosatori sub polo promulgantes……"伊斯佩黎克的词汇包含了数量及形式都令人惊讶、从希伯来文和希腊文里借来并加衍生的词，其文本充斥着密码式的符号以及谜样文字，让任何试图翻译它的人都望而却步。如果说古典美学的理想将清晰明确奉为宗旨，那么伊斯佩黎克风格追求的便是晦涩难懂。如果说古典美学褒扬匀称比例，那么伊斯佩黎克风格则独钟繁复，嗜好大量堆砌表述形容词以及拐弯抹角的意释，此外它又喜爱一切庞然的、丑怪的、不羁的、过度的以及异常的成分。那些令人无法接受的词源上的创见，造成他们惯常将字词切割成像原子那样的小单位，让这些单位产生类似谜面的语义。

伊斯佩黎克的美学态度代表了欧洲黑暗时期人口急遽减少的那些年代的风格，那是文化的危机时代，是最重要大城市毁灭的时代，是罗马大路和引水渠道开始废弃的时代。在大片森林覆盖的世界里，僧侣、诗人以及袖珍插画的绘制者所看到的世界就等同于一个危机四伏的幽暗森林，里面到处都是蠢蠢欲动的怪物，到处都是横亘绵延、迷宫似的路径。在这几个艰难脱序的世纪里，爱尔兰将沉寂已久的拉丁文化反向输入欧洲大陆。那些为我们保存并精炼少量古典传统的爱尔兰僧侣，成功地挽救了整套传统，他们将在文学以及视觉艺术的领域中首先进行尝试，但是过程有如在茂密的森林中伸手移步摸索，好比圣布伦丹和他的随从们出发前往大海探险，在遗失之岛撞见怪兽，遇到误以为是岛屿的硕大无朋的鱼，并在其脊背上登陆，而这座移动岛屿上面栖满白羽飞鸟（和路西法一起堕落的灵魂），还有令人惊讶的喷泉，还有天堂之树、海中央竖立的水晶巨柱，困坐在岩石上的犹大，独自忍受波浪不断地狂暴拍打。

从七世纪到九世纪，也许是在爱尔兰这片土地上（总之一定是在英伦三岛的某处）写成了一本名叫《怪兽奇观》的书，在其中我们发现了不少在《凯尔斯书》里面读到的形象。作者在著作的前几页便承认：尽管在他之前已经有太多具有权威地位的书捏造过类似的谎言，但要不是因为"你们那股猎奇的强势旋风，以出乎我意料的方式，将我这个胆小的水手一头吹进怪物充斥的大海里"，他也不会想要提笔写本新的怪物猎奇著作。接着他又说道："也许海洋深处住着种类数不胜数的怪物，它们身躯硕大无朋，高耸有如山峰，连最强烈的巨浪都能迎头击破，它们将身躯翻腾到水面上，然后又没入那原本安静的河流汇海之处：它们一面涌动，一面扬起巨浪水沫，所发出的声响震耳欲聋。这群怪物大军聚在一起，越过高低起伏的蓝色水面，所激起的大理石般的白沫有如长鞭抽打着海风。接着，它们又以无比巨大的身躯搅动那已然翻腾舞动的浪涛，激起直至云霄的恐怖水幕。最后，这群怪物朝着滩地直接游去，以至于任何人在岸边见到这幕光景，绝对不会当成好戏来看，而是内心充满恐惧。"

尽管作者担心说出与事实有出入的话，他毕竟还是抵抗不了这种捏造怪物的暗藪之美，因为那个结构可以让他编造出迷宫似无穷无尽、花样多端的故事。作者兴致勃勃叙述故事的态度同样可见于《圣克伦巴努斯传》里对海伯尼亚岛周围洋面的描绘，或者《西方演说录》(Hisperica Famina)（《怪兽奇观》的作者对这本书应该相当熟悉）里新造出来洋洋大观的形容词（比方用 astriferus 和 glaucicomus 来形容海底涌浪。此外，伊斯佩黎克的品位也让他特别爱用一些新造的怪字，例如：pectoreus, placoreus, sonoreus, alboreus, propriferus, flaminger 以及 gaudifluus）。

这也是维吉尔在他的著作《节录与书信》里赞美有加的造词手法。许多博学之士今天都支持一个理论：这位生活在离图卢兹不远的比戈雷的疯癫语文学家其实是爱尔兰人，而且他的一切（从文体风格到世界观）似乎也证实了这种看法。维吉尔是七世纪的人，因此很有可能出生于《凯尔斯书》面世前的一百年。他在作品中引用西塞罗以及维吉尔（罗马时代的那一位）所不曾说过的话，后来我们发现，或者我们假定，他曾加入一个雄辩术教师的组织，而且其中的每个成员都拿古典作家的名字为自己重新命名。专家们猜测，也许他写作只为嘲弄其他雄辩术教师。同时受到凯尔特、西哥特、爱尔兰和希伯来文化的影响，他描述了一个仿佛从现代超现实主义诗人的想象中迸射出来的语言世界。

他断言有十二种不同的拉丁文，在每一种里面"火"这个词可以是不同的：ignis, quoquihabin, ardon, calax, spiridon, rusin, fragon, fumaton, ustrax, vitius, siluleus, aenon（《节录与书信》Ⅵ, 10）。战役称为 praelium，那是因为它在"海上"（praelum）发生，因为它的重要性致使令人惊叹的事物变得"至高无上"（praelatum）（同上，Ⅳ, 10）。几何学（geometria）是一种解释有关各类药草植物经验的学问，因此医生才会被称为 geometri（同上，Ⅳ, 11）。另外一位雄辩术教师埃米利乌斯曾文雅地宣称一种模式：SSSSSSSSSSS. PP. NNNNNNNN. GGGG. R. MM. TTT. D. CC. AAAAAAA. IIIIVVVVVV. O. AE. EEEEEEE——他要表达的或许是"智者饱吸智慧之血，因此理应被称为血管里的水蛭"（同上，Ⅹ, 1）。加尔蓬古斯和特伦提乌斯有次探讨学问的时候互不让步，结果辩论持续了十四个昼夜，只为搞清楚"我"(ego)这个代名词的呼格到底是什么形式,而且这个问题至关重要,因为搞清楚后我们才能语带强调地呼叫自己,例如:"O egone, recte feci?"(喂,我!我是不是干得好?)这就是维吉尔向读者所说故事中的几例,而这就让我们忆起青年乔伊斯,因为他曾寻思,用矿泉水做洗礼是否有用?

上文提及的每一个文本都可以用来描述《凯尔斯书》里的任何一页,《芬尼根守灵夜》也一样,因为在那每一个文本中,语言代替了《凯尔斯书》里图像的功能。用文字描述《凯尔斯书》意味着再度创作伊斯佩黎克文学里的一项。《凯尔斯书》是混杂并且让动物造型形式化的绚丽世界,若你一页页翻动便可发现杂缠的枝叶间绘有猴子般的小图案,仿佛织锦挂毯里永远相同的主题,而事实上,每一条线、每一个伞房花序都代表了不同的发明。那像涡漩纹一般复杂、一般飘忽不定,故意忽略所有中规中矩的对称定律,是细腻色彩的交响曲,从粉红色到橙黄色,从柠檬黄到紫红。一些四足动物、鸟类以及灰犬围绕在天鹅的嘴喙旁嬉戏;又有一些像植物卷须般、连做梦都想象不到的人形小像,就像骑马的运动员,他们把头缩在双膝中间,蜷曲的胴体形成字词起首的大写字母;还有一些既可弯曲又具延展性的生物,有如橡皮筋一般,侧身藏在纠结的图案中,但又从抽象的装饰里探出头来,有时这些小像还缠绕着字词起首的大写字母,像水蛇蜿蜒游动在线条中间。任何一页都不会因我们的注视而静止,仿佛全都被赋予了独立的生命,没有什么参考坐标,每个图像都和其他的图像纠缠在一起。《凯尔斯书》可说是海神波塞冬那善于变幻身形的儿子普罗透斯。那是寒冷幻想的产物,不需借助麦司卡林或者麦角酸等迷幻药就能创造黑暗深渊,因为它并不是孤立个体所发出的谵语,而是整个文化叫喊的狂言,封闭在自己和自己的对话中,引述其他的福音书,其他用彩画装饰的字母,和其他的故事。

那是一种独特的语言清醒式的晕头转向,一面尝试重新定义世界,一面在通盘了解的情况下企图重新定义自己,在那一切都不确定的年代中,启示世界的钥匙不能在直线里寻而要钻进迷宫中找。

所以,如果这一切真的影响了《芬尼根守灵夜》的创作,那也不是出于偶然,因为在这本书中,乔伊斯尝试同时再现宇宙形象并且为"患有绝佳失眠症的理想读者"而写。

乔伊斯的这些经验和《尤利西斯》的书写亦有密切关系。在那个时代乔伊斯便宣称《凯尔斯书》的许多字词起首大写字母其实包藏他这本著作里某一整章的特性,而且他也明确要求将自己这本著作比拟成手抄本里的袖珍插画。

《芬尼根守灵夜》里明白直接指涉《凯尔斯书》的那一章便是传统上被称为《阿尔普宣言》的部分。该章叙述在堆肥中找到一封信的故事,而这封信被视为所有尝试沟通的象征,所有世界的文学,甚至是《芬尼根守灵夜》本身。《凯尔斯书》给予乔伊斯最多灵感的一页是所谓的"幽暗的顿克之页"(tenebrous Tunc page)。如果我们放任目光在这一点上游移并且同时阅读(就算断断续续也无所谓)乔伊斯写下的任何几行文字,那么我们就会感受到一种多媒体的经验,也就是说,语言反映手抄本袖珍彩色插画的形象,而手抄本袖珍彩色插画的形象唤起了语言上的呼应。

我们来看乔伊斯如何形容这一页:"处于混沌状态中的每一个人、每一个地方以及每一件事物不管怎样和那只被丢弃的咯咯叫的火鸡有所关联,只是持续向前移动,不断改变。"他还提及"内心稳固的独白",而且在那其中"字词被狡猾地隐匿在一堆乱七八糟的布料中,好比田鼠将窝筑在彩带里面",变成"受到伊特鲁里亚稳健谈话中某些句子所影响的东哥特之拙劣书法",系由"全然意料之外向左旋转到过去某个特定痛处的返回举动……"所构成"指出接下去的字词可以依照任何想要的次序加以摆布"。

到底《凯尔斯书》代表什么？那份古远的手抄本所提到的是个由路径所构成的天地，而这些小径又分岔成为方向相反的小道，分岔成不可描述心灵的各种冒险以及想象。这里说的是一套结构，其中每一个点都能和另外任意一个点连结上，在那里面没有定点也没有位置，唯有用以衔接的线条，每一条线任何时刻都可将它阻断，但是它立刻又会重启相同路径。这种结构既无中心亦无边缘。《凯尔斯书》是座迷宫。正因如此，它才能够在乔伊斯那兴奋的心灵中变成未来将写但永远写不完的那本书的典范，只有患了绝佳失眠症的理想读者才能解读。

不过，《凯尔斯书》（它的嫡裔《芬尼根守灵夜》亦复如此）同时也代表了人类语言的原型，而且或许也是我们现在所处世界的语言之原型。也许我们自以为活在狄德罗的《百科全书》里，而实则浸淫在《凯尔斯书》中。《凯尔斯书》和《芬尼根守灵夜》一样都提供了当今科学所呈现的最佳宇宙形象。这两本书象征不断扩张的宇宙，也许有结束的一天但却无法限制，那是无穷多疑问的出发点。通过上述那些著作，我们可以感受我们这年代的男人女人，即便我们正航行在和那片引领圣布伦丹前往寻找遗失之岛一样危险的海面。《凯尔斯书》里每一页都在讲圣布伦丹的事迹，仿佛它在敦促我们，给予我们灵感，让我们在寻觅的道路上走下去，以便最后终于可以完美表述我们所生存其中的不完美世界。

作为 bachelor 的詹姆斯完全没有这个英文单词所隐含的"未完成"意义，因为他仿佛是个置身浓雾中却还是能看清自己义务所在的人，同时他也明白我们应该了解什么，也就是所有语言都有模糊暧昧的特点，都有不完美的天性，并不代表人类该在后巴别塔时代所该治愈的痛苦，而是上帝唯一赐给亚当这个会说话的动物的机会。在一切追求完美后的唯一结论是：明白人类语言不完美的特质，但同时又能以诗来呈现这种不完美的最高境界。巴别塔不是一个意外，我们从起源阶段就住在里面。上帝和亚当第一次交谈的时候用的或许就是"芬尼根语"，或许唯有重返巴别塔，然后接受我们唯一的可能性，方能找回平静并且勇敢面对人类的命运。

这整段故事是从都柏林开始的，当时那个男孩满脑子都是《凯尔斯书》里的意象，除了这本书之外，说不定还有出自杜罗、林迪斯法尔尼以及邓考的书……

"从前有位名叫邓考的人从迷雾里走下来，而这位从迷雾里走下来的邓考遇见一位男孩，他的名字就叫 bachelor 小詹姆斯……"

拉曼查和巴别*之间**

在感谢这所大学赠予我殊荣的时刻，我很高兴这场颁授学位的仪式能在拉曼查举行，尤其是在这个大家都称颂褒扬豪尔赫·路易斯·博尔赫斯的时候。或许在附近地区的某个村落里，在那个人家有意不说出名字的村落里，以前曾经有座图书馆（说不定现在依然存在）。这座图书馆专门收藏冒险小说，是一座人家从里面走出来的图书馆。而事实上，那位圣人堂吉诃德的故事开始的当儿，正是主人翁决定放弃那个包藏他对书的幻想的场所，出发前往现实世界冒险的时候。可是他会这么做是因为他心里坚信已经在书中找到了真理，所以剩下的部分便是模仿，将书中叙述的那些丰功伟业照表操课一遍。

三百五十年后，博尔赫斯向我们叙述了一个有关图书馆的故事，只是那是一座人家不从里面走出来的图书馆，而且在那里，对于真实字眼的寻觅没完没了、教人绝望。

上述两座图书馆间存在着非常深刻的相似。堂吉诃德试图在现实世界中寻找图书馆应允他的事实、奇遇以及充满戏剧张力的人生起伏；因此，他愿意相信世界是依照他的图书馆建构起来的。但是博尔赫斯并不那么理想主义，所以他决定相信图书馆就等于世界，正因如此，他也感受不到要从里面走出去的必要。就像你没办法说：

"世界,你停一下,我要下车!"当然,你也不能走出图书馆。

有许多关于图书馆的故事:有些图书馆消失了,比方位于埃及亚历山大的那座;有些你才走进去很快又走出来,因为发现里面收藏的尽是荒谬的故事和观念。后者就像圣维克多的图书馆,在堂吉诃德出生的数十年前,庞大固埃便满怀喜悦地走了进去,指望里面收藏的几百本书可以让他获得累积了好几个世纪的智慧,可是根据我们的了解,才过不久,他便急急离开去做别的事情。他为我们这些后代读者徒留好奇以及愁绪,因为我们并不知道那些令他厌倦的卷册到底谈些什么,充其量只能聊胜于无地重复那冗长有如连祷文的拉丁文名词:

> Bragheta juris, De babuinis et scimiis cum commento Dorbellis, Ars honeste petandi in societate, Formicarium Artium, De modo cacandi, De differentiis zupparum, De optimitate tripparum, Quaestio subtilissima utrum chimera bombinans in vacuo possit comedere secundas intentiones, De baloccamentis principum, Baloccatorium Sorbonifomium, Campi clysteriorum, Antiodotarium animae, De patria diabolorum ...

从拉伯雷的图书馆里,正如同从塞万提斯的图书馆里,我们可以列出品类书名,因为那是有限的图书馆,受制于它们所谈及的那个局限的世界,前者谈的是巴黎的索邦大学,后者提的是龙塞斯瓦耶斯①。但在博尔赫斯的那座图书馆里,我们列举不出什么品类书

---

* 博尔赫斯的短篇小说《巴别图书馆》描述的是像宇宙般无穷尽的图书馆,"巴别"二字的意涵可参见本书《作为 bachelor 的艺术家之形象》一文。
** 本文为西班牙卡斯蒂利亚—拉曼查大学授予本人荣誉博士学位时(一九九七年五月二十二日)所写的演讲稿。——原注
① Roncesvalles,西班牙北部纳瓦拉自治区村庄。

名,因为里面藏书的数目永远也数不完,还有,比书名更引人好奇的是图书馆的大小形状。

在博尔赫斯之前就有人梦想过巴别图书馆。博尔赫斯图书馆的一大特色是,它不仅藏书数量有如恒河沙数,而且收藏空间无尽宽广,是一间又一间彼此类似的书库,这些书库提供的书包含二十五个字母所有可能的组合,以至于你无法想象图书馆会遗漏哪种组合。

这便是犹太教神秘主义信徒的古老梦想,因为唯有通过有限字母的无限组合,他们有朝一日才有机会拼出上帝不为人知的秘密名字。但是如果我没举出(或许有许多人期待如此)卢尔之轮①,那是因为,即便人们想要提出天文数字那般多的意见主张,也只能保留那些真的,然后排除其余的。然而,如果把卢尔之轮和犹太教神秘主义信徒那组合式的乌托邦放在一起,那么在十七世纪,人们期待的是:除了上帝之名以外,他们也能够叫出世界上每个个体的名字,进而因此逃避加在语言上的诅咒,由于这项诅咒,我们不得不用泛泛的词汇来指称独立的个体,用拉丁文说便是用 quidditates 来指称 haecceitates,结果就像中世纪的人们所遇到的问题,因为词汇不足而觉心有未甘。

这也是哈尔斯德费尔在他的《数学与哲学研究》(*Matematische und philosophische Erquickstunden*)一书中所建议的:在五个轮盘上安置二百六十四个基本单位(前缀、词尾、字母以及音节),这样便能通过组合产生九千七百二十万九千六百个德文单词,其中包括根本还未存在的。克拉乌②曾在《萨克罗博斯科〈天球论〉注释》(*In Spheram Ioannis de Sacro Bosco*)中计算过,如果将二十三个字母中的任两个、任三个结合起来一直到所有字母都出现为止,总共可以求

---

① Raymond Lull's Wheel,一个三层的轮盘,每一层放入不同的字母,轮盘转动时所产生的字母组合可产生新的想法。
② Christopher Clavius(1538—1612),德国数学家、天文学家。

得多少单词。古尔丁①也于一六二二年发表著作《组合的数学问题》(*Problema arithmeticum de rerum combinationibus*)，书中探讨个别字母如果拿来用在二到二十三个字母里的话，究竟可以得出多少组合。答案是七百兆个单词。如果将这些词誊录在每本一千页、每页一百行、每行六十个字母的空白书册中，那么恐怕需要八十亿五千二百一十二万二千三百五十座图书馆（每边四百三十二英尺）才容纳得下。梅森②则在《宇宙和谐》(*Harmonie universelle*) 中指出，除了单词以外，歌曲也具有类似情况（所谓歌曲，即乐音的次第顺序），因为二十二个音符彼此不同的组合就可产生一百二十亿乘十亿首歌曲。如果谁有野心每天记录一千首，那么几乎要两千三百万年才能完事。

英国作家斯威夫特为了嘲弄上述那些专做组合大梦的专家，便发明了反图书馆的概念，换句话说，他建议创制一种普世而且科学的完美语言，这样一来，大家就不再需要书本、词汇、字母符号了：

> 接着，我们来到一间语言学校，里面有三位教授共同商讨改良本国语言的方法。
>
> 计划的第一阶段是缩短句子长度，方法是将多音节词简化成单音节词，并且摒除动词和分词，因为在现实中，能够被人想象的全部都是名词。
>
> 计划的第二个阶段是必须废除所有词汇；这个建议如能付诸实行，那么对于简明扼要乃至全民健康都会大有助益。不用赘言，我们每多说出一个字，肺部便多增一分耗损，也就等于致人短命。因此他们提倡，既然每个有效的词都是物品的名称，那么基于对便利性与日俱增的需求，每个人就把特别想表达的

---

① Paul Guldin（1577—1643），瑞士数学家、天文学家。
② Marin Mersenne（1588—1648），法国数学家、神学家。

东西的实物带在身边。这项创见本来真能付诸实行，它对人的舒适以及健康将会功不可没，只可惜有些粗鄙无知又不识字的女人发出语带威胁的警告，说是如果剥夺她们的口语权、她们祖先所留下来的传统，那么就要轰轰烈烈闹出一场革命才肯罢休。真的，下层人民确实是科学不可妥协的敌人。但是不管怎样，最博学、最有智慧的人都很支持以实物表现思想的崭新观念；这项计划只有一个小小的不便：如果你办的许多件事都非常重要而且性质彼此不同，那么你就得结实背上一大包东西，当然，如果有一两个仆从随行就不会如此辛苦。我经常看见一些博学的人因为背上的负荷过重而现出疲态，好像那些把货物全堆在肩膀的流动小贩；智者们若在街上碰面便把负担卸下，打开包包，比手画脚沟通起来，通常一个小时都不需要停顿；之后，他们再互相帮忙，把那堆实物重新放到对方背上，然后各自赶路去了。（《格列佛游记》，Ⅲ，5）

然而我们看到，甚至斯威夫特也无法避免某些类似巴别图书馆的东西。毕竟，为了指称天地间的所有事物，人类或许需要一套表示那些事物的词汇供其支配，而这套词汇的大小和宇宙的广度相符。这样看来，图书馆便和天地宇宙无异。

在斯威夫特的计划中，我们似乎又住进图书馆里，说得更精确些，我们将成为图书馆本身的一部分，永远走不出去，更糟的是，我们甚至无法言语，因为就像在巴别图书馆里一样，我们每次只能置身一座六角形的建筑物里，在我们生活的世界中，我们仅能根据自己置身何处，论及围绕在我们身旁的事物，用手指出那些事物而已。

不过，不妨假设斯威夫特的计划最后终于付诸实行，而且人类从此不再使用口语。即便到了那个地步，博尔赫斯提醒我们，图书馆还会收藏大天使的自传以及有关未来历史巨细靡遗的记载。正因受到博尔赫斯这段话的启发，托马斯·帕维尔[①]才在自己的著作《虚构世界》（*Fictional Worlds*）中邀请读者体会一番令人神往的心智经验。

假设有个无所不晓的人具有书写或者阅读巨著的能力（这部巨著包含一切对于真实世界以及所有可能世界的真实论断）。很自然地，既然我们能以多种语言谈论天地宇宙，既然每种语言对它的定义方式各有出入，那么一部巨著总集势必应运而生。现在，假设上帝又责成天使为每一个人写作一本日常之书，书中记录个人说出口的每句陈述（对于可能世界的期待、愿望以及在现实世界的行为），而这些陈述相当于构成巨著总集的某一部书里的一个真实论断。那么在最终审判那天，不管哪个个体的日常之书都将会被摊开来看，同时被检视的还有评估家庭、部族以及国家生活的各式书册。

然而，天使写作日常之书的时候并不只限于将正确的论断并陈在一起而已，他还要负责装帧、评估，并为其建立起一套系统。既然到最终审判来临的那一天，个体以及群体都会有一个天使为其辩护，而负责辩护的天使将会为每一个人或者每一个群体重写另一部天文系列的日常之书，在那之中，同样的论断将以不同方式连属起来，并且以不同的方式和各部巨著总集里的某些论断互相对比。

因为巨著总集中的每一部都包含了数量无限多的世界，于是天使将要写出数量无穷的日常之书，在这些书里面，许许多多在此世界为真、在彼世界为伪的论断都要混在一起。接着，如果有人认为某些天使很是笨拙，因为他们把单一巨著所记载的论断混在一起，让那些记载成为彼此矛盾的东西，那么我们面对的将是一串又一串的摘要、杂录杂记，以及杂录杂记片断的摘要，而这一切将是不同

[①] Thomas Pavel（1942— ），罗马尼亚裔文学理论家、评论家。

来源书籍的不同层级的混合物。到了这个地步，我们将很难判断哪本书是真实的、哪本书是虚构的，或者它们各自和哪一本源头的书有关联。

如此一来，我们拥有的书的数量将是天文数字般不可胜数，其中任何一本都在不同的世界之间来回摆荡，结果我们认为是虚构的故事在别人的眼里看来可能是真确无讹的。

帕维尔写下这些东西无非想要我们明白，我们已经生活在这样的世界中，唯一的不同是：写这些书的不是大天使而是我们自己——从荷马到博尔赫斯的人类；此外他还暗示，虚构故事的驳杂本体论和那些我们谈论真实世界的"纯粹"本体论相比，其实也不能算例外。他认为自己重新叙述的传奇相当合宜地描述了我们的某种处境，也就是我们习惯对某些论断"信以为真"的处境，以至于当我们察觉虚构和现实之间的界线是如此模糊时，心中难免产生一股惊颤，而这惊颤不仅和面对天使之书时所产生的相同，也和面对那一系列又一系列的描述现实世界的可信之书时所感受的一样。

因此，巴别图书馆的概念就和另一个教人头晕目眩的概念结合起来——可能世界①的复数性，而博尔赫斯的想象也部分启发了形式逻辑学的计算。这还没完，帕维尔所描述的图书馆（当然博尔赫斯的作品也是其中的一部分），包括他以图书馆为主题所说的故事，竟令人好奇地和堂吉诃德的图书馆似乎十分类似，因为后者收藏的故事尽是发生在可能世界的不可能故事，教读者看了会丧失对虚构和现实间那界线的感觉。

另外，还有另一种由艺术家创造出来的故事。这故事也影响了科学家的想象——即便逻辑学家不算在内，至少也要把物理学家和

---

① 参见莱布尼茨的《形而上学谈话》，所谓可能世界的理论，即可能世界有许多之说，一个世界如果与逻辑规律不矛盾，就叫可能世界。

宇宙学家算进去——那便是乔伊斯的《芬尼根守灵夜》。

乔伊斯并没有发明一座可能的图书馆：他只是把稍后博尔赫斯提及的东西付诸实现而已。他利用英文的二十六个字母符号创造出一座由多重词义而且不见于别处的字词所组成的密林，他一定将自己的那本书视为天地宇宙的典型，而且一定认为那本书读来没有止境，以至于期待为自己的著作找到"患有绝佳失眠症的理想读者"。

我为什么要引述乔伊斯呢？可能主要是因为他和博尔赫斯一样，都是我最喜欢的现代作家，而且也是影响我最深的人。然而，还有另一部分原因：我们应该思考这些作家彼此之间类似与相异之处的时候到了；这两位作家都将语言以及普世文化当作他们的游戏场。

我们不妨将博尔赫斯定位在当代的实验主义。根据许多人的看法，这种主义的核心精神便是文学对自己的语言提出疑问，也就是说对象是普通日常语言，并且将其一直分割到终极的词根为止。因此，一论及实验主义，人们便会想到乔伊斯、《芬尼根守灵夜》的乔伊斯，被检视的对象不仅有英语，还包括所有民族的语言，它们化成一阵漩涡里自由游移的片断，然后再重新组合，接着再度拆解成像大风暴的新的词汇怪物，这些怪物又暂时结合起来，为的是下一刻再度崩解，仿佛一支原子的宇宙舞蹈，在那里面语句破碎成为原始的词源。因而，词源（etimo）和原子（atomo）间发音的对应促使乔伊斯将他的作品说成是词源的无中生有，这一点绝非偶然。

乍看之下，博尔赫斯并没有弄乱语言。关于这点，我们只需要读一下他随笔里的朴素散文，观察他笔下叙述文的传统语法结构，就算诗作读来也是清楚易懂、闲适可亲。从这个角度看，博尔赫斯似乎是距离乔伊斯最远的作家。

当然，就像其他一流作家一样，博尔赫斯使得自己用以书写的语文活泼起来，并且更新它，但他不会让作品的扉页变成一场杀戮的游戏。如果乔伊斯在语言上的实验主义可被视为革命性的，那么博尔赫斯或许该被归成保守分子，好比矢言捍卫某种文化的令人尊敬的保管者、极度兴奋但却保守的档案管理员。我说他是"极度兴奋但却保守的"档案管理员。然而，正是这个矛盾修辞给了我们进入博尔赫斯实验主义宏伟堂室的钥匙。

乔伊斯的计划在于把泛世界文化当成他的游戏场。这同时也是博尔赫斯的计划。尽管他在一九二五年曾经表示《尤利西斯》有些地方晦涩难懂（参见《探讨集》），尽管他在一九三九年（参见《南方》十一月号）提到自己用好奇但谨慎的态度看待乔伊斯的文字游戏，但是根据莫内加尔①的说法，博尔赫斯至少著有一部有着乔伊斯风格的小说 Whateverano（何等的夏天和究竟什么夏天的英文和西班牙文新造字），而且他至少在两首稍后写成的诗里公开表示过自己对乔伊斯的景仰以及从对方那里获得的启发：

> 我这失落一代有何紧要，
> 这面模糊的镜，
> 只要你的著作为它辩护就好。
> 我是他人。我是所有
> 被你那坚强活力拯救的人当中一位。
> 我属于那群你不认识但却受你救助的人。

那么联系这两位作家选择泛世界文化作为各自游戏场（为了自我救赎或者受人诅咒）的东西是什么？

我自己认为文学的实验主义在我们居住其中的语言领域发挥功效。可是，语言学家都很清楚，一种语言都具两个方面：其一是能指，其二是所指。能指将语音组织起来，所指则赋予概念一个架构。

---

① Emir Rodriquez Monegal（1921—1985），乌拉圭学者，著有《博尔赫斯传》。

而且概念的组织，也就是构成某种特定文化样貌的概念组织，无法独立于语言之外，因为语言通过自己的方式将我们所接触的世界这个闭联集里仍未定型的资料组织起来，而且除此之外，我们没有别的方式来认知这种文化的样貌。没有语言就没有概念，仅存的就是经验的纯粹接续，没有完成，不经思考。

所以，对于语言以及语言所传递的文化进行实验性的工作，也就意味着在两道前线上工作：其一，在能指的前线尽情玩弄操纵文字（借由字词的摧毁而达到概念重组的目的）；其二，在所指的前线上尽情玩弄操纵概念，并且将字词推向新的、出人意表的地平线上。

乔伊斯玩弄操纵文字，而博尔赫斯玩弄操纵的是概念。而且，在这个阶段，他们对于各自摆布的对象那无穷的可分割性有了很不相同的观念。

字词的原子元素便是词根、音节以及音素。如果将可能性推到极限，我们可以将语音重新加以组合，以便得到一个新词或者双关语，或者将字母重新加以组合，得到颠倒字母而成的词或短语，而对于这种秘法，博尔赫斯正是个中翘楚。

而概念或者所指的原子元素则是更细的概念或是另外一个所指。我们不妨把男人这一个词析解成"动物/人/雄性"等语素，而玫瑰则是"花/花瓣饱满"，我们可以这样将概念串联起来以便诠释其他概念，但是到此为止便无论如何也无法再往下走了。

我们也许可以说：对于能指的工作是在次原子的层次上进行的，而对于所指的工作则是在不可再切割的原子层次上发挥，为的是要将这些原子组合成分子。

博尔赫斯选择的是第二种，和乔伊斯所选择的虽不相同，但是一样严谨、绝对，将文学推到可能的和可想象的边缘。

为了达到这个目的，博尔赫斯追随自己心目中的大师，而且也公开引述他们（因此，各位相当清楚，那些我刚才提出的明显相当夸张离题的引文并不是毫无道理）。其中一位是卢尔，他的代表作品为《大作》（*Ars Magna*）。博尔赫斯很早以前便理所当然地将他视为现代计算机科学的先驱。另外一位没有那么出名，他是约翰·威尔金斯[①]，曾在一六六八年出版《关于真实符号和哲学语言的论文》（*Essay toward a Real Character and a Philosophical Language*），威尔金斯在书中尝试完成同一世纪作家例如梅森、古尔丁和其他人所处心积虑追求的完美语言，只是他并不愿意将不具涵义的字母任意组合起来并用来指称每一个体。他想尝试组合的是他和某些人口中的"真实符号"，这是受到汉语方块字的启发，因为和每个基础方块字对应的正是一个概念，以至于一旦把这些符号结合起来指称事物，通过名词，事物的天性本质应当就能彰显出来。

该项计划无法成功，而我也在拙作《完美语言的追求》（*The Search for a Perfect language*）中试着解释过上述现象。然而，最令人惊讶的是博尔赫斯并没有读过任何威尔金斯的作品，只是从《大英百科全书》的词条和其他的书中间接得到有关他的知识，而这一点他也在论文《约翰·威尔金斯的分析语言》（*L'idioma analitico di John Wilkins*）里坦承过；然而，博尔赫斯知道如何将威尔金斯的思想精华摘要出来，并且一针见血地指出他的计划的弱点何在，强过那些耗费一生心血穷读威尔金斯那巨大对开本原著的专家。我还没有说完，在探讨威尔金斯的过程中，博尔赫斯察觉威尔金斯的论述和十七世纪许多其他人的论述有共同点，都在寻思字母组合的问题。

偏好普世以及秘密语言的博尔赫斯知道威尔金斯的企图是根本无法实现的，因为他的计划有个前提：要把世上所有物品以及这些物

[①] John Wilkins（1614—1672），英国自然哲学家、作家。

品所指涉的概念尽数列举出来；另外，还要发明一套可将我们原子式的观念加以统治的单一准则。正是这两项障碍让所有渴求普世语言的乌托邦主义者打了退堂鼓。不过，且让我们检视博尔赫斯从上述考量中所获致的结论。

博尔赫斯一旦明白并且宣称人类绝对不可能对天地宇宙中的事物提出一套单一标准的分类方法，便被另一个理念完全相反的计划所深深吸引：推翻所有现存分类标准并且大量创造新的。于是博尔赫斯便在那篇讨论威尔金斯的论文中引述了似不可信的中国百科全书《天朝仁学广览》①，而且此举让我们见识到最令人赞叹的分类方法（尽管这种分类既不一致又缺少目录，但后来还是启发了米歇尔·福柯的灵感，让他写成《词与物》一书的开场）。

对于分类失败这件事，博尔赫斯提出如下结论：我们并不知道天地宇宙究竟是什么。除此之外，他还进一步说："从这个野心勃勃的字眼所包含的统一的、固有的意义来看，我们不妨认为天地宇宙根本不存在。"可他旋即又指出："尽管我们无法洞悉天地宇宙背后神的意旨，然而，这并不妨碍我们努力找出人的企图。"

博尔赫斯知道某些模式——例如威尔金斯的以及科学界其他许多人的——期望找出的只是暂时与非全面的秩序。而他本人做出了南辕北辙的选择：如果知识的原子数量众多，那么诗人变的戏法便是让这些原子旋转并且无止境地重组，而这种看不到尽头的组合方式不仅发生在语言的词源上，也发生在概念上。数以百万计的新的中国百科全书、数量不断增加的仁学广览，正是巴别图书馆的写照。博尔赫斯认为它是几千年来文化结晶的贮存处，里面也收藏着每个大天使的日记。然而他所做的不仅仅是探索这座图书馆而已：他将各

---

① *Emporio celeste di riconoscimenti benevoli*，一部虚构的百科全书，其中的概念和一般人所预设的大相径庭，和现行的知识分类也相当不同，例如它把动物分成十四类，类别有"属于皇帝的"、"涂香料的"、"破罐而出的"等。

种六角形拼在一起，将某本书的数页夹入另一本书里（或者至少在那些可能的书中发觉这种脱序现象已经发生）。

后现代主义是当今距实验主义最近的一种形式，大家很热衷谈论的主题便是互文性。然而，博尔赫斯却超越了互文性，并且预告超文本时代的来临，在那里，我们不仅可以通过一本书谈论另一本书，同时还可以从一本书内部深入另一本书。博尔赫斯不仅设计了自己图书馆的形式，而且还在每一页里阐明大家应该如何详加细读，他早就走在时代前面发明了全球信息网络。

博尔赫斯当年必须在两件事中做出抉择：或是穷其一生精力寻找上帝的秘密语言（向我们叙述寻找的过程），或是把数千年的知识看作原子的飞舞，看作交杂的引述以及相互胶粘的概念而加赞颂。正是从这飞舞、交杂以及胶粘中，产生了过去的一切、现在的一切，也将是将来或者将来可能的一切。这便是巴别图书馆员的义务和潜能。

唯有从博尔赫斯实验主义的角度（我指的是概念而非文字）进行观察，我们才能够理解《阿莱夫》的诗学，在那里，我们一眼便看见混乱堆砌在一起、组成天地间族群的那些数也数不清的物体。我们必须能够同时看到一切，然后改变联结的原则并看见其他东西，每回观照《天朝仁学广览》的时候这些东西都在改变。

在这个阶段，下面的问题便是次要的了：试图了解那座图书馆是否无限大或是大到无法说明，还有里面的藏书是有限的、无限的，还是重复的。巴别图书馆的真正英雄并不是图书馆本身而是它的读者，他是新的堂吉诃德，行动敏捷、爱好冒险，有永不枯竭的创造冲动，像炼金术士那样酷嗜混合不同成分的实验，有能力掌控那座经他激活之后便要永远运行下去的风车。

对于这种读者，博尔赫斯提供了一篇祷文以及对信德行为的建议，这也可以视为献给乔伊斯的一首诗：

我们全部的历史介于黎明和黑夜之间。
夜晚时分,我看着
脚下踩的以色列之路,
还有被灭亡的迦太基以及地狱和荣光。
主啊,请赐给我勇气和欢愉
让我能爬上今天这个时代的顶峰。

博尔赫斯以及我对影响的焦虑[*]

我一向坚信不疑的一件事是：举办心脏医学研讨会的时候，千万不要邀请心脏病患者。我现在除了要感谢各位这几天来所发表的亲切言论之外，似乎就应保持缄默了，因为这种态度顺应了我一贯的想法：一部已经出版的文本就像一份塞入瓶中投入大海的手稿。我的意思倒不是说这份手稿可以被任意解读，只要大家高兴就好，而是要把它当作作者死后才发表的作品来阅读。因此，在这几天我把每场的论文发表后的问答加以摘要，最后决定不要就各位所发表的高见逐篇加以讨论。

我想借助各位所有的宝贵建议来和各位讨论"影响"的概念。从文学批评、文学史以及叙事学的角度来看，这个概念是很重要的，但它也相当危险。在这几天我多次感受到这危险，这也是我想借此机会深入探讨这个主题的原因。

当我们谈到作者甲和作者乙之间的影响关系时，通常要面对两种情况：

一、甲和乙在同一个时代写作。比方我们不妨讨论乔伊斯和普鲁斯特之间是否存在着影响关系。后来证明他们之间没有这层关系；他们只碰过一次面，简单说来，他们对于彼此只有一句："他讨人厌，我很少或是说几乎没有读过他的作品。"

二、甲在时代上早于乙，这也是本次研讨会的情况，那么我们只能谈甲对乙的影响了。

然而，在谈论文学上、哲学上甚至科学研究上的影响概念时，如果不在三角形的顶端标上丙的话，那么是没办法进行这个主题的。丙代表文化以及先前的影响连锁，这点是毋庸赘言的。为了避免和我们的议题脱离，不妨将丙称为百科全书的世界。我们必须把丙这个要素考虑进去，谈到博尔赫斯，这个符号就更迫切需要了，因为，就像乔伊斯（尽管博尔赫斯的方式不太一样），他也把泛世界的文化当成游戏场。

甲/乙的关系可以细分成如下几个方面：一、乙在甲的作品中发现一些东西，但前者并不知道后者的背后还有个丙；二、乙在甲的作品中发现一些东西，而且通过甲的作品，他上溯到丙；三、乙参照丙，但是事后才知道原来丙的成分也存在于甲的作品中。

今天，我无意就自己和博尔赫斯的关系建立起一套精确的模式，而且我下面要举的例子在次序上也几乎随兴之所至，未加刻意安排。至于这些例子和上述三角形不同位置点的对应，还是留给别人来做吧。此外，上述三种情况经常是混淆在一起的，因为提到影响就不得不考虑记忆的暂时性：某位作家可能很容易便回想起，打个比方，

---

* 本文为"豪尔赫·路易斯·博尔赫斯和翁贝托·埃科的文学关系"研讨会（卡斯蒂利亚—拉曼查大学主办、多伦多大学埃米利奥·戈焦讲座以及意大利研究中心协办）上的演讲稿。——原注

他在一九五八年读过的东西，可是一九八〇年他在写一些个人的文字时却可能忘记了它，到了一九九〇年或许又重新发现（或者说因为外部刺激又回想起来）。我们似乎可以用心理分析的方法探究影响关系。因此，在我写作的叙事性文本中，有些评论指出的影响我是很清楚的，但是某些据称是影响的影响并不存在，因为我根本没听说过其源头，另外还有一些影响乍听之下令我惊讶，但最后真能令我信服，比方乔治·切利①在讨论《玫瑰的名字》时看出梅列日科夫斯基②历史小说对我的影响，而我必须承认自己在十二岁的时候读过该作者的作品，就算我在写《玫瑰的名字》时已经忘记，但读过的事实是不能否认的。

接着，我要指出，上面画的那个三角形并不能概括某些更细微复杂的情况，因为除了甲、乙以及那个有时经过千年累积才获致的丙，另外还有所谓的时代精神。时代精神不应当是形而上或是超历史的概念，我认为可以用相互影响的锁链将两者结合起来。神奇的是，这竟然能对儿童的心灵发挥影响。有一次，我在旧抽屉里发现一篇十岁那年写的文章。那是一篇虚构的日记，作者是位魔法师，他自称是探险者、殖民者和改革者，而背景则是冰冷北极海上的岛屿。现在回顾起来，这个故事很有博尔赫斯的风格，但是很显然，我十岁的时候是不可能用西班牙文阅读博尔赫斯的。同样，在那个时期我也没有读过十六、十七或者十八世纪推崇公社生活的乌托邦主题的文本。不过，当年我读了不少探险小说，当然还有童话故事，甚至也有为儿童写的《巨人传》节本。所以，天知道我的想象中到底发生了怎样的化学反应。

说到时代精神，我们甚至会想到时间箭头的反转。我还记得我

---

① Giorgio Celli（1935—2011），意大利作家、昆虫学家。
② Dmitri Merezkovskij（1865—1941），俄罗斯小说家，著有《基督和敌基督》。

十六岁那年（也就是一九四八年左右）曾经写过一篇有关星球的故事，里面的主角便是地球、月球以及爱上太阳的金星等等，真有点儿《宇宙奇趣集》的味道。偶尔我会自娱自乐地想想，若干年后，卡尔维诺究竟是如何在我家里翻箱倒柜，找出我年轻时代那些仅以手稿形式存在的文章的。

当然，我在开玩笑，不过，这是让各位知道，有的时候必须正视时代精神。不管怎样，我知道各位不会相信我说的这一回事，卡尔维诺笔下的宇宙故事比我写的那些东西好太多了。

另外，有一些主题是许多作者所共享的，因为，让我们这么说好了，它们都是出自现实的。因此，《玫瑰的名字》出版后，我记忆犹新，许多人都说自己发现了其他叙述修道院被烧毁的书，然而这些书中的绝大部分我根本没读过，而且没有人注意到一个事实：在中世纪，修道院一如教堂，它首要的工作便是烧毁东西。

现在，在不需严格遵守前面三角形简图的前提下，我尝试在简图里面加入互文意图——包括作者意图、作品意图以及读者意图，这些都是我的论述必须详加考量的。请诸位容许我再度以不太有次序的方式思考自己和博尔赫斯的关系：第一种情况，我意识到博尔赫斯的影响；第二种情况，我没意识到博尔赫斯的影响，可是读者（包括今天在座诸位）引导我认出博尔赫斯在我不知情的状态下影响了我；第三种情况，暂不考量根据先前资料源头以及互文性领域所画出的三角形，把三向的影响简化成直接的双向影响——也就是说，博尔赫斯从文化领域承继来的东西——这样一来，我们便无法将博尔赫斯骄傲宣称从文化里取得的东西算作他自己的。昨天我把他称为"极度兴奋的档案管理员"，然而博尔赫斯的极度兴奋如果脱离了他所研究的档案就不可能存在。我相信如果有谁曾经去见他并对他说："你发明了这个。"那么他会回答："没有，没有，那是早已存在的东西。"然后，或许他会把我在拙作《符号学理论》里引述的帕斯卡的那句名言当作座右铭并且引以为傲："但愿大家不要怪我说的话了无新意,其实将资料加以处理便是新意。"

我这样说并不是为了否定他对我的启发（而且这些启发不在少数）,而是要引领诸位回到过去,引领我自己回到过去,回到我认为对于参加这次研讨会的诸位是基础的原则上去,而这原则不仅对于诸位很重要,对于我、对于博尔赫斯也是如此。这个原则就是：书籍会彼此间对话。

一九五五年博尔赫斯《虚构集》的意大利译文版问世,书名译成《巴别图书馆》,出版商是朱利奥·伊诺第,属于"筹码丛书系列"。将这本书介绍到伊诺第出版的是塞尔焦·索尔米[1]。这是一位我非常喜欢的伟大诗人,尤其是因为他在一篇随笔中谈到科幻小说中的奇幻,而这些文字在他推荐博尔赫斯的《虚构集》前好几年就发表了。我举这例子可以让诸位看出时代精神是如何作用的：索尔米是在阅读美洲科幻小说时知道博尔赫斯的,那些作家（也许是无意识地）承袭的是开始于十七、十八世纪的乌托邦论述传统。我们不要忘记,威尔金斯也以月球人为主题写了一本小说,所以他也和戈德温和其他作家一样,已有神游其他世界的经验。我记得大概在一九五六年或一九五七年的某天晚上,我和索尔米散步走过米兰大教堂前面的广场时,他告诉我这样的话："我建议伊诺第出版这本书；我们估计顶多卖个五百本吧,但是你应该读一下,真的是本好书。"

那是我首度迷上博尔赫斯的作品,而且我还记得自己曾特地去一些朋友家里,将《〈吉诃德〉的作者皮埃尔·梅纳尔》[2]的节录念给他们听。

---

[1] Sergio Solmi（1899—1981）,意大利诗人。
[2] *Pierre Menard, autor del Quijote*,博尔赫斯小说,小说中的诗人皮埃尔·梅纳尔企图重写塞万提斯的《堂吉诃德》。

在那时候,我已经开始创作那些戏拟和仿作,日后这些文字将脱胎成为拙作《误读》。当时我究竟受谁影响?也许影响我最深的是普鲁斯特的《仿作与杂集》(Pastiches et mélanges),正因如此,当《误读》译成法文出版时,我选择了《仿作与拼贴》(Pastiches et postiches)作为书名。我还记得,后来在一九六三年版《误读》出版时,我考虑过为它配上一个特殊的书名,暗中呼应维多里尼①的作品《小布尔乔亚》(Piccola borghesia),取名为《小博尔赫斯亚》(Piccola Borges-ia)。我举这个例子是为说明,所谓的影响就像是山谷的回音,互相呼应激荡。

然而,在那个年代我尚不能这样影射博尔赫斯的影响,因为当时在意大利知道这位作家的人实在太少了。还要再等十年,直到他其他所有作品都在意大利出版之后,才奠定了作者不能撼动的地位,这主要得感谢我的挚友多梅尼科·波尔齐奥②,虽然他的文学批评走的是传统路线,但他本人却是一位在知识上高度开放而又博览群书的人。当新前卫运动的论战在意大利打得如火如荼的时候,人们并没把博尔赫斯当成前卫作家。那正是诗集《最新的诗人:六〇年代诗歌》出版的前后,也是六三学社③叱咤风云的当儿,被他们奉为偶像的是乔伊斯以及加达④。意大利新前卫运动感兴趣的是专攻能指形式的实验主义(典范正是那些艰涩难读的作品中的能指);而博尔赫斯古典的写作风格却只限于所指,因此在那个年代,他是一位不容易归类定位、前卫界限外的,甚至有点教人不安的作家。

直截了当地说来,如果说乔伊斯和罗伯-格里耶是左派,那博尔

---

① Elio Vittorini(1908—1966),意大利作家、评论家。
② Domenico Porzio(1908—1966),意大利作家。
③ Gruppo 63,一九六三年约三十位意大利文坛作家的集会、讨论,影响其时文学论争甚巨。埃科亦为其中一员。
④ Carlo Emilio Gadda(1893—1973),意大利作家、诗人,其作品风格繁复,有时运用方言、行话、文字游戏等元素。

赫斯便是右派。既然我不希望"左"、"右"这两个字染上政治色彩，那么反过来说前者是右派而后者是左派也无妨，但他们的差异还是南辕北辙的。

不管怎么说，我们当中有些人会把博尔赫斯看作自己的"私房爱好"。他要到后来才被前卫圈子视为同路人，不过经历的过程是漫长迂回的。

在一九六〇年代早期，奇幻如果不到传统小说里找，便要到科幻小说中寻，因此，不需要动用什么文学理论便能写上一篇有关奇幻和科幻小说的随笔。我估计大家对博尔赫斯的兴趣大概是从六〇年代中期开始的，也就是所谓结构主义运动和符号理论登场的时期。我也要借此机会在这里指正一个大家经常会犯的错误，有时即便在号称是学术著作的作品中也会看见这样的错误：今天有人认为意大利的新前卫主义（六三学社）是结构主义下的流派。事实上，六三学社里面除了我以外没有任何人对于结构主义的语言学感兴趣。可我本人也只是例外，那全然是我私下的兴趣，起先开始于大学圈子里，在帕维亚①（包括塞格雷、科尔蒂和阿瓦莱）和巴黎（我还有其他人与罗兰·巴特的会晤）之间的圈子。

为什么我说要等到结构主义勃兴后，大家才对博尔赫斯产生兴趣？因为博尔赫斯的实验性作品针对的不是文字，而是概念的架构，还有，我们只有用结构主义的方法才能分析并了解他的作品。

后来，当我写《玫瑰的名字》时，很明显，我在建构书中那座图书馆的过程中，想的正是博尔赫斯。如果各位去查阅伊诺第版《百科全书》中我为"抄本"这一词条所写的文字便可发现，我在其中一个部分进行了对巴别图书馆的实验。这个词条写成于一九七六年，是我着手写作《玫瑰的名字》的前两年。这件事点明了，我被

---

① Pavia，意大利伦巴第大区城市。

博尔赫斯的图书馆概念吸引已有一段时间。后来，当我开始写那本小说时，图书馆这一意象便自然而然浮现在脑际，而且伴随这个意象而来的是那位瞎眼的图书馆馆员，而且我决定叫他布尔戈斯的豪尔赫（Jorge da Burgos）。我真的记不起来命名的缘由为何：是已经决定要这样叫他以后，才会去西班牙的布尔戈斯了解所发生的事；还是我这样叫他是因为先前早就知道在中世纪布尔戈斯已经有能力造纸并且用它来取代羊皮纸。有时，事情发生只在瞬间，由于大家都是东读一点西读一些，因此很难记起知识累积的先后次序。

在那之后每个人都要问我，为什么豪尔赫在我的故事中变成了"坏人"，而我只能回答：当我替这个角色命名的时候并不知道接下来他会做什么（同样的情况也发生在我的其他小说里，所以任何想从里面读出我有意对这个或是那个提出暗示的尝试，都是白费心机的）。然而，我却无法排除一项可能：在博尔赫斯的幽魂出现的时候，我的确受到他《死亡与指南针》的情节架构的影响，那的确在我脑海中留下了深刻印象。

诸位可以看到，影响的把戏玩得多么怪异：要是有人真的问我，在描写豪尔赫和威廉彼此互相吸引的时候，我究竟受了谁的影响？那么答案应该是普鲁斯特笔下的一幕，当夏吕斯千方百计要勾引絮比安①时，蜜蜂绕着花朵嗡嗡作响的比喻。

我还能举出其他例子。例如，托马斯·曼的《浮士德博士》就是《玫瑰的名字》的基本模式，因为阿德索是以老人的身份重新体验自己昔日的经历，也由他告诉我们自己年轻时是以什么观点看待那段经历，其中的意义好像年老的塞雷奴斯·蔡特布罗姆在看阿德里安·莱韦屈②的经历一样。这又是另一个影响源头不明的例子，因

---

① 夏吕斯和絮比安都是普鲁斯特小说《追忆似水年华》中的人物。
② 塞雷奴斯·蔡特布罗姆和阿德里安·莱韦屈都是托马斯·曼小说《浮士德博士》中的人物。

为鲜有文评家看出这个浮士德模式,然而却有不少人看出对《魔山》中纳夫塔和塞塔姆布里尼之间那段对话的影射。

说到其他例子,我要由衷感谢提出福楼拜的《布瓦尔和佩居榭》对《傅科摆》有可能产生影响的那位演讲者。根据我的记忆,在写《傅科摆》的时候我的确经常想起福楼拜的那部作品,甚至一度要求自己拿来重读,只是最后终究决定不要,因为就某种意义而言,我很想成为他那本作品的皮埃尔·梅纳尔。

相反的例子也有,比方我对玫瑰十字会的发现决定了《傅科摆》的结构。我年轻时代的藏书中便包括许多神秘学的作品。有一天,我看了一本品质低劣的论述玫瑰十字会的书,从那一刻起,我决定要成为神秘学中某些愚蠢看法的布瓦尔和佩居榭。接着,我一方面着手收集神秘学方面的二流著作,一方面参考从史学观点来看值得信赖的有关玫瑰十字会的文学作品。直到小说写成一大部分,我才开始重读《特隆、乌克巴尔、奥比斯·特蒂乌斯》(Tlön,Uqbar,Orbis Tertius),在那里面,博尔赫斯论及玫瑰十字会,不过,一如他的习惯,有些资料是二手的(来自德·昆西)。可是不可思议的是,他比许多花费一生精力埋首于这个主题的学者更有精辟的见解。

在那次的研究过程中,我找到一本绝版书的影印本,那是保罗·阿诺德的专著。最后,当《傅科摆》终于写成的时候,我建议将那本著作译成意大利文;旋即有位法国的出版商决定重印该书并邀请我为这本书写篇序言,而我在那里面才首度有意识地指涉博尔赫斯,因为它一开头便是"Tlön,Uqbar,Orbis Tertius"。

可是谁能否定,从许多年前我读到《特隆、乌克巴尔、奥比斯·特蒂乌斯》以来,玫瑰十字会这个词已经根深蒂固地埋藏在我大脑某个偏僻的角落里,以至于几十年后(当我读到那个能力低下的玫瑰十字会会员所写的书时),由于对博尔赫斯的记忆,这个词才会再度出现。

过去这几天来,我都在思考自己受到皮埃尔·梅纳尔模式的影响有多深。这个故事我从首度读它以后就不厌其烦地加以引述。它究竟以怎样的机制决定了我写作的方式？好吧，我也许可以说，博尔赫斯对《玫瑰的名字》所发挥的真正影响，并不是让我想出一座迷宫似的图书馆；话说回来，从希腊克诺索斯①的时代以降，这世界到处都有各式各样的迷宫，而且后现代主义的理论家将迷宫视为在当代文学作品中几乎不停重复的意象。他对我的真正影响，是我当时知道自己正在改编一个中世纪的故事，而且我的这次改写，不管对于源头有多忠实，对于现代读者而言将具有完全不同的意义。我当时明白，即便我改写的是实际发生在十四世纪的史实，包括天主教圣方济各会修士的生活以及多里奇诺②的生平，读者（即使我不要他这样）也会以为那摆明了就是在影射"红色旅"③，不过我也真的很高兴发现多里奇诺的妻子和雷纳多·库尔乔④的妻子都叫作玛尔盖丽达。于是皮埃尔·梅纳尔模式应验了，而且是我蓄意的，因为我当时就很清楚，虽然自己写的是多里奇诺妻子的名字，可是读者一定以为我在暗指库尔乔的太太。

说完皮埃尔·梅纳尔模式，现在我要来讨论阿威罗伊⑤效应。阿威罗伊的故事以及戏剧都是博尔赫斯另外一本小说的主题，而且我对这本书的入迷程度可以说是与日俱增。事实上，关于戏剧，我写过的唯一一篇论文正是从阿威罗伊的故事开始的⑥。那么博尔赫斯笔下的故事到底有何惊人之处？他笔下的阿威罗伊是愚蠢的，我这么说不是指他的人格特质而是从文化的角度来讲，因为现实摆在他眼前（孩童们正在玩耍），而他却无法将其和某本书向他描述的内容联

---

① Knossos，公元前二千年克里特岛的首都，近代考古挖掘在其遗址发现迷宫，克诺索斯迷宫进而成为著名的意象。
② Fra Dolcino（1250—1307），十四世纪初著名的异教徒，死于火刑。
③ Brigate Rosse，专门从事恐怖暗杀活动的意大利暴力集团，建立于一九七〇年。
④ Renato Curcio（1941— ），"红色旅"的头领。
⑤ 参见博尔赫斯的《阿威罗伊的探索》（La busca de Averroes）。
⑥ 参见卡洛·奥索拉（Carlo Ossla）的《深奥玫瑰：论〈玫瑰的名字〉中的变形和差异》（La Rosa profunda. Metamorfosi e variazioni sul "Nome della rosa"），发表于《意大利文学》（一九八四年，V. 36）。——原注

系起来。很凑巧，这几天来我一直想，如果把阿威罗伊的处境推到极致，那便是陌生化的诗学了，也就是俄国形式主义者所说的用独特的方法呈现某事，让读者误以为首度看见那事，也就是增加他在观察时的困难程度。

我还要说，在多本小说里面，我故意颠倒阿威罗伊效应：那个对文化一无所知的人经常以惊讶的语气描述他的所见，可是对其又不十分了解，这样一来，读者反而受到引导而豁然开朗。换句话说，我创造了一位聪明的阿威罗伊。

就像某些人说的，这点也许就是我的小说很得读者青睐的原因之一吧：我的技巧便是所谓陌生化的反面效果；我故意让读者熟悉他所不认识的事物。我把一位从来没见识过欧洲的得克萨斯州读者带进一所中世纪的修道院里（或是一处圣殿骑士团的指挥部，或是一间藏有复杂物品的博物馆，或是一个巴洛克房间），并且让他觉得自在。我把一个中世纪的角色呈现给他看，描述那个角色拿出一副眼镜的情节，仿佛再自然不过的事，然后我也描述那个角色同时代的人看到那副眼镜时惊奇不已的样子；起先，读者一定摸不着头绪，为什么那些人会如此讶异，可是到了后来，读者就会明白，原来眼镜是中世纪发明的新奇玩意儿。这不是博尔赫斯的技巧；我的技巧姑且称为反阿威罗伊效应。可是如果不是博尔赫斯的模式先发明出来，我是不会想到这新技巧的。

这些都是实际存在的影响，比起其他只是看上去似乎为真的影响要真确得多。让我们回到世界如迷宫般失序的主题，直观看来，这就是博尔赫斯式的。然而，我却是在乔伊斯的作品里发现它的；此外，在某些中世纪的文本中也可见到。一六二三年夸美纽斯[1]出版了《世界的迷宫和心灵的天堂》一书，而迷宫的概念正是巴洛克以

---

[1] Jan Amos Comenius（1592—1670），捷克教育改革家、宗教领袖。

及矫饰主义意识形态的一部分。霍克①从夸美纽斯的概念出发,在我们这个时代写出了《作为迷宫的世界》(*Die Welt als Labyrinth*)一书,这绝不是偶然的事。但这样还不够,天地宇宙间事物的每种分类都会造起一座迷宫或者具有分歧路径的花园,这个概念不仅在莱布尼茨的思想中便已成形,而且在狄德罗和达朗贝尔的《百科全书》导论的论述中,也以更清晰明确的方式呈现出来。这些或许也是博尔赫斯理念的源头。在这个例子里,我们就有些犹豫了,到底是我这个乙经由甲而发现丙,还是先发现了丙的某些方面,接着才发现原来丙在先前已经影响过甲。

这样看来,或许博尔赫斯的迷宫促使我将先前在其他地方找到的迷宫主题全部串联起来,以至于我常自问,要是没有博尔赫斯的先例,我能不能写出《玫瑰的名字》?于是我们面对的是像模仿"如果拿破仑是一位索马里妇女,那么他能赢得滑铁卢战役吗"这一命题的假设。从理论层面来讲,让埃马努埃莱神父的机器(既然这次研讨会上有人举拙作《昨日之岛》里的那位耶稣会士为例)全速运转,图书馆便已经产生,而对于笑的论战也可以上溯到中世纪世界,秩序的崩坏早在奥卡姆的威廉②的时代便开始被探讨了,《玫瑰传奇》里已经开始称颂镜子,更何况阿拉伯人在更早的时代就开始研究镜子的奥秘,而且我在很年轻的时候就沉迷于里尔克以镜子为主题所写的一首诗。要是没有博尔赫斯,上述那些资料会在我脑海里发酵整合吗?很有可能不会。

可是话说回来,要不是有上面我提到的那些文本,博尔赫斯能靠一己之力写出他的作品吗?那么他又是如何将迷宫概念和镜面奥秘结合起来的?博尔赫斯的贡献在于他也是从互文性的庞大领域中汲取一系列已

---

① Gustav René Hocke(1908—1985),德国文化历史学家、作家。
② Guillaume d'Occam(约1285—1349),英国哲学家、神学家。

经在其中如涡漩翻搅的主题，并将它们转化成典范性的寓言。

现在我想突显一种情况，即找寻一对一影响的危险性，因为那样会使人对互文性的脉络经纬视而不见。博尔赫斯是一位触及所有主题的作家，你很难在文化史的范畴里找到一个他不曾涉猎的主题（就算对某些主题他只是驻足片刻）。昨天，在忘了哪位先进发表的论文里我听到一种看法：博尔赫斯大可以影响柏拉图的《巴门尼德篇》，因为他也描绘了和后者相同的角色。我想不起来昨天谁提过培根/莎士比亚争议：博尔赫斯也一定谈论过，不过关于这个主题从十七世纪以来谈论它的书便不可胜数，尤其到了十九世纪更有一些大部头（但也疯癫）的专论，而时至今日一些学会还孜孜不倦地埋首在莎士比亚的作品里，找寻培根的蛛丝马迹。很明显，这种理念（伟大诗人的杰作竟出自他人之手，如果你往字里行间读个仔细必能经常找出证据）一定让博尔赫斯心荡神驰。但这当然不是指今天任何一个引述培根/莎士比亚争议的作者就等于引述博尔赫斯。

现在，让我们回到玫瑰上面。我经常对人家说《玫瑰的名字》这本书的书名是一些朋友代我选的，是从我在仓促间写下的十个书名里挑出来的。第一个候选书名是《修道院凶杀案》（很明显是套用教区牧师住所的谋杀案这个英文侦探小说中最常重复出现的主题），而副标题则是《十四世纪意大利的故事》（借自曼佐尼小说《约婚夫妇》的副标题）。可是后来我觉得这个书名有些凝重。在列出的书名中，其实我最喜欢的是 *Blitiri*（blitiri 和 babazuf 一样，是中世纪晚期经院哲学家经常用来形容意义空虚的词）。但是，因为小说最后一个句子借用了莫尔莱的贝尔纳的一句诗 "stat rosa pristina nomine, nomona nudatenenus"[1]（之所以选择它是因为其中蕴含的唯名论意

---

[1] 拉丁语，昔日玫瑰以其名流芳，今人所持唯玫瑰之名。

味），所以我也把《玫瑰的名字》放在书名的候选单上。我以前曾在其他地方提到，在我看来这也不失为一个理想书名。最主要是因为它具有总称性，因为在文学史以及神秘主义哲学史上，玫瑰拥有如此多的不同涵义（有时甚至彼此对立），以至于我想借用它来指出小说的非单一特性。

但是这层考量只是白费心机，因为读者都想进行单一诠释，寻求一个精确的涵义，而且很多人都把它和莎士比亚的名句"我们叫作玫瑰的一种花，要是换了个名字，它的香味还是同样的芬芳"联想在一起，可是那恰恰和我源头引句所要传达的概念背道而驰。然而不管怎样，我可以发誓自己在当时绝对没想到过博尔赫斯笔下的玫瑰。不过，前几天玛丽亚·儿玉[1]女士提到西里西亚的安杰勒斯[2]的影响，或许她不知道前几年卡洛·奥索拉[3]已经写过一篇见识渊博的文章讨论我的书名和安杰勒斯的关联。奥索拉注意到在我那本小说结尾的几页里，其实可以看出从一些神秘主义文本中拼凑得来的东西，而那些文本正是年老的阿德索写作的那个年代的作品，只是我狡黠地插入了一个时代错乱的细节，也就是先前我不知道从哪里找到的西里西亚的安杰勒斯的一句话。然而，在那时候我并不晓得其实安杰勒斯也讨论过玫瑰的主题。这是一个绝佳的例子，它告诉我们影响的三角形如何变得更加复杂，这样一来，其中就没有一对一的影响了。

这次另外一个被提到的博尔赫斯主题是假人[4]。我把这个主题放进了《傅科摆》里，因为它正是构成神秘学知识的某些小玩意的一

---

[1] Maria Kodama（1937— ），博尔赫斯的妻子，研究阿根廷文学的学者。
[2] Angelus Silesius（1624—1677），神秘主义诗人。
[3] Carlo Ossola（1946— ），意大利文学评论家。
[4] Golem，犹太传说中的泥人。

部分,可是我最直接的来源很明显是梅林克①,更不用说那部有名的电影了。紧接着,我又经由肖勒姆研读了犹太教神秘哲学的文本。

这几天也有人指出:许多博尔赫斯晚期作品所讨论的理念先前已被皮尔士②以及罗伊斯③详细阐述过了。我相信如果各位仔细检查博尔赫斯作品的人名索引,绝对不会看到皮尔士或是罗伊斯。但是博尔赫斯也极有可能是通过其他作家间接受到他们的影响。我想我和那些拥有大量藏书的人共享许多经验(在我米兰的家和其他房子里总共约有四万册的藏书),我也认为书房并不只是收藏已经读完的书,它最主要的功能在于存放将来要读的书,当我们想读的时候便可信手取来。我们的视线经常会停在书架上某一本还没读过的书上,同时心中油然生出一股懊悔的感觉。

总有那么一天,机会来了,为了获取有关某个主题的知识,你终于决定翻开其中一本不曾读过的书,结果却发现其实你已经知道里面的内容了。究竟发生了什么事?有人用混合了神秘学和生物学的观点解释这个现象,认为借着时光的流逝,借着取出书籍,为它掸去封面上的灰尘,然后再放回书架上的动作,借着指尖和书页的接触,书的精髓便逐渐渗透到我们的心里。另外还有一种解释:通过我们虽是不经意但却持续的翻阅动作,结果经过一段时间,因为经常取下并且重新整理各式各样的书册,你不可能不随手翻它几页任意浏览一下;今天看这一页,下个月又读另一页,结果日积月累,就算不是以直线前进的方式,这本书也已经让你读掉一大部分了。但是,真正合理的解释是:在初识某一本书到初次翻开来读它之间,

---

① Gustav Meyrink(1868—1932),奥地利作家,作品《假人》于一九二〇年被拍成电影。
② Charles Sanders Peirce(1839—1914),美国实用主义创始人。
③ Josiah Royce(1855—1916),美国哲学家。

我们可能已经读过其他和这本已知道但未读过的书内容相似的作品；因此，在这趟漫长的互文性旅程结束的时候你会恍然大悟，先前那本还没有机会阅读的书其实已经是你知性财富的一部分了，而且可能已经深深影响过你了。

我想我们不妨以这种理论来解释博尔赫斯和罗伊斯或者皮尔士的关系。如果这个算是影响，那绝不是一对一的关系。

说到相似的人这一主题：为什么我将它放在《昨日之岛》里面？因为泰绍罗[①]（在他那本《亚里士多德望远镜》论及小说的那章里）说过：如果你想写一本巴洛克风格的小说就非得那么做不可。根据泰绍罗的观念，我在小说一开始便塑造出那个双胞胎兄弟的角色，可是一时却还不知道如何加以运用。不过，写着写着，我终究还是找出了他的功能。撇开泰绍罗的论点不谈，如果不是受到博尔赫斯相似的人这一主题的影响，那么我还会在小说中放进双胞胎兄弟的角色吗？如果我心里想的是陀思妥耶夫斯基相似的人之主题，那么结果又如何呢？假设博尔赫斯是受到泰绍罗的影响，那么他又可能间接吸收哪些巴洛克作家的养分呢？

在这些互文性和影响理论的游戏中，我们必须小心翼翼，避免乞灵于那些最天真简单的办法。在这次的研讨会中有些先进提到博尔赫斯如何暗示一只猴子胡乱在打字机键盘上敲打一通然后写出《神曲》这件事。但请小心，因为那个理论（如果有谁否定神的存在，那么他就得承认，天地宇宙的创造有点像是那只有名的猴子的杰作）已经无数次被十九世纪的基要派用来反对进化论，反对宇宙是偶然形成的理念。事实上，这个理论还要比上述的时间更早出现：我们可以回溯到德谟克利特以及伊壁鸠鲁有关原子偏斜运动的讨论上。

[①] Emanuele Tesauro（1592—1675），意大利雄辩家、剧作家。

今天早上在讨论毛特纳[1]的时候，有人提到一个重要问题：是否真正的符号应该像某种古代中国的文字那样（这点启发了博尔赫斯有关《天朝仁学广览》的想法）。可是首度提出真正符号必须像中国象形文字那样的人是弗朗西斯·培根，也是这个见解触发了十七世纪所有对完美语言狂热的追求；而笛卡儿反击的对象正是培根的这个观点。博尔赫斯一定知道这件事的始末，不是通过毛特纳的作品，就是直接从笛卡儿写给梅森神父的那封有名的信里了解到的，可是他到底知不知道培根有关真正符号以及中国象形文字的探讨？或者他是在阅读珂雪[2]的时候才重新发现这个主题的？抑或是在阅读其他作者的时候才发现的？

本人坚信，让互文性的巨轮全速转动下去一定会有丰硕的成果，我们将看见影响的相互作用是如何以出乎意料的方式展开的；有时最深刻的影响是那个你到最后才发现的，而不是一开始就立刻发现的。

现在，我想强调一些我作品中不能视为受到博尔赫斯影响的地方，不过既然这场演讲已近尾声，我就只举出两个例子。

第一点，也是最值得一提的，便是量的问题。当然，你可以写一部像莱奥帕尔迪的《无限》那样短的作品，也可以写像坎图[3]的《玛格丽塔·普斯泰拉》（*Margherita Pusterla*）那样冗长到教人无法忍受的小说。但是从另一方面来看，《神曲》虽然篇幅很长却是宏伟卓绝，而布尔基耶洛笔下简短的十四行诗充其量只具消遣功能而已。所谓极简主义和极繁主义并不是价值的判定标准，而是文类或是过程的对立。从这个角度来看，博尔赫斯当然是位极简主义作家，而

---

[1] Fritz Mauthner（1849—1923），德国哲学家。
[2] Athanasius Kircher（1601 或 1602—1680），早期研究圣书体的德国学者。
[3] Cesare Cantù（1804—1895），意大利历史学家。

我却是代表极繁精神的作家。博尔赫斯写作的特色就是快速，情节快速奔向他所做的结论，正因如此，卡尔维诺会如此赞赏他也就不足为奇了。而我正好相反，是个喜欢拖延的作家（比方我写《悠游小说林》时所抱的态度便是那样）。

或许也是因为量的问题，我想大家可以将我的作品归为新巴洛克风格。在思想上，深深吸引博尔赫斯的是巴洛克以及巴洛克操纵概念的方法，然而他的文字却不具有巴洛克风格，而是清晰透明的古典主义。

然而，我更想做的是举出几个博尔赫斯风格浓烈，而且不能简化为一两句引述的理念，这很可能构成了他最伟大的遗赠，因此也是他影响我和其他许多作家的方式。

有人认为叙事是知识的一种模式。当然，博尔赫斯的小说虚构文本向我们展现了作家如何一边叙述寓言故事，一边表达哲学方面和形而上的思想。当然，在这里我们也有一个可以上溯到柏拉图（甚至耶稣，如果我可以这样大胆假设的话）而终结于洛特曼的主题（与语法形式对立的文本形式）、布鲁纳[①]的心理学（叙事模式真的可以帮助感知能力）和人工智能的架构。但我觉得在这层意义上，博尔赫斯的影响力的确是相当重要的。

现在，我愿意去做的是响应他的召唤，以怀疑精神和反事实的视角重读整部百科全书（这也是为什么我称博尔赫斯为极度兴奋而发谵语的档案管理员），在边缘寻找极具启发意义的字眼，以颠倒现实状况，让百科全书实现自我反对。

要逃脱影响的焦虑是很困难的，如同要让博尔赫斯成为卡夫卡的先驱是很困难的一样。如果硬说博尔赫斯的所有理念以前都已存

[①] Jerome Bruner（1915—2016），美国心理学家，主要研究认知心理学、认知学习理论等领域。

在，那就好比强调贝多芬写下的音符没有哪一个先前没被演奏过。留存于博尔赫斯作品里最根本且最重要的，就是他有能力运用百科全书各式各样的碎片，并重组成理念的美妙音乐。我当然尝试要模仿他（即便以音乐来比喻理念是我从乔伊斯那里借来的）。可我能说什么呢？面对博尔赫斯朗朗上口（就算有时没有调性）、余音绕梁、堪称典范的旋律，我觉得自己好像在吹瓦埙。

但是，我满怀期待，在我死后人们还会找到一个技巧更不如我的作家，并从他的作品中认出我是他的先驱。

论坎波雷西：血液、身体、生活*

要清楚说明皮耶罗·坎波雷西①是谁其实并不容易。凭他那十五本研究所谓物质生活（包括风格习惯、行为，尤其是那些低等功能，比方和身体、食物、血液、排泄以及性有关的事）不同方面的著作来看，他当然是位文化人类学学者。然而，大家对一位文化人类学学者的要求是，他得进行田野调查，探索某些今天仍存在的文明中的风俗以及神话。

坎波雷西只是阅读文本，这点有别于一般人印象中的文化人类学学者。而且他读的是文学文本，或者不如说是属于文学史范畴的文本。事实上，如果你去调查他的学术领域就会发现，他其实是位文学史研究者（意大利文学，就像他在博洛尼亚大学的排课表上所注明的，不过坎波雷西有时也涉猎其他国家的文学）。

然而，坎波雷西发现并且阅读了一些被文学史忽略掉的文本，这些文本讨论的是日常问题、道德上或身体上的问题。有些深孚众望的文学史专著也会将这类文本纳入，但那只是从风格体裁而非内涵着眼。坎波雷西从另一个角度切入，耗费毕生精力重新阅读和体认那些文本，将其视为对人类生活方式的见证。所以，坎波雷西不像时下典型的文化人类学学者一样深入蛮荒研究当今野蛮或者原始部落的人种，而是钻研过去历史中高度文明化的人。

我想要把话说得更清楚些：好比坎波雷西和大家一起走进一间铺着地毯的房间，别人只欣赏地毯表面美丽的图案和精细的织工，而他却抓住地毯的边缘，将它掀翻，并把那布满虫蛆、蟑螂以及所有不为人知的地下生命的背面展示给我们看。那是前人未曾探索发现的领域，然而它自古以来就一直存在于地毯的背面。

坎波雷西穷其一生精力阅读并且重新阅读那些被遗忘的文本，那些张眼直视我们这些后代、却不被大家以他那样的方式来阅读的文本。他的研究告诉我们，在过去几个世纪里，社会上充斥着居无定所的浪人、爱吹嘘的江湖术士、郎中、小偷、谋杀犯、自称受到天启的疯子、真正的或伪装的麻风病人。同时他也发现了数千年前饱尝饥荒的人们心中所梦想的乐土福地，他重新发现嘉年华的仪式、男巫和女巫的狂欢夜会以及着魔者的谵妄。

他将一些特殊的文本摊在我们眼前，让我们明了过去的人类对于自己身体的概念和现代人相去甚远，不仅止于身体，其实食物也是（坎波雷西本身是位美食家，他很了解在古代乳酪和牛奶是什么滋味）。他重读了宗教宣扬者对于地狱以及里面各种刑罚折磨的叙述（这点等于重新体认将身体视为一个场域的观念，这是一个充满痛苦和磨难、无止无尽地受苦的地方）。他凝神观察人们烹饪、进食的方式；他们在吞咽食物的时候如何咂舌；如何利用涂剂灵药增强性欲；十八世纪的人如何欢迎那些异国风味浓郁（在那个时代）的神奇饮品，例如咖啡和巧克力等；矿工、织工、理发匠、外科医生以及民间术士如何工作；穷人给人的印象为何，而那些被剥夺继承权的人、流氓无赖、小偷、杀人犯和亡命之徒又给人什么观感。

坎波雷西所发现的事实其实老早就在那里了，真实得有如明亮

---

* 本文为我为皮耶罗·坎波雷西的作品《生命汁液》（*The Juice of Life*）所作序文。——原注
① Piero Camporesi（1926—1997），意大利人类学家。

的白昼,只不过在过去好几个世纪中一直堆砌在那里。坎波雷西仅是知道重新阅读而已。

那么,他算是文学史家,邀请我们与他共同重新发现最不具声名的文学文本。他同时也是文化人类学学者,通过远古文明在不同文本里留下的蛛丝马迹,重现人们的风俗习惯。

要准确说明坎波雷西究竟是怎样的人实在不容易。我可以招认,如果要我一屁股坐在椅子上,把他所有的著作全部读完,那么我一定会感到恶心想吐:这些书呈现了一系列关于身体如何被爱、被肢解、被喂食、被解剖、被吞噬、被遗弃、被羞辱的过程。坎波雷西的文化人类学是令人震惊的、毫不留情的,而他参考的资料又是如此丰富而且可信度极高。如果有谁决定将他写的书一本一本依序读完,恐怕将深觉恐怖和腻味,想要赶紧逃离那场由纤维、肠子、嘴巴、淋巴结、呕吐物以及贪婪所构成的淫秽狂欢。坎波雷西的书必须要慢慢啜饮,一小口一小口地吸收,以避免对那臭皮囊的过度迷恋,那具包含尽多痛苦以及荣光的身躯。总之,一口气饱读他的著作,就像整整一星期大吃特吃鲜奶油蛋糕,或者整整一星期待在自己的排泄物里游泳。

读者将会发现,他的书里面所再现的几个世纪以来的人体是教人难以消受的:血液以及它的仪式、神话和现实。读的时候,我们的心仿佛被一股焦虑揪扯住。我们的身体都是由骨骼和血肉构成,血液非常重要。不过今天,它只在化验室里被分析,我们几乎和自己的血液断了直接的联系。拿刀割伤自己时,我们会用绷带或是止血药管止血;外科医师在我们身上动刀时血会流出来,不过我们自己却因被麻醉而昏睡;高速公路上发生车祸时,我们会立刻打电话向警察局求救并招来救护车,同时尽量不要去看流血的场面。然而,就像坎波雷西指出来的,在过去几个世纪里面,流血是家常便饭,人们熟知血液的味道以及它黏稠的特性。

我们和血液真的形同陌路吗？我们真的距离坎波雷西向我们叙述的年代如此遥远吗？果真如此，为什么还有那么多的邪门教派，那么多用血献祭的仪式？你甚至可以在网络上看到这方面的广告。

我们是不是已经解决了我们和血液关系的问题？当然，我们已不在大庭广众下执行凌迟或者五马分尸这类酷刑，在那种场景中倒可以看到血流如注。然而，就在我写这篇文章的同时，意大利各报纸正在报道圣母泣血的神迹。是迷信，当然，可是这迷信难道和狂热教派命令信徒执行血浴仪式没有关联？圣母泣血的神迹和沙伦·泰特惨案①所残留的血腥气息难道没有关系？

上述现象让我想表达一件事：坎波雷西重新建构风俗习惯、情感、恐惧以及欲望，这些东西在我们看来似乎遥不可及，却逼使我们"向内观照自己"，逼使我们了解过去的神话仪式与我们今天的冲动之间模糊而又暧昧的关系，逼使我们这些使用网络交际、以为血液只与外科医生和研究新型传染病的专家有关的现代人看见自己身体中住着的那个古人。

或许阅读坎波雷西的作品必须像服用剂量该用很小的药品，因为如果我们把他的著作全部囫囵吞下，那么必然会自问道："我们究竟是谁，我们这些文明人？"

这是一本薄薄的书。让我们以顺势疗法的方式来阅读。目前这样就够了。或许以后你还会愿意读读坎波雷西的其他作品。

---

① 一九六九年，著名导演波兰斯基的家中发生谋杀惨案，凶手是恶名昭彰的杀人组织曼森家族。除了导演外出拍片逃过一劫外，包括他怀孕的妻子沙伦·泰特在内，共计五人遇难。

论符号体系[*]

不说也知道，不论我针对符号体系写出什么论文，那篇论文一定会促使我的好友山德罗·布里欧西写出另一篇渊博的论文加以反驳。此外，我过去已经写过多篇有关这个主题的文章，特别是替伊诺第版《百科全书》中"符号体系"这一词条所下的定义，它后来发展成拙作《符号学与语言哲学》（一九八四年）里独立的一章。不知道是老化现象作祟还是由于年少的轻狂尚未全部褪去，我觉得自己对这个主题的想法一直没改变过。不断修正自己的思想是件令人心驰神往的事，而我通常也乐此不疲，有时候甚至达到人格分裂的地步。不过在某些情况下，我们不应该只是为了证明自己赶得上时代潮流而贸然改变。在理念的领域中，就像在其他领域一样，一夫一妻制并不见得表示缺乏性欲。

为了避免重复我以前针对符号发表过的见解，我想为这个恼人的主题另辟蹊径，针对它一个特别的方面进行讨论，即所谓"符号偏执狂"的现象。不过为了达到目标，我不得不重述部分我以前就这个主题提出过的论调，否则就会出现唱独角戏的状况。

我常告诫学生，符号这个词要用得十分节制，而且要特别注意他们找到这符号时的上下文或语境，以便确定它在某种特定情况下的含义和用在别处时不一样。事实上，我已经不再明白所谓的符号究竟是什么意思。我曾经企图将符号定义为一种特别的文本策略。可是除了这层文本策略的意义（等一下我会回过头来讨论）之外，一个符号可以是非常清晰（含有可定义内容的而且绝不模棱两可的表达）或者非常晦涩（所含的意义被缭绕的云雾所遮蔽，具有多种语义的表达）的东西。

符号的暧昧特质说来话长，这种暧昧不仅通过它的词源symballein①适切表达，而且也通过这个词源所启发的实践得到印证。正因如此，这两个相异之物好比徽章的两半，看到一半就会想到另外一半，而关于这两半我们不妨认为，哪天要是将它们凑在一起便能毫不暧昧地重建出符号的原始样貌，将它的本义从不停流动的语义长河中捞取出来，成为事物中的一项；然而，这些分开两半中的每一半之所以引人入胜竟是由于另外一半的缺席，而且也唯有面对和身处这样的缺席，最无法抵挡的热情才得以喷薄而出。

不过姑且不去讨论词源。我们所面对的第一件教人震惊的事便是：在某些语境里，尤其是在学术上，大家动不动就拿符号一词来表示极端清晰、不由分辩的符号学程序方法，所表达的事物毫无含糊空间，而且期望别人以唯一的解释来对待它。最明显的例证便是化学符号，或者那些将符号的定义和图像对立起来的观点，认为后者具有捉摸不定的开放性，而前者则是语言学或是语法上约定俗成的东西。

当然，即使是逻辑学中运用的符号其实都具有一定程度的开放性，而且从浪漫主义时代以降，我们都习惯从晦涩难明、多重意义的角度去考量符号这一概念。因为符号代表了可改变的，而且正因如此，符号就可以同哪怕最意想不到的内涵联系起来。比方，逻辑

---

* 本文为符号体系研讨会（锡耶纳，一九九四年）上发表的论文修订版。——原注
① 希腊语，把两个相异之物放在一起以作瞬间比较。

学上若说若 p 则 q，我们会觉得 p 和 q 可以代表随兴认定的东西，但这并非事实。我们不妨想象，在 p 的位置上放进整部《神曲》，而在 q 的位置上写下六乘六等于三十六的陈述。这个逻辑叙述也许为真，那是因为它牵涉物质界的恒定法则。然而，将这个公式颠倒过来就绝不可行了。比方，如果我把《神曲》放在 q 的位置，因为但丁文本从"真实方有效"的角度查考，其中主张和断言的总和是假的（一个佛罗伦萨人不可能活着登上天堂，而且在冥河斯堤克斯将亡灵渡往冥府的船夫卡隆也不存在），那么同样参照物质界的法则去观察，这种推论虽有真的前提，结果却是谬误。更进一步来看，如果把六乘六等于三十六换成希特勒的《我的奋斗》，那么根据那条有名的实质蕴含诡辩的"假加上假为真"，倒好像行得通。这样看来，想要在逻辑符号和浪漫主义诗学晦涩的符号间找出符号学意义上的平衡也就毫无意义了：双方各有不同的运作方式、不同的语法，而且对于真理有着差异很大的认定。

同样，卡西雷尔[①]的符号形式理论其实也和我们赋予符号一词的定义完全无涉，他的理论是康德先验哲学的文化逻辑学版本；甚至连欧几里得的几何学都是一种符号形式，在那其中我们沿着欧氏第五条公设（尽管出乎意料地难以论证）许诺给我们的平行线无限绵延的轨迹前进，呼吸着无限和不确定的意义。

我们可以依附一个可感知、可诉诸理性的定义，而且这定义同样适用于所有日常生活的经验：在每种语言中，符号都是由第二层涵义的存在所支撑的。这也是托多洛夫[②]在论符号时所采取的路径。可是，把符号和每个第二层涵义的个例等同起来，可能会导致我们将彼此大不相同的现象混淆在一起。

[①] Ernst Cassirer（1874—1945），德国犹太哲学兼思想史家。
[②] Tzvetan Todorov（1939—2017），保加利亚裔法国文学理论家、批评家。

一切具有双重涵义的论述都具有两层所指，比方古典谜语便是一例。但是这里的两层所指是有结构的，它们根据两种毫不费劲便可辨认出来的同位要素，建立在似是而非的同音异义词上，好比一则被编码的讯息，其中的双重意义必须破解出来，而且一旦被破解，我们就有了两种无人能够反驳的意义，完全不存在犹豫的空间。

隐喻并不隶属于符号的系统。它对多种诠释方法敞开大门，而且可以沿着它所产生的第二或是第三同位素的主要轴线被持续诠释下去。可是这些诠释必须有法可依：就像但丁说的，我们所在的星球是"一个让我们变得如此凶猛的打谷场"（《神曲·天堂》，22.151）。这句话可以使人产生好几种联想，可是没有哪种会说服任何人相信，只要有约定俗成的文化习俗就有和平与仁爱盛行。此外，我和很多人都同意，使用隐喻时的第一个迹象便是，从字面的涵义直接去看时，那个表述显得虚假、怪异或者毫无意义（地球并不是打谷场）。可是在符号系统里并非如此，就像我们将要看到的，这个系统遮掩了自己示意的潜能，而用来遮掩的手段就是给某种明显但难以解释的东西披上误导人的外衣。

此外，寓言也不属于符号的领域，因为它那持续不断的双层涵义并不是建立在同音异义词上面，而是植基于某些几乎像纹章那样典范化的意象里。

目前，现代西方的传统被用来区分寓言和符号系统，可是这种区分是晚近才兴起的，肇始于浪漫主义，特别是在歌德有名的格言警句中有着令人印象深刻的发挥（参见《歌德的格言和感想集》）：

> 寓言将现象转换成概念，将概念转换成意象，但是在这种情况下，概念总是被局限在意象里，而且是饱满完足的，它只能通过那个意象被表明，通过那个意象陈述自己。（1.112）
>
> 符号系统将现象转换成理念，将理念转换成意象，但是在

这种情况下，理念一直具有无限活跃却难懂的特质，而且，用任何一种语言表达都没有办法说得清楚。(1.113)

诗人的职责到底是将个别看成普遍，还是通过个别看到普遍？这两者是相当不同的。前面那种情况，我们称之为寓言，个别唯有作为普遍的例子或是象征方才有效，然而在后面那种情况中，诗的真正本质才被显露出来：我们考虑个别时并不连带想到普遍或者借以暗示普遍。现在，不管是谁，只要掌握了这个鲜明的个别，便同时在浑然不觉或是后知后觉的情况下掌握了普遍。(279)

在真正的符号系统里，个别的元素代表了比较普遍的，但其角色不是梦境或者幻影，而是对不可观察的现象的瞬间的、活生生的显露。(314)

另一方面，古典世界以及中世纪世界则把符号和寓言看成同义词。这样的例子多到不胜枚举，从斐洛①到包括德米特里在内的语法学家，从亚历山大的圣克雷芒②到罗马的希波里图斯③，从普菲力欧斯④到伪丢尼修，或者从柏罗丁⑤到杨布里科斯⑥，符号一词也被用来表述教诲和概念化的东西，而在其他地方，这个观念可能会被称作寓言。

学者常把中世纪前期描写成符号系统的天地，在这个天地中，根据爱留根纳在《论自然的分类》第三卷里的意见："在我的观念

---

① Philo Judaeus（前20—50），又称亚历山大的斐洛，犹太哲学家，尝试将宗教信仰与理性结合。
② Saint Clement of Alexandria（150—211 至 215 之间），基督教护教士，用希腊哲学将哲学与神学思想结合起来。
③ Hippolytus of Rome（约170—约235），教会作家。
④ Porfirius（233—309），腓尼基新柏拉图主义哲学家。
⑤ Plotinus（205—270），埃及哲学家、新柏拉图主义的创建者。
⑥ Iamblichus（约250—约330），新柏拉图主义哲学学派的重要人物。

中,没有哪种可见的或是有形具体的东西不代表某些无形抽象却可理解易领悟的内涵。"那么世界很明显地就像后来圣维克多的于格[1]所说的那样,"好像上帝用手指写出的一本书"。

所以"一朵玫瑰描绘吾人处境"(参见伪里尔的阿兰的《另一节奏》)的世界难道不就是一个充满了符号的世界?

根据赫伊津哈的看法(参见《中世纪的衰落》第十五章),中世纪的符号天地和波德莱尔诗作《应和》(*Correspondences*)里所描述的世界相当类似:

> 没有什么比圣保罗在《哥林多前书》里的那句格言更能体现中世纪的伟大真理了:"我们如今仿佛对着镜子观看,模糊不清。到那时,就要面对面了。"中世纪的人从不忘记,任何物体如果只局限在它最直接的意义上,局限在现象世界里它的既定位置上,便是荒谬的,因为所有的事物都将延伸到遥远的彼世中。这个理念对我们而言并不陌生,但只是以并未清晰陈述出来的感性形式存在着,比方雨水打在树丛叶面上的声音或者投射在桌面上的灯光,在片刻的寂静中,要比日常的观察能给予我们更深刻的体认,因为后者只是一种实用层面的活动。有时上述的体认会以病态郁闷的心境呈现,因为这种心境能使我们看见已然负载的威胁或者神秘的事物,而这些都是我们应该看见却无法看见的。然而,更常见的情况是,它会让我们的心中充满祥和且具慰藉力量的确定性,让我们觉得自己的生命存有也参与了世界的神秘意义。

不过,做出这种诠释的赫伊津哈已经见识过魏尔伦以及兰波那

---

[1] Hugh of Saint Victor(1096—1141),经院哲学家。

游荡的心灵，他们在自己祖国的边界上游荡，好似为了寻求绝对而自我流放，倾听同样的雨声打在树叶上，让自己的心充满着困倦慵懒，或者对于元音的颜彩感到痴迷。撇开晚期不谈，这真的是中世纪盛期的符号系统吗？

为了承继新柏拉图学派的思想遗绪，最基本的事便要像古希腊法官丢尼修一样，认定"唯一"这个概念是不可探求而且充斥矛盾的，在那种思想里面，神性被称作"寂静里最光辉的黑暗，那以寂静的奥秘教导人的最光辉的黑暗……"（参见《论神秘的神学》）。对于丢尼修而言，唯一、善、美等概念都用来讲神，仿佛这些词和光、闪电以及嫉妒同等同价。可是这些概念仅以一种超物质的方式被用来描述神：神可以等同于这些概念，不只是同等，也是不可理解地更加强烈。更重要的是（而且这点被批注他的人一再强调），为了清楚说明我们加诸于神的名字是不充分、不完美的，丢尼修提醒我们：这些名字要尽可能地彼此不同，意料之外地不相匹配，几乎具挑衅意味地令人深觉冒昧，不可思议地像谜一般，仿佛我们在用来象征的元素以及被象征的元素之间追寻的共同特质真的可被辨认出来，但要以推论上的体操技巧以及不相称的比例作为代价：而且，在把神命名为光的时候，为了不致让虔诚的信徒产生误解，以为天上存有一种灿烂夺目、有光环围绕的物质，毋宁用巨大的怪物——例如熊或是豹——来为神命名，或者其他晦涩难明的词也可以（参见《论上天的等级》）。

这种表达方式，也就是被丢尼修本人称为象征的方式，却和现代象征主义认为一个符号应有的光明、狂喜、快如闪电的意象完全无关。中世纪的符号系统是一种接近神性的方式，但既不是超自然神秘事物的显现，也不向我们展示只能以神话或者理性论述加以概括的真理。我们该说，那是理性论述的前文导言，而且在作为有益的说教和适当得宜的导言的同时，它必须清楚说明自己力有未逮的地方，以及自己借由后续理性论述方能变为真实的（几乎是黑格尔意义上的）命运。

换句话说，中世纪的世界对于象征符号是焦虑不安的，中世纪的人在面对熊或豹的时候会感到沮丧、恐惧以及崇敬，面对玫瑰和橡树时亦复如是，但这些都是异教的残留。不仅神学如此，中世纪的动物寓言集也是同样地试图要破解这些象征符号，将它们转变成隐喻或是寓言，以停止其不稳定的变动。

无论如何，同样的事也发生在荣格所谓的原型上面。而说到原型，我倾向于利用隐喻将这个概念拉入一个更宽的范畴来讨论，即图腾事物，后者由于其难以理解的本质而显得刺激和专横。荣格首先提出理论：一旦这些原型式的意象吸引住神秘主义者的心灵，将之拖向意义不断变动的道路，某些权威机构便立刻出面干预，着手对其加以批注，用一套符码加以规范，使其摇身一变成为寓言。来到这个阶段，图腾事物即转成该词最通俗平凡意义下的符号，转成我们称为政党符号的徽章，在那上面，我们可以（通常自动地）打下同意的对钩。这些符号具备各层次的认知诉求（我的意思是，人们能够依赖它们，愿意为一面旗帜、一个十字架、一个新月或者一个斧头镰刀组而死），它们呈现在那里以便告诉我们必须信仰什么、必须排拒什么。旺代地区①的圣心图案不再同于令玛加利大②目眩神迷的圣心图案，它已经从某种形而上的神秘经验转变成一面政治旗帜。

符号所指涉的是无法用文字描述的真实，矛盾而又不可捕捉的真实，这种现象只有借着充满奥秘的文本的散播才得以在西方文明中扎下基础，而且需要非常"强势"的新柏拉图主义思想。可是一旦赫尔墨斯·特里斯美吉斯托斯那晦涩难懂的论述所掀起的风潮成

---

① Vendée，法国沿海省份。
② Saint Margaret Mary Alaconque（1647—1690），法国天主教修女，相传她曾跪在圣体前，见到耶稣显现的圣心。

为时髦的风格,成为一种共同语,突然涌现出一种欲望,那是想要抓牢符号并且赋予它可社会化意义的欲望,先前是中世纪而如今是赫尔墨斯式的欲望。

说来奇怪,巴洛克时期是图腾事物(换句话说,它的纹章、题铭以及象征)的产出——或者更确切地说,发明——最丰硕的时代;另外,引人好奇的是,巴洛克世界每次只要一有可能便把上述事物当作符号来谈论。所以,《象征的结构》是阿尔恰托[1]最有名的评论之一,博基[2]写了《符号的问题》,皮奇内利[3]写了《符号的世界》,还有斯卡拉提诺写了《借喻和象征的人》等等。泰绍罗在自己的作品《亚里士多德望远镜》中解释了这些符号是什么:"符号就是经由某种可看见的象征而传达概念的隐喻。"

在这种对符号的颂扬中总是清楚展现了一种写作注释、传达信条的愿望,换句话说,就是破解符号的愿望。令人心生崇敬的巨册以其显然是由梦幻意象所构成的图像知识而教我们惊讶:这些都是图像真实的遗蜕,对于不想阅读大量注释的心理分析学家而言真是一座天堂。但是如果我们果真参阅注释,那么就会被一步一步引领(虽然有时会有相当多的赘言)到达最精确也是最清晰的破解方式,破解每一个象征,以便获致单一的道德教训。

在这种情况下,珂雪的雄图壮志便显得相当可笑,因为他要重新发现古埃及书写系统的秘密。这个系统占有至高无上的地位,因为它与类似题铭或是象征的东西对立起来,无论阿尔恰托、瓦莱里亚诺或者费尔罗都没有对它进行过诠释。这些都是古老且为大家所熟知的意象,一旦它们不再经由基督教(或者异教)的传统传递下去,而是由埃及自己的神祇取而代之,那么其中所透露的内涵便和

---

[1] Andrea Alciati (1429—1550),意大利作家。
[2] Achille Bocchi (1488—1562),意大利作家。
[3] Filippo Picinelli (1604—1679),意大利作家。

在道德教训的动物寓言诗里大不相同。如今，对经文的指涉已经没有了，取而代之的是对一种更模糊和充满神秘许诺的宗教狂热的暗示。古埃及的象形文字因而被看成了内容秘而不宣的符号。

这些对珂雪而言都是符号，因此也就呈现出隐蔽的、不为人知的、具备多重意义而且饱含奥理玄义的内涵。符号和臆测猜想不同，因为臆测猜想容许我们从一个可见的征兆转移到某种确定明白的目标，然而"符号是一种表示玄奥秘密的标记，换句话说，符号的本质是要在心灵上引导我们，经由某种相似性引导我们了解和那些外在感官可接触的事物相当不同的东西；这种东西的本质被隐藏在晦涩难明的表现方式底下……它不是由文字构成，而只由标记、书写符号、图形所呈现"（参见《庞菲利乌斯方尖碑》，II，5）。

这些都是所谓"秘而不宣"的符号，因为珂雪对于古埃及文化的着迷主要基于一项事实：这种文化所承继的知识都包藏在深不可测而且无从破解的圈子里，以便避开平民那亵渎神圣的好奇心。

此外，珂雪还提醒我们，一个象形文字就是某种神圣事物的符号（而且在这层涵义下，所有的象形文字都是符号，但是反过来说却行不通），同时它的力量来自于另外一项事实：没有受过特殊训练的人根本无法得其门而入。

如果任谁都能自由出入，那么巴洛克时代可能得要自己发明一套深不可测的书写系统。这正是珂雪想要的，而且他怀着谵妄式的热忱津津有味地在作品《埃及俄狄浦斯》（*Oedipus Aegyptiacus*）的开头给皇帝写了封信：

> 最神圣的恺撒啊！我在陛下的眼前展示象形文字的睡梦之神形态多样的国度。我的意思是，一座舞台上挤满各式各样怪物的剧场，而且不是自然的赤裸怪物，而是身披如此古老知识的彩衣的怪物。因此我坚信，聪颖的心灵一定能追踪到科学那

无尽的宝藏，而这对文学并非没有益处。这里可以见到布巴斯提斯的狗、塞易斯的狮子、蒙德席安的山羊，还有张着可怕血盆大口的恐怖鳄鱼，这些在在都昭显了神性、自然以及古代智慧精华玄奥的意义，而赖以遮掩的正是意象的幢幢暗影。这里有口渴的狄披索人、有毒的非洲小蛇、诡计多端的猫鼬、残酷的河马、恐怖的龙、腹胀如鼓的蟾蜍，还有背负涡漩纹壳的蜗牛、毛茸茸的毛虫，以及不胜枚举、奇妙非凡的物种罗列在你眼前，仿佛是大自然的圣柜里呈现的、秩序井然的环链。这里所展现的千种华丽而动人的物种这一刻蜕变成一种样貌，而下一刻又脱胎成另一种形态，有时呈现人形，然后又恢复到先前的形状，那是互相交织的变形，具有人类特质的野蛮动物，经过神性洗礼的人类；如同波菲利所言，最后神性流贯天地宇宙之间，然后导演一场和所有生物结合的骇人戏剧；如今，它们因面貌千变万化而显宏伟壮阔，被展示的狗头猴身、污秽的朱鹭，还有戴着尖嘴面具的雀鹰都抬起似犬的颈部，用处女纯洁的目光引诱着我们，它们呈现圣甲虫的外形，毒蝎的尾刺也被隐藏起来（……像这种胪列式的描述还要再持续四页的篇幅），我们可以冥想大自然这不断幻化的剧场就这样在我们眼前摊开、演出，在玄奥意义的寓言面纱之后。

正是出于对古埃及语言神秘涵义的入迷，珂雪才那样赞颂它，将它与汉字那种温柔和畅而且高度符号化的图像式书写对立起来。在汉字里，每个表意方块字都代表了一个精确的概念；汉字会令培根着迷，但对珂雪却起不了作用。

古埃及的文字符号 integros conceptos ideals involvebant[①]，而且

[①] 拉丁语，包含完整的理想概念。

说到拉丁文动词 involvebant，珂雪指的并非聚集或者提供，而是隐含或是包藏……它们像是爱好调情的女人，不断引诱爱慕者，将他们卷入不会餍足的认知热忱的漩涡里，却从来不会委身于那些男人。

可是，在说完这些前文导言之后，接下来珂雪在三大卷合计数千页的篇幅里要说些什么？他尝试全面破解古埃及文字，以古埃及学者的身份将那些符号所锁住的神秘讯息揭示给我们；他将那些符号翻译出来并且坚决相信自己的译文是唯一正确的诠释。他犯的错还真不少，这点我们知道，但是眼下我们反对的不是他的结果而是他的意图。

换作商博良①，他可能和珂雪有相同的举措，只是心态会世俗些而且也不会犯错；他或许会告诉我们，那些不过就是约定俗成的符号，具有对等的语音形式，而且还可能尝试让每个符号摆脱所有暧昧模糊的成分。

然而，珂雪早已开始了他自己的程序方法。那些不那么倾向天主教或者对神学较无好奇的人，或许会尝试保留象形文字中某些没有解读出来的神秘成分，用它们制成臂章徽章，供应给坊间的玄秘主义信仰者。要知道，他们所痴迷的不是那些符号高深莫测的特质，而是这些最终变成了精确象征的符号给予他们的信赖感。但是，某处存在着一个秘密，一个将永远不会被破译的秘密，原因并非它高深莫测，而是由于那些负责处理的人决定不去加以探索，以便能将其当作注册商标或者保证有效的仙丹贩卖给那些专门收集"绝对"的人或者那些经常出入共济会的"大木偶剧场"② 的人。

我们对符号系统的观念深深植基于如今已相当世俗化的社会，

---

① Jean-François Champollion（1790—1832），法国语言学家，第一个正确解读古埃及象形文字的人。
② Le Grand Guignol，法国巴黎第十八区的一家剧场，曾以上演恐怖血腥戏闻名。

而且在这个社会里面,一个符号不再必须要揭示或者隐藏有关宗教的专断,而是展现诗的绝对。我们接触符号的方法其实深受法国象征主义的影响,而波德莱尔的诗作《应和》真的很适合拿来作为其宣言:自然神庙活的石柱间只容许含混不清的字词浮现出来,"好似悠长的回音于远方混同起来/归入幽暗而深沉的和谐里/广大有如光明,浩漫有如黑夜"。

只有在这个阶段,我们才可以说马拉美的 une fleur① 实在无法精确地在我们心里产生什么印象,因为那只是绝对的空,一种丰富能产的空,代表一切"花性",因而既是所有也是无,让我们丈二金刚摸不着头脑,满腹怀疑不断自问"le vierge, le vivace et le bel aujourd'hui"② 究竟是什么意思。

可是在这个阶段,事物已经不复存在,不管它们是象征、神秘符号,或是本身即具象征价值的孤立字词都是一样。即使没有他的留白策略,马拉美的那朵花也是一样不存在。象征变成由文本产生意义的过程,因而所有的意象、字词或者物体都能担负符号的功能。

那么哪种符号学的钥匙能够被拿出来,不为诠释,而是为了定义我已决定称之为象征体系的文本策略?

从前,有人曾提供给我们一项建议,那是一个充满热忱而且决心要寻找第二层涵义的人——圣奥古斯丁。每次《圣经》出现从语义上可以理解,可是读起来却觉得不太适当或是夸张得无法解释的内容时,我们就得在那里面找寻所谓的第二层涵义或是弦外之音。对于象征体系的敏锐感触是由于我们注意到,文本里面隐含了具有意义的某种东西,但这"某种东西"如果不在似乎也合情理,而且

---

① 法语,一朵花。
② 法语,纯洁、活泼以及美丽的今日。

如果它在人家还会惊讶为何它在那里。这个"某种东西"并非隐喻，否则不仅违背常理，也会污染零度书写那彻底的纯净；它也不是寓言，因为它并没有指涉任何类似纹章的体系。它是实际存在的，就在那里，并不妨碍我们，顶多让我们阅读的速度变慢而已，但是它所产出的过剩、它那无可非议的不相称、它在文本里有节制却不可忽视的存在，这一切都使我们认定：它的存在意味着它可能同时也想表达其他的东西。

正因为符号具有这种凭空而生、离题万里的性质才让它具有图腾的特征。它在我们心里激起一个问题："为什么你在这里，就在这个特殊的点上？"但我们找不到答案的。引导我们偏离航线去思考这个问题的，并不是我们在解构上的傲慢而是文本自己的意志，要知道，这情况并不多见。

为什么蒙塔莱要耗去六十行的篇幅在《旧诗》里告诉我们，一只恐怖的蛾如何用它那尖锐的喙咬穿灯罩薄弱的纤维，疯狂地在桌面的纸张上拍动翅膀？让这段描述变成图腾的正是这种离题的经验：

永远永远/和那些闭锁在某个圈子里的事物一起/有如白昼明确，而记忆/又将它加强。

为什么艾略特在警告我们他打算将和晨间拖曳在我们身后的影子或者晚间洒落在我们前面的影子都不一样的东西呈现给我们看之后，还要在《荒原》里告诉我们（不过下面那些文字到底是字面流露的意义，抑或另有隐含意义还是由我们决定）"我要在一把尘土中向你们展现恐惧"？在这个例子里，象征超越了隐喻的力量。那一把尘土当然可以是许多事物的隐喻，但从传统的角度来看，通过联想，我们意会到的是失败的概念。在我们的一生中，有多少次汲营一场却只换来一把尘土，所以诗人才用这句惯语来表述那种生命情境？

可是艾略特要提醒我们的是不是它所引发并宣告的恐惧？失败令我们失望，令我们受到伤害，而且令我们备受屈辱，可是既然它已经不包含不可预料的成分，应不至于令我们恐惧。

那一把尘土代表着另外一些东西；说不定那些东西自从宇宙大爆炸以来就在那里，而且如果非要说那是谁的失败，那么就是造物主的了。但也可能不是；也许那是对于没有大爆炸和造物主的宇宙的顿悟，旨在证明我们活着等死的处境（可是《荒原》写成的时间比海德格尔的《存在与时间》要早五年）。

关于顿悟：就在那里，我已说过，基本而言，乔伊斯关于顿悟说的概念是象征体系最世俗取向的，或者最具宗教意义的（在巴里利①的诠释下，那个概念变成"物质界的狂喜"）说法。某种事物呈现出来，而且我们也知道那简直如显圣一般（否则它也不会显得如此突兀），然而我们却无从知道它要透露的是什么讯息。象征像是三王来朝，只是我们并不知道他们来自何处、目的何在，也不明白他们来此为了崇拜何人。无论伯利恒的畜厩是空无一物还是被一个我们姑且称之为谜的物品（比方一把匕首、一个黑色盒子、一个里面有飘飘雪花的玻璃球或者火车时刻表的残片）所占据，它还是会熠熠闪烁，至少在那些接受它那繁冗邀请的人看来确是如此。

让我们回到《荒原》，为什么书中在某个点上要说"那里我见到一个熟人，我拦住他叫了一声'斯特森'"？是因为艾略特和斯特森以前一起待在迈利的舰队，还是去年斯特森在他的花园里种了一点什么而今天开始发芽了？为什么他必须将那条狗远远地赶开？

罗伯托·科托罗尼欧②在他的《夏日早晨的孩童》（*Se una mattina d'estate un bambino*）中试图提出一项合理的解释：很显然，除

---

① Renato Barilli（1935— ），意大利文艺评论家。
② Roberto Cotroneo（1961— ），意大利作家、文学评论家。

了庞德之外谁会戴斯特森牌的高顶阔边牛仔帽？为什么不是迈利？在守卫西方世界（West）的第一场大捷——迈利海战之后，罗马为了摧毁迦太基的势力，便引进了腓尼基的女神崇拜，结果造成东西两个世界及其丰饶仪式的接近。当然，这种阅读方式并非站不住脚，而且也为艾略特本人认可，因为他在批注部分的一开头就提到了杰西·韦斯顿的《从仪式到传奇》（*From Rituel to Romance*）。但故事到此就结束了吗？当然不是。不请自来的斯特森还是继续干扰我们，而且无论如何，在这之前的几行，艾略特已经暗示我们他已进入了象征的领域。他提到圣玛丽伍尔诺斯教堂"沉重的钟声正敲着九点的最后一响"，而且在这节骨眼上，他算是插入了对自己诗作的几个神秘批注当中的一个。在评论这第六十八行的诗句时，他说："这是一个我已经频繁注意到的现象。"

这是一个壮观却完全多余的观察。因为在伦敦发生的所有事件中——在那个人潮涌动的不真实的都市里，接踵而来的事件让人根本来不及思考死亡已经消弭了多少其他的事件，每一个人只顾把眼光锁定在自己的脚前——艾略特是否非得告诉我们，他自己频繁注意到某个特定的现象，仿佛那就是康德口中的本体。

而我们这些读者，我们意欲何为？这点艾略特立刻回答我们，他从作为象征主义源头的诗作借来一句辱骂："你们！虚伪的读者！——我的同类，——我的兄弟！"[①] 在将呼语从法文译成英文的时候，他使被呼唤的对象脱离了语境。现在，它指的是其他的意思了。我们必须要问，为什么斯特森出现得如此突然，不管那是否只是一顶帽子，还有，我们对他的抵达为什么会虚伪地感到罪恶。

请注意，斯特森这个名字从里到外都不是象征。只有在上下文语境的衬托下，它才算是一个象征。因此，将焦点放在它上面是不

---

① 参见波德莱尔的《恶之花》中《致读者》一诗。

恰当的。

同样，我们不该认为不协调就等于缺乏内在逻辑，或者凭空而生的东西便意味着无关痛痒。有时候，象征体系会展示出自己严格精确（虽然也许有些妄自尊大）的逻辑，而且那象征是坚实、匀称而且沉重的，好像二〇〇一年初上映的太空科幻大片：《二〇〇一：太空漫游》。

我们也不该认为象征就得是稍纵即逝、鲜少被人指涉的，出现在文本里也只如惊鸿一瞥。对马拉美而言，为一个事物命名意味着减去它四分之三的诗的乐趣（所谓诗的乐趣即在于一点一点往里猜测的快感——"暗示它，这就是梦想所在"）。然而，卡夫卡的《在流放地》却没有哪处仅仅用暗示手法；相反，每一件事物都有极其详尽的细节描写，几乎像是机械学的论文或者具有《塔木德》风格的律法典籍，故事建构了它自己的单身机器①，然而随着一页又一页的叙述，在我们纵观整个故事时，不禁要问它为何存在。倒不是要问它为何写在里面（因为它在那里，这点便已足够），而是要问那残酷的场景究竟意义为何。然而即便我们反复自问一辈子也不会有结果，因为符号的任何寓言化只会引导我们通向一个明显的真理，只会告诉我们自己已经想知道的东西。

现在，我要进入这篇论文的第二部分。这看起来似乎和我们最珍视的理念相反，但是一直以来向我们阐述符号的这好几个世纪其实对于象征体系所知甚少。或许那正是前往德尔菲神庙朝圣的人所寻觅的东西，因为那里的神谕既不直说也不掩饰真相，而是利用含糊暗示的方法。可是过了那个阶段，要想寻找与我们数千年来一直

---

① Celibate Machines，概念来自杜尚的作品《大玻璃》。卡夫卡在《在流放地》中描写了与杜尚的单身机器结构相似的机器，它将刑法刻在罪犯身上，令其用血肉领会罪责，流血而亡。

在描摹的东西相似的新的符号概念，想要寻找能够断言自己是自觉和明确的语言策略的象征体系，我们就得等到十九世纪和二十世纪之交了。或许诗的概念是现代的东西，因为荷马同时代以及稍后的人都把他的作品看成囊括世界知识的百科全书；同样，中世纪读者看待维吉尔作品的方式就如同人们日后对待诺查丹玛斯。

今天，轮到我们忍不住要问，诗歌（小说经常也是如此）提供给人们的是否不只是感情的表现、行动的描述，或者道德教训而已，是否还有象征的灵光乍现，还有我们已不往宗教里去寻觅的、有关真理的微弱替代元素？

这样是不是就够了？这只能满足那些对于世界无意义论有冷静认识的人，满足他们通过质疑而非懒散接受现成答案来寻求救赎的热切意志。

那么这该是我们这时代的特色吗？不是，而且请允许我做出这种说教式的结论：一旦我们的年代寻找到象征体系，充其量也只会接纳它遗产中的两项巧妙之处。

第一项是博学而精密的。每段论述都在使用象征体系，每句陈述都依循未言明的同位素构建起来，即便简单如"今天正下雨"的陈述也是一样，也就是说每个地方都有隐藏的意义。这便是今天解构主义的异端，它似乎声明一件事：使我们永远并且仅仅以第二层涵义说话的，是某种神性或者是不怀好意的潜意识；还有，我们说出来的每一件事都不是最精要的，因为我们论述的要旨都在其他地方，存在于我们经常浑然不知的象征领域里面。因此，象征的钻石过去只需在暗处瞬间闪光，突然却极罕见地令我们目眩神迷，而如今却摇身一变，成为不停闪烁的霓虹灯，在每段论述的肌理中潜伏着。如此泛滥也不是件好事。

如果诠释是为了学术地位而堆累资格，那么这也不是什么差的诠释策略。可是如果每个人都老是说言不由衷的话，那么我们不就成了一直在说同样的事。至此,象征体系便不以一种至高无上的语言策略的身份存在;我们大家都以间接的、不精确的、不断使用象征的方式说话,因为我们已经厌倦语言。如果没有可辨识的准则,也就连偏轨的可能性都没有了。我们都以诗的形式说话,都在透露一点什么,就算你只说"星期二我们要缴保险费"也是一样。活在一个如此无可救药的俄耳甫斯式的世界①,一个路上行人的语言都无处存放的世界,我们背负了怎样的诅咒啊!在那个世界里面,路上行人无法言语,就连诗人也得保持缄默。

第二种异端存在于信息世界。那个世界已经习惯各种密谋诡计、各种格式化的语句、各种言犹未尽的字词、各种信誓旦旦随后却取消的盟约以及立刻被当事人所否认的离婚传言,因此它喜欢在每个事件以及每句话语中寻幽探微,企图找出包藏其中的秘密。这是降临在当今作家身上的诅咒,但既然我不想谈论自己的个人经验,就不展开深讲了;不过,参酌过去作家的经验,我会想象,如果他面对今天的评论家或是新闻记者会是什么情况。

我们不妨假设这个作家是莱奥帕尔迪,并且替他编造一段《诗人和杂志编辑的对话》:

"莱奥帕尔迪先生,你只用大约十五行的篇幅就在山丘上发表了一段论述,主题是你对'无限'既刺激又引人入胜的看法。为什么你称那山丘是'孤寂的'(ermo)?容许我说一句:你很显然暗指赫尔墨斯(Hermes)神像被毁案,也就是致使亚西比德②和雅典政权发生冲突的那件事,这简直是明明白白(至少清楚

---

① 希腊神话中,俄耳甫斯的歌声相当美妙。他的妻子被毒蛇咬死,俄耳甫斯得人相助到地狱搭救妻子,冥王哈德斯被他的歌声感动,允许他把妻子带走,但在他离开时不得回头看他的妻子,否则妻子会永远消失。俄耳甫斯最后还是忍不住回头看妻子,两人最终阴阳两隔。
② Alcibiades(约前450—前404),雅典政治家,曾变节背叛雅典投靠斯巴达。

到某种程度）地谈论左派政客全都站在同一阵线反抗意大利力量党①的意大利现状……"

"完全不是，我用 ermo 一词来形容山丘是因为我对古词情有独钟，而且我要承认，那是整首田园诗里的败笔；但是那山丘确实令我感觉亲切，因为我的出生地就在那附近。"

"那么你为什么要说'最深沉的息止'呢？你可不要否认，坚称那不是对当前政治形势明白而直接的指涉，除此之外，你明明还透露了对市场的隐忧以及对预算法案前途未卜的命运的预计。"

"你看，我是在一八一九年春天和秋天之间写出《无限》这部作品的，所以不可能是影射你们的政治形势。请容许一位诗人坐在凑巧空无一人的山丘顶上做做白日梦吧。那里面没有任何寓言成分，只有四个寻常的隐喻：'最深沉的息止'（甚至你们那个时代的莱考夫②也可能会说：空间化是日常隐喻最寻常的制造手法），'死寂季节'（这几乎是个混合的隐喻），'我那些思想的没顶'以及'不是大海的大海里的船难'……至于其他的就既没有象征也没有寓言了。诗歌不会隐成修辞，而修辞也不会退化为法律演说……那天我在那里，突然对自己说：'我的妈呀，无限……'也许唯一的象征成分只存在于一件事实：我做了一件多此一举的事情。但请你不要又想将这过度诠释。放过我那虚弱的一刻吧，就这样吧，把那首诗重读一遍，别要什么答案了。"

"哦，不要这样，亲爱的公爵，这种鸵鸟心态是要不得的。就在维也纳会议后的第三年里，你过着似乎将无尽的颓废生活，

---

① Forza Italia，意大利右翼党派。
② George Lakoff（1941— ），美国语言学家。

而那时欧洲正在脱胎换骨，朝着它目前的样子大步迈进……请你至少允许我们点出你真正想表达的意图吧！"

我的文字游戏到此为止。我们根本无法在象征真正存在的地方找到它并一眼认出它，因为我们都为怀疑和密谋的文化所污染，甚至往作为文本模式它根本就不存在的地方去找。或者，在最好的情况下，我们并不是将每个细节分开来看，而是整体全面地处理一个文本，它那不可避免的、开放的非目的性，在谁也没注意到的情况下使得符号浮现出来，成为人类处境的一个象征。

现在的事实是：大众传播的世界并不在寻觅象征，因为它已经丧失如此作为的能力以及天分。由于缺乏可以指涉的神，我们便在各处寻找寓言，例如在两个都有女孩被杀的事件之间（统计数字告诉我们，在十年期间找到两位手法如出一辙的谋杀犯是全然普通的事）即产生了神秘的联系，那是日常生活的枯燥结构在短路时的闪光。结果，在象征体系真正若隐若现的时候，我们却丧失了认出它来的天赋。

当每件事物都有第二层涵义的时候，它也就不可挽救地平板乏味。对于第二层涵义的渴求毁掉了我们看出真正存在或一度被赋予的第二层甚至第一千层涵义的机会。

我们甚至不再明了如何享受字面意义的实实在在，以及当多重意义的极大和无谓重复的极小吻合之时的惊喜：玫瑰就是玫瑰就是玫瑰就是玫瑰①。

象征体系无所不在，以至于最后我们放弃了不惜一切代价加以破译的欲望。

----

① 原文为英语，*A rose is a rose is a rose is a rose*。

论文体风格*

说到文体风格一词，从最初出现在早期拉丁世界一直到出现在当代文体学家以及美学家的思想里，它展示了一段语义绝不统一的历史。即使其中包含一个可以被认出的原始核心，也就是说，因为有了它通过换喻得到的派生词 stilus（书写的铁笔），风格成了书写的同义词，换句话说就是以文学词汇表达自己思想的方式。然而，有一点确是真的：这种书写的方式是以各种不同的角度被理解的，而且过去诸多世纪以来，每个时代均有其强调着墨的重点。

比方，在早期的用法中，这个词系指高度体系化的文学种类（崇高、平庸、粗俗风格；阿提卡、亚细亚、罗得风格；悲剧、挽歌或者喜剧风格）。在这种情况下，就像在其他许多的情况下一样，风格即是由规则所指引的写作方式，通常非常依赖惯例的规则；伴随而来的概念还有箴言、模仿、被严格遵循的模型。通常我们以为只有提到巴洛克或者矫饰主义时，原创性以及天赋等概念才会和风格联系在一起——不止于艺术，还包括日常生活——因为在文艺复兴时期浑然天成的理念关照下，有风格的人正是具有机智和勇气（还有社会名望），敢于违反成规的人，或者至少显示出自己具有打破成规之特权的人。

然而，即便是布封的名言"风格即人"，亦绝不应该从个体的意义加以了解，而是要把风格视为人的一种美德。

把风格认定为抗拒成规的概念早在贝卡里亚②的著作《对风格本质之探索》中便看得到，后来又再度出现在艺术有机论的观念里，所以在歌德看来，当作品获得了自己独特、完整、不可模仿的和谐状态，风格便出现了。最后，我们来到了浪漫主义关于天赋的概念（莱奥帕尔迪自己就说，风格是一种被称为独创性的特殊格调或者能力），到了十九世纪末，当文艺界笼罩着颓废和纨绔的风气时，风格的概念起了三百六十度的转变，以至于竟和怪异的原创性画上等号，而这种原创性根本瞧不起所有的既定模式；正是以此为源头，产生了历史上前卫运动的美学观。

我要特别挑出两位作者——福楼拜和普鲁斯特——因为对他们而言，风格是一个清楚明确的符号概念。在福楼拜的眼里，风格是让作家作品显得时髦的方式，而且肯定是无法被模仿的，不过通过它，一种思考和观察世界的方式被呈现出来了。在普鲁斯特的观念中，风格变成一种才智，它被转化或是融合到主题里面，以至于普鲁斯特认为，福楼拜对简单过去时、完成时、现在分词以及未完成过去时的革命性用法，革新了我们对于事物的看法，其成就和康德不相上下。

从这些源头我们获得了如下的概念：风格是一种赋予形式的方法，这也正是帕莱松③美学思想的核心。很显然，到了这个阶段，如果艺术作品就是形式，那么赋予形式的方法所牵涉的东西要远超过词汇或是句法（要知道，有些所谓的风格学就只专门讨论这两项内容），还包括每种符号策略，以及同时在文本神经系统深处和表面展

---

* 本文为意大利符号学研究协会大会（费尔特雷，一九九五年九月）的闭幕演讲词。——原注
② Cesare Beccaria（1738—1794），意大利哲学家、政治家。
③ Luigi Pareyson（1918—1991），意大利哲学家。

开的策略。风格的领域（作为赋予形式的方法来看待）不止于语言的应用而已（也有可能根据被使用的符号系统或者领域而包含颜色或者声音的应用），还包含铺陈叙事结构、描绘角色以及呈现观点的方法。

让我们读一段普鲁斯特《致友人（论风格）》里的文字。在里面，作者宣称司汤达和波德莱尔相比是比较不在意风格的。普鲁斯特暗示司汤达"写得蹩脚"。不过，如果我们把风格定义成词汇和句法运用的技巧，那么他的观点倒是有道理的：

> 当司汤达把风景描写成"那些迷人的地方"或者"那些教人愉悦的空间"时，以及把他小说的女主人翁说成"那个可爱的女子"或者"那个吸引人的女子"时，他并没有要进一步精确描写的意思。有时他居然会写出像"她给对方写了一封无止无尽的长信"这种完全不具精确涵义的句子。然而，如果我们把那庞大的、潜意识的架构考虑进去，把那个被全部意识理念所覆盖的架构视为风格不可分割的一部分，那么司汤达毫无疑问是精确的。我会乐此不疲地向各位指出：每次于连以及法布里斯一时忘记他们的虚荣心而想要过一种没有利益冲突而且以感官享乐为宗旨的生活时，他们总会站在某个高处（不管那是于连或法布里斯待的监狱，还是布拉奈斯神父的天文台）。①

在此之前，谈及风格一事意味着讨论艺术作品如何被完成，让人了解它是如何逐渐成形（尽管有时候这只是经由纯粹的理论推断所获得的结论），并且解释为何它可以被归类为某种接受的形式，还

---

① 参见保罗·莫朗（Paul Morand）的《温柔的库存》（*Tendres Stocks*，巴黎：伽里玛出版社，一九二一年），由马塞尔·普鲁斯特作序。——原注

有它如何以及为何唤起这种接受。此外，对于那些说到美学价值时还兴致勃勃要做出评断的人，我们也只能通过辨识、追踪并且赤裸地呈现风格最终的形式，方能说明为何某部特定的作品是美的，还有为何它在时间流逝的过程中享有各类不同形式的接受。此外，尽管它恪守某些模式甚至一些在互文的大海中星散开来的定律，为什么却依旧能够聚拢那些祖先遗留下来的东西，使之开花结果，并且用这种方式赋予生活一些独创的成分。只有在这种情况下，我们才能断定，尽管每一部由同一位艺术家完成的不同作品都渴求达到不可被模仿的独创性境界，我们仍旧可以在那些作品里的每一部中看出艺术家的个人风格。

如果情形真是如此，我认为有两个重点要在这里提出来：第一，各种艺术形式的符号体系说穿了其实不过就是寻找具有风格的作品，并且将它赤裸地呈现出来；第二，那种符号体系代表了风格学最先进的形式，而且也是所有批评的模式。

交代过上述的意见之后，说真的，其实我也不需要再添加什么新的东西了。每个人都记得，俄国形式主义学者们、雅各布森、叙事学学者们，以及诗学论述的分析专家们等，都曾经以文本形式贡献过一些真知灼见。只是我们真的生活在幽暗的年代，至少在意大利是如此，我们愈来愈常听见对于符号学研究的控诉声浪（有时他们也会用带有贬义的词，例如形式主义研究或者结构主义研究，来指称符号学研究），控诉这种研究得要为文学批评的没落负责，控诉它是伪数学的论述，控诉它充斥着晦涩难懂的图表，在它愚昧的言语中，文学的滋味已经蒸发殆尽，令读者心醉神迷的狂喜也整个像是簿记里的重复条目一样被删除掉。在那其中，"难以言表的东西"和崇高的成分（据信应该是艺术的终极效果）全都蒸发成各式各样理论的狂欢节庆，而那些理论只会粗野地滥用、羞辱、侮蔑并且压迫文本，夺走文本原有的清新、新奇的成分以及使人欣喜的功能。

因此，我们必须自问，批评（对文学以及艺术的批评）的意义是什么？为了方便论述，我想将自己的意见锁定在文学批评上面。

我认为必先开宗明义地区分清楚的是文学作品和文学批评这两个概念。对于文学作品我们可以有多不胜数的讨论方式，而且一部作品也可以被视为社会学田野调查的场所，是理念史的一份资料，是心理学或是精神医学的报告，也可以是一系列道德考量的借口。某些文化（特别是盎格鲁-撒克逊世界的，至少在新批评的时代来临以前是如此）对于文学作品的讨论尤其是从道德的层面进行的。其实上述方法本质上都是理直气壮站得住脚的，可是等它们真正派上用场时就都会假定、暗示或者指涉一种批评的或者是美学的评断，而这种评断其他的人或者甚至是作者本人在其他的作品中早已阐述过了。

这类的讨论本质上即是批评话语，而且它可以三种方式呈现出来；尽管我们必须清楚了解一项事实：这三种方式是批评的类别，是批评的理想形式，而且常见的情况是，人们会在某种类别或者模式的掩护下，提供明显属于另一类别或者将三种类别混合（结果可好可坏）起来的例子。

我们不妨把第一种称为书评。在这种评论里面，人们会向读者介绍一本他们尚未阅读过的书。一篇好的书评能够发展成更为复杂的模式，比方其他那两种我等一下会加以着墨的批评模式，但是它不可避免地要和即时性连在一起，在作品出现、被阅读，然后被写成白纸黑字的评论这短暂的时间中成形。在最佳的情况下，一篇书评能够锁定目标，限制自己只给予读者某部尚未阅读的作品概略式的重点呈现，并且将批评者的判定（品位上的）加在他们的印象里。它的功能很显然是提供给读者一份可资信赖的诊断；读者相信评论者就像信任自己的医师一样，那位令他开口说"啊"然后立刻看出支气管炎初期症状,并且开给他咳嗽药水处方的医师。这种诊断式的书评,和化学分析或者如今患者可以自己在屏幕上密切注视的探针检测是很不同的,因为在后面这两种情况中,患者可以亲眼目睹并且了解问题出在哪里,还有为什么自己的身体会以某种方式响应。在一篇书评中(就像医师到患者家中出诊),读者是看不到作品的,他只能听第三者论述它。

第二种批评的模式(文学史式的)所探讨的是读者知道,或者至少应该要知道的文本,因为他先前已经听别人谈论过那部作品了。这些文本经常只被提及一下或者只以摘要方式呈现,也许还附上具有代表性的引言,然后再被分门别类,归入某某流派之中,并在时间轴线上由先到后胪列起来。文学史有时只是沉闷乏味的教科书,不过它偶尔也同时是诸多作品的综观和一部理念的历史,比方德·桑克蒂斯的《意大利文学史》即是一例。在最理想的情况下,历史角度的批评能够将读者推向对某一作品包罗丰富的理解道路,协助读者建立自己的视野以及品位,同时开启无限的全景。

上述两种模式可以两种不同的方式加以实践,而且根据美学家克罗齐[①]的看法,不妨称之为艺术家对艺术家的评论或者哲学家对艺术家的评论。在前一种情况下,批评家不是向我们解释某部作品,而是向我们披露他阅读该作品时的个人感受,同时不自觉地企图要在艺术技巧上胜过自己的批评对象。有时候他的确也成功了。我们非常清楚,有些对文学的评论(在文学品质的意义上)要比它所评论的对象精致出色,比方普鲁斯特批评蹩脚音乐的那些文字可算表现出了最高的音乐鉴赏能力。

谈到第二种方法,批评家则是借助某些批评准则,试图告诉我们他所批评的作品美在哪里。但是在写评论时,他并没有足够的篇

[①] Benedetto Croce(1866—1952),意大利美学家、唯心主义哲学家。

幅可以深入说明作为他批评对象的作品是如何产生出来的，或者过多地向我们透露该作品营造风格的技巧考量，毕竟从另外一方面看，文学史必须将分析维持在一定的广泛性上。批评家有时耗去一百页的篇幅只为赤裸呈现原著某一页的风格，很可惜，在文学史中，这种比例不可避免地被颠倒过来。

现在，让我们进入对第三种模式的讨论，也就是文本批评。在这种模式中，批评家必须先假设读者对他所批评的对象作品一无所知，即便那是一部像《神曲》一样有名的著作。批评家必须引导读者首度发现那部作品。如果文本并不是短到可以全面加以引述，也无法切割成类似诗体或者散文的许多部分，那么他必须假定读者有办法以某种方法接近那部作品，因为他论述的目的就是要一步一步引导读者发现文本是如何编织出来的，还有为什么它会以如此有效的方式运作。这种论述可以用肯定嘉许的态度为之（"现在让我来说明为什么大家都认为这是一个了不起的文本"），也可以用重新评估，甚至摧毁神话的态度进行。批评家解释作品如何产出的方法其实多到不可胜数（为什么作品用这种方法来写是正确的，而换成另一种方法就会失败，还有为什么它正因为用这种方法来写所以才会被视为是宏伟壮阔的作品）。不管这些论述如何措辞，此类批评都算是文本符号学意义上的分析。

因此，如果得体的批评是了解并且让他人了解一个文本是如何产出的，而且如果书评和文学史都无法得体地担负这项任务，那么真正的批评形式便是对文本进行符号学层面的解读了。

如同得体的批评必须引导读者了解文本的所有侧面以及可能性，文本的符号学解读拥有一种书评以及文学史通常无可奈何地缺乏的优点：它并不预设立场，也不会开出准则认定只有哪种作品才能提供阅读乐趣，而是向我们解释文本如何生产乐趣。

书评必须做出推荐与否的建议，因此除了罕见的优柔寡断的情况，就得要对文本所说的东西下一个盖棺定论的结论；同样地，文学史式的批评顶多只能让我们看到某部作品经历了批评家们起伏更迭的好恶，并且引起了各种不同的响应。相反，文本的批评（尽管有时用的是符号学的方法自己却浑然不觉，甚至完全否认自己用了那种方法）却能完成那项休谟①在《论品位的标准》(*Of the Standard of Taste*) 中恰如其分地描述的任务。以下是该书从《堂吉诃德》中引出的一段话：

> 我父亲一支的祖上有两位品酒行家，他们被人请去为一大桶葡萄酒鉴定品质。那桶酒一来贮放多年，二来年份又好，因此据说是佳酿。其中一位仔细品尝又经一番深思熟虑之后，宣布那酒除了有一点皮革的余味以外，称得上是好酒。第二位也以同样谨慎的态度品尝了酒，所下的结论也是说那酒很好，只是喉韵略带铁味。各位很难想象大家是如何嘲笑他们的结论的。但是到了最后是谁笑得最大声？人们把酒桶倒光之后发现底部沉了一把系了羊皮圈儿的旧钥匙。

我的观点是，最后哈哈大笑的正是合宜的批评，因为它允许每个人享受自己的乐趣，但也显示了那种乐趣存在的理由。

当然，即便是哲学家对艺术家的文本批评也可能对阻碍自己功能发挥的过度诠释有所醒觉。我认为思考一些文本符号学所犯的错误是很有用的，因为这种错误有时会引起我前文提到的针对符号学的排斥症候。

有人经常不小心将文本的符号学理论和符号学导向的文本批评混为一谈。我建议各位参考一九六〇年代的旧时论战。那场论战起

---

① David Hume (1711—1776)，英国哲学家。

因于试金者出版社一份题献给结构主义和文学批评的书目,主要在两个立场不同的派别间进行,其中一派由塞格雷[1]为代表,而另一派的代表则为罗谢洛[2]。简要言之,对于前者而言,语言学的理论应该被运用来厘清个别的作品,但在后者的眼里,对于个别作品的分析才应该被运用来厘清语言的本质。因此,当采用前一种理论时,一系列的学理论断会被用来厘清一位作者的个人风格,然而若选择后者的观点,所谓的个人风格竟被视为偏离语言规范的现象,而且这种看法同时也强化了关于规范的知识。

这两种立场不管过去或是现在都站得住脚。我们可以建构一种文学理论,并且运用个别作品作为资料,也可以运用文学理论来看清个别的作品,或者更确切说,从对个别作品的检视中,让文学理论的基本准则浮现出来。

以叙事学为例,这种理论将文本看成个例,而不是分析的对象。如果对一个叙事文本的批评目的在于更清楚地了解那个文本,那么叙事学的角色又是什么?

首先,也是最重要的,便是创造叙事学,就像哲学最根本的作用是被用来讨论哲理的道理一样。抛开对于本文良莠的判断不论,它帮助我们明白叙事的文本是如何发挥效用的。

第二,它对许多学术领域都很有用(例如人工智能、语义学以及心理学),还能帮助我们了解自己全部的人生经验是如何组织起来的——(也许)总是以叙事的形式达成的——一种叙事学理论如果在明白故事如何被叙述出来的用途以外别无他用,那么它所发挥的效用是很有限的,但是如果它能进一步教导我们如何以叙事的次序来组织我们对于世界的认知,那么它的功能可就不可小觑了。

---

[1] Cesare Segre(1928—2014),意大利哲学家、符号学家。
[2] Luigi Rosiello(1930—1993),意大利语言学家。

最后，它也能训练我们养成更佳的阅读习惯，甚至（以卡尔维诺为例）发明新的书写形式。只要我们知道如何让叙事学和阅读以自然的方式产生互动，那就等于学会利用批评式的阅读接触文本，而不至于从一开始就受到某些叙事学偏见的左右。

不过，现在出现了两个暧昧模糊的地方，其一是文本的产出，其二是文本的接受。前者的情况是：符号学家的立场不明，或者他没有做使自己立场清楚的尝试，以致读者无法明白他到底是运用文本来丰富自己的叙事学理论，还是在研究某些叙事学的种类，以便进一步了解某个特定文本。后者的情形则是：读者（通常已经胸怀定见）会把从一个或多个个别文本导出普遍性叙事原则的论述，当作是作者在练习评论；这就好比一位对杀人犯的动机感兴趣的心理学家阅读一篇统计二十年来犯罪情况的论文，同时抱怨统计数字没能提供对个别犯罪动机的解释。

我们也许能对这些胸怀定见的读者说，叙事学的理论不管对于文本的阅读还是批评都没用处。我们也许能说那些不过是多重阅读的约定而已，还有它们和物理学理论的目的相同，因为后者只负责解释物体依同一条定律落下，却没告诉我们这条定律是好是坏，也不区分从比萨斜塔落下的石块和从高崖往下跳的不幸恋人有何差异。我们也许还可以说，它们的目的不在了解文本，而是在于故事叙述的整体功能，还有，它们因此比较像是心理学或是文化人类学的一章，而不是文学批评里的一章。

然而，我们或许也需解释，就算没有其他功能，叙事学理论至少还具有教学上的用处。对于那些教习阅读的人而言，它还是一项工具，可以用来确认学生的注意力应该立刻被拉到哪些基本要点上。就算这也不算什么，那么它至少能让负责教的人知道如何阅读。不过，既然我们仍然在教导那些已经不是文盲的人如何阅读，那么它对于那些成熟的读者、文评家，甚至作者来说都大有用处，可以帮助他们发表可资信赖的观察。

总而言之，我们有义务让群众明白：尽管字典不足以造就一名好的作家，好的作家还是必须参考字典；但不能因此就说津加雷利字典和莱奥帕尔迪的《诗集》属于同类论述。

然而，可能同样由于符号学家自己的错误，敌视文本符号学的人无法区分论述的两种类型（文本符号学以及符号学取向的文本批评）。而且一旦把这两种类型混淆起来，他们便对我刚才提及的第三种类型的论述失去概念，要知道，只有后者才能够协助我们理解文本透露自己如何被赋予形式的方法。

当理论事先建构在文本的阅读之前，我们通常指的是将已为人知的探索工具赤裸摊开，以便说明我们已经熟悉那些工具，而且在建构工具的技巧上已经驾轻就熟，也就是说，我们并不运用隐藏技巧的艺术；此外，我们也会让文本最终透露给我们的东西直接从文本本身而不是令人目眩的元语言（即用以分析讨论某种语言的更高层次的纯理语言体系）里提取出来。很明显，这种方法会吓坏那些只想了解文本的读者，因为他们并不想了解那套建立阅读协议的元语言。

既然文本理论勾勒出的是恒常不变的东西，而文本批评却必须强调各种变异形式，常见的结果是，一旦了解互文性的世界是由发明的恒常以及变异成分所构成，了解一部文学作品便是一项发明奇迹，一项限制并且隐藏变异的发明奇迹——要知道，每部作品摆弄的把戏正是这些变异——符号学意义上的探索便缩减成在每个不同文本里寻找恒常成分的尝试，于是便看不到其中新颖的发明。

这样一来，我们发现人们会在卡尔维诺的著作中找寻塔罗牌的结构（仿佛作者在这个主题上向我们透露得还不够多似的），或者关于生和死的公式化的练习（这种把《哈姆雷特》简化为活着/死去、不要活/要去死的公式的选择题，在任何文本里都能找得到）。在这些情况下，我们必须注意，在教育的意义之下，这种过程可以是绝佳的，甚至可以成功地表现出（虽然我们每天都在要活和要去死之间奋力挣扎）莎士比亚如何以新的方式呈现一种永恒的困境。但是我们的论述正是要从这个新的方式出发，至于叙事学层面的调整，只是为了发现艺术巅峰的开场而已。

如果文学理论的功能旨在从不同的文本里找出恒常不变的成分，那么文学评论家运用理论的时候，则不应该画地自限，只肯在每个不同文本当中寻觅不变的成分（这样充其量只能算理论家的作为），他能做的应该更多，他应该从恒常不变的成分着手，从而看出文本是如何对它们表示异议，让它们彼此互动，并且在这具骨架上根据不同的情况覆上皮肤以及肌肉。例如，在索福克勒斯的戏剧《俄狄浦斯王》里，悬念并不是来自模式化的结构（这种结构可以在最平凡的日常生活场景中出现，比方一位妻子，尽管丈夫已变心背叛她，却还对那个通风报信的女性友人说道："求你住口，我不想知道这一切"），而是利用其他的策略，比方延迟揭露真相，比方命悬一线的关键情节（与刚刚那个平凡的例子中的外遇不同，这里是弑父以及乱伦），比方顾左右而言他的表层叙述。

最后，关于符号的论述经常无法区分手法和风格。根据黑格尔的看法，前者是作者持续不断以相同的方式书写，而且已成为重复性的习惯，而后者却是不断推陈出新、挑战并且战胜自己的能力。但是话说回来，也只有文本符号学才是唯一能够突显这种差异性的方法。

如果硬要把各式各样的过度诠释都归咎于文本符号学，那么对于与其针锋相对的其他理论在诠释上的缺失我们又该如何评述呢？我们的职责当然不在于抱怨我们被迫见证的、艺术家对艺术家的高潮，那些人只能一成不变地提供给我们记载他们无聊慵懒的阅读时光的日记，以至于其中一些献给甲作者的段落如果一时出错重新出版在一本献给乙作者的书中时，出版商以及书评人都不会注意到。

事实上，我们就让那爱享高潮的文评家自己快活去吧（反正他们对谁也都无害）！稍后再回过头来揭露，那些爱用高潮式文字的人，实际在思想上是非常局限的，而且他们憎恶改变，因为在每篇批评文章中，这些人做爱的对象都是他们自己。对于那些专写所谓社会批评、文学制度史或者品行鉴定的人，我们该给他们空间，因为那通常有用而且值得嘉许。

然而，过去这十年在意大利好像出现了一种竞争，大家互别苗头看看谁能对所谓"形式主义—结构主义—符号学的"阅读进行最猛烈的抨击，仿佛这种阅读——有一些人甚至高声主张——必须要为贪腐之都[1]负责，要为黑手党负责，要为苟延残喘的左派的最终崩解负责，要为右派得意洋洋的兴起负责。

这样可能会造成棘手的后果，因为那些抱怨也许会导致年轻人（包括年轻的教师）迷失方向，使得他们偏离过去二十年来人们所奉行的诸多路线，而且那些都是效果优良的路线。

在巴黎，如果你走进法国大学出版社书店的一楼，然后再移步到右手边的第二张陈列桌旁，就会发现卖的是各类高校教授文本分析的教科书，而且初、中、高阶一应俱全。即便是一九六〇年代结构主义的先锋也都被迫要重新发掘历史，只是挖掘出来的不是俄国的形式主义者或是布拉格学派，而是一大群昔日盎格鲁-撒克逊经验主义批评家以及理论家，他们耗费数十年的时间深入地分析视角、叙事蒙太奇以及行为主体和施动者等策略（肯尼斯·伯克[2]即为

---

[1] Tangentopolis, tangenti 即贿款，polis 即大都会，意大利米兰市在一九九二年爆发了一连串贪腐丑闻，于是 Tangentopolis 这个名词就被创造出来指代米兰这个贪腐之都。

[2] Kenneth Burke（1897—1993），美国文学理论学者、哲学家。

一例)。

我们那代人可以称作后克罗齐的第一代,对于韦勒克①和沃伦②的学说,还有对于阿隆索③以及施皮策④的阅读都心悦诚服。我们开始理解:阅读并不是像到郊外野餐,几乎全凭借运气,需要时东晃西逛以摘取诗的山楂还有毛茛,那些隐藏在结构填塞物的肥堆中的山楂还有毛茛。于是,大家宁可从整体着眼来看待一个文本,把它当作在每个层面都因生机而显活泼的东西;似乎连我们的文化都学会了这个。

为什么现在人们把这一切都忘得一干二净了呢?为什么现在的年轻人都被教成了这副样子:当要讨论一个文本,他们并不需要具备深厚的理论基础,也不需要检视各个方面的能力?为什么人家会告诉他们,像孔蒂尼⑤这种批评家持续而长久的辛苦经营是有害的(只是因为——不过这是真的——他高估了皮祖托⑥),而唯一理想的批评家(现在又再度出名了)还是对于文本所提供的偶然刺激以无拘无束的态度自由响应的人?

我个人在这个趋势上看到对于其他传播交流领域的反思:批评被拉低到与其他投资活动相同的节奏以及速率,以保证能带来丰厚利润或是收益为前提。为什么要多此一举写书评呢?书评等于敦促读者去读它所评论的书,而如果对手刊物在其文学评论专栏里直接发表对原著作者的访谈,那么发表书评的报纸杂志能卖出更多吗?为什么要辛苦地把《哈姆雷特》改编成电视剧呢(就像一九六〇年代饱受批评的电视节目一样)?如果只想获得较高的收视率,把乡间和

---

① René Wellek (1903—1995),捷克裔美国文学理论学者,和沃伦合著《文学理论》。
② Austin Warren (1899—1986),美国文学理论学者。
③ Dámaso Alonso (1898—1990),西班牙诗人、文学批评家。
④ Leo Spitzer (1887—1960),奥地利文学批评家。
⑤ Gianfranco Contini (1912—1990),意大利文学批评家。
⑥ Antonio Pizzuto (1893—1976),意大利作家。

学院里的白痴请到同一场脱口秀里不就得了？为什么要年复一年地阅读同一个文本？就像如果嚼上几片叶子就能获得因崇高而引发的狂喜，那么根本不必耗费无数个日夜在光合作用产生叶绿素的壮阔过程中发掘叶子的崇高。

这个便是新后古典批评（Nuova Critica Post-Antica）的高级祭司每日孜孜不倦宣扬的信息：他们反复告诉我们，凡是知道叶绿素以及光合作用关系的人，其一生将对叶子的美无动于衷，还有，凡是明白血液循环道理的人将永远无法让他的心脏因爱而跳动。但这些看法是大错特错的，而且我们应该站到屋顶上面将这个醒悟高声叫嚷出去。

在爱好文本的人和只是仓促对待文本的人之间，这是一场你死我活的战役。

不过，我会允许一位在这件事上无可指责的权威说说他的看法。他是如此具有智慧和值得信赖，以至于虽然我们甚至不知道他的名字，但他应该可以赢得许多支持者——这些人如今无处不在，他们拥有传统的、闻所未闻甚至神秘兮兮的智慧，还有那些老于世故的出版商——他们只出版仅有一本著作的作者，或者连那种程度也尚未达成的作者的作品。我们只知道这个权威叫作伪朗吉努斯[①]，是公元一世纪的人，而且我们倾向于将某个概念的发明归功于他，这个概念是秉持以下观点的人们一向坚守的标准：艺术无法被讨论，因为它唤起言语难以形容的情绪；我们可以记录它所导致的狂喜经验，顶多以其他字词重述，但是绝对无法向人解释。

这个概念就是所谓的崇高，在批评史和美学史的某些时期里，

[①] Pseudo-Longinus，生卒年月不详，一般被认为是《论崇高》（*On the Sublime*）一书的作者。

它曾经被定义为艺术特有的效果。而实际上，朗吉努斯（或者不管是谁）也立即陈述道："崇高并无法说服听者相信什么，它只是引导他们进入狂喜状态而已。"当崇高在视听行为进行中浮现出来的那一刻，"从某个角度而言，它将一切驱散开来，好像一道闪电劈打下来似的"。

在这一点上（而这一点也是数世纪以来唯一为大众所熟知的），朗吉努斯怀疑崇高到底能否被思考，同时立即注意到，许多人在经历不幸时会相信那是一种与生俱来的技巧、一种自然的天分。但是朗吉努斯认为，自然的天分只有通过一定方法才能被完善保存并且开花结果（这里的方法，换句话说便是艺术家的才能技艺）。因此他深入探索了这个想法（而这想法很多人都早已遗忘或是从来未曾知晓），将能在读者或是听者心中引起崇高感受的符号策略加以定义。

不管是俄国形式主义者、布拉格学派、法国结构主义者，还是比利时修辞学家以及德国风格批评家，没有任何人像朗吉努斯一样（尽管后者的思想只以十二页左右的篇幅呈现出来）投注那么多的精力去探索崇高的策略，并且解释这些策略如何运作。我的意思是说，展示它们如何产生，之后又如何被施展于文本的线性表面上，将风格最深刻的作用反射进读者眼里。

事实上，朗吉努斯——是伪朗吉努斯或者不是都无所谓——将崇高的五个源头列举出来：庄严伟大的思想、强烈而激动的情感、运用藻饰的技术、高雅的措辞和整个结构的堂皇卓越。这些便是庄重高雅的文体的来源。因为朗吉努斯知道（和那些与他同一时代却把崇高的符号热忱和肉体兴奋的经验画上等号的人大异其趣），"有些激情和崇高的概念根本差之甚远，甚至可以说是龌龊的，比方哀诉、颓丧以及恐惧之流，在与之相对的另一极端便是完全不具情绪的崇高"。

我们可以看到朗吉努斯出发找寻那种产出崇高感觉的崇高光合

作用：他指出，为了创造壮阔的效果，荷马在描写神圣时如何运用精彩绝伦的形象化描写让读者产生浩瀚宇宙的距离感，并且利用不厌其烦的实际距离描写来传达宇宙无限延伸的观念；此外，他也看出女诗人萨福借由描写并突显一场涉及视觉、味觉、触觉以及听觉的战争来表现内心的悲怆哀愁；还有，朗吉努斯把荷马笔下的一场船难和阿拉托斯①笔下的相同场面对照，并且发现从某层意义来看，后者仅仅通过隐喻的选择便缓和了死亡的紧迫性（"克制冥王哈得斯发威的仅有一叶小舟了"），然而在荷马的描写中，冥王哈得斯并没有被提及，但正是为着这缘故，死亡的威胁似乎更大。

我们看到朗吉努斯探讨形象化描写以及夸张描写的技巧，钻研例如连词省略法、词序倒置法以及连锁推理等整套修辞格技巧，而且他也注意到，连接词会减弱论述的气势，叠叙法②则会强化它的力量，此外，时态的转换也会令论述具有戏剧张力。

但是，不要误以为这些只是一连串的风格分析而已。朗吉努斯还探讨了角色对立和互换的问题，从一种时态切换到另一种时态的问题，以及作者如何对读者讲话，或者认同自己笔下的某一角色，并且检视这些叙事安排的语法现象。他也没有忽略迂回说法、委婉说法、惯用语句、明喻、隐喻以及夸张法。在他眼下运转的是一部庞大的"风格-修辞"机器（包括叙事结构、语态、时态），而他仔细分析文本，同时加以比较，以便揭示崇高的策略并且令我们为之叹服。

似乎只有心智简单的人才会陷入兴奋，而朗吉努斯则深谙他们激情的化学反应，也因为这个缘故他才享受更大的乐趣。

朗吉努斯在第三十九段开始讨论的问题是词语组织的和谐，所

---

① Aratus（前 315 或前 310—前 240），希腊诗人。
② Polyptoton，不同词类同源词相继出现在临近之处。

谓和谐并不只是意在说服或是提供乐趣的自然的布局，还是为了达成崇高以及悲怆之情的一项令人惊异的工具。朗吉努斯深知（由于远古传下来的毕达哥拉斯①传统）笛声会在听者心中引发激情，让人还原到科里班特②的疯狂状态，尽管他们不是音乐方面的专家；他也知道古希腊的七弦琴所发出的声音虽然不具任何意义，却能在听者的心中产生引人入胜的共鸣。但他明白，笛子会达到娱人效果是因为"赋予节奏某种运动"，然而七弦琴对灵魂发生影响则是因为它有"变化多端的抑扬"以及当中所混合的和谐。他所要解释的并非效果——因为这在每个人看来都显而易见——而是乐曲产生的规律，好比语法之于文章。

也正是在这种前提下，当他讨论到词语的和谐时，便说它"征服耳朵的同时虏获了心"，他以狄摩西尼③一个在他听来不仅是奇妙而且简直就是崇高的句子为例进行分析："这道敕令叫原本笼罩城市的危险移动起来，像一片云。"然后他补充道：

> 里面的概念和节奏同样高贵。整个句子以扬抑抑格的节奏表达出来，那是最高贵的节奏，最适合产生壮阔雄浑美感的节奏，而且正是由于这个缘故，扬抑抑格才是英雄格律的典型用法，也是我们所知中最细腻的。试试看把词从它现在的位置移到另一个随便你想要的地方："这道敕令，像一片云，叫原本笼罩城市的危险移动起来"，或者试试看拿掉哪怕一个音节，然后你就不难理解，和谐和崇高是如何密不可分了。事实上，"像一片云"（hosper nephos）这个词组的第一个长音步有四拍；然而

---

① Pythagoras（约前580—约前500），古希腊哲学家、音乐理论家、数学家。
② Coribanti，古代东方和希腊—罗马世界所崇奉的众神之母的众侍从，他们的仪式有一项重要特点就是狂舞。
③ Demosthenes（前384—前322），古希腊政治家、演说家。

如果删掉其中一个音节，比方简化成"像片云"（hos nephos），那么由于这种削砍，崇高的美便立刻化于无形。另一方面，假如多添一个音节，比方"像是一片云"（hosperei），那么说的虽是同一件事，节奏的抑扬顿挫却会变质，因为随着最后那些音节的拉长，崇高的火花就要黯淡终至熄灭。

就算我们不核对这段文字的古希腊文原文，分析的精神一样清楚明白。朗吉努斯所进行的便是文本符号学层面的批评（至少根据他那个时代的标准是这样），同时他向我们解释了为什么我们会有崇高之感，还有在文本中做何种改动便会丧失那种效果。而且，从最久远的源头以降（因为如果更往前回溯，回到亚里士多德的《诗学》，我们也会发现同样的东西），人们就知道如何阅读一个文本，如何不可以害怕文本细读和有时看似骇人的元语言（要知道，在朗吉努斯的那个时代，他的语言和今天让人望而却步的元语言比较起来一样教人望而却步）。

所以，我们必须对这些源头忠实，不管对风格以及真正批评的概念，还是对文本策略分析的概念都是如此。最好的风格符号学以前已经成就的，以及它现在继续成就的，其实和我们的先驱者所成就的相同。我们唯一的任务便是：拿出严肃的态度继续研究，不要碰到威胁恐吓就气馁，更不要羞辱那些晚于我们、不如我们的人。

雨中的信号灯[*]

如何用文字表现空间？这个问题有它自己完整的历史，而且修辞学的传统把用文字呈现空间的技巧（一如其他的视觉经验）放在"形象化描写"（ipotiposi）的大标题下。有的时候，这个词会被认为和 illustratio、demonstratio、ekphrasis、descriptio、enargheia 等词完全相同或是语义近似。

很可惜，所有对形象化描写的定义都是间接迂回的，也就是说，它们把形象化描写描述成将视觉经验用言语再现或者唤起的修辞格。我们不妨看看古典修辞学最重要的几位权威——从赫莫杰尼斯[①]到朗吉努斯，从西塞罗到昆体良——所下的定义。我从劳斯贝格[②]的《文学修辞手册》里引用了这些定义，但是并没有特别标明它们各自是上述哪位修辞学大家所说，因为他们极有可能互相借来借去：

一、能够引导大众看清事物原貌的可信意象；二、能够通过文字描述使听者身临其境的表现形式；三、通过展示与说明并重的方法使想要呈现的东西跃然纸上；四、将事物以类似展示成果的方式置于眼前；等等。

现在摆在我眼前（可是这次我用的可是"眼前"的字面意义）的是埃尔曼·帕雷于一九九六年七月所发表的有关形象化描写的论文[③]，在这里也是一样，这趟深入最现代理论家森林的探险似乎没能产生令人满意的结果。杜马尔塞④提醒我们，所谓的形象化描写意味着意象或者画面，"在描述的时候，我们说到被谈论的事实，仿佛它们真的出现在我们眼前；讲者好像正实实在在地展现那些他所仔细描述的事实"（参见杜马尔塞的《论比喻》），而对听者而言，这个演说的修辞格"能让我们用指尖触及事实"，毫无疑问，这是一个细腻的隐喻，可是利用一个现成的演说修辞格去定义另外一个，实在没有太大助益。更何况，就像亚里士多德曾经注意到的，尽管一个几乎能把事物直接摊开在我们眼前的修辞格是隐喻，却没有人会宣称隐喻和形象化描写是一回事。真相是，如果在定义上所谓修辞格便是将生动精彩以及教人信服两种特质赋予一段论述，而且如果——根据贺拉斯的观点——我们得承认，诗在某种程度上像是绘画，那么所有这一类的修辞格都将令读者或是听者惊讶，并且以这样或那样的方法令人身临其境。可是假设情况果真如此，隐喻的概念已经如此宽泛，那么形象化描写又要如何定义呢？

幸好，虽然古今理论家无法确切告诉我们所谓形象化描写是什么，他们却几乎总能提供给我们很精彩的实例。最早的三个可见于昆体良的著作《雄辩术原理》中。在第一个实例中，他从维吉尔的史诗《埃涅阿斯纪》里引述了一句话，说到两位拳击手"立刻各就各位，紧张地踮着脚尖"。第二个例子引自西塞罗的《控威尔瑞斯》：

---

* 本文为空间符号学研讨会（圣马力诺大学符号和认知研究中心，一九九六年九月二十九日）上的讲稿。文章开头就谈到桑德拉·卡维基奥利（Sandra Caviccioli）的大作《感觉、空间、情绪：对弗吉尼亚·伍尔夫之〈在果园〉的微观分析》（*I sensi, lo spazio, gli umori. Micro-analisi di In the Orchard di Virginia Woolf*），因为我认为那是对文学空间分析最细腻的作品。那次作者恰好在场，如今她已与世长辞，我愿把这些文字献给她。——原注

① Hermogenes of Tarsus（160—225），希腊修辞学家。
② Heinrich Lausberg（1912—1992），德国修辞学家。
③ 参见埃尔曼·帕雷的《以形象化描写之名》（*Nel nome dell'ipotiposi*，米兰：桑索尼出版社，二〇〇一年）。——原注
④ César Chesneau Dumarsais（1676—1756），法国哲学家、语法学家。

"他站在沙岸上，脚蹬拖鞋，身着大红披肩和长度到脚的袍子，斜倚着一个粗俗的矮小女人，这就是他，罗马人民的执政官。"昆体良认为天下不可能有人想象力缺乏到无法想象这幕场景以及其间的人物，看到他们的脸和眼睛、他们猥亵的爱抚，还有旁观者的不安。第三个例子也是引自西塞罗，那是《为喜剧演员洛司基乌斯辩护》的片断，当中指涉的对象是一场放浪形骸的聚会："我似乎看见人们进进出出，有的醉得步履踉跄，有的因为前一天的宿醉哈欠连连。地板一片狼藉，酒液洒得到处都是，还有凋萎的花和鱼骨。"

昆体良举的第四例如下："事实上，毫无疑问地，不管谁说出'有座城市被攻陷了'，伴随着这个句子而来的都将是灾难所引起的各式恐怖的闪念，但是这种泛泛的描述并不会激发深刻的情绪。如果换个方式，让每一个单词所包含的概念都有机会扩张开来，那么它们将在你的面前放下一把在房舍和神殿间延烧的火，还有建筑物坍塌时的巨响、由各种声响制造出的一致的隆隆声，有人在惊慌失措地逃难，有人在临终前相互拥抱，老弱妇孺的哀嚎声不绝于耳；一切物品，不论神圣或者世俗，全部横遭破坏，到处一片狼藉，有人去了又回，忙着运送战利品，囚犯戴着脚镣手铐被施虐者推搡着前行，为人母的为了不让人家夺走她的小孩，在征服者群中奋力挣扎……"

同样，杜马尔塞也从拉辛的《费德尔》里面举出了形象化描写的好例子：

> 此时在大海那平坦的表面
> 怒涛当中涌起一座湿淋淋的大山；
> 波浪袭来，波浪破碎，然后喷溅在我们眼前，
> 在横飞的水沫当中，一头怒冲冲的怪物；
> 它那宽阔的额头长着吓人硬角，

> 通体覆盖黄黄的鳞；
> 这头难驯服的公牛，这条咄咄欺人的龙，
> 它的臀部在湍急的漩涡当中弯曲起来……

如果我们考量昆体良的这四个例子便可发现，在第一个例子里面，提到的都是体态和姿势（读者被邀请来想象那个场景）。第二个例子以一定程度的轻蔑描写了一个姿势；身披红色披肩的庄严形象和那个矮小女人的粗鄙形成强烈对比，并引导读者或者听众注意到这种冲突。在第三个例子里面，让这段描述有趣的地方不只是在描述上更进一步的精确以及较长的篇幅，还有被描述的事物令人不快的一面（不要忘记，在古典的记忆艺术中，一个教人惊惧或者怪物般的意象有更多机会被记忆，也因此有更多机会在适当的时刻被唤起）。第四个例子并没什么特殊，但是它暗示了一连串动作深入细节的动人描写应是什么样子，而且刻意描述了这些动作具有戏剧张力的次序安排，仿佛是在讨论一组电影场景的先后安排。

在拉辛的那段描写中，我们所面对的问题甚至更加复杂：那是对一个自然现象的不同阶段的描写，其中每个阶段的波涛形状都不断被以野兽的形体加以代换。读者很难抵抗这种以视觉方式去想象它们的诱惑或者习惯。乍看之下，在这里提起华特·迪士尼或者白雪公主逃往森林的情节似乎不太妥当（尽管如果我们想到华特·迪士尼也是运用这种诗的技巧，这种不妥当的程度应该会降低一些），可是事实上，拉辛和华特·迪士尼仅仅是顺应了人类最自然不过的倾向而已，也就是说，将实体赋予影子，或者宁可说是，在大自然不成形的幽暗之中看到具威胁性的动物形象（那么在这种情况下，帕雷把形象化描写看成产出崇高感的修辞格也不是没道理的）。

然而我认为可以这样说，在这些例子里面，我们面对的是不同的描述以及叙事技巧，但它们共通的是：读者或是听者能从其中获得

一种视觉印象（如果他愿意的话，换句话说，如果他愿意和文本密切配合的话）。这也就意味着我可以因此断言，形象化描写并不是以某种特定修辞格的身份存在。

语言容许我们描写脸庞、形状、位置、场景以及动作的先后次序，而且容许我们在日常生活中不停地做这种事（否则，我们也许甚至不能说："能不能请你跑一趟五金行，帮我买一个像这样的东西"）；那么，我们出于艺术的理由这样做就更加不在话下了。然而，语言借以实现这种效果的各种繁复的技巧却无法用一个公式或者一条规律来概括，这一点与其他真正的比喻或者修辞格（例如提喻法、倒装法、轭式修饰法，甚至隐喻从某种程度来看也是）不同。

现在我们所要做的便是开始研究用于再现或者描绘空间的各种技巧的类型学。另外，到了这个阶段，我们真的需要反问自己空间的涵义是什么，而且我们不可避免也要在时间这一类似的问题上进行思考。

牛顿的空间和时间都以绝对的实体形式存在，而康德的空间和时间则是先验的存在，是纯粹的直觉和状态。另外，柏格森[①]让时钟的时间和在内心持续的时间对立起来，还有笛卡儿几何学中那种可测量的空间以及现象学所谓的"生活空间"。问题不在于评定孰优孰劣，因为语言总是允许我们谈论这些事情，而且我们可以毫不困难地说出我们得要旅行多少百万英里才能抵达人马星座，或者让自己在佛罗伦萨和菲耶索莱[②]之间进行一趟永无止尽的旅程（或者毋宁说是苦行），更不用说一趟在房间里兜圈子的旅程了（在《项狄传》中，两个角色下楼梯时的对话一口气便占去三章的篇幅）。

[①] Henri Bergson（1859—1941），法国哲学家，他认为时间不像时钟所揭示的那样，真实的时间是流动的。
[②] Fiesole，意大利佛罗伦萨近郊的小镇。

假如今天（在电影这种新颖的模仿技巧发明之后），我们得重写莱辛[1]的《拉奥孔，或论画与诗的界限》，我们可能得问自己将时间艺术以及空间艺术区分开来的做法是否还有意义，而且，如果认为这种区分依然有效的话，我们还得思考空间艺术如何表现时间，而时间艺术又是如何呈现空间。

话说回来，对于空间艺术如何呈现空间这个问题仍有很多可以思考的地方。这方面最经典的例子便是远近透视法，也就是物理上两度空间的表面产生三度空间性，而且表面极小的部分便能呈现广阔的空间：任何人只要长久观察运用这种技巧的不同画作，最终会在看见藏于乌尔比诺公爵宫、由弗朗切斯卡[2]所画的《被鞭挞的耶稣》（*Flagellation*）时惊讶地发现，那么小的画框居然能呈现如此宽阔的空间。

我已经在其他的文章[3]里讨论过各类空间艺术如何呈现时间，实际上指的是观察它们的时间。现象学的范畴很广，而且首先需要分析热奈特所谓的能指空间性和所指空间性之间各种不同的关系（为了让行文更清楚，我比较喜欢用表达的空间性以及内容的空间性来称呼上述两种空间性）。有些绘画呈现某一时刻被凝结的感觉，例如洛托[4]笔下的《天使报喜》。在这幅作品中，马利亚那表示惊讶的手势和猫儿蹿过房间的一刹那被同时捕捉下来。另外一个例子是丰塔纳[5]那一系列"割破"的画布，好像快刀的利刃在绷紧的画布上留下的痕迹。

可是只要我们仔细思考便可体会，事实上，一小块有限的空间、

---

[1] Gotthold Lessing（1729—1781），德国作家和文艺理论家。
[2] Piero della Francesca（约 1420—1492），意大利画家，擅长透视法。
[3] 参见拙作《艺术的时间》，收录于《论镜面》（*Sugli specchi*，米兰：邦皮亚尼出版社，一九八五年）。——原注
[4] Lorenzo Lotto（约 1480—1556），意大利画家。
[5] Lucio Fontana（1543—1607），意大利建筑师。

本质上具非时间性的空间能够表达一瞬间的这种现象也不是什么不寻常的事。但是当你开始考虑如何用一小块空间呈现一长段时间时，问题便产生了。而且你会发现，为了表现一段很长的时间，通常需要很多的空间。有些绘画为了表现前后长达一世纪的事件需要用一系列的框框才能完事，比方漫画的分格就是一例；还有一些绘画则采用另外一种办法：在视觉的呈现上反复描绘相同的人物角色，但是发型、地位或者年纪都不一样了。不过在上述那些情况下，为了表达长的时间跨度，非得有大空间不可，而且不只大的能指空间，还包括可容观者穿越的空间（语义上的，而非实际上的）。如果你想掌握现存于阿雷佐镇的弗朗西斯卡的壁画《真十字架传奇》里的时间流转，那么就得不断往前走，不仅用眼睛，还得用脚；至于想要看清楚巴约挂毯①里所叙述的全部故事，你甚至得走更久。有些作品要求你花长时间绕着它转，去注意它的细节，比方哥特式教堂便是一例。一颗象牙小立方体雕刻作品看上一秒钟也就够了（尽管我认为还是应该伸手去摸一摸并且将它转动一下才能了解它的每一面），但如果是一个每面都是一百万公里乘一百万公里的立方体，就需要绕着它航行一圈了，或许得乘坐《二〇〇一：太空漫游》里的宇宙飞船方能达成心愿，否则休想掌握它那银河系似的壮阔。

那么，如果呈现长时间就需要用大空间，反过来说，是不是呈现大空间也得用很长的时间呢？让我们先从这个限定的主题说起。

比方，我们暂且不问音乐究竟能不能呈现空间（即便从直觉上来看我们会回答可以）。就算不想成为极端的描写主义者，我也很难否认德沃夏克的《自新大陆》交响曲或者斯美塔那的《我的祖国》

---

① Bayeux tapestry，中世纪刺绣工艺品，描绘了整个黑斯廷战役的前后过程，既是精湛的艺术作品，又是宝贵的史料。

乍听之下教人联想起开放广阔的空间，以至于连带指挥家都不禁要用开敞和畅的手势来指挥，仿佛在表现某种*流动*的感觉，而且这两部作品的长篇幅也对这种效果的达成有所助益。

当然，某些不同种类的音乐教人听了想要或是原地旋转或是跳跃或是静静行走，所以是其中的节奏架构决定，或者说，再现了我们借以穿越空间的肢体律动，否则舞蹈这门艺术就不存在了。

但是，我们还是把主题锁定在语言文字层面的论述就好，并且重新回到表达的空间性和内容的空间性两者之间的差别，同时强调一件事实：我们这里讨论的是它的实质而非表现形式。

前面我们看过，不管昆体良的立意多好，说两位拳击手踮起脚尖站着，老实说并不是一个令人印象深刻的、了不起的形象化描写，而用一连串的事件与瞬间描写一座城市陷落的过程似乎更具画面感。不过后面这种描写意味着得耗去数页篇幅（或至少一定数量的诗行）。

这样一来，在讨论空间表现的问题时，我就不考量某些情况，比方在表现的层次上针对空间，但是在内容的层次上不针对空间而是提及其他的东西，甚至时间的流转。如下的说法即不在我们讨论的范围：政党路线、那是一片凄凉的景观、无限的文化、他一步一步跟紧讨论的主题、他在错误的途径上或是在半夜等等——请参考乔治·莱考夫以及马克·约翰逊所写的有关空间隐喻的著作①。我现在考虑的更多是表现之下的实质，它的量会对被表现的空间性产生影响。我想说的是，说到一处风景优美的山谷时，你是一笔带过还是花上一百页的篇幅去描述，两者在内容的层次上一定会有差异；或者换句话说，我们应该能在山谷里看到更多的东西。

---

① 参见乔治·莱考夫和马克·约翰逊合著的《我们赖以生存的隐喻》（*Metaphors We Live By*，芝加哥、伦敦：芝加哥大学出版社，一九八〇年）。——原注

那么，让我们检视一下某些表现空间的文字技巧。

一、指称：这是最简单、最直接也是最机械的形式，比方我们陈述甲地到乙地有二十公里远。当然，要不要把一个意象和刚刚获得的概念内容联系在一起，完全取决于收到讯息的那一方（如果讯息本身处于无法传送的状态，那么意象也许就得自己跑得大汗淋漓），因此我们不能说指称本身会强迫收到讯息的那一方为自己去勾勒被指称的空间。

二、深入细节的描写：说到被描写的空间，事情就已经很不一样，比方我们说一个广场右边有座教堂、左边有座古老宫殿。请注意，仅仅提起两座建筑物各自的位置便已经足够让我们认出这个广场，因此我们也就能够说，对于可见物品的每项描述在本质上便已经是形象化描写。不过让我们试想，在某座城里如果正好有两个广场，各自分别都有一座教堂和一座宫殿，那么"一个广场右边有座教堂、左边有座古老宫殿"这一叙述里形象化描写的威力将会消失殆尽。我们不得不提供更多细节。

这里我们便遇见了量的问题：到底需要多少细节才够？必须足够到可以鼓励收到信息的那一方据此在他心里建立起意象，但也不能太多，否则意象同样无法建立起来。以罗伯-格里耶的《窥视者》为例：

> 石头锐利而倾斜的边缘，正好位于两个垂直平面的交会处：那面垂直的墙壁高耸矗立，而且还有一道楼梯向上通达防波堤的最高点，而防波堤的上半部分则拉成一条通往码头的水平直线。
>
> 由于透视效果，码头看起来像是被推向远处，但是在上述

那条水平直线旁边还有许多彼此平行的线，都由于清晨光线的烘托而益显清晰，而且画出一系列的长形平面，不是水平就是垂直的平面：那堵矮墙的上部平面保护着信道靠水的那一边、它的内墙、防波堤上半部，以及深入海港水中没受保护的那部分。两个垂直的平面都在阴影里面，另外两面则被太阳照得闪闪发亮：矮墙从这一头到另一头整片还有铺上石板的人行道，在那上面除了一条阴影之外，其余就是一片耀眼的日光；那条阴影是矮墙遮住阳光的部分。从理论上来说，人家应该可以看到整个建筑工事在海港水中的倒影，而且在水面上，仍旧位于并行线系统的范围内的还有那堵垂直高墙所投射下来的阴影。

这段文本（描述的篇幅将近两页）相当值得注意，因为它说太多了，而且因为说得太多，反而妨碍读者在脑中建立清晰的意象（除非哪个读者愿意费劲集中注意力尝试看看）。这似乎已为形象化描写下了结论：文本如想达到形象化描写的效果，那么描写就应适可而止，到足以让读者通过自行填补空白空间并添加细节，进而实现和文本合作的地步就好。换句话说，形象化描写的秘诀不在使我们看而在使我们想看。但是要到哪里找规则呢？在罗伯-格里耶的例子里，我们可以说，这段文字是作者经过深思熟虑之后写出来并故意让它达不到形象化描写的目的（对于一本名为《窥视者》的小说而言，这种挑衅举动真是耐人寻味，更何况这部作品还是所谓观察派的产物），因为它并不提供一个可资悬挂任何优先权的钩子：任何事物和其他事物相比都是同等重要的。

那么所谓提供优先权是什么意思？可以解释为在语言上强调一个情绪上的反应，从某个角度来看，甚至是在语言上命令产生一个情绪上的反应（例如，"在广场正中央有件教人看了寒毛直竖的东西……"），或是在牺牲其他细节的前提下专门着墨某一细节。

这类例子真是不可胜数，但是我只从《启示录》第四章引出这段：

> 我立刻被圣灵感动，见有一个宝座安置在天上，又有一位坐在宝座上。看那坐着的，好像碧玉和红宝石。又有虹围着宝座，好像绿宝石。宝座的周围，又有二十四个座位，其上坐着二十四位长老，身穿白衣，头上戴着金冠冕。有闪电，声音，雷轰，从宝座中发出。又有七盏火灯在宝座前点着，这七灯就是神的七灵。宝座前好像一个玻璃海如同水晶。宝座中和宝座四周有四个活物……

这算是形象化描写了。不过，这段描写并没有包括每样东西。它仅止于表面的细节而已；被提及的只有长老的衣服和冠冕，没有说到眼睛或是胡须。

三、列举：这种技巧毫无疑问是在没有建立优先权的情况下，让人想到空间的意象。这里举出三个例子：一个是古典文学（至少是晚期拉丁文学）中的例子，另外两个则出自现代文学。

下面是阿波黎纳里斯①对纳博讷城②的描述：

> 向你致敬，纳博讷城，你因空气清新闻名遐迩，
> 你的市区和你的乡野同样好看，
> 还有你的城墙、市民、近郊、商店、
> 港口、列柱、广场、剧院、

---

① Sidonius Apollinaris（430—489），古罗马诗人。
② Narbonne，法国东南部朗格多克-鲁西永大区奥德省城市。

神殿、会堂、银行、

浴场、拱门、粮仓、肉店、

草原、喷泉、岛屿、盐沼、

池塘、河川、货物、桥梁以及海洋；

唯一能够得体敬拜诸神的城

巴克斯、刻瑞斯、帕勒斯、密涅瓦，

用你的葡萄藤、玉米穗、放牧地和橄榄榨油器来崇祀他们。

另外，在《尤利西斯》倒数第二章里则有对利奥波尔德·布卢姆家厨房抽屉的描述：

第一个没上锁的抽屉里面放些什么？

一本维尔·福斯特出版的书法练习簿，那是米莉·布卢姆的东西，里面几页有线条画，标着 Papli 的字样，是一颗浑圆的大头颅，上面五绺直竖头发，侧面两只眼睛，躯干正面朝前有三颗硕大纽扣，一只三角形脚；两张褪色的照片，英格兰的亚历山德拉王后和以美貌为业的女演员茉德·布兰斯科姆；一张圣诞贺卡，上面画的是一种寄生植物和希伯来文祝福语 Mizpah，一八九二年的圣诞节，寄件人是科默福德先生和夫人，卡片里面附着一句短诗："但愿今年圣诞带给你们快乐祥和"，另有残留的一小块部分融化了的封蜡，来自贵妇街八十九、九十和九十一号的希利公司售货部；已经用掉若干的 J 牌镀金笔尖一盒，来自同一公司的售货部；还有一个老旧的沙漏，一颠倒它，沙就不停地漏呀漏；还有一份一八八六年由利奥波尔德·布卢姆写的预言书，由封蜡封起并且未被拆封，内容预测威廉·尤尔特·格莱斯顿一八八六年的《地方自治法案》付诸实行后的结果（但该法案后来未被付诸实行）；一张编号二〇〇四、圣凯文慈善义卖会的入场券，票价六便士……

这段描写一页接着一页似乎没完没了。如果我们可以把纳博讷的那一段看作是对建筑元素的介绍，是电影全景镜头捕捉到的影像，为的是要呈现纳博讷的天际线，但对乔伊斯而言，这些杂七杂八的东西只是彼此毫不相关的物品以巨大的丰饶纷陈在我们眼前而已，旨在显露抽屉里面有如迷宫的复杂。让我们读一下另外一段对抽屉的描写，那是奈瓦尔名著《西尔薇娅》（"奥提斯"一章）里姨妈的抽屉：

她重新在各抽屉里面翻找起来。多么津津有味的事！每样东西闻起来都香气扑鼻，那些零碎的小东西似乎全部闪耀着鲜活的颜彩！两把受损情况并不严重的珠母贝扇子，中国的瓷盒子，一条琥珀项链以及不计其数的小玩意儿，衬托着两只小小的白色花缎鞋，扣环上面嵌着爱尔兰钻石。

我们当然能看见抽屉里面闪耀着那些流露高尚品味的好东西，肯定教两位年轻的客人看得目瞪口呆，但是读者能看到那些东西是因为它们被当作首要的对象而详加描写，同时牺牲掉了比较次要的东西。不过，我们也看见了布卢姆的抽屉，为什么其中没有哪项物品比其他物品着墨更多？我的回答也许是：奈瓦尔要我们看见抽屉里面有些什么，然而乔伊斯却要我们看出抽屉的深不可测。我不知道读者对布卢姆的抽屉是不是比对罗伯-格里耶的防波堤看得更清楚些，因为两者都不特别突显什么物品。不过，我们仍然可以说，罗伯-格里耶把一些本质上不教人惊讶的东西聚拢在一处，像是码头和矮墙；可是，乔伊斯却在抽屉里凑集一大堆彼此相当不搭调的物品，而且正是由于这个原因，才会在读者心中激起惊讶以及出乎意料的

193

感受。从某个角度来看，我认为读者自己必须在这散乱成一堆的物品中优先看其中的一两件，或者做出抉择、定出轻重次序（或者就选那个沙漏吧），如此一来便能同作者合力，完成在心中勾勒出意象的任务。

四、堆砌：另外一项技巧（已经在昆体良所举的第三个例子中看出端倪）是对事件做出令人兴奋的堆砌。那些事件必须彼此不协调或者具有罕见和不寻常的本质。当然，节奏的元素也会加入其中，正由于这个原因，下面拉伯雷笔下这段形象化描写（《巨人传》I.27）让我们几乎可以从视觉角度去感受场景（然而，我们或许无法仅从胪列的过程中便看到场景，如同在Ⅲ.26和Ⅲ.28中有关球的那段有趣到令人惊奇的列举，它的音韵要比视觉词汇更教人觉得享受）：

他挥舞棍棒，结果对手有人脑浆四溢、有人断手断脚，他还使另外一个家伙颈骨脱臼，有的人肾脏被打破，有的鼻梁被揍塌，眼球迸出眼眶，下巴移位，满嘴被打断的牙齿只得吞下喉咙，有的肩胛骨被打得粉碎，双腿被撕裂了，连大腿骨都脱臼了，四肢被扯离躯干。

有人想要藏身在葡萄藤浓密的树叶间，结果被他瞧见，一棒挥下，打在背脊中央，龙骨应声断裂，下场像狗一样惨。

要是有人想要三十六计走为上策，那么他就令他们头颅裂成几块飞溅出去，连腰关节也不能幸免。要是有人爬到树上，以为自己逃过一劫，那么他就用棍子从下面往上刺入他们的屁眼，然后贯穿他们的躯体……对于其他的人，他对着他们的肋骨下方戳刺，用刀翻搅他们的五脏六腑，教他们登时命毙现场。再有另外的人，他如此凶猛地重击他们的肚脐，以致肠肠都进流出腹腔。有些场面更恐怖，因为他从睾丸刺入武器，教那些人的生殖器官血肉模糊……有些人来不及说话就死了，还有些人口中哼哼唧唧却死不了；有些人死的时候嘴里念念有词，有些一面说话一面死去。

五、诉诸读者个人经验的描述：这项技巧要求读者将自己亲眼看过并且深有感触的东西带入文本。这不但激活了他先前便存在的认知策略，还牵动了先前便存在的身体经验。我在艾勃特[①]的《平面国》（Flatland）中找出了几段非常具有代表性的段落，下面即是一例：

在你们空间国的桌子中央摆上一枚铜板，然后倾身向前，并直视它。那里将会出现一个圆圈。

现在，请你将身躯拉回桌子边缘，逐渐放低视线（此举使你愈来愈接近平面国居民的生活状态），这时，你将会发现那个铜板在你眼中愈来愈像椭圆形了；最后，当你将目光完全投射在桌子边缘的时候（这时，你仿佛真的成为平面国的公民了），那枚铜板看起来不再像是椭圆形，而是在你目力可及的范围内完全变成直直的一条线。

这种技巧部分牵涉读者自己先前就已获致的经验。换句话说，它让读者回忆起自己以前在空间中向前行进时所费的精神。关于这个主题，我还想引述桑德拉尔[②]作品《西伯利亚大铁路和法国的小让娜的散文》里的前两行文字（顺带一提，因为这个文本要描写一段漫长的旅程，也就利用了不少我在上文已经分析定义过的技巧，例

[①] Edwin Abbott Abbott（1838—1926），英国作家、神学家。
[②] Blaise Cendrars（1887—1961），法国诗人。

如列举法以及精细描写法）。在文本的某处，桑德拉尔提醒我们：

> 所有我遇见过的女人都从地平线站起身子，做出令人看了心生怜悯的动作，她们那哀愁的眼神教人想起雨中的信号灯……

要知道，法文中的信号灯（sémaphores）指的不是城市里的交通信号灯（这在法文中为 feux rouges），而是轨道旁的信号灯。凡是曾经在雨雾之夜坐过缓慢前行的火车的人，一定可以回忆起在蒙蒙烟氲中慢慢浮现又慢慢消失的幢幢鬼影，这时，你的眼睛会看着窗外被黑暗所吞噬的乡野，耳朵听着列车气喘吁吁的前进节奏（也就是蒙塔莱在协奏曲之五《别了！汽笛已划过黑暗》里提到的那种类似桑巴舞的节奏）。

令人觉得兴味盎然的地方在于，这些文字能否被那些成长于高速火车时代的读者所欣赏，因为他们坐的火车不仅快速，而且连窗户都被紧紧封死（这种窗户的旁边甚至不需要再贴上"请勿将头手伸出窗外"的三种语言警告标示）。对于一个再也无法诉诸个人经验的形象化描写，读者又会有什么样的反应呢？

我的回答是：就假装曾经看过。而作者所指望的便是形象化描写的字眼能提供给我们的成分了。那两行文字出现的上下文在描述火车日复一日奔驰在一望无际的西伯利亚原野中，那些信号灯或多或少会教我们想起在黑暗中眨动的眼睛，至于文中提到的地平线，在我们的想象中，它在好遥远的地方，又由于火车的前行一秒一秒一再被推向更遥远处……不管怎样，即便如今那些只见过快速火车的人，他们至少也看过灯光被黑暗吞没的光景。于是突然之间，我们必须记忆起的经验暂时就出现了清晰的轮廓：形象化描写这技巧也能创造它所需要的记忆，好借以发挥效果。

另一方面，凡是尝过初吻滋味的人，确实都能轻而易举地品味但丁的名句："他浑身颤抖地吻了我的嘴唇。"我们难道不能换个方向来看，凡是第一次读到有关初吻描述的人，应该也能声称自己感受到了初吻的经验。如果我们否认这个事实，那么保罗和弗朗切斯卡的罪孽和颤抖便无法被人理解，因为他们（反过来讲）都是形象化描写的受害者。

如果上述推理为真，那么我们也可以把另外一类经验归入这个领域里，形象化描写有时要求我们想象不属于人类的经验，比方"以蚂蚁的脚步去测量眼睛所能见的空间"，艾略特的《J. 阿尔弗雷德·普罗弗洛克的情歌》便是再好不过的例子：

> 黄色的雾在窗格上摩擦它的背脊，
> 黄色的烟在窗格上摩擦它的口鼻，
> 以舌舔舐夜的各个角落，
> 在阴沟的水塘上面流淌，
> 让那从烟囱飘出的煤灰跌个仰面朝天，
> 从阳台轻悄地溜过，接着突然纵身一跃，
> 眼见那是十月一个绵软的夜，
> 于是又围着房子绕了一圈，安然入眠。

如果说一位旅人脚步匆促，无法领略伦敦街道和街角的风情，那么在这首诗中，读者却被要求想象雾气可能以怎样的速度前行。这种手法促使我们在阅读的过程中放慢脚步，仔细观察墙面的每个缝隙以及窗户的边缘，就像被要求想象一只蚂蚁如何行走于我们的脚步在顷刻间跨出的距离里。

我并不打算在一篇短短的论文里穷究形象化描写这种修辞技巧

的无限可能性。我只想提出一些可供研究的大方向。

针对小说叙述视角的不同技巧或许也可以拿来分析。比方,约瑟夫·弗兰克曾经精辟地分析了《包法利夫人》里农业展览会以及演说的情节,而这份研究是在符号学研究尚未兴起的年代进行的,我们应该重新读读这篇文章:方形广场、主席台和镇公所的房间这三个层次都被生动地描述,仿佛格里菲斯①式的平行蒙太奇手法,通过强调同时进行的演讲和交谈造成了一种视觉效果②。当然,我们也得提提关于滑铁卢战争的两个例子,一个是司汤达的手笔(经由主角法布里斯的视角展现出来,虽然这个角色处在情节中,可是却迷失在自己偶然经过的空间里,因而也就对战场整体的空间状况失去了概念),另外一个例子是《悲惨世界》,由一个全知的雨果,从高处向下俯瞰的雨果,来分析拿破仑没有看到的空间。我在其他地方③曾经论述过曼佐尼名著《约婚夫妇》中,科莫湖那条支流的空间是如何通过不同的视角创造出来的,而书中极具个人风格的句法又进一步巩固了各种视角的作用。值得一步一步仔细观察的还有《在少女花影下》中那段乘马车前进时对三棵树的描写,我们从中能把握一个双重现象:视角的连续切换和有关空间的描述散置点缀在其他需要时间(在阅读上)以及空间(在写作上)的思考中,这两点都是为了使旅程具有真实感,并且让缓慢渐进的视角切换能够显得合情合理。

我们当然还能继续讨论下去,不过有必要开始针对将这些形象化描写的不同表现联系在一起的东西做出一些结语。我们已经在上

---

① D. W. Griffith(1875—1948),美国电影先驱,蒙太奇手法的开创者。
② 参见约瑟夫·弗兰克(Joseph Frank)的《现代文学中的空间形式》(*Spatial form in modern literature*)和《塞沃尼评论》(*The Sewanee Review*),一九四五年。——原注
③ 参见拙作《林中徘徊》(*Lingering in the woods*),收录于《悠游小说林》(哈佛大学出版社,一九九四年,第四十九至七十三页)。——原注

文的不同阶段中提到过这个东西，所以现在所要做的就只是把每条线索收拢过来。形象化描写不像比喻和修辞格那样，植基于语义学的规则之上，植基于如果你忽略它便无法明白对方所说为何的规则之上。例如，当换喻手法利用容器来指涉内容物时（让我们喝一杯），如果听者不知道那条规则，他会理直气壮地宣称人家要自己啜饮一个固态的对象。再如，当有人用明喻或者隐喻的方法称一位女孩是头小鹿时，哪个冒失鬼若是不知道这条规律，就会错愕地指出女孩并非四脚动物，而且额上也没长角。但是一般而言并不会发生这种误会，除非你是在写笑话或者在编超现实故事。

然而，当面对任何一个上文提及的形象化描写的例子时，听者很容易便会与文本分道扬镳，无法将听到的内容视觉化。他仅仅能够明白人家在讲述一场城陷后的洗劫、一个塞满杂七杂八的小玩意的抽屉，或者某个名叫约翰的修士其实是个嗜杀的巨人。我们甚至暗示，在罗伯-格里耶的那个例子里，读者会拒绝，实际上也不得不拒绝，去看任何精确的东西，因为作者极有可能意图挑起这种抗拒，以便造成过量视觉描述的效果。

因此，形象化描写便是一个语义学兼实用主义的现象（此外，作为一种思维上的修辞格，就像讽刺或者其他类似的修辞格，它要求复杂的文本策略，而且永远无法以简短的引用或是公式加以例示），而且是诠释性合作的一个绝佳典范。它比较不像某种技巧的展示，而是更加倾向于激发读者构建视觉图景的努力。

而且话说回来，为什么我们必须要认为文字允许我们去看？要知道，毕竟文字正是发明来谈论我们眼前不存在而且不能用手指加以指点的东西的。文字充其量（既然它会产生情绪上的效果）就是引导我们去想象而已。

形象化描写利用文字让读者或是听者建构起一个视觉印象。要证明这点，只要看 ekphrasis（造型描述）的逆向运用以及所谓的转化——用视觉形式将文字文本容许我们想象的内容具象化——所引起的各种问题就够了。让我们再度回到前面《启示录》里的那个例子。所有西班牙中古时期莫札拉布袖珍插画艺术家(他们为以里巴纳的比亚图斯①之名传世的《启示录评注》绘制了绚烂的插图)都面临相同而且实际的问题:如何画出位于"宝座中和宝座四周"的四个活物(原文作"super thronum et circa thronum",出自通俗拉丁文本《圣经》,也是那些插画艺术家唯一知道的《圣经》版本)。那些活物如何同时出现在宝座中和四周?

历代的释经者(比亚图斯们)所做的各种努力令我们明白这种尝试根本是不可能的,因为他们画出来的图像都无法完全令人满意地转化经文的记载。由于那些绘制插画的人成长于希腊-基督教文化,他们都认为预言者目睹了某种类似雕像或是绘画的东西。但是使徒约翰和以西结一样(约翰从以西结处汲取了灵感),都在希伯来文化的背景中成长;此外,他的想象力是先知预言者的想象力。于是,约翰描述的既非图画也非雕像,而是梦境或是类似电影的东西(那是些使我们看了便做白日梦的移动画面,换句话说,那是曲迎世俗胃口的圣迹)。在这种本质上属于动态的想象中,那四个活物能够在某个时刻在宝座的前面以及上方出现并且纵向旋转,而在另一个时刻又能横向环绕着它②。

不过在这层意义上,那些莫札拉布的袖珍插画艺术家根本无法和文本合作,从某种程度上讲,形象化描写在他们的手里或者心里都无法发挥作用。因此就证明了,如果听者或是读者不参与游戏,那么形象化描写便无从谈起。

---

① Beatus of Liébana (730—800),西班牙神学家、地理学家。
② 参见拙作《中世纪文化中作为符号的耶路撒冷以及神殿》(*Jerusalem and the Temple as signs in medieval culture*),收录于马内蒂(G. Manetti)主编的《通过符号的知识》(*Knowledge through Signs*,巴黎:布里珀斯出版社,一九九六年,第三二九至三四四页)。——原注

形式中的缺陷*

我很想重读路易吉·帕莱松《美学：关于形式的理论》（以下简称《美学》）里的一页，说精确些，那还不到一页，只是第三章第三部分第十段里的几行而已（部分以及全部），而第三章的章名是《艺术作品的完整性》，至于第十段落则冠上每一部分的本质：结构、权宜之计以及缺陷。

我们都知道帕莱松《美学》一书中最关心的问题，其中包括对克罗齐绝对理想主义的挑战，并且反对它在强硬派批评中所造成的最有害的结果。他的目的在于重新要求艺术形式的整体性，因此也就等于拒绝在作品中单独挑出偶发的诗意片断，好像它们是从纯结构的灌木丛中长出的花朵一样。还有一件事虽然不是非提不可，不过提醒一下倒也很有用处：在那个年代，尤其是在意大利，"结构"这个词可是要避免的东西，它意味着搭建脚手架，这种机械的技巧和抒情性的直觉毫不相干，充其量在黑格尔的观念中代表着负面的冲动和概念的残渣，在最佳的情况下也只能用来让诗意的片断像个别的珠宝一般兀自发亮。帕莱松在那一章的注释中提到路易吉·鲁索①，并且将他视为艺术结构必要性极慎重的捍卫者，但是鲁索（虽然他承认有个非先于诗的结构，那是并非干等着日后被插入诗意的花朵的框架或者骨骼，而且他还将结构视为"仿佛受诗感召的心灵的创造物")也不能避免退让一步,认为如此受诗感召的心灵"也得抓住机会喘口气,在教条的港湾休息一会儿"。因此,结构被赦免了,可是理由是因为它对诗并无害处,而不是因为它也是诗。结构所担负的功能好像是诗意的游泳者紧紧抱住的救生圈:它在那里是件好事,但只是让我们暂时依附,喘一口气,以便能够重新出发,投入诗情勃发四溢的自由式长泳。这仿佛是说,但丁无法每跨出一步都看到"东方蓝宝石的甜美颜彩"或是贝雅特丽齐"笑意荡漾的眼",所以才花了好长时间来论述神学,并且偏离主题去探讨天堂的结构。

这种有关结构的概念和今天我们赋予"结构主义"一词的意义是大相径庭的;即使帕莱松的形式整体性理论也能够以结构主义的方式重加阅读,他的灵感却是来自康德的有机美学以及浪漫主义的源头,而不是后索绪尔的理论轴线。

然而,因为帕莱松斩钉截铁地坚持将"诗意/结构"的二分法与自己对艺术形式整体性的观念对立起来,他有在修辞上陷入有机论的危险。

在一部完成的作品中(甚至从创作过程擦出第一个火花那刻开始)"一切便环环相扣",因此支撑整部作品的有机构思,必须经过理论证实并由诠释活动来确定;至于个别的准则,所谓构成形式的形式,则以不易为人察觉的方式存在于作品创作之前,在作品创造的过程中指导它的方向,最后还要以成形形式的结果出现在我们眼前。

上面所说的是一回事,但颂扬作品的"整体协调性"则是另一回事,因为坦白来讲,四十年后的今天,我们似乎觉得它比较像是

---

* 我引用的是《美学:关于形式的理论》(*Estetica. Teoria della formatività*)的最新版本(米兰:邦皮亚尼出版社,一九八八年),虽然引用的段落从第一版(一九五四年)到现在都没变。——原注
① Luigi Russo(1892—1961),意大利文学批评家。

关于美的修辞而非针对形式的现象学。下面就举一例为证:

> 艺术作品的这种整体协调性特质能够解释作品内部部分以及整体间的关系。在一部艺术作品中,各部分都拥有双重关系:每个部分和其他部分的关系以及每个部分和整体的关系。所有的部分连在一起构成不可分割的整体,因而每个部分都是必要的、不可或缺的,而且各自拥有一个特殊、不可替代的地位,以至于拿掉任何一部分都会破坏作品的完整。还有,若以变体取代任何部分也会对作品造成混乱……每个部分都以它的样子被整体所确立,而这整体自身也要配置安排构成它自身的每一部分:如果说改动部分会导致体系的崩解以及完整性的消灭,那是因为整体统御每个部分并令其彼此协调从而构成紧密的一致。从这个角度审视,每个部分彼此间的关系反映的其实不是别的,正是它们各自和整体的关系:部分间的和谐构成整体,因为整体构成它们的一致(第一〇七页)。

再清楚不过了。帕莱松在这里——在别处也一样——似乎被一种毕达哥拉斯式的诗兴慑住,而且有朝一日我们若想上溯其美学体系的源头,说不定要回到浪漫主义以前、文艺复兴时代的新柏拉图主义,或者库萨的尼古拉斯[①]。当然更不用提他读过的那些神秘主义著作。尽管他不曾在那个领域发表著作,但对于那些作品熟稔的程度是毋庸置疑的。

那么,下面这件事是否很有可能呢:一位对于艺术作品实际阅读过程非常敏感的理论家,也许会把它视为一段绝对完整的、蕴含几乎令人发狂的诗兴的经验,因而不管是从艺术家的角度来看(当他

[①] Nicholas of Cusa (1401—1464),罗马天主教枢机主教、哲学家、数学家。

重读、重看或是重听自己的作品时也许想要自我修正），还是从评论者的角度出发（他可能跃跃欲试地想要修改艺术家的作品），他从来不会为某些瞬间的困惑或者不满所干扰？一位深入了解一本作品的称职评论家即使对其作者崇拜得五体投地，也会偶尔说出"我不喜欢这点"，甚至"这里换我来写会写得精彩一些"（可是也许出于谦逊，他实际上什么也不会说，却焦急等待能够一吐为快的机会）？不过，帕莱松却是第一位将诠释看作一项练习的人。这项练习也可以加强、减弱，把作品的各个不同侧面纳入考量，而且因此（出于对于作品精神的忠诚）也会对作品加以改正。

可是，紧接着上面我所引述的那段文字（我从许多本来都可以援引为例的段落中特地挑出这段，完全是因为它和我等一下要讨论的令人惊奇的现象有着极密切的关系），帕莱松便另外提出了具有对立性质的问题，也就是所谓的非活性部分，或是结构。

他之所以如此是为了拯救结构，使它成为创作计划中的一部分，成为根本的东西，而非边缘化或异质的成分：如果说"整体在各部分协调统合之后方才浮现出来，以便产生一种完整的特性"，那么作品中就不该有鸡毛蒜皮的细节或是毫不相干的琐碎小事；而且，如果在作品的诠释上，有些部分不及其他部分来得重要，那只是因为在有组织的形式中存在功能的分配。

其实帕莱松并不是说《神曲》的美在于它的神学结构而不是赫赫有名的诗质精华，更无意将这种诗意贬作某种偶发的、非根本的东西（因为如果这样，就好比阅读他三十年后才写得出的东西，或者他来自完全不同的背景）；然而，帕莱松确确实实说过，乔伊斯的《尤利西斯》透露了荷马史诗的结构，而这结构在美学意义上绝对和莫莉·布卢姆的独白同等重要，因为那段独白如果不是安插在荷马的结构中，也就不能彰显其美。因此读者必须从莫莉·布卢姆的独白中看到一大堆的下属文本引述，这些引述非得向前回溯到其他的暗示影射，表面上看来似乎毫不相干而且漫无目的暗示影射，出现在其他章节里的暗示影射。

当然，帕莱松并不是用上面那些措辞来表达自己意见的。他用了另外一种方式说明："对一部作品有见地的观察……目的相对来讲并非审视细节本身，而是看它如何被安插在其他的细节当中……以便检视它在一个活的连锁关系中，如何地不可被其他成分取代，因为那个细节对于整体是根本必要的，是具有彰显整体特质的功能的，而且它既然被其他部分所唤起，那么也准备随时唤起所有其他部分。"

到了这个关键点上，帕莱松明白到，他必须不只习惯接纳作为框架的结构，还得接纳那些不规则的成分、弱点、补丁、漏洞、紧张中的突然松弛，甚至是显而易见的缺陷——那些偶尔会破坏结构必要性及其一再被夸耀的和谐的缺陷。

说穿了就是"权宜之计"（意大利文称为 zeppa）。这个词并不高尚，一来由于它暗示缺陷，二来 zeppa 的发音并不悦耳，教人联想到咳嗽、打喷嚏、反胃或打嗝，不过从语义层面讲，它指的是笨拙的妨碍或是明显的修修补补。①

可是像帕莱松这样一位几乎算是文笔高雅的人，竟在谈及美学上所使用的权宜桥段时使用了这么随便的权宜之词。他使用 zeppa 一词来形容在他眼里看来"前后不协调，然而却不会因此而被指责为缺乏诗意"的成分（我们容许这种克罗齐术语中的迁就，但"迁就"这个词是帕莱松所反对的；他的意思是，某些作品虽然看起来前后不协调，但还是给人形式上很壮阔很一致的感觉），从作品内部看来

---

① 我一直很好奇，帕莱松对于 zeppa 的概念是否于前人的议论中得到灵感。我们知道他的《美学》其实批注寥寥可数，而且就算有的话通常也是一般性的。在这个特殊问题上，我在他的批注中并没有找到任何引述或是指涉。于是，我仗着解构主义者的特权，并且暂时不管任何对文本忠实的意义，也就是说，违背我这位师长的所有教诲；我在字典里面看到，zeppa 的其中一项定义是楔子（cuneo），便判定他选定 zeppa 这个词是出于对自己家乡的敬意；要知道，帕莱松的原籍是皮埃蒙特区的库内奥（Cuneo）。——原注

这些临时权宜的成分其实发挥了支撑的作用，对于整部作品的向前迈进是不可或缺的。它们是桥梁、是焊接点，"对于这些部分，艺术家较少用心对待，较无耐性，甚至抱持满不在乎的心态，仿佛只想含糊交代就好，只是因为没有它们文本脉络便无法接续，他们这才勉强将这些段落诉诸不损及文章整体的惯用技巧"（参见《美学》第一一一页）。

然而，所谓的权宜桥段确实属于形式的内部效率，因为整体需要它们，就算它们只处于次要的地位。让我们解构这些隐喻（帕莱松的美学著作中充满了隐喻，而且，如果我们在阅读他的作品时不将这点放在心上，极可能会陷入一种危险：注意不到他的作品如何探讨结构组织这一根本问题）；让我们忘记不断提出要求的拟人化的整体。帕莱松只想告诉我们，所谓的 zeppa 正是一种让某一部分能够连上另一部分的设计，而且是不能忽略掉的东西。如果一扇门想要轻巧或者堂皇地敞开，那么铰链是必不可少的，就算后者的功能不过是机械上的而已。一个被唯美迷了心窍的二流建筑师会因为门得靠铰链转动而恼怒，非得要重新将功能性的铰链也设计得很"漂亮"才肯罢休；可是如此一来，那门便经常不是嘎吱作响就是开得不顺当或者根本打不开来。一位好的建筑师正好相反，他要门能打开，为的是要展示房间，所以他并不会在重新设计一座建筑物时去挑战制作铰链的打铁匠那经久的智慧。

于是，这种楔子功能的权宜桥段便接受自己平凡无奇的事实，因为没有那份平凡无奇所允赐我们的效率，对作品的结果而言最要紧的段落便可能会显得呆滞缓慢，进而影响对它的诠释。

下面我要附上几个当代文学理论家称为语词附助的措辞。这些例子都选自小说作品，而且用在直接引语的后面：

"凶手正是子爵。"警察局长宣称。

"我爱你。"他说。

"会有圣灵帮助我们。"露琪亚回答。

除了少数作家会特别花心思在经营语词附助上以外（比方在不同的场合轮流使用他反驳道、冷笑道、嘲讽道、深思熟虑后补充道，但我不是说得用这些才算最好），其他的小说家，从最伟大的到最平庸的，全都不假思索地照搬现成的那些语词附助，也就是说，一流作家如曼佐尼同卡罗琳娜·因韦尔尼齐奥[①]这类连载小说作家用的基本上没有差别。这里所呈现的事实就是：语词附助其实只是权宜性的填充物，无法不用它们，但也无谓去过度美化；伟大的作家都明白，它们一旦出现，读者便会跳过不读，可是如果缺了它们，那对话便会枯燥乏味或者无法理解。

然而，所谓的 zeppa 担负的功能并不止于此。它可以是一段平凡无奇的开场，但是对于经营壮阔的结局也许非常有用。某个深夜，大约三点钟的时候，在雷卡纳蒂的"无限山丘"上（也就是莱奥帕尔迪写作《无限》这首诗的山丘），作者提笔写下了那细腻有如十四行诗的头几个字："我一直爱这座孤寂的山丘。"乍看之下，这是一句平淡无奇的话，任何浪漫主义或者其他年代和流派的二流作家都有本事写出这种文字。在诗的语言里面，难道山丘除了孤寂以外就不能有别的形容词？然而，少了这段看似平淡的开场，整首诗就没办法起飞，而且说不定这句开场还非得平淡不可，这样才能衬托诗作结尾那场震慑读者的船难所引起的惊恐情绪。

我的长篇大论也许只是要说明这样一种观点：一句简单的"在我们生命旅程的中途"便具有权宜桥段那种单调的庄严；但如果这个句子接下去的不是《神曲》的其他部分，那么我们就不会对它另眼

[①] Carolina Invernizio（1851—1916），意大利作家，著有《死女人之吻》等。

相待，也许只认为它是一句习惯用语罢了。

我的意思当然不是所有的开场部分都是上述那一类平凡的东西。肖邦《波兰舞曲》的开头绝对不是平淡无奇、权宜填充的东西。"科莫湖的支流"① 和 "四月是最残忍的月份"② 也不是。不过，先让我们来检视戏剧《罗密欧与朱丽叶》的末尾几行，然后思考一下，如果去掉最后那两行，整部作品会不会更好：

> 清晨带来了凄凉的和解，
> 太阳也惨得在云中躲开。
> 大家先回去发几声感慨；
> 该恕的该罚的再听宣判：
> 古往今来多少离合悲欢，
> 谁曾见像这样哀怨辛酸。

然而，如果莎士比亚决定以这种说教式的平庸语句当作《罗密欧与朱丽叶》的结语，那么理由一定是因为他想让观众在心平气和地离开剧场之前能够先喘一口气，因为他们才刚见证了血淋淋的场面。所以，这时来一个不痛不痒的桥段是理所当然的。

"莱奥是先睡着的"，看来似无任何不妥之处。可是莫拉维亚又补充道："卡尔拉那毫无经验又出人意表的奇袭令他筋疲力尽。"算了吧，一个成人受到少女充满情欲的奇袭，除了"筋疲力尽"以外还能怎样？"毫无经验又出人意表的奇袭"，这听起来难道不像从法官嘴里吐出来的判决？然而，缺少这段看似笨拙却很必要的文字，莫拉维亚如何展开《冷漠的人》第十章的情节，因为其中要透露的

---

① 曼佐尼小说《约婚夫妇》的第一句。
② 艾略特诗作《荒原》的第一句。

凄惨真理正是："性交之后，任何动物都是悲伤的。"

我们不必冗长地讨论或分析下面这一观点："这种例子多得不可胜数，整部艺术史里到处都是。"（参见《美学》，第一一二页）当然是的。此外，帕莱松借着论证权宜桥段如何被作品整体加以抵偿，逐渐谈到删改作品主要部分使其变得不完整的现象、时间在事物上所发挥的影响，以及碎片、废墟、残缺等等，还有作品所不得不面对的耗损。他又谈到，面对上述问题，我们如何重组作品本质上的合理性。除非我们看出权宜桥段的中心价值，否则这个问题就得不到清晰的解答。同时，我们要学会欣赏重视不完整的东西，因为唯有不管这些缺陷（甚至正是由于这些缺陷）而欣赏一部作品，我们才能真正享受那部作品。

因此，通过平衡那种趋向颂扬作品滴水不漏的完美性的柏拉图式的乐观主义，帕莱松对权宜桥段所发表的意见（灵感来自他实际阅读的经验）将他的艺术现象学导回了比较具有人性的维度。

然而，如果以康德的学说来重新检视权宜桥段的问题，它就比较不会像乍看之下那么次要而且边缘了：一方面，权宜桥段在一部艺术作品中不可能是边缘成分；另一方面，权宜桥段这个问题在帕莱松的美学体系中也不是那么次要。在帕莱松看来，对康德的指涉是不可或缺的：他将形式看作独立自主的结构的理论，正是源自对康德第三批判①以及德国唯心论美学的深刻省思。

让我们重新检视一下康德的立场：对于有机性的认知源自内省的判断；自然的有机性被理所当然地看作一种秩序，这种秩序必须存在于事物当中，然而事物本身却不将它外显出来：因而它必须"俨若"被凭空建立和构想出来似的。只因为我们不可能不将自然视为

---

① 德国哲学家康德的著作系列"三大批判"包括《纯粹理性批判》《实践理性批判》和《判断力批判》。此处所指为讨论美学判断的第三本《判断力批判》。

一个有机体，所以我们一定能以相同的心态去看待艺术作品。

但是，就像所有内省的以及目的论的判断一样，对于有机性的判断也只会是一种假定：自然从它的原始模型中被取样，而且愈来愈细致地受到诠释。这一定得归因于其他无数的影响，但在帕莱松的哲学体系中，诠释所占的重量也归因于康德的美学。

诠释的行为连带牵涉（这是帕莱松哲学里的中心议题）到一种图景。如今，在对自然事物里的有机性发表论断的过程中，人们会发现一些和形式完美和谐之假说似乎有所矛盾的成分：权宜桥段。这些桥段好像保存了作品演化的记录。乍看之下，它们似乎不和整体协调运作，而是作为失败尝试的记录存在于未经修饰的部分中。在研究作品形式以及随后将其分类并且归入一个属种的过程中，有时候上述那些权宜成分就被忽略掉了，或者顶多被撇在阴影当中，因为诠释者的注意力全都投射在他认为具有中心地位的成分上面。

大家或许很好奇，这个标准到底在艺术作品内部合理性的判定上发挥了多大的功效。这样说吧，所谓合理性要靠诠释的行为方能显露，而这行为会将作品视为一个完整的有机体，同时削去那些显然不是最核心的成分，让它们为那些最核心的成分牺牲。唯有在进行更进一步或者平行的诠释时，这些成分方能获得更重要的地位。以对但丁作品的批评史为例：在浪漫主义批评者的眼里，但丁作品里的神学成分只算权宜桥段，可是一旦批评界对于中世纪文化的知识更上一层楼（不只通过，比方，吉尔森的眼光，也通过艾略特的观点来看待但丁），那些神学成分就摇身一变成了诗歌架构体系中最核心的东西，好像和哥特式教堂的窗户和拱形圆顶一样重要了。因此，对但丁作品的批评视界便大大改变了：大家发现，但丁在谈到天体星辰或是光之闪耀的时候，比起他因保罗和弗朗切斯卡的爱情悲剧动容的时候，往往表现出更多诗人的特质。

由此，权宜桥段也就变成一种相对的东西，它好比是主流阅读暂时看不到价值的糟粕，顶多被人搁置不理，但随时准备在新的阅读潮流风行之际占据主角地位，到那时候，它的存在可就不是可有可无的"权宜之计"了。

我们在上文检视过所谓的语词附助：我们既然已经以权宜之计去定义它，便也就像对权宜之计那样对其跳过不理。某句引言无论冠上他说、他嘲讽、他暗示或是他回答，对于会话的继续或者叙述的空间似乎都毫无作用：它们几乎都只是辅助手段而已。可是，突然，在另外一位读者眼里，这些两轨相交的轨尖却变成最基本的东西，不过，对它的见解也随不同的作者而有出入：有些作者认为那只单纯是开胃的策略（有时候指某人叹道而不是说道可能产生色情的效果），对其他作者而言，它们会变成表示节奏的成分，是指示文笔生硬或庄重的指针，也可能具有超乎寻常的创新性。这样，权宜桥段便获得平反，进而变成结构的一部分；从根本但不高雅变成非根本但却高雅，甚至变成绝对地不可或缺。这样说来，作品就像一个有机体被人从不同的角度加以检视。

假如情况果真如此，那就意味着在帕莱松的美学体系中，权宜桥段不仅仅是对柏拉图主义或是新柏拉图主义中抽象而纯粹的形式的审慎修正，也是对既不纯粹也不完美的形式的具象生命的认同；它是诠释暂时摆在一旁的东西，留作未来新诠释的潜在刺激和可能性；它还是一个潜在的信号，有能力将诠释者召唤回来，让他通过每次新的阅读更新自己对作品承诺的忠实任务。因此，诠释既是自由的又是忠实的，只要最后能够辨认出某种形式，那么它的态度大可以宽大纵容，不过诠释也可以改变许多方向，为的是要避免受到我们当下阅读状况的限制。

就算经过一次又一次的重读，某个权宜桥段还是无法获得平反、被赋予全新的价值（因为它左看右看就真的是作者的漫不经心或者失误），那么它的存在至少可以证实一件事：对于作品的探索质疑如何有用而且慷慨，以及有用和慷慨到什么程度，即便是在一份草稿、一个心愿，甚至一个意图当中，它也能将特殊的构思辨认出来，留待后人进行永不枯竭的诠释工作。

互文反讽以及阅读层次 *

在这次的谈话里，我除了援引其他的例子之外，还得从我自己的小说里找来证据，这点需要先说声抱歉。不过，我也会深入谈到所谓后现代叙述的某些特征，因为有些文学批评家以及理论家，尤其是布莱恩·麦克黑尔、琳达·哈奇森，以及雷莫·切塞拉尼[①]，认为那些特征不仅存在于我的小说中，也出现在我明确在讲理论的著作里，比方拙作《〈玫瑰的名字〉注》。这些特征分别是元叙事、对话性（在巴赫金[②]的理解里便是文本彼此间的对话，这点我在《〈玫瑰的名字〉注》中已经说过）、双重译码以及互文反讽。

尽管我还不明白后现代精确的意义为何，然而我必须承认，上面所提到的那些特征的确存在于我的小说里。不过，我觉得应该对它们加以区分，因为有些人经常将那些特征理解为同一种文本策略的四个方面。

元叙事既然是文本对自身及其性质所进行的思考，是在叙述过程中作者声音的介入，或许还请求读者分享这种思考，那么它出现的时间就要比后现代早得多。在这层意义上，元叙事其实远溯到荷马的时代便已存在："唱吧，缪斯……"若将时间拉到近代，那么曼佐尼对于小说中谈论爱情主题之合适性的思考，也是再明显不过的例子。我承认，在现代小说中，元叙事策略的比例是加重了，而且已经发生在我自己理论架构里的一项事实便是：为了强调文本对本身所进行的反思，我必须进而探讨我所谓的人造对话现象，也就是说，虚构一个叙述声音可借以呈现的抄本，同时在它进行叙述的当下尝试判断以及破解（可是显而易见，这项策略在曼佐尼的作品中也不是什么稀奇的东西了）。

就算单纯的对话性，特别是在它最明显的形式——引述中，也不是后现代才有的恶或善；否则巴赫金也无法超越自己身处的时代那么远去对它加以剖析。在《神曲·炼狱》的第二十六首诗中，但丁遇到了一位开始自由流畅地说话的诗人：

> 你那殷勤的请求令我高兴，
> 　所以我不能也不愿意在你面前将自己的内心隐藏起来。
> 　我是阿尔诺，一面哭泣歌唱，一面前行的诗人……

但丁同时代的读者应该很容易认出这个阿尔诺是阿尔诺·达尼埃尔[3]，只因为他正好是说着普罗旺斯方言在读者眼前亮相的（而且那些诗行虽然是但丁自己编造的，却模仿自吟游诗人的传统）。如果

---

* 本文根据一九九九年二月在意大利弗利发表的演讲文稿修改而来。——原注

① 参见琳达·哈奇森（Linda Hutcheon）的《埃科的回音：反讽后现代》（*Eco's Echoes: Ironising the Postmodern*），收录于布沙尔（N. Bouchard）和普拉瓦德利（V. Pravadelli）编辑的《翁贝托·埃科的选择》（*Umberto Eco's Alternative*，纽约：彼得朗出版社，一九九八年）；琳达·哈奇森的《后现代的诗学》（*A Poetics of Postmodernism*，伦敦：罗德里奇出版社，一九八八年）；布莱恩·麦克黑尔（Brian McHale）的《建构后现代》（*Constructing Postmodernism*，伦敦：罗德里奇出版社，一九九二年）；雷莫·切塞拉尼（Remo Ceserani）的《埃科的（后）现代主义小说》（*Eco's (Post) modernist fiction*），收录于布沙尔和普拉瓦德利编辑的《翁贝托·埃科的选择》。——原注

② Mikhail Bakhtin（1895—1975），俄国文艺理论家。

③ Arnaut Daniel（约 1150—1210），法国吟游诗人。

读者（不管是当时的还是现代的）没有办法辨认出这种互文性的引述，那么他对文本的涵义自然不会得其门而入。

现在让我们讨论一下所谓的双重译码吧。这个专门术语由查尔斯·詹克思①所造，对他而言，后现代的建筑至少是同时分别在两个层次上说话的：

> 其一针对关心特殊建筑意义的建筑师以及相关的少数人；其二针对关心舒适、传统建筑以及某种生活方式等其他议题的一般群众或是当地居民。②
> 后现代的建筑或者艺术作品对话的对象，同时包括使用高级译码的少数精英分子以及使用通俗译码的广大群众。③

上述的概念可以从许多角度加以理解。在建筑的领域中，我们都知道几个所谓后现代主义的例子，其中满是借自文艺复兴以及巴洛克（当然也有其他时代的）的引述，将高级的文化模式混入在广大使用者看起来既赏心悦目又具想象力的建筑整体，虽然时常牺牲掉了功能的考量，不过却也再度突显了装饰的价值。比方位于西班牙毕尔巴鄂的古根海姆美术馆分馆，在建筑上即引用了数不清的极前卫风格的成分，而这种建筑也吸引了虽然对建筑史一无所知却表示（可以从统计数字中看出）自己喜欢这种建筑风格的游客。无论

---

① Charles Jencks (1939—2019)，美国建筑理论学家，第一个将后现代主义引入设计领域的建筑师。
② 参见查尔斯·詹克思的《后现代建筑语言》(*The Language of Post-Modern Architecture*，威斯贝奇：巴汀和曼塞尔出版社，一九七八年，第六页）。——原注
③ 参见查尔斯·詹克思的《后现代主义是什么?》(*What Is Post-Modernism?*，伦敦：艺术与设计出版社，一九八六年，第十四至十五页）。另请参见查尔斯·詹克思编辑的《后现代读本》（伦敦：学院出版社；纽约：圣马丁出版社，一九九二年）。——原注

如何，这种成分也存在于披头士的音乐里面，甚至在普塞尔①的风格（在凯茜·贝伯莲②一张令人难以忘怀的唱片里）里也找得到（绝非巧合），原因正是这些旋律如此悦耳并且易于哼唱，同时运用了来自其他时代的文化回响以及乐节分法，稍有文化素养的人一听便能认出来。

如今，我们还是能在许多广告里看到双重译码的影子。这些广告的制作方式很像在创作实验性的文本，也就是说，在某个阶段可能只有一小撮电影专家才能理解，但同时又吸引所有类型的观众，原因在于运用了各式各样的"流行"主题，比方对情色场景的影射，推出大家都熟悉的脸孔，善用剪辑节奏以及伴奏音乐。

许多文学作品因为利用了典型的小说情节而受到更广泛的欣赏，尽管当中也运用了一些前卫文体风格的成分（例如内心独白、元叙事戏剧、在叙述过程中彼此交叠藏匿的多重声音、时间轴线上的脱序、不同文本层次间的自由来去、第一人称叙述与第三人称叙述的混淆，以及自由间接引语等等）却丝毫不减脍炙人口的盛况。

不过，这似乎只意味着后现代主义的诸多特质之一便是：它可以提供虽然运用了博学的影射以及艺术风格却仍然能够吸引广大群众的故事；换句话说，即利用非传统的方式混合两种不同构成成分（在最成功的情况下）。这毋庸置疑是个极有趣的特征。它吸引了许多所谓优质畅销书的理论家对此提出解释，但又经常使他们备觉困惑，因为这种作品教人读来津津有味，尽管其中不乏艺术价值，而且牵涉到昔日一度专属于精英文学的问题。

有件事情至今仍不明朗：所谓优质畅销书到底应该如何被人理解？究竟是运用了文化化策略的通俗小说，还是基于某种神秘原因而变得通俗的文化化小说呢？在前面那种情况中，所描述的现象必

---

① Henry Purcell（约1659—1695），英国作曲家。
② Cathy Berberian（1925—1983），亚美尼亚裔美国声乐家。

须以对作品结构的分析加以解释，而所得的结论无外：它之所以能取悦大众，是因为，比方，对某种情节重新加以经营，也许是惊悚小说的情节，它令读者一读成瘾，进而克服了风格上的或是结构上的困难。在后面那种情况中，所描述的现象该从接受美学的角度加以剖析，或者说得更精确些，从接受社会学的立场加以探究。比方，我们应该说，优质畅销书的判定并非取决于既定的诗学立场，而是由群众阅读倾向的转变所左右，原因是：一、我们不能低估通俗读者群体的成长：他们已经厌倦容易而且读了立刻就能获得慰藉的文本，同时也了解到，另外有些文本独具魅力，虽然读起来较难但是读完之后会有教人满足的经验，因此他们愿意反复阅读这类文本；二、有些仍旧被出版业固执地视为"外行"的读者，其实已经通过各式渠道吸收到了当代文学的诸多技巧，以至于当他们面对优质畅销书时，反而不会像某些文学社会学者那般不知所措。

从这个角度切入观察，优质畅销书这一现象便显得和世界同等久远了。当然，《神曲》是部优质畅销书，前提是我们相信但丁报复了一位将他的诗作拿来胡乱吟唱的铁匠的传说（就算铁匠真的将他的诗作唱得一塌糊涂，这至少表明连铁匠也知道他的诗作）。莎士比亚的作品也是优质畅销书，这从追随他的戏迷数量之多便可明了，尽管那些戏迷未必能够掌握他剧作里诸多的细腻之处，也不知道莎士比亚回收改写了先前便已存在的文本。

曼佐尼的《约婚夫妇》也是畅销作品，即使有些地方读起来像是随笔，即使它不向当时已经习惯哥特小说以及通俗文学的群众品位妥协，这本作品仍然被一次又一次地盗版。况且，后来曼佐尼本人也认为应该考虑通俗的品位，因此，他亲自监督了戈南为一八四〇年版本绘制插画的工作。

事实上，只要各位仔细思索上述现象便可发现：优质畅销书的定义其实适用于所有跨越世纪传到我们这一世代、以许多手抄本或是印刷版行世的伟大作品。它们的辉煌成就并不只影响到精英阶层而已，从《埃涅阿斯纪》《疯狂的罗兰》到《木偶奇遇记》全都如此。所以，这并非是个单一独特的现象，而是艺术史和文学史里不断重复的事情（尽管根据不同的时代，我们必须用不同的方式加以说明）。

现在，为了强调双重译码和互文反讽之间的各种相异之处，就请容许我对自己身为作家的经验进行一番思考。在《玫瑰的名字》里，一开头便提到作者是如何寻找那份古老手抄本的。在这里，我们面对的全然是引述的情况，因为重新被发现的抄本源远流长、备受推崇，它最直接的影响便是，使我们立即进入到双重译码的领域：如果读者想要进入被叙述的故事里面，他就得接受相当博学的视角以及翻了几番的元叙事技巧，因为作者不仅无中生有造出一个他可以与之对话的文本，而且还宣称它是原始手稿（写成于十四世纪）在十九世纪的新哥特风格的法文版本。通俗读者除非同意接受这场版本源头复杂难辨的游戏（由于文本出处并不确定，使得故事中弥漫着模糊暧昧的气氛），否则便不可能享受之后要开展的情节。

可是，如果各位仍然记得，谈论手抄本的那段内容题目是《自然，这是一部手稿》。自然一词包含很不相同的涵义，因为在一方面，它传达并强调我们所接触的是个文学主题，但是另一方面，它将一种"影响的焦虑"赤裸裸地呈现出来，因为（至少对一位意大利的读者是如此）它意图影射的正是曼佐尼，一位以一部十七世纪手抄本作为自己作品开场的作者。到底有多少读者可以抓住自然一词背后各种不同反讽的弦外之音呢？假设他们无法掌握那些细腻的层面，那么是否依然能够融入后续的故事，而且不至于错失太多这本小说特殊的风味呢？这样一来，我们便看到自然一词呈现了互文反讽究竟是什么东西。

让我们回头来谈谈被学界归为后现代小说特色的几个不同方面。就元叙事这个部分而言,读者不可能不注意到元叙事的视角:他会觉得受到它们的干扰,但也许根本就忽略(或者跳过不理)它们,不过无论如何他必然会注意到它们的存在。明确引述的情况也是如此:就像但丁的那个例子一样,读者或许没有注意到阿尔诺·达尼埃尔说的是诗歌的语言,但至少一定会注意到阿尔诺说的语言和写作《神曲》所用的语言并不相同,所以如此一来,但丁便是在引述某些其他的东西,就算那只是普罗旺斯方言的表达方式。

面对双重译码的问题时,一般而言,读者可以分成三类(这同时告诉我们上述概念竟能呈现如此多的侧面):第一种读者无法接受博学和通俗文体风格和内容的混合,因此拒绝读它,而这拒绝意味着他认出了这种混合现象;第二种读者面对这类文本时觉得十分轻松自在,因为他很享受在困难和易懂、挑战和鼓励之间不停转换的过程;最后一种读者则会将整个文本视为令人愉快的邀请,可是读到最后却压根不知道它乞灵于哪几种精英文本风格(所以他虽享受了作品却遗漏了文本所指涉的对象)。

只有在最后这种例子里面,我们才会面对互文反讽的策略。面对自然一词,凡是领略它眨眼示意的人才能和文本(或是叙述的声音)建立起一种特殊而优先的关系;凡是没能理解那个文本却继续往下读的人便面临两种抉择:他或是将通过自己的能力理解手抄本这回事应该是种文学上的技巧(他首先会尽可能欣赏领略这种游戏,然后渐渐成长为能力不错的读者),或者,就像很多读者都会采取的措施,他会写信询问作者那份引人入胜的手抄本是否真有其物。但是我们得弄清一件事情:比方,就建筑方面的双重译码现象来讲,参观者可能不会注意到,某个加上凹面山墙的柱廊其实是在引述希腊的建筑元素,然而这并不妨碍他欣赏并且享受那种结构的和谐以及饶富秩序的多样性。另一方面,如果读者无法理解我笔下自然这个词，那么他便只知道自己在读有关手抄本的文字，却错过了它所指涉的对象以及其中蕴含的戏谑反讽。

一部作品可能包含大量从其他文本借来的引述，但这不一定就非得是互文反讽的例子不可。兹举一例为证，《荒原》需要一页又一页的注释才能弄清其中所指涉的对象，而且这些对象不仅出自文学世界，还包括历史和文化人类学的范畴。作者艾略特特地自己写了注释，因为他无法想象一位可能认不出《荒原》指涉对象的外行读者还能够满意地享受这部作品。我认为他的注释根本就是文本不可分割的一部分。当然，一位外行的读者可能只会欣赏作品的节奏、声音以及出现在内容层次的那种阴惨的暗示，不过心里却模模糊糊地感觉到文本当中还蕴藏其他的东西，于是仿佛偶尔瞥见壮阔景象的蛛丝马迹一般，同时享受着类似在半开半掩的门外偷听房内谈话的乐趣。但是我认为在艾略特看来，这类读者还未长大成熟，不是他想锁定或者塑造出来的模范读者。

但是，互文反讽的诸多例子就不同了，而且正因如此，这些例子代表了那种尽管再精英博学也能在通俗读者群中成功流行起来的文学形式：文本可以用外行的方式被人阅读，不必看出其中的互文性指涉，但是完全意识到这互文性指涉的存在也无妨，或者心存边读边找的态度也可以。举一个极端的例子，让我们想象自己必须阅读由博尔赫斯笔下的皮埃尔·梅纳尔所改写的《吉诃德》好了（而且对梅纳尔文本的诠释可以和对塞万提斯文本的诠释不同，至少做到博尔赫斯所要求的程度）。那些以前从没有听过塞万提斯大名的人，应该都能津津有味地阅读引人入胜的故事情节，那一系列的英雄滑稽冒险，尽管所用的写作语言是并非很现代的卡斯蒂利亚方言，字里行间还是趣味满盈。可是那些掌握文本中对于塞万提斯不断指涉的读者，将能享受双重的阅读乐趣：其一是欣赏源头文本和梅纳尔文本之间的对应关系；其二是品味后者文本中那种无所不在又避免不了的反讽成分。

互文反讽有别于比较宽泛的双重译码的例子，因为前者引进双重阅读的可能性，却没有邀请所有的读者参加相同的派对。它会挑选读者，赋予那些对互文性较具知觉的读者较多特权，但也不排拒那些对互文性较无知觉的读者。如果哪位作者正好也让笔下的角色说出"Paris à nous deux"①这句话，那么无法看出这是在影射巴尔扎克作品的读者依然可以兴致勃勃地对那喜欢接受挑战又桀骜不驯的角色产生兴趣。但是，内行的读者可以"掌握"指涉对象并且品赏其中的反讽成分，不仅是作者那有文化内涵的眨眼示意，还包括意义的削弱和改变（当一个引述被置入和源头文本完全相异的上下文里），以及对文本间无穷无尽对话的广泛影射。

如果我们不得不对一位大一学生解释互文反讽的现象，或者向任何其他对此一窍不通的人说明这点，我们也许就必须告诉对方，幸亏有所谓的引述策略，一个文本才会呈现两个阅读层次。可是如果解释的对象不是对此一无所知的人，甚至是对文学理论了若指掌的人，我们当场就会面临两个可能的问题。

问题一：那么互文反讽会不会具有四个、而非两个的阅读层次，也就是说，字面的、道德的、寓言的以及奥秘的四个层次，如同《圣经》注释学里所教诲的，如同但丁在《与坎格兰代·德拉·斯卡拉书》里对自己的诗歌所宣称的？

问题二：可是或许互文反讽的对象根本和两种典型读者——也就是文本符号学，尤其是埃科所谈论的那两种读者：第一种是所谓的语义读者，第二种则为批判的或是美学的读者——无关？

---

① 法语，巴黎我们拼一拼吧。出自巴尔扎克小说《高老头》。

我将试着证明，其实大家所面对的是三种彼此相当不同的现象。可是回答上述两个看似外行的问题倒也不是漫无目的的做法，因为我们将见识到自己遭遇的是一团很难厘清脉络的关系。

让我们回到第一个问题，即一个文本具有多重层次的理论。我们并不需要考量《圣经》所说的那四种意义，只需要考量寓言故事里的道德意义就好：当然，一个外行的读者会把野狼和小羊的寓言故事解释成动物间的口角争执，不过即使作者并不急着告诉我们"这故事说的是你"，我们也不难看出里面的寓言动机，看出那是个普世的道德教训，就像福音书里包含的那些寓言故事。

这种字面意义和道德意义并存的情况赋予所有虚构作品以许多活力，即使最不具教育读者意图的虚构作品也是如此，好比通俗的侦探惊悚小说：即使从这类的故事中，聪明和敏锐的读者也会自行推出一连串的道德教诲，比方犯罪太不值得，比方若要人不知除非己莫为，比方法网恢恢疏而不漏，比方人定胜天、理智可以解开最复杂的谜团疑云等等。

我们甚至可以论定，在某些作品中，道德意义和字面意义完全一致，以至于它们可以共同构成作品唯一的意义。可是即使在道德意义如此明显的小说里，比方《约婚夫妇》一书好了，读者也有可能只记住故事情节而遗漏道德教训，为此，曼佐尼得在作品中随时插入警句谚语式的言语，以避免那些只顾囫囵吞下俗美炫丽的新哥特小说情节的读者，因为不满露琪亚被绑架或是堂·罗德里戈之死，而忽略了书里所传达的有关神恩的讯息。

那么，当阅读层次多于一个的时候，它们各自的独立性又是如何呢？我们能不能阅读《神曲》而不必了解其中蕴含的奥秘讯息？我很想说，很多浪漫主义批评者就是采取这种立场。我们阅读《神曲·炼狱》末尾那个关于前进队伍的描述时，能不能不管它在寓言层次的意义？一个好的超现实主义阅读是可以这样做的。即使《神曲·天堂》也不例外，贝雅特丽齐的微笑和楚楚动人的风韵也能令不懂得其中高层次意义的读者为之痴迷。此外，有些服膺纯粹抒情成分信念的批评家，谆谆教诲我们必须忽视诗里那些干扰审美活动的意义层次，仿佛后者完全和作品没有关联，而且必须除之而后快。①

我们不妨说，阅读中的诸多层次或隐或显全看每个历史时代的取舍，有时某些层次变得全然不可探知，而这不只发生在远古时代流传下来的文本中，也见于，例如，不久以前完成的画作。面对这些画作，除了肖像学家以外，参观博物馆的寻常人等（甚至包括惯常倚赖视觉批评原则的艺术批评家）在享受乔尔乔涅②或是普桑③的画作时，根本无从知晓那些人物所指涉的艰涩难懂的神话传统。（虽然我们相信帕诺夫斯基④能由两个层次去进行阅读，也就是形式的层次以及肖像学的层次，进而比常人享受到更多的乐趣。）

对于第二个问题的回答就相当不同了。我过去一直不断围绕如下的事实建立一些相关的理论：一个文本（尤其是具有美学目的的文本，而在目前讨论的情况中则指一个叙述的文本）通常倾向于建立两种典型读者。首先与之对话的是第一层的典型读者，也就是我们称之为语义读者的，他们想知道的是（这也合情合理）故事的结局如何（埃哈伯⑤船长是否会捕到那条鲸鱼；利奥波尔德·布卢姆是否会再遇见斯蒂芬·迪达勒斯，也就是在一九〇四年六月十六日那天多次在路上与他相遇之后；木偶匹诺曹是否会变成真正拥有血肉之躯的男孩；或者普鲁斯特的叙述者是否能真正拾回逝去的似水

---

① 这种诠释方法真是误人不浅，我在本书《阅读〈天堂〉》一文里也讨论过。——原注
② Giorgione（1477—1510），意大利画家。
③ Nicolas Poussin（1594—1665），法国画家。
④ Erwin Panofsky（1892—1968），德国美术史家。
⑤ Ahab，梅尔维尔小说《白鲸》中的人物。

年华）。

可是文本的对象也可以是第二层次的典型读者，我们称之为符号学或美学的读者，他反问自己那个特定的故事要求自己变成何种读者，而且想要知道那一步一步教导自己的典型作者将会如何行事。

说得直截了当一点，第一层次的典型读者想要知道发生了什么，而第二层次的典型读者则想探究发生的事是如何被叙述的。想要明白故事的结局如何，我们通常只需将文本读过一遍就好，但是想要变成第二层次的典型读者，我们非得把文本读上几遍不可，有些故事甚至得读上无数遍才行。

没有天生的第二层次典型读者；想要达到那个目标，我们一定得先是个好的第一层次典型读者。凡是阅读《约婚夫妇》的人，念到露琪亚看见那个陌生男子出现在她面前那段而没有感受到战栗，一定无法欣赏曼佐尼小说是如何被建构的。但是，我们可以是一位好的第一层次典型读者，然而永远无法到达第二层次，比方有些读者阅读《约婚夫妇》和拉伯雷的《巨人传》时同样为之倾倒，可是压根没意识到，后者在词汇方面远比前者丰富多了；或者有些读者在读《寻爱绮梦》[①]时很快就厌烦了，因为在那些新造词中，他完全无法明白情节会如何演变。

如果更进一步加以检视，便会发现我们可以用这两个层次的概念去理解亚里士多德的《诗学》以及一般美学里对于"净化说"的诠释：因为我们知道对于这个词会有顺势疗法以及对抗疗法两种诠释方式。在前一种情况下，净化说来自一项事实：观众欣赏悲剧的过程中真正被恐怖和怜悯所触动，甚至到了痛苦的地

---

① *Hypnerotomachia Poliphili*，文艺复兴时期的古书，作者不明，内容充满怪异字句、字谜。

步，以至于在承受上述两种情绪的过程中便获致净化效果，借由悲剧经验，他的精神以被解放的状态重生；在第二种情况中，悲剧文本将观众和其中所呈现的激动情绪用一段心理距离隔开，这手段几乎像是布莱希特惯用的疏离技巧，我们得以从那种激动中被解放出来，不是因为经历了它，而是因为欣赏和认同它被呈现的方式。

大家很容易便可以看出来，对于顺势疗法型的净化，第一层次的读者便绰绰有余了（打个比方，这类读者看到美国西部片里牛仔到来时便会呐喊助阵），然而说到对抗疗法型的净化，就非得是第二层次的读者方才适用。也正因为这样，人们才会（但也许是不正确地）将更高级的哲学尊荣，将更纯净也更具净化功能的艺术观赋予对抗疗法型的净化，而顺势疗法的理论便和科里班特的纵乐饮闹、埃莱夫西斯秘仪以及周六夜狂欢联系在一起。

但我们必须对这种二分法多加小心，不要觉得一边是很容易满足、只对故事感兴趣的读者，而另一边则是具有极细腻品位、尤其关心语言的读者。如果情况真是这样，那么我们也许要在第一层次里阅读《基督山伯爵》，然后全然受它吸引，甚至在每个情节变化之处流下几滴眼泪，接着又从第二层次去理解这部作品，并发现（其实这种视角并没有错）从文体风格的角度来看这部作品算是写得很糟，并且从而推定这是一本蹩脚的小说。

可是，像《基督山伯爵》这类作品教人惊奇的地方在于，纵使写得很糟，却不失为虚构作品中的杰作。因此，第二层次的读者不仅有能力认出这本小说糟在哪里，也会同时体认到，尽管如此，它的叙事结构是完美的，所有的典型人物都适得其所，每个出人意表的情节也不至于唐突，而且还具有荷马史诗般的磅礴气势。

因此，因为《基督山伯爵》的语言不好便批评它，就好比只因为替他写歌词的人——比方皮亚威①和卡马拉诺②——诗才不如莱奥帕尔迪就批评威尔第的歌剧。所谓第二层次的读者其实也必须是明白作品如何在第一层次发挥得淋漓尽致的人。

然而，肯定也是在第二层次的批评阅读中，我们才能够决定文本是否拥有两个或是更多的意义层次，是否值得在其中搜寻寓言上的意义，还有故事是否也在说些有关读者的东西，这些不同的意义是否全都混合成一个坚实和谐的形式，抑或彼此不相统属地漂浮在文本中。只有第二层次的读者才能够断言：在狼与小羊的故事里面，要将字面意义和道德意义分离开来是很困难的（这仿佛意味着叙述一个动物间对话的故事时，如果不带有道德涵义，故事就成了拉拉杂杂、言之无物的东西）。另一方面，我们可以心怀喜悦和敬意去阅读《圣经·诗篇》里的语句："以色列出了埃及，雅各家离开说异言之民。那时，犹大为主的圣所，以色列为他所治理的国度。"纵使我们不知道在《圣经》奥秘释义上，这些诗行指的是圣洁的灵魂将从尘世堕落的奴役状态中解脱出来，并往永恒荣耀的自由飞升而去，第二层次的读者也会出发并找出文本涵义究竟是不是这个样子。

当然，下列两类读者之间有不少类似之处，即在美学和批判上有警觉的第二层次读者和面对互文反讽的例子时可以掌握对文学世界之指涉的读者。但是这两种立场不可能相同，兹举数例为证：

在狼与小羊的故事里，我们可以找到两种意义（一种是字面的，一种是道德的），当然也可以找到两种读者：第一种是不仅了解故事（也就是字面意义）而且也明白道德教训的第一层次读者；第二种是能够辨认出作为寓言故事作者的费德鲁斯在风格及叙事层面的优点

---

① Francesco Maria Piave（1810—1876），意大利剧本、歌词作者。
② Salvatore Cammarano（1801—1852），意大利剧本、歌词作者。

的读者。然而，这里并不存在着所谓的互文反讽，因为费德鲁斯并不是引述任何人，或者说即使这个故事确是来自某位先前的寓言作者，他也是直接照搬对方而已。荷马笔下的奥德修斯杀光了所有向他妻子求婚的人，意义只有一个，但是读者却有两种（一种对于奥德修斯的复仇行为拍手称快，另外一种则享受荷马的艺术），不过在这个例子里面，互文反讽也是不存在的。在乔伊斯的《尤利西斯》里我们可以找到圣经式和但丁式的双重涵义（布卢姆的故事可以看成尤利西斯故事的寓言），但是也很难不注意到故事情节其实重现了尤利西斯千里漂泊的足迹，而且如果有谁果真没有注意到这点，书名也可以给他提供线索。于是阅读的两个层次仍然是开放的，因为如果有人读《尤利西斯》只为了想知道结局如何的话（纵使如此局限的阅读形式是极不可能的，而且事实上也是很不经济的），我们劝他不妨念完第一章就赶快打消念头，转而读其他立刻就有回馈的故事。同理，除非你将《芬尼根守灵夜》视为一个巨大的互文性实验室，除非你要大声朗读这个文本，享受它纯粹的音乐性，否则这部作品是无法读的。这里，我们看到比《圣经》的四种意义还多的意义：它们是无穷尽的，不然至少也是无限制的。第一层次的读者依循每个双关语的一种或者两种意义阅读，然后气喘吁吁地停下步伐，有如坠入五里雾中，于是他切换到第二层次，并且赞赏某些可能的阅读方式，以及某个意想不到、难以阐释的词源组合的精妙之处，然后再度迷失，一直这样下去。《芬尼根守灵夜》并不能帮助我们了解我们在谈论的区别，而是对它们全部加以质疑，并且混淆我们既有的概念。不过，它也没有欺骗外行的读者，没有让他们忽略自己所身处的游戏而一味勇往直前。相反，它要一把捉住这类读者的喉咙并且一脚将他们踢出后门。

在尝试这些定义的过程中，我想大家或许注意到，意义的多元性是文本内建的东西，尽管作者当初在写作的时候根本没注意到，而且完全没有刻意鼓励从许许多多的层次进行阅读。就算以赚钱为目的的最劣等作家笔下那充斥血腥、恐怖、死亡、色情以及暴力情节的故事，也多少荡漾着道德的波纹（即便那只是颂扬对邪恶的毫不在乎，或者将性和暴力视为唯一值得追求的价值）。

对于阅读的层次——语义上和美学上的——而言，情况也是一样。说到最后，多元阅读的可能性甚至存在于火车时刻表中。两份不同的时刻表在语义的层次上给我相同的讯息，可是我可能在评估之后认为第一份比第二份要有组织而且更容易查询，因此我们获致结论，判断时刻表优劣的标准是其中的组织架构以及功能性，也就是说，我们看重它的"如何"而不是"什么"。

可是在互文反讽中，这并不会发生，除非你特意找寻剽窃之处或是不自觉的互文回响。通常，把阅读当作猎寻引述的形式，会作为读者和文本间的挑战而存在（先不去管作者的意图）：文本多少都会企盼读者发现它和其他文本间的秘密对话。

身为一个喜欢布设互文引述的小说作家，要是读者能抓住指涉、看出我的眨眼示意，我就非常快乐；其实任何人，即使无法直接针对作者的创作经验提问，比方，在《昨日之岛》里认出凡尔纳《神秘岛》的影响（例如，小说一开头那个到底是岛还是大陆的问题），一定都愿意其他读者也注意到同样的影射暗示。

当然，如果互文反讽确实存在，这是因为就算有人只想跟上船难的情节而并不清楚他登岸的地方是岛屿还是大陆，我们也必须承认这种阅读是合宜适切的。美学层面的读者的义务恰恰在于断定，即使是前一种阅读方式也是独立正当的，是文本所允许的。在《昨日之岛》里，我引入了一个和主角相像的孪生兄弟的角色，我敢说一定有读者对此感到惊诧和兴奋，但是很显然，我企盼读者理解，在一本巴洛克小说中，几乎必定存在一位与主角类似的人物。

在《傅科摆》里，主角卡索邦在巴黎埃菲尔铁塔旁边度过他的最后一夜，他从塔基向上仰望，发现它有如一头怪兽，而且自己也几乎陷入被催眠的状态。为了写这一段，我做了两件事：第一，我特地到埃菲尔铁塔的塔基旁边观察了几个晚上，试着将自己置身于那"巨爪"的中央，以便从底部各种角度来观察它。第二，我参考了所有文学作品中对于埃菲尔铁塔的描述，特别是在它建造期间写出的作品；这些作品绝大多数是对它愤愤不平而且措辞激越的攻讦，因此我笔下主人翁眼里所看到的以及心中所感受的，等于是从一整个系列的诗歌和散文作品中采撷出来又被精心组合的一幅拼贴图。

我并不期待我的读者可以看出所有的引述（就算我本人如今也无法将这些来龙去脉交代清楚），但是我肯定希望心思最细腻的读者可以感受到一些似曾相识的东西。与此同时，我的作品也提供给外行读者一个机会，体会和我置身埃菲尔铁塔下时相同的激动感觉，尽管他们并不知道我的描述有如此之多先前的文学作品作为依托。

遮掩下面这件事是毫无意义的：将特权赋予互文性读者而不赋予外行读者的，是文本而非作者。互文反讽是个有等级歧视的选择者。你可以对《圣经》进行假内行的阅读，只满足于它的字面意义，至多欣赏一下希伯来文版或者通俗拉丁文版节奏上的优美（如此一来便确定要把美学层面的读者也带进来了）。但是，对于一个互文反讽文本，是不可能有忽略对话成分的所谓假内行的阅读的。互文反讽将少数的幸运儿聚拢起来，不过这些幸运儿的数目愈多，他们就愈快乐。

然而，一旦文本放弃对互文反讽的控制，那么就不能期待从中只产出作者意图中的暗示影射，因为这样一来双重阅读是否成为可能就要看读者自己的阅读储备了，而这在甲读者和乙读者的脑海中就大不相同了。

一九九九年在比利时鲁汶举行的一场研讨会上,英奇·朗斯罗针对拙作《昨日之岛》里对于凡尔纳的指涉提出了不少精辟的观点,而且她的见解大多是正确的。在演讲的过程中,她又发现了对凡尔纳另外一本小说的指涉(可是这些指涉坦白说我自己以前却浑然不知),那是对机械钟表的描述,而我的小说里也有类似的内容。

我无意仗着作者的身份和经验去对文本的各种诠释盖棺定论,但我必须回答,读者应该认出那些在文本中到处散落的从巴洛克文学借来的引述。毕竟机械钟表是很典型的巴洛克主题(请各位回想一下卢布拉诺的诗作)。我们很难要求一位本身并非意大利巴洛克文学专家的外国评论家从其中认出那个不出名的诗人对我作品的影响,所以正因如此,我认为没有必要禁止她所采用的方法。话说回来,要是我们专门翻找一些幽微难明的影射暗示,那么就很难下定论,到底对那些影射暗示浑然不知的作者是对的,抑或找出它们的读者才是对的。不过,我也要指出一点,将那看作我对巴洛克文学的指涉,会比较符合《昨日之岛》的整体风格特质,而将其判定为来自凡尔纳的作品,则无助于更深入的分析。

无论如何,那场讨论显然令讲者本人心服口服,因为在研讨会正式的论文集里我并没有找到将这一论点定调下来的任何文字[1]。

在某些情况下,我们很难去检查读者所有的知识储备。在《傅科摆》中,我把主人翁称作卡索邦,那是因为我当时脑子里想的是伊萨克·卡索邦[2],也就是以无懈可击的论证方式令《赫尔墨斯文集》褪去玄秘外衣的人。我理想中的第二层次读者,也就是有资格进入互文反讽境界的人,应该能够在小说结尾处认出在我的主人翁

---

[1] 参见佛朗哥·穆萨拉(Franco Musarra)编辑的《故事中的埃科》(*Eco in fabula*,佛罗伦萨:佛朗哥切萨蒂出版社,二〇〇二年)。——原注
[2] Isaac Casaubon(1559—1614),法国古典学者、神学家。

和上述那位伟大语言学家所理解的东西之间存在某种程度的类似。

其实我当时便心里有数,不会有太多读者认出这项指涉,而且我相信,从文本策略的角度来看,这也不是最基本和重要的东西。换句话说,读者大可不必具备对历史人物伊萨克·卡索邦的任何知识,也可以阅读我的小说并且理解主角卡索邦。

在写完《傅科摆》之前,我碰巧发现卡索邦也是小说《米德尔马契》[1]里的一个人物;早些时候我也曾读过那本小说,可是里面人物的姓名并未在我记忆中留下什么印象。在某些情况下,典型作者会想将那些在他看来似乎毫无意义的诠释厘清,而我也想努力证明那不是对乔治·艾略特的指涉。

因此,在第六十三页,我在贝尔勃和卡索邦之间加进一段对话:

"对了,请问大名?"
"卡索邦。"
"卡索邦,那不就是《米德尔马契》里的人物?"
"我不知道。不过文艺复兴时代也有一位同名的语言学家,只是我们没有任何关系。"

然而,出现了一位精明的读者大卫·罗比。他指出了(这很明显不是凑巧)艾略特笔下的卡索邦正在写作一本《开启所有神话之门的钥匙》,而且我必须承认,这点似乎蛮合适我笔下的角色。后来琳达·哈奇森又对这层关联投注了更多的注意,并且在几位卡索邦之间发现了更多的密切关联,此举很显然提高了我小说的互文性温度[2]。从我自己写作这本小说的实际经验来看,我能断言,这种类比

---

[1] Middlemarch,英国作家乔治·艾略特(George Eliot,1819—1880)的小说。
[2] 参见琳达·哈奇森的《埃科的回音:反讽后现代》(第一百七十一页)。——原注

从来不曾掠过我的心头,但是如果作为读者的哈奇森知识储备足够深广,使她能够看出上述那层互文性的关系,而且我的文本也这样鼓励,那么我必须说,客观上(在文化和社会层面上)这种处理是可行的。

另外一个类似的例子是傅科这个人名。我的小说名叫《傅科摆》,那是因为小说中我所探讨的那个钟摆是由莱昂·傅科[1]发明的。假设那个钟摆是富兰克林发明的,那么书名应该就是《富兰克林摆》了。

这一次,我从一开始便意识到,一定会有人嗅出我在暗指米歇尔·福柯:从我自己写作这本小说的实际经验来讲,我并不乐于见到对于这种联系的臆测,因为那看起来相当浮浅。但是由莱昂·傅科所发明的钟摆是我这本小说的主角,而且我无法更动书名,所以我希望我的典型读者不要尝试从里面读出什么和米歇尔·福柯有关的东西。

可是我错了:许多读者偏偏就朝着那个方向去理解我的作品。琳达·哈奇森是走在最前面的,而且她在我小说的各种元素和米歇尔·福柯的《词与物》里"世界平铺直叙"一章中列出的四种相似性之间指认出很精确的对应关系。无须赘言,一九六六年《词与物》出版时我就读过,那是比写《傅科摆》早二十年的事。但在那期间,我也见识了文艺复兴的传统以及十七世纪的神秘主义,以至于当我写作《傅科摆》的时候,心里想的只有后面这些直接的源头或是这些源头在时下商业化的玄学命理中被扭曲滥用的情况。

或许,如果给这本小说冠上《富兰克林摆》的书名,就不会有人觉得自己可以理直气壮地把对图书馆分类理论的指涉和米歇尔·福柯的理论联系起来了;说不定想起帕拉切尔苏斯[2]还较有可能。但是我

---

[1] Léon Foucault(1819—1868),法国物理学家。
[2] Paracelsus(1493—1541),瑞士炼金术师、天文学家。

也承认,《傅科摆》的书名,或者不管怎样那位傅科摆发明者的名字,对于互文性蛛丝马迹的寻觅者而言诱惑力简直太强烈了,而且琳达·哈奇森也完全有权利发掘出她所找寻的东西。此外,就对于作者的心理分析而言,说不定她的论点是正确的,我对神秘主义某些方面的兴趣确是受早年阅读米歇尔·福柯的经验所刺激而产生的。

然而,厘清如下的一件事是颇有趣的:福柯之于我的作品到底是一个互文反讽的例子,抑或仅仅是个不经意的影响?直到目前,或许我给大家的感觉是我支持互文反讽取决于作者意图,但是我已经对于作品意图胜过作者意图发表过太多的理论,以至于再也无法让自己沉浸在这样的天真里面。如果在文本中看出一处可能的引述,而且这个引述又和文本的肌理十分契合(和其他的引述也很相称),那么作者意图就显得不那么重要了。于是批评家(或是读者)如果开口闭口就谈引述现象以及文本回响(这个词是我向琳达·哈奇森借来的),也是理所当然的,因为是文本鼓励人家这样做的。

事实上,一旦你开始玩互文反讽,就很难抗拒这种回响的呼唤,即便其中有些可能完全出于偶然,比方对凡尔纳时钟的指涉。再回到琳达·哈奇森。她引用美国版《傅科摆》第三百七十八页的文字:"规则很简单:怀疑,只有怀疑"("The rule is simple: Suspect, only suspect"),而且指出那是对福斯特[①]笔下"连结,只有连结"("Connect, only connect")一句的互文回响。身为一个精明的批评家,哈奇森小心翼翼地强调,这种反讽的游戏存在于英文版中;至于意大利文版(我不太确定她写那篇文章时手边是否有原文版可供参考)却不包含这种互文性的指涉,因为意大利文版的原文是"sospettare, sospettare sempre"("怀疑,一直怀疑")。

这个指涉(当然是有意的)是英文版译者比尔·韦弗插进去的。

[①] E. M. Foster(1879—1970),美国作家。

老实说，英文译本的确包含这个回响，这一点意味着，翻译不仅能改变互文反讽的游戏而且还能使它更为丰富。

在其他的例子中，我们可以看见，有些阅读可以是二次方的，甚至三次方的。就拿《傅科摆》第三章的一段来讲，里面的人物猜想甚至福音书所叙述的整个故事也是编造的结果，一如他们自己正在编织的计划。卡索邦评论道："你，伪经的读者，我的同类，我的兄弟。"我已想不起来当时写作的当儿脑中在想什么，但很可能正为自己对波德莱尔的互文性指涉而沾沾自喜，要知道这指涉又因为影射了伪福音书而更形丰富。

然而，琳达·哈奇森将那个句子定义为"艾略特笔下对波德莱尔的戏仿"（事实上，如果各位记得，艾略特在《荒原》中曾从波德莱尔那边引述了这句话），而且，如果情况果真如此，那么这个指涉的互文内涵甚至要更丰富了。

我们该怎么办？把读者分成两群，那些和波德莱尔跑得一样远的，以及那些能够追上艾略特的？可是如果有些读者在艾略特的作品里面找出虚伪的读者并且记了起来，却不知道他实际上引述了波德莱尔，那又该如何？

大家都注意到，《玫瑰的名字》一开始便从《约翰福音》中引述了一些文字（"太初有道"等等）。可是又有多少人会注意到，这也可以出自浦尔契①《摩尔干提》（*Morgante Maggiore*）开篇对于《约翰福音》极尊崇的模仿："太初有道，道与神同在，道就是神。这是最初的时候，在我看来，没有他我们什么也不能做。"

然而，当我们真正开始思考这件事，又不由会问有多少读者真的能注意到我的小说是以对圣约翰的引述开场的？

我发现日本的读者（或许我并不需要扯那么远）把那些颇具道

---

① Luigi Pulci（1432—1484），意大利诗人。

德感的思想归在了老好人阿德索的头上，而且纵使这样，他们并没有遗漏令年轻僧侣的言语活泼起来的宗教灵感。

事实上，说得精确点，互文反讽严格说来并不是反讽的一种形式。所谓的反讽并不是陈述真理的对立面，而是陈述谈话对象信以为真的东西的对立面。唯有当谈话对象知道某甲是愚蠢的人时，我们说某甲具有聪明才智这个论述才会是反讽的。假设和我们谈话的对象并不知道某甲愚蠢的事实，那么就谈不上反讽，而且他所获得的便只是错误的讯息而已。因此，如果谈话对象不明白这游戏的精妙之处，反讽便只能沦为谎言了。

另一方面，就互文反讽而言，当我在谈论与主人翁相似的角色时，读者可以完全不知道我在指涉巴洛克文学的主题，然而就算这样，他对这个非常值得推崇的字面故事的享受也不会减少。在《昨日之岛》里，有些出人意表的情节转折其实是以大仲马为模仿对象的，而且有些引述还是直截了当的字面引述，但是不知道这些指涉的读者依然能够享受情节的跌宕起伏，纵使以外行的方式也是一样。

因此，如果我在上文提到，互文反讽的游戏是势利和高贵的，或许这里我要稍作修正，因为对于外行读者，它并没有建立起任何排斥条款。好比将楼上盛宴后的剩余菜肴拿到楼下去给人吃，不过这里拿的不是残羹冷炙，而是留在锅里还没端上桌的食物，而且还是仔细装盘后才端出去；既然外行读者认为盛宴只在楼下进行，所以也就尽情享受美味，心里压根不会认为还有其他人比自己享受得更淋漓尽致。

这正是外行读者读但丁十四行诗《我心爱的女人在我面前走过》时的情形：他不知道从但丁的时代到当今，意大利文已经改变了多少，也不明白但丁诗歌里的哲学立场。但他还是可以品赏诗人高尚的爱情宣誓，而且仍然可以从阅读里获得很多东西，情绪上的、知性上的都有。还要指出一点，我刚才饮宴食物的比喻或许会引人争议，但我并非有意将艺术和口腹之欲放在同一个层次上。

最后，就算是最外行、最天真的读者也不会在文本的肌理中间钻进钻出而完全不注意到它对其他东西的指涉。大家在这里可以看到，互文反讽不仅不是一种排斥条款，而且还是一种刺激，邀请外行进入它的世界，逐渐改变外行读者，让他开始嗅到自己阅读的文本之前的文本所逸散出来的芬芳。

那么，互文反讽与《圣经》式的或是但丁式的寓言之间的关联呢？是有一些。互文反讽对于那些已经世俗化的、不再向文本寻求性灵价值的读者而言，也能提供互文性的第二层意义。四种意义理论中《圣经》式的和诗的第二层意义，允许文本纵向绽放，容许我们朝来世和永生更加靠进一步；而互文性的第二层涵义是水平方向的，像迷宫的、回旋状的、无止境的，从这一文本跑向另一文本，除了互文性的不停呢喃听不见其他杂音。互文反讽的前提是绝对的内在论。对于那些已经丧失升华超越感觉的人们，它提供了许多启示。

然而，我不太看重那些对于这点多加道德议论并且从中获取互文反讽是无神论美学这一结论的人。那只是一种技巧，这种技巧可以由一部目的在于启发性灵第二层意义的作品所激发，而且不仅这种作品可以，其他以高度道德教诲自居抑或能够谈论死亡以及无限的作品同样也行。

雷莫·切塞拉尼[1]很好心地指出，我口中的后现代精神并非不包含一丝一毫的忧郁和悲观[2]。这是一个迹象：互文反讽并不是处处都以对话现象无忧无虑的嘉年华作为前提的。然而有一点千真万确：文

---

[1] Remo Ceserani（1933—2016），意大利学者。
[2] 参见《埃科以及后现代主义》（*Eco e il postmoderno consapevole*），收录于《叙述后现代》（*Raccontare il postmoderno*，都灵：博拉蒂·博林吉耶里出版社，一九九七年，第一八〇至二〇〇页）。——原注

本在被拷问时会要求它的读者注意到拷问之前就存在的互文性的隆隆声响,还有,作者和读者也知道如何在世俗书写的玄秘文本中彼此结合起来。

《诗学》与我们*

身为意大利人,请容许我以一个世纪儿的忏悔的方式来讨论亚里士多德的《诗学》。意大利文化孕育了许多文艺复兴时期专精亚里士多德作品的评论家,到了巴洛克时期则由泰绍罗在大作《亚里士多德望远镜》中把亚里士多德的诗学理论重新介绍给后伽利略时期的物理世界,把它当作唯一可以接近人文科学的钥匙。但在接下去那个世纪开始时,这个相同的意大利文化传统又因为维柯的《新科学》而更形丰富了。在《新科学》里,作者对亚里士多德的每一个定律见解重加质疑,目的在于建立一套在所有规则以外发展起来的语言和诗。如此一来,维柯不自觉地开启了针对心灵那不可预测之自由的哲学、语言学和美学(而在法国,从布瓦洛[①]到夏尔·巴托[②],从驼子勒内[③]到杜波斯再到百科全书派,作家们则一直处心积虑想要通过作品鉴赏的规则为悲剧订立规范)。

从历史探出头来而最后又变成历史一部分的,并非法国古典主义和上流社会的性灵,而是黑格尔浪漫主义的精神。因此,从十九世纪的理想主义到克罗齐美学,意大利文化在大约一百年当中基本上是排拒所有修辞学以及诗学的。在理想主义美学中,所有语言从一开始便是建立在美学创造之基底上的,诗这一现象不再被描述成从事先存在的标准中偏离逸出的东西,而是一片新的曙光。克罗齐针对亚里士多德的寥寥几页文字展现了一些无可救药的偏见，而且这些偏见又以形式上无懈可击的诡辩法包装起来；这种美学始于鲍姆加登④"美是感性认知的科学，是较低层次的认知学"这一理念；亚里士多德如果死而复生是读不懂鲍姆加登的，因此亚里士多德对于美学也就没什么好说的。

早年间，当发现盎格鲁-撒克逊的文化传统还一直不间断地严肃看待亚里士多德的《诗学》时，我这个年轻人浑身不禁爬过一阵哆嗦，感觉上好像是维多利亚时代被排挤到社会边缘的年轻同性恋男子。

在德莱顿⑤或霍布斯⑥的作品里，抑或在雷诺兹⑦或塞缪尔·约翰逊⑧的作品里发现亚里士多德的蛛丝马迹，一点都不让我惊奇，在华兹华斯或是柯尔律治的作品中（纵使模糊不清而且有时还很具争议性）看到对《诗学》的指涉更是不在话下。但是读到与克罗齐同时代的诗人或是批评家仍把亚里士多德视为榜样和指涉对象的文化纲要时，我可就惊讶得不得了。

美国批评理论当中的一本经典作品，理查兹⑨于一九二四年出版的《文学批评原理》（*Principles of Literary Criticism*）一开头便提到亚里士多德；如果说韦勒克和沃伦合著的《文学理论》（一九四二年）

---

* 本文为"应用远古的当代策略"研讨会（巴黎索邦大学，一九九〇年十月）上发表的论文之简要版本。——原注
① Nicolas Boileau-Despréaux（1636—1711），法国诗人。
② Charles Batteux（1713—1780），法国哲学家。
③ René Le Bossu（1631—1680），法国评论家。
④ Alexander Gottlieb Baumgarten（1714—1762），德国哲学家。
⑤ John Dryden（1631—1700），英国诗人。
⑥ Thomas Hobbes（1588—1679），英国哲学家。
⑦ Edward Reynolds（1599—1667），英国神学家。
⑧ Samuel Johnson（1709—1784），英国作家。
⑨ Ivor Armstrong Richards（1893—1979），英国文学评论家。

处心积虑地想要混合盎格鲁-撒克逊的批评原则、俄国形式主义以及布拉格结构主义的学说，那是因为他们几乎在每一章里都指涉到亚里士多德。到了一九四〇年代，新批评的大师们都将亚里士多德当作较劲的对象。我发现在毫不掩饰地将自己定义成"新亚里士多德主义者"的芝加哥学派中，包括了像弗朗西斯·弗格森这样的当代剧场评论家（参见《剧场的理念》，一九四九年），他用情节以及动作的观念去诠释《麦克白》并认为后者是对动作的模仿，另外还有诺思罗普·弗赖伊[①]，他在《文学批评剖析》（Anatomy of Criticism）里讨论了亚里士多德关于神话的概念。

不过，我们只需要提一下《诗学》对于乔伊斯这一类作家的影响。他不仅在一九〇三年的《巴黎笔记本》（写成于他在巴黎圣热纳维耶芙藏书馆里用功的期间）里谈论到《诗学》，而且又在一九〇四年以此为主题发表了一首谈论情感净化的诗。他告诉吉尔伯特[②]，《尤利西斯》里风神埃俄罗斯的那段插曲是以亚里士多德的《修辞学》为基础写出的。在一封一九〇三年三月九日写给他兄弟斯坦尼斯劳斯的信中，乔伊斯曾批评剧作家辛格的作品不符合亚里士多德的标准。一九一七年四月九日他写信给庞德的时候提到："我写《尤利西斯》的过程就像亚里士多德可能会说的那样，不同部分运用不同方法。"最后，在《一个青年艺术家的画像》里有关文学文类的理论很明显是源自亚里士多德的思想。在那部作品中，斯蒂芬·迪达勒斯对怜悯以及恐惧提出了自己的定义，他对于亚里士多德的《诗学》在那方面没能提出自己的定义而感到惋惜，却不知道其实亚里士多德先前就在《修辞学》中讨论过那个主题了。由于某种教人惊奇的类似性，乔伊斯所发明的定义和《修辞学》里面所提到的十分

[①] Northrop Frye（1912—1991），加拿大文学评论家。
[②] Stuart Gilbert（1883—1969），英国文学学者。

相近，然而他当年是跟着耶稣会教士学习的，所以除了圣托马斯的二手版本之外，他一定也参阅了对于亚里士多德进行描述的三手文字。这里不必再提乔伊斯身处的英语文化环境，前面我们已经谈过后者对亚里士多德思想所表达的高度兴趣。

然而，我相信自己是在阅读爱伦·坡的《创作哲学》的时候，体会了自己最决定性的亚里士多德经验。在这本书中，爱伦·坡一字一字、一段一段仔细分析了自己的诗作《乌鸦》的源起、技巧，以及存在的理由。在他的论述中，亚里士多德这个名字始终未曾出现，可是后者的模式一直都在，连他所使用的不少关键字眼都是。

爱伦·坡论述的重点是："灵魂强烈而纯粹的提升"（即美）如何通过构思上的苦心经营来达成。此外，他的另一个目的在于展示"作品如何一步一步以精确的程序和类似数学般缜密的方法来完成"，同时持续地关注印象（从物理的层次来看是阅读作品所需时间和情节所经时间的对应）、诗的领域和情调的统一。

这篇文章了不起的地方是，作者解释了他借以达到自然流畅印象的规则，而且这个讯息虽然同任何所谓"难以言喻"的审美标准背道而驰，却和《诗学》所传递的讯息是同一回事。亚里士多德的这种教诲后来也可以在伪朗吉努斯的《论崇高》里看见，而这本书一向被视为赞颂说不出所以然的美学的翘楚。《论崇高》确实要告诉我们一种并非奠基于理性或是道德信念的诗的效果，而且是以狂喜或者一见钟情的形式存在的惊奇感觉。然而，从那篇论文的第一页开始，那位不知名的作者便清楚地告诉我们：他不仅要对自己论述的对象加以定义，而且连带也要向我们解释它要运用何种技巧产生出来。因此，在作品的第二部分里，我们发现一系列对于修辞策略的细腻分析，而且根据他的说法，唯有采用这些策略，唯有通过可定义的程序，作者方能达到那不可定义的效果。

爱伦·坡采用几乎同样的方法，只是他的《创作哲学》是个吸引人又暧昧不清的文本：那是其他诗人得遵循的规律吗？或者是一种针对广义艺术的迂回理论？是由个人的写作经验而来，还是由一位从批判性读者的立场看待自己作品的作家所写？

这个文本丰饶的暧昧特质曾引起伯克的注意，正是他以清晰明确的亚里士多德式语汇解析了爱伦·坡的文本。如果诗学这门学问的确存在，那么它绝对和被视为面向读者的商业咨询的批评，或者采取赞同或者不赞同的立场无关。它将会探讨语言各侧面的其中一种，而且在这层意义上，它将是批评者适当的目标，如同诗歌正是诗人的目标一样。"以诗学的观点来研究诗，其实是把诗的本质视为一个种类（一个文学种类或模式）的方法。"① 在这层意义上，伯克的定义和布拉格学派所给的十分相近，因为对后者而言，诗学这门学问目的在于解释文学的文学性，换句话说，它的功能在于阐明为何一个文学作品能被定义成文学作品。

伯克非常清楚，定义文学的程序和文类的规则，会导致这门学问从描述性的转变为规范性的，一如以前就发生过的。然而，诗学无法逃避陈述规则的义务，而这些规则通常已经蕴藏在诗人写诗的实际操作之中，就算诗人自己没能意识到这点也是一样。

另一方面，爱伦·坡对于那些规则却很清楚，因此也就以哲学家兼艺术家的身份创作。也许他是事后诸葛，那就是说，在创作的过程中对于那些规则浑然不知，只是后来以读者身份审视自己的作品时他才明白，为什么《乌鸦》一诗能营造特殊效果，为什么大家称它为一首好诗。作者爱伦·坡所进行的分析或许换成雅各布森那样的读者也能进行。因此，在将自己的诗作视为特例并分析它的创

---

① 参见《特论诗学，通论语言》（*Poetics in particuliar*, *Language in general*），发表于《诗歌》（*Poetry*，一九六一年）；后来又发表于《作为象征行动的语言：论生活、文学以及方法》（*Language as Symbolic Action: Essays on Life, Literature, Method*，伯克利、洛杉矶：加利福尼亚大学出版社，一九六六年，第三十二页）。——原注

作技巧时,爱伦·坡认出了艺术创作过程的普遍策略。

爱伦·坡的论文从它所乞灵的原则到它的目的、结论,乃至于暧昧特性,其实都是亚里士多德式的。卢博米尔·多勒泽尔认为很难分辨亚里士多德的《诗学》究竟是批评性的作品(也就是说,目的在于对自己所讨论的作品进行价值判断的文章)还是诗学(如同上文所见,诗学的目的在于替文学性下定义)①。多勒泽尔在引述弗赖伊的同时也提醒我们:诗学突显了一种可理解的知识结构,这种知识本质既非诗也非诗的经验(回溯到《形而上学》里出现的一些区分);同时,他也将诗学视为一种能产的科学,其目的在于知识,为的是要创造东西。

在这层意义上,《诗学》并不诠释个别的作品,因为对它而言,个别的作品不过就是拿来印证理论的例子。但在追求这个目的的过程中,它陷入了矛盾;在试图掌握诗歌本质精髓的过程中,它错失了诗歌最基础的特征,也就是说,诗歌的独特性以及所呈现的多样性。

因此,多勒泽尔观察到,亚里士多德的《诗学》同时是西方文学理论以及西方文学批评的奠基文本,而这正是它与生俱来的矛盾所造成的结果。《诗学》建立了一种批评的元语言,而且容许将判断建立在这种元语言所提供的知识上。然而,这种结果是以某种代价换来的。每一种提倡理想结构而且故意忽略特定作品独创性的诗学,到最后总会变成只针对诗学作者心目中最顶尖作品的理论。因此,甚至亚里士多德的《诗学》(允许我拐弯抹角地将波普的话重说一遍)也具有自己的"影响美学",而亚里士多德每挑出一个特例就等于多违反一次他自己订立的批评原则。

---

① 参见《作为文学科学的亚里士多德诗学》,现名为《亚里士多德:诗学以及批评》,发表于《西方诗学:传统和进步》(*Occidental Poetics: Tradition and Progress*,林肯:内布拉斯加大学出版社,一九九〇年,第十一至三十二页)。——原注

根据杰拉德·埃尔斯[①]的看法，真正符合亚里士多德标准的希腊悲剧只有十分之一[②]。恶性循环的结果是，某种出于直觉的批评论断已经树立在前，并且决定了它将选择赖以订定通则（在批评方面证明论断适切合理的通则）的文本是哪些。多勒泽尔指出，埃尔斯的陈述也是植基于批评的偏见之上，不过后者的论证无论如何还站得住脚，因为它突显了那个使整个诗学以及批评产生缺陷的恶性循环。

于是，我们发现自己面临的不是长久以来信以为真的那项对立，即规范性的诗学和于整体观上操作、从不容许个别作品的现实面危及其严整性的美学体系（比如，阿奎那"美是聚拢在一起的形而上的光辉"的名言，是一条让我们可以同时借以判断《俄狄浦斯王》和一篇好的冒险故事的美学定义）之间的对立，而是在轮流互为前提的描述性理论以及批评实践之间的那种摆荡。

亚里士多德告诉我们的，不仅是诸如秩序和标准、相似性和必需性或者有机平衡等抽象评断标准，还包括会否定每种对于《诗学》的纯粹形式主义阅读的评断标准。悲剧里的基本要素是情节，而情节则是对于行动的模仿。行动的目的则是行动所产生的效果，而这个效果则是净化。一部悲剧如能排除激动情绪借以达到净化情感的目的，那么它即美的。因此情感的净化便是悲剧作品最巅峰出色的成就，而且这并不是作为被书写或是被表演的论述，而是作为被接受的论述存在于悲剧里。

《诗学》代表了接受美学的首度面世，但它也呈现了一些所有以读者为取向的理论尚未解决的问题。

我们知道，净化说有两种诠释的方法，而这两种方法则被那个

[①] Gerald Else（1908—1982），研究希腊文和拉丁文的美国学者。
[②] 参见《亚里士多德的诗学》（*Aristotle's Poetics*，剑桥、伦敦：哈佛大学出版社，一九五七年。）——原注

出现在一四四九年版本中的谜面似的句子所支持：悲剧造成这种激动情绪的净化。

最早的诠释是：亚里士多德认为那是一种净化作用，让我们从我们自己的激动情绪的强烈经验中解放出来，而这似乎也是《政治学》所暗示的（然而可惜的是，说到进一步的解释，它又反过来要读者参考《诗学》，可是这两本书都没有对这个问题提出解释）。因此，净化便必须用传统的医学观点来理解，好比是顺势疗法的作用，观众通过对角色情绪的认同而达到纾解的效果，而且这种效果被当作一个不能避免的经验强加在我们身上。从这个角度审视，悲剧就像一部纵容心理发泄的机器（照道理说，这种效果似乎只能由喜剧所产生，可是我们对于亚里士多德为喜剧下的定义所知甚少）。

第二种诠释是以对抗疗法的原理看待净化说，好像净化作用是由激动情绪本身所引发，因为这些激动情绪被"美丽地"呈现出来，并且被拉开一段距离观看，仿佛那是他人的情绪，是通过一位观众的冷眼旁观，而那位观众几乎变成一只澄澈的、脱离肉体而存在的眼眸，他所享受的并非自己体验过的激动情绪，而是将那些情绪置放在舞台上的文本。

如果将这两种诠释间的冲突推到极端，我们不妨说，在第一种诠释中，净化作用导向一种酒神狄俄尼索斯式的美学，而在第二种诠释中，它则通往阿波罗式的美学。用浅显的语言来讲，在一边是迪斯科舞厅以及低俗小说的美学（下文我将谈到如何把《诗学》当作关于媒介情绪的理论来读），而在另外一边则被视为宁静超脱的观照的时刻，在那其中，艺术将真理的光辉展现在我们眼前。

这种暧昧模糊的情况要归因于亚里士多德汲取灵感的源头：毕达哥拉斯的门徒"为灵魂的激情而适切讴歌，有些唱的是虚弱，有些唱的是愤怒，通过这个方法，借着适当地刺激或是抬举激情，他们将会返回勇敢的美德"（参见杨布里科斯的《论毕达哥拉斯》）。毕达

245

哥拉斯运用诗歌文本，比方荷马作品中古希腊祭酒神狂热的合唱曲、挽歌或是哀悼之词，来达到净化作用。因而我们可以很合理地推断，亚里士多德要说的是，通过对于悲剧这一伟大现象之惊人组织的自由观照可以达成净化作用，而且他同时又被自己文化中的心理宣泄力量所迷住。

《诗学》当中还有其他能够产出丰富意义的暧昧性。亚里士多德是亚历山大时期的人，已经部分丧失了公元前五世纪典型的宗教心灵。他的贡献有点像是当今的西方民族学家，试图在野蛮人的故事中找出普遍恒常的成分，而这些故事虽然令他着迷，但他也只能从外部加以理解。于是，我们在这里遇到了另外一种对于亚里士多德的解读，虽然非常现代，却也是他自己鼓励的方式：他表面声称在谈悲剧，而事实上却提供给我们叙事的符号系统。悲剧的壮观之处包含故事、角色、思想、警句格言以及音乐，但是"这些要素当中最重要的还是行动的构成……毕竟悲剧的目的是故事以及事实"（1450a 15-23）。

我同意利科①的看法：在《诗学》中，叙述建立于情节之上，这种构建故事的能力，即情节的安排，变成一种普遍的类属，而史诗便是其中一支②。《诗学》所讨论的文类就是通过情节来再现一个行动，而史诗的叙事以及戏剧的模仿只是这种文类的分支而已。

现在，情节理论也许是影响二十世纪最深远的东西。最早的叙事理论在俄国形式主义风行的时代出现。他们一方面提出故事和主题的区分，另一方面又将故事解构成一系列的叙事主旨以及功能。在什克洛夫斯基、韦谢洛夫斯基或者普罗普的文章中，很难见到对

---

① Paul Ricoeur（1913—2005），法国哲学家。
② 参见《时间和叙事》（*Time and Narrative*，芝加哥、伦敦：芝加哥大学出版社，一九八四年，V1，第二页）。——原注

亚里士多德的直接指涉，但是在最早的俄国形式主义者维克多·厄尔里西的研究中[①]，形式主义受到的亚里士多德传统的影响被清清楚楚地加以剖析（尽管厄尔里西正确地指出，形式主义者观念中的故事和主题严格上是不等同于行动和情节这两个观念的）。同样地，我们也不妨说，亚里士多德的叙事功能在数量上也没有普罗普来得多。但是深层的原理是一样的（这点完全不必置疑），而且在一九六〇年代初期就被第一批的结构主义批评家注意到了（然而如果不提戈齐[②]——他生于十八世纪，却没有忘记亚里士多德的教训——和他的两位传人普罗蒂[③]以及苏里奥[④]关于戏剧情境的理论，那便是不公平的）。

罗兰·巴特在他的《叙事作品结构分析导论》中写道："世上叙事作品之多，不可胜数。""因此恰当合理的做法是：不放弃任何以普遍性为前提对叙事进行的讨论。在亚里士多德以后的时代中一定断断续续地保留着对叙事形式的兴趣，所以如果新崛起的结构主义将这个形式视为自己首要关切的事也是再正常不过的了。"巴特的这篇论文首度发表于《交流》杂志一九六六年第八期，而在同一册中我们也看到热奈特的文章《叙事的边界》（*Frontières du récit*）。后者的基础是对于亚里士多德的阅读，一如布雷蒙[⑤]故事符号学的最早梗概可以被视为对亚里士多德所提出的形式结构的严谨系统化整理（说来奇怪，托多洛夫虽然在自己其他的作品中显出对于亚里士多德的认识很深，可是他的《〈十日谈〉语法》却完全建立在纯粹的语法基础上）。

我的意思并不是指关于情节和叙事现象的理论只出现在我们这

[①] 参见维克多·厄尔里西（Victor Erlich）的《俄国形式主义：历史与理论》（*Russian Formalism: History-Doctrine*，海牙、纽约：穆同出版社，一九八〇年）。——原注
[②] Carlo Gozzi（1720—1806），意大利剧作家。
[③] Georges Polti（1867—1946），法国剧作家。
[④] Étienne Souriau（1892—1979），法国哲学家。
[⑤] Claude Bremond（1929— ），法国学者。

个世纪①。但是有一件事的确耐人寻味：当文化将注意力集中在《诗学》这个"强势的"方面上时，就像大家有目共睹的，小说的形式却反而进入了面临危机的阶段。

然而，说故事和听故事是一种生物功能。我们很难逃过情节在赤裸状态的诱惑。即便乔伊斯逃过希腊古典悲剧的规则，却还是逃不过亚里士多德式的叙事概念。他可能也会令后者陷入危机，但是他毕竟承认那种概念。我们可以理解利奥波尔德·布卢姆和莫莉·布卢姆的无冒险状态，可那是因为我们对照了对汤姆·琼斯②或者忒勒玛科斯③冒险故事的记忆背景。即使新小说拒绝让读者在阅读的过程中产生怜悯或是恐怖的感觉，但我们已先入为主地认定故事本来就非得引起激动的情绪不可，所以新小说在这种背景下就变得刺激了。这是生物学中的反扑现象：当文学拒绝给我们情节时，我们就往电影或者报纸的报道里头寻觅。

此外，我们这一代人深受情节理论吸引还有另一个原因。实际

---

① 反过来看，孕育小说这种文类的文化也一直在持续产生关于情节的理论。十七世纪以后，意大利文化的特色是排拒亚里士多德学说的，然而我不想在这里论断这种现象的成因和影响为何，不过有件事必是真的：意大利在好几个世纪当中，根本没有产生好的小说或是有水准的情节理论。尽管在短篇小说这类由薄伽丘起始的说故事文化上表现亮眼，但意大利文学界产生优质小说的年代远较其他文化要晚。我们的巴洛克小说在数量上虽然可观但是缺乏巅峰之作（即使在那个时代，亚里士多德仍旧拥有他的信徒），而且这种乏善可陈的局面一直持续到十九世纪。就算到了十九世纪，能与狄更斯、巴尔扎克和托尔斯泰作品并驾齐驱的小说也只寥寥可数。小说是中产阶级市民文化的产物，这点毋庸置疑，而且意大利在薄伽丘的时代正是这个阶级新兴勃发的阶段，可是和欧洲其他地区比较起来，现代意义的中产市民阶级也是延迟许久方才诞生。不管这种现象是因是果，意大利文化反正也没有创造出什么情节理论。由于这个因素，意大利（这个国家如今拥有一流的侦探小说作家，而且在第二次世界大战之前就已经可以推出两三位在这方面堪称大师的人物）并不是侦探故事发源和成熟的地方；侦探故事说穿了其实只是基本元素被赤裸呈现的《诗学》，是一连串事件被复杂纠缠在一起的局面，而情节只是告诉我们侦探是如何抽丝剥茧，将那些事件的脉络整理出来。——原注
② Tom Jones，亨利·菲尔丁小说《汤姆·琼斯》中的人物。
③ Telemachus，希腊神话中尤利西斯的儿子，也是荷马史诗《奥德赛》中的人物。

的情况是：我们劝服自己，故事/叙事论述（或者说行动/情节论述）的模式不仅仅用于解释那种在英文中被称为*虚构作品*的文学文类，每种论述都有一个叙事的或者能从叙事角度展开的深层结构。我想举出格雷马斯①对于杜梅齐尔②为其小说《大天使的诞生》所作导论的分析为例。这篇导论是科学性的文本，却包含一个颇具争议性的结构，具体表现为传统的情节逆转、敌手间的斗争、胜利以及失败。在拙作《故事中的读者》（米兰：邦皮亚尼出版社，一九七九年）中，我尝试证明我们如何在一篇表面上看来毫无情节可言的文本底层看出故事，比如斯宾诺莎《伦理学》开篇的那段文字：

> 因此，我理解到，他（上帝）的精髓牵涉存在，或者，他的本质除非被看成存在，否则无法想象。

这里至少可以看出两个内在的*故事*。其一与一个隐性的施动者*我*有关，因为这个*我*执行了 intelligo 的行为，而且经由这行为，对于上帝的认知便从混淆转为清晰。不要忘记，如果 intelligo 被诠释为"我理解到"或者"我认识到"，那么上帝依旧是不受行为改变的客观存在；可是，如果我们将这个动词翻译成"我要表示"或者"我要陈述"，那么施动者通过定义的动作便建立起他论述的客体（并使得这个客体以文化客体的形式存在）。

然而，这个拥有自己特殊属性的客体则是另外一个故事的主体。这个主体执行了一个动作，而通过这个动作，通过本质实有的事实，他便存在。在有关上帝本质的这个现象里似乎并无任何事情发生，因为在他的本质实有与他存在的这一实现之间，是完全没有时间间

---

① Algirdas Julien Greimas (1917—1992)，立陶宛语言学家。
② Georges Dumézil (1898—1986)，法国对比语言学家。

隔的（事实上，二者都不是从潜在的可能发展成为实际行为的，而是一直都在那里），而且当他的存在实现时也不会影响他的本质。当然，这是一个极端的情况，在这里，动作和时间的流逝都处于零度位置（也就等同无限），而且上帝一直都以自我呈现的方式行动，不间断地，并且永恒地产生一项事实：经由他本质实有的简单事实，他便存在。对于一个冒险故事而言，这可能不够多，但是至少已经具备产生一个故事的条件了。也许，这里没有出人意表的情节逆转，不过这说到底还是取决于读者的敏感度。这样一种故事的典型读者应该是一位玄学或者形而上学专家，一位文本的合作者，能够在无故事性当中感受到最强烈的情绪，而这个无故事性的不凡特性也一直都像晴天霹雳一样震撼着他。对上帝知性的爱对他而言是一种炽烈的情愫，即便只是体认"必然"的存在，他也会感觉到震慑和持续不断的讶异。

如果我们如今发现，每个哲学性或是科学性的论述也都可以当作叙事文本加以阅读，那是因为和其他时代比起来，现在的科学和哲学（甚至在它们讨论小说危机时也一样）常以伟大的叙事体裁自我展现，而且针对这点已经有人为文探讨。这并不是说（但有些人会持这种看法），作为叙事体裁，它们就不必从自己所呈现的真理的角度被检验判断；它们只是想运用一个在叙事上引人入胜的结构去表达真理。而且如果那些伟大的哲学叙事看上去仍显不足，当代哲学便不向过去的大师汲取灵感，反而另起炉灶，向普鲁斯特、卡夫卡、乔伊斯或者托马斯·曼借镜。这并不表示哲学家放弃追寻真理的职志，而是说明艺术以及文学也担任追寻真理的责任。不过，这些都是边缘而次要的视角，是亚里士多德未曾论及的。

《诗学》具有多重面貌，并且也产生了矛盾的结论。在我刚刚发现亚里士多德的现代性时,我记得有一本莫蒂默·阿德勒[1]所写的书。这是一本以亚里士多德学说为理论依据所写的有关电影美学的著作。在这本《艺术与谨慎》(*Art and Pruderce*)中,我们见到如下的定义:"一部电影代表了一个完整的行为,有一定的长度,将意象、音效、音乐以及其他东西组合起来。"也许这个定义的学术味道太浓(阿德勒信奉圣托马斯的学说,也曾启发过麦克卢汉[2]),但是其他的作者也都一致支持如下理念:纵使《诗学》无法定义"高级"艺术,但是用来定义通俗文化和艺术却还不失为完美的理论。[3]

我并不接受《诗学》无法定义"高级"艺术的论调,但是如下这个观念则是千真万确的:《诗学》由于强调情节的法则,因此特别适合用来描述大众传播的策略。它当然也适用于针对约翰·福特[4]风格西部片的理论。这并不是说亚里士多德是什么了不起的先知,而是因为凡是想利用情节将动作搬上舞台或是放进银幕的人(西部片二话不说正是运用自如的例子),除了遵循亚里士多德早先看出的东西之外别无他法。如果说故事是种生物功能,那么亚里士多德在他的叙事现象生物学中已经搞清楚所有必要的内容。

大众传媒和我们的生物倾向并非异质异类的东西;正好相反,我们只能责怪大众传媒具有人性,太具有人性了。问题(如果问题果真存在)在于它们所触发的怜悯以及恐惧是否真能起到情感净化的作用;可是如果我们以顺势疗法最简单的意义去理解净化作用(大声叫出来,你会觉得好受一些),那么在这种极简的状态下,《诗

---

[1] Mortimer Adler(1902—2001),美国亚里士多德学派哲学家。
[2] Marshall McLuhan(1911—1980),加拿大媒介理论家和哲学家。
[3] 参见朗波(Robert Langbaum)的《亚里士多德与现代文学》(*Aristotle and modern literature*),收录于《美学与艺术批评学志》(*Journal of Aesthetics and Art Criticism*,一九五六年九月)。——原注
[4] John Ford(1894—1973),美国导演,擅长拍西部片,电影作品有《关山飞渡》等。

学》确实被运用到了。

我们甚至不妨说，如果人们坚持亚里士多德的理念，认为情节的建构将会产生有效的效果，那么就只会掉入大众传媒的症候了。让我们回到爱伦·坡的例子。如果只读他为激发读者情绪（他也将此视为目的）所写的文字，那么我们或许会认为自己遇上了像电视连续剧《朱门恩怨》编剧之流的人物。因为爱伦·坡的意图在于写出一首能引发忧郁感觉的诗（"因为忧郁是所有诗歌情调中最合适的"），而且篇幅压缩在一百来行，所以他苦心寻思到底哪种引发忧郁感觉的主题是最强烈的，最后得出死亡这个答案，此外，最能引发忧郁感觉的死亡正是美丽女子的香消玉殒，这"毋庸置疑是世界上最有诗意的主题了"。

如果爱伦·坡眼中只看到这些原则，那么他写出来的只会是一个爱情故事。幸好，他还明白，如果情节是每个故事最强势的一环，那么就必须仰仗其他要素来抑制它。他避开了大众传媒的陷阱，因为他运用了其他的形式原则。于是，他对作品行数的精心计算，他对永不复焉这个词音乐性的分析，还有帕拉斯苍白的胸脯与乌鸦黑亮羽毛之间的视觉落差以及其他一切，让乌鸦成为诗意的构思而非恐怖电影的手法，在在都令作品成为超凡脱俗的创举。

可是我们面对的依旧是亚里士多德。爱伦·坡精心设计出一种适切的、有机的混合体，将辞藻、场景、思想、性格以及唱段融为一体。这便是他将血肉赋予情节骨架的方法。大众传媒能令我们哭泣，能慰藉我们，然而通常不容许我们在享受架构稳当的"娱乐"的同时，洗涤我们的心灵。不过如果大众传媒偶尔达到这种境界——而且在我看来《关山飞渡》的导演福特当然登上了这种境界——那么便也算成就了《诗学》的理想。

现在让我们谈谈最后一个暧昧模糊的地方。《诗学》是第一部发展出隐喻理论的作品。利科(他引述了德里达对这个主题的看法,后者曾说在亚里士多德的观念中,被定义的东西是暗含在定义者内的)认为,为了解释隐喻,亚里士多德创造了一个隐喻,从运动这一概念中借来的隐喻[1]。事实上,亚里士多德的理论让我们面对了所有语言哲学最基本的问题,也就是说,隐喻究竟是每种零度书写的诞生处,还是对字面意义的背离。

尽管我坚持如下观点:在分析书面文本的时候,诠释理论必须以字面的零度作为先决条件,而隐喻则是必须被诠释的意义偏离。但是另外一个事实也是真的:如果我们从语言发生学的观点来看(不管是像维柯坚持的那样在语言的源头,还是在每个诞生的文本的源头),我们必须把创造力涌现的时刻考虑进去,因为那种涌现唯有以隐喻的模糊性为代价方能成功,我指的是在为一种尚未被人所知或者尚未命名的东西命名时那种隐喻的模糊性。

亚里士多德所坚持的隐喻的认知力量(虽然这一点见于《修辞学》而非《诗学》)——不管是在把某种新的事物摆在我们眼前的时候(所用的媒介是先前就存在的语言),还是在邀请我们去发现一种未来语言的规则的时候——是很明显的。然而,乔姆斯基[2]派语言学的各种异端思潮(尤其是乔治·莱考夫),也就是亚里士多德最后的遗绪,今天却把一个基本和极端的问题摊在我们眼前(尽管其本质已见于维柯的思想中);这个问题关注的不是具有创造力的隐喻怎样作用于已经建立的语言,而是已经建立的语言如何仅仅通过接受(在解释那门语言的字典中)模糊、暧昧,以及隐喻上的七拼八凑便

---

[1] 参见《隐喻的规则:语言中意义创造的跨领域研究》(*The Rule of Metaphor: Multi-disciplinary Studies of the Creation of Meaning in Language*,伦敦:罗德里奇出版社、开根·保罗出版社,一九七八年,I.2)。——原注
[2] Noam Chomsky (1928—),美国当代最著名的语言学家,主张生成语法,认为语言生而有之。

能够被理解。①

如果说莱考夫是通过传统语义学的碎片创造出另一种语义学的先驱之一（在前一种语义学中，定义是以原子属性为基础的，而在后一种语义学中，定义则是以一连串动作的形式被呈现的），这绝非偶然。

这种新的趋势有多位先趋（他们认出莱考夫承继自亚里士多德的东西），而其中的佼佼者伯克以他的语法学、修辞学以及动机象征主义理论而著名。在他的理论体系中，哲学、文学以及语言都被以戏剧形式加以分析，运用行动、场景、行为者、工具和目的等观念的组合手段进行诠释。

更别提格雷马斯了。他毫不避讳地承认一个事实：关于叙事现象的理论左右了语义上的理解；这里我想到的是以行为者、反行为者、目的、工具等（参见费尔莫尔②、比尔维施③的理论）术语构建的语义框架-符号矩阵；我也想到许多在人工智能以及框架理论中运用到的模式。多米尼克·诺盖④最近出版了一本极有趣的、关于洋伞的符号学的恶搞作品（我在里面身兼男主角及受害者二职）。然而，他不知道现实要比虚构怪异得多，他也不知道人工智能中存在一种查尼克计算机模型，这位查尼克为了向一台计算机解释如何诠释各种出现"洋伞"一词的句子，便提供了一段对人和洋伞关系的叙事描述：大家怎么用它，它的材质以及用途为何。于是，洋伞的概念便被归纳为一系列行动的网络。

---

① 参见乔治·莱考夫和马克·约翰逊合著的《我们赖以生存的隐喻》。另请参见乔治·莱考夫的《女人、火以及危险事物》（*Women, Fire and Dangerous Things*，芝加哥、伦敦：芝加哥大学出版社，一九八七年）。——原注
② Charles Fillmore（1800—1874），美国语言学家。
③ Manfred Bierwisch（1930— ），德国语言学家。
④ Dominique Noguez（1942—2019），法国作家、语言学家。

亚里士多德并未尝试要将自己有关行动的理论和有关定义的理论配合起来，因为他受限于自己的分类标准。亚里士多德认为每个行动之前都有实体，是实体容许行动发生，或者说，实体必须承受行动。我们必须等到实体的概念出现危机，才能重新发现一种并非隐藏在他有关逻辑的著作，而是蕴含在他有关伦理学、诗学以及修辞学著作中的语义学，而且我们直到这时才会发现，即便是对本质的定义也能够从行动的角度加以清楚说明。

然而，亚里士多德也有可能从柏拉图的《克拉底鲁篇》(Cratylus)展开联想。我们知道柏拉图的这本著作是一部关于立法者的神话，这里的立法者也可以称为"命名者"，好比希腊哲学里的亚当。不过，有一个问题可以远溯到柏拉图以前的时代：究竟命名者给予名字时是根据约定俗成的惯例，还是说名字背后的动机是事物的本质。至于苏格拉底（柏拉图则是通过苏格拉底）到底选择了这两个办法中的哪一个才促成了（而且现在依旧如此）对《克拉底鲁篇》卷帙浩繁之评论著作的产生，不管答案为何（柏拉图似乎每次都偏好关于动机的理论），柏拉图提出过许多字词不呈现事物本身而是行动源头或是结果的例子。比如，神这个词主格和所有格之间的奇怪差异（Zeus/Dios）应归因于一项事实：原始的名字表现的是一个动作，即生命通过它被施与（di'on zen）的动作。同样，据说人这个词可以简化成能对所见事物加以思考这一意义，那么人和动物之间的不同便在于前者不但能看见，还能对自己的所见加以推理和反省。这样一来，我们不禁要严肃看待柏拉图所提供的词源了，因为我们想起托马斯·阿奎那在考量人是会死亡的理性动物这一古典定义时仍旧坚持，像理性这种特别的差异（将人从其他所有生物群中分离出来的一点）并不是原子上的偶然，而是我们给予一系列有继起秩序的动作和行为的名字，并且只有经由这些动作和行为，我们方能认知到在某种生物身上存在着理性。人类的理性必须通过诸如讲话以及表达思想这类表征才能推断出来。换句话说，我们的这种天赋是行动的源头和因由，而这种天赋又只能通过我们行动的质量为我们所认识。

根据皮尔士所举的一个例子，金属锂的定义不仅取决于它在元素周期表上的位置和它的原子数，也有赖于对产生这种金属的程序和方法的描述。假设命名者知道锂并且也为它命名，那么他将因此创造一个像钓钩一样能捕捉一连串有继起秩序的动作的表达方式。比方，他眼里见到的老虎绝对不是具体体现"虎性"的个别老虎，而是能够发展某些行为、和其他动物互动、处在一个特定环境中的动物，此外这个故事也将和它自己的主角不可分离。

上面提到的想法已经离亚里士多德的主题太远了，不过说到他对行动的想法，我认为自己并没有偏离轴线。

不管怎样，这次演讲的主题是如何将远古的文化思想以现代策略重加应用，而每个应用的行为多少都意味着对原有意义的篡改。我一直坚信，康德是在《判断力批判》（虽说他看上去在讨论艺术）而不是在《纯粹理性批判》里对于我们的认知过程说出了最有价值的意见；那么，同样地，在寻觅某个知识的现代理论的过程中，我们为什么不用同样的方法从亚里士多德的《诗学》以及《修辞学》而非《分析篇》（或至少不只限于《分析篇》）中寻找答案呢？

三个反美世代的美国神话*

下面这段文字是从一九四七年八月三日（也就是冷战刚揭开序幕的前后）的《团结报》（*L'Unità*）里节录出来的。容我提醒诸位，《团结报》是意大利共产党的官方日报；在那个年代，这份刊物身负颂扬苏联共产主义的胜利和优点、批判美国资本主义文化罪恶的重责大任：

> 一九三〇年左右，当法西斯主义开始成为"世界希望"的时候，有些意大利的年轻人恰巧有机会在美国的书籍里发现美国，那是既深思熟虑又野蛮的美国，是既快乐又喋喋争吵不休的美国，放荡的、丰饶的、载负了整个世界的过往历史，但同时又是如此年轻、如此天真无邪。这些年轻人读了好几年这方面的书，并且加以翻译，同时心中怀着寻获宝物的乐趣以及叛逆的精神笔耕不辍，这令官方的法西斯文化气愤不已，可是他们的成就如此醒目以至于当局只能容忍他们以便挽回颜面……对很多人而言，和考德威尔①、斯坦贝克、萨洛扬②，甚至垂垂老矣的辛克莱·刘易斯③的心灵交流意味着开启了第一道自由的裂缝，国内首度有人开始怀疑，在世界文化中不是每件事都要以法西斯为依归……在这一点上，美国文化在我们看来便成为

一种非常严肃而且宝贵的东西。那种文化好像是一座巨大的实验室，在那里，人们利用各式各样的自由以及不同的方法去追求创造一种品位、一种风格以及一个现代世界的共同目标；而那种品位、那种风格以及那种现代世界，正是我们当中最优秀的人所追求的，也许没有那么直接，但是顽强的决心是不落人后的……在那段研究的岁月中，我们注意到，美国并不是"另外一个"地方，不是历史上一个"崭新"的开始，而是一座硕大无朋的剧场，在那里，每个人的戏剧都以更开放的胸襟演出……在那个年代，美国文化能让我们看见自己的戏剧仿佛在巨大的银幕上演出……我们无法公开在戏剧、故事以及问题里轧上一角，于是我们研究美国文化的态度竟有点像研究过往世纪的事，比方伊丽莎白一世时期的戏剧或者是新诗体的诗作。

上面这篇文章的作者是切萨雷·帕韦泽④。他当时已经是赫赫有名的作家，本身是共产党员，翻译过梅尔维尔以及其他美国作家的作品。一九五三年，卡尔维诺在为帕韦泽死后（他是自杀身亡的）出版的文集写导读时（那时卡尔维诺也是共产党员，后在匈牙利危机的时候退党），以如下文字表达了左翼知识分子对于美国的立场：

美国。在异议分子充满不满的时代，人们总会看到文学神

---

* 本文发表于"意大利的美国形象与美国的意大利形象"研讨会（哥伦比亚大学，一九八〇年一月）。因为听众是美国人，故而会有关于意大利人物的大量讯息（从维托里奥·墨索里尼到维多里尼）。——原注
① Erskine Caldwell（1903—1987），美国作家，作品多描写美国南方的穷人和黑人，著有《烟草路》等。
② William Saroyan（1908—1981），美国剧作家、小说家，著有《人间喜剧》等。
③ Sinclair Lewis（1885—1951），美国作家，一九三〇年诺贝尔文学奖得主。
④ Cesare Pavese（1908—1950），意大利作家，一九三〇年代文人投入政治、社会的代表人物。

话的诞生，因为他们都会拿外国和本国做一番比较，比方塔西佗以及斯塔尔夫人都重新创造了日耳曼。那被发现的国度通常仅是一处乌托邦、一个社会寓言，基本上和现实中的样子少有什么共同点；然而尽管如此，那还是很有助益，因为被强调的这些方面的确也是情势真正需要的东西……这个由作家发明出来的美国，血管中流动着多民族热腾腾血液的美国，那工厂烟囱冒着黑烟、田野降雨丰沛、反抗教会虚伪和群众大量聚集高喊罢工口号的美国，真的变成时代所有纷扰以及现实的复杂象征，那是美国、俄罗斯和意大利的混合体，还带有处女地的味道，那是法西斯主义处心积虑要否认并且排拒的综合体。

为什么这个暧昧的象征，或者说这种矛盾的文明，竟能够迷惑一整个时代的知识分子，那些成长于法西斯政权下的知识分子，那些受到学校教育熏陶、看着媒体大肆宣传罗马的雄伟特质并且谴责犹太人金钱民主政治的知识分子？为什么一九三〇和一九四〇年代的年轻一代能够超越政府的样板宣传，为自己选择另外一种教育，还能够利用自己强劲的反宣传来对抗法西斯政权？

容我提醒诸位，我们这次研讨会第二天的主题是意大利教育中的美国意象。如果将"教育"一词理解为公立学校课程的话，我便实在看不出这个主题如何引起我们的兴趣。意大利的学生都应该知道纽约市位于美国东岸，还有俄克拉何马是美国的一个州，而不仅仅是理查德·罗杰斯[1]和奥斯卡·汉默斯坦二世[2]所创作的音乐剧而已。可是，如果将"教育"一词理解为希腊人所谓的 paideia，那么我们的任务就刺激多了。Paideia 不仅仅是知识的传递而已，还指全

---

[1] Richard Rogers（1902—1979），美国流行音乐及音乐剧作曲家。
[2] Oscar Hammerstein II（1895—1960），美国音乐人、歌词作家、音乐剧制片人、导演。

部的社会技术，年轻人接受一套理想的教育，通过这些技术被引导进入成人的生活。为了达到这个目标，paideia 必须塑造出一个成熟的人格，某种 kaloskagathos（美由于善，善由于美）的特质。Paideia 一词译成拉丁文便是 humanitas（人文特质），而且我记得译成德文便是 bildung（教养），后者要比 kultur（文化）的涵义丰富得多了。

在远古时代，paideia 是通过哲学对谈以及同性恋关系来传递的。在现代社会中，取而代之则是学校的课程和规定研习的文本。但是近来，paideia 也和大众传播沾上边了。这不只是说书籍的流通成为大众传播的一项特征，而是因为在大众传播的丛林里，一个人选择自己的课程也能成为建构自己人文特质的方法。我想说的是，我们不应该武断地认定伍迪·艾伦和 paideia 有关联，而约翰·特拉沃尔塔则没有。如果回想自己在人文特质培养过程里的成长经验，我会在自己"精神源泉"的清单里列上《效法基督》《不，不，娜奈特》、陀思妥耶夫斯基以及唐老鸭。可是尼采和猫王在这张清单上却无立锥之地。我同意乔伊斯的说法："批判人生的不是诗歌，而是音乐厅。"

正是心里存着这种关于教育的想法，我决定用更宽广的视野来探讨三个世代意大利人的历史。这些意大利人因为不同的历史和政治因素，都或多或少认为自己是（或者自己应该是）反美的；从某个角度来看，他们各自以自己的方式来排斥或者支持自己的反美情结，也因此创造出一部美国神话。

我故事中的第一个人物曾在自己出版于一九三〇年代的文章上签下了蒂托·西尔维奥·穆尔西诺①的笔名。那是维托里奥·墨索里尼，意大利独裁者墨索里尼的儿子。维托里奥和一群年轻的激进分子过从甚密，对作为一种艺术、工业和生活方式的电影产生了极浓

---

① Tito Silvio Mursino，用换音修辞可得到维托里奥·墨索里尼（Vittorio Mussolini）。

厚的兴趣。他并不满足于贵为领袖之子的身份（尽管只需拿出这个特权就能赢得许多女明星的芳心），而是一心一意想成为意大利电影美国化的先驱英雄。

在自己创办的《电影》杂志中，维托里奥严词批判欧洲的电影创作传统，并且斩钉截铁地论断，意大利的广大群众在情感上只认同美国电影中的那些原型。他从明星制的角度探讨电影，文字之间流露出某种程度的坦诚，只是都和美学的关注毫无干系。他真心喜欢甚至崇拜玛丽·璧克馥①和汤姆·米克斯②，就像他父亲崇拜恺撒大帝和图拉真大帝的那股热情一样。在维托里奥看来，美国的影片就是人民群众的文学。此外博诺③在《邦皮亚尼一九八〇年纪事》一书中指出，尽管维托里奥是不自觉的而且用了不同的基调，但是他多多少少重复了葛兰西④民族-人民的艺术观；唯一不同的是，他竟是向日落大道和马里布之间寻找民族-人民艺术的根源。

维托里奥并非知识分子，甚至不算是成功的企业家。他当年亲自远赴美国，为的是要为两国的电影工业搭起桥梁，不过终是一场彻底的失败；一方面由于外交政治上的失态，另一方面由于意大利当局的暗中破坏（他的父亲一直抱着极大的怀疑看待这场奔波），另外再加上美国媒体的冷嘲热讽。阿尔·罗奇曾对他说，你毕竟是个中规中矩的人，为什么不索性把姓名改掉算了？

闲话不说，且让我们重读一下维托里奥·墨索里尼的陈述：

> 如下的说法难道是个异端？意大利年轻人的心态、精神以及性格与其说接近苏联、德国、西班牙和法国的年轻人，不如

---

① Mary Pickford（1892—1979），美国女演员。
② Tom Mix（1880—1940），美国男演员。
③ Oreste del Buono（1923—2003），意大利作家、编辑。
④ Antonio Gramsci（1891—1937），意大利思想家、意大利共产党创始人。

说和大西洋彼岸的年轻人更加契合。此外，美国群众喜欢视野开阔的影片，对于现实问题感觉敏锐，而且深受幼稚却快乐的冒险的吸引；另外，如果说由于缺乏长达好几世纪的历史、文化、制度以及哲学法则才使得他们具有那种年轻特质的话，那么美国的年轻人肯定比较接近我国大胆不羁的年轻一代，而相对与许多古老国家的年轻人比较疏远。

这段文字写成于一九三六年，而这个美国意象直到一九四二年（美国成为意大利的正式敌人）都没改变。即使是在二次大战文宣攻讦最激烈的时候，意大利最可恨的头号敌人还是英国，而不是美国。电台主导文宣的马里奥·阿佩里乌斯[1]就发明了上帝加倍诅咒英国佬的口号，而且就我记忆所及，实在想不起来有哪句反美的口号比这更加恶毒、传播得更无远弗届。不管怎样，广大群众在心态上一定不是反美的。关于这种广泛流行的心态最有指针性的文字竟要在年轻法西斯知识分子积极投稿的杂志《一流》（*Primato*）中找。《一流》出刊于一九四〇到一九四三年间，主编是法西斯政权中最具矛盾性的人物之一：朱塞佩·博塔伊[2]。尽管具有反犹太的自由主义法西斯思想，他同时也对英国文化抱有好感，而这点让同为轴心国成员的德国人满腹狐疑；他曾经推出一项教育改革方案，可是其中很大一部分是约翰·杜威[3]的创见；他也支持前卫艺术，却敌视矫饰守旧的古典主义这种法西斯官方艺术品位；他强烈拥护人类生来不平等的说法，却反对干预西班牙内战。博塔伊一直尝试鼓励当时最优秀的年轻知识分子一起耕耘《一流》，让杂志的内容尽量充满和时局尚能兼容的异议声音。在那些向《一流》投稿的精英当中，我们不仅发

---

[1] Mario Appelius（1892—1946），意大利记者、电台播报员。
[2] Giuseppe Bottai（1895—1959），意大利法西斯头目。
[3] John Dewey（1859—1952），美国哲学家、教育改革家。

现了反法西斯的自由主义分子——蒙塔莱、布兰卡蒂①、帕奇、孔蒂尼、普拉兹，还看到日后意大利共产党文化最杰出的代表——维多里尼，阿利卡塔②、阿尔甘、班菲、沃尔佩③、古图索、卢波里尼④、帕韦泽、平托尔⑤、普拉托利尼⑥、扎瓦蒂尼⑦。

我们注意到一件很教人惊讶的事：一九四一年二月，诸如平托尔的杰出年轻知识分子，竟能够在《一流》中发表文章批评德国军队的强势侵略倾向，并且向欧洲各国呼告，一旦德军旗帜插上各国领土，它们将无法从旗帜的阴影底下恢复自由。平托尔是在法西斯教育下成长的，但是日复一日，他通过一篇又一篇的文章发展出一套对欧洲独裁政权清醒而又勇敢的批判论述。一九四三年死于反抗战争的前几个月，平托尔写了如下这篇在他有生之年无法出版的文章：

> 在我们深入的思考中，德意志已然变成与这个世界价值观完全相反的国家，并且延伸出去，在一些人眼中变成整个欧洲的缩影。说到血气方刚以及欲望的赤裸表达，没有哪个民族比德国人更接近美国人的了，然而也没有哪个民族像德国人一样，用如此不同的言辞领扬自己的传说。在这里，腐败的路和纯洁的路如此危险地靠近；但是持续不断的愚蠢行为正把德国人推离正途，让他们在不人道和艰困的志业中覆亡。
>
> 不管德国或是美国，任何一方都有力量改变世人的经验轨迹，把世人像没有用的碎片般丢在角落，或者将世人安全地领往任何一处滩岸。不过，美国将会赢得这场战争，因为它初始

---

① Vitaliano Brancati（1907—1954），意大利作家。
② Mario Alicata（1918—1966），意大利电影编剧。
③ Galvano della Volpe（1895—1968），意大利哲学家，实证主义马克思主义的代表人物。
④ Cesare Luporini（1909—1993），意大利哲学家。
⑤ Giaime Pintor（1919—1943），意大利记者、作家。
⑥ Vasco Pratolini（1913—1991），意大利作家。
⑦ Cesare Zavattini（1902—1989），意大利编剧。

的冲动就是依循较真实的力量，因为它相信自己的目标是容易而且正当的。**保持微笑**：这个平和的口号来自美国，背后蕴藏了完整的、教化人心的调子，而欧洲与此同时却只如一个空荡荡的橱窗，强加于集权主义国家的严酷行为泄露了法西斯政权绝望而且苦痛的面貌。美国式乐观主义那极度的单纯，应该会令那些穿起丧服以表现人道关切是他们义务的人，以及把对死的骄傲看得比活人的福祉重要的人，全都气急败坏。可是今天美国引以为傲的是，它知道自己的子民现在正登上历史上最陡的道路，而且在这个过程中避开了发展途中可能碰上的埋伏和危险。富裕以及官僚体系的腐化，黑帮分子以及危机，这些都变成发展中的体制的一部分。美国唯一的历史是：一个正在茁壮成长的民族，以恒常的热忱来弥补自己过去所犯的错误，并且怀着善意对未来的危险提供救赎。最有敌意的力量、疾病和贫困，可能会降临在美国的领土上，但是这些危险和恐惧的结果总是一种正面的精神，每次都重复了人类的欣喜。

主导美国的物质文化有它愚蠢的一面。那是生产者的文化。这个民族感到骄傲的是自己从不曾将力量虚掷在意识形态的野心中，所以也就不会轻易掉进"心灵价值"的陷阱里。它将科技变成自己的生活方式，从日常群体合作的工作中感受新情感的浮现，感受到新传奇从自己所征服的地平线上升起。不管浪漫主义的批评作何感想，如此深刻的革命经验绝不会无声无息就消失掉。欧洲在第一次世界大战结束后所拥抱的那些主题，例如颓废或是超现实主义，其实是没有未来的。而美国正以新的叙事方法、新的语言表达自己：它弘扬了电影艺术。

很多人自以为了解美国电影，他们的印象结合了向往和厌恶这两种矛盾的感受。这种感受被描述成一种欧洲人最无可救药的情结，但是没有人能以必要的活力对此提出清楚的看法。

现在，既然我们强迫自己坚持中庸之道，一来不受那过度的广告左右，二来免除那因习惯而起的厌恶感觉，也许我们可以平心静气地看待美国教育的意义，并且在它的电影传统中辨认出我们这一代所能接受的最伟大的讯息。

平托尔并不抱持战后欧洲左翼政权对大众传媒那种不信任的态度。今天，我们认为他比较接近本雅明而非阿多诺①。

因此，电影被他视为废除所有政治疆界的革命武器。即使在美学的阵线上，美国电影也教导我们以清新诚挚的眼光去看待世界，并且借由向我们展现穿上擦亮的皮鞋、系上中产阶级领带的我们是多么神奇而且富有诗意，实现了波德莱尔的祈祷。

今天，平托尔提醒我们，德国正在让"因循守旧"的华丽文辞成为不朽。而在另一边，美国没有任何古老的墓园需要守护，它的任务在于摧毁偶像。与此同时，新人类的乌托邦在马克思主义意识形态中，还仅仅停滞在口号的阶段，在美国看来，只要我们学会不向神秘主义或是怀旧乡愁低头，那么不管在美国或在俄罗斯，乌托邦都是可以实现的。

我们对美国的叙述很多是过于天真且不正确的，很多与美国的历史现象和今日形貌是不符合的。但这些并无关紧要，因为，就算美洲大陆根本就不存在，我们的言辞也不会因此就丧失意义。这个美国不需要哥伦布，它是在我们的心中被发现的，人们从心灵出发寻找那片土地，所怀的希望和信任与第一批移民别无二致，而且他们决心捍卫人道尊严，就算得付出许多辛

---

① Theodor Adorno（1903—1969），德国社会学家、哲学家，也是法兰克福学派的一员。

劳、尝到许多失败也在所不惜。

平托尔心怀这一普遍性的美国意象在那不勒斯加入英国军队，后来在尝试突破德国防线前去拉齐奥组织抗战行动时捐躯。这种对美国的全新意象从何而来？平托尔和维托里奥·墨索里尼从极端不同的两个角度告诉我们，这种神话来自电影；此外，小说和故事在其流传广布的过程中也发挥了积极的作用。寻根溯源，我们发现了两位作家——维多里尼和帕韦泽。他们都成长于法西斯教育，不同的是维多里尼在《一流》杂志中崭露头角，而帕韦泽则于一九三五年被判国内流放。这两位作家都对美国神话深感着迷，但日后都成为意大利共产党党员。

维多里尼和出版商邦皮亚尼合作，而后者早在一九三〇年代便开始出版斯坦贝克、考德威尔、凯恩①以及其他美国作家的作品（而与此同时《一流》不断地受到大众文化部的掣肘），据不少档案文件（真是无意识的幽默杰作）显示，这些作品后多被大众文化部禁止刊行或威胁没收，理由是它们表现出对生活非英雄式的视野和低等民族的特性，用太直接粗糙的语言描写不合乎法西斯和罗马道德理想的行为。帕韦泽也常翻译外国作品，但总是偷偷摸摸地进行，因为他被打成反法西斯分子，故而无法获得许可。

一九四一年，维多里尼为邦皮亚尼出版社编纂了《美国人》(Americana)。这本书篇幅超过一千页，选文对象从华盛顿·欧文②到桑顿·怀尔德③和萨洛扬，还包括欧·亨利和格特鲁德·斯泰因④等

---

① James Mallahan Cain（1892—1977），美国小说家，他的犯罪小说是许多成功电影的蓝本。
② Washington Irving（1783—1859），美国作家，著有《英伦见闻录》。
③ Thornton Wilder（1897—1975），美国剧作家、小说家，著有《我们的小镇》。
④ Gertrude Stein（1874—1946），美国作家。

作家，而且负责翻译的多是名家，例如莫拉维亚、卡尔洛·里纳蒂①、圭多·皮奥韦内②、蒙塔莱以及帕韦泽。

即便从今天的角度去看，这部文集都算包罗丰富的，不过有点太过热切而且确实平衡不足：它低估菲茨杰拉德，高估萨洛扬，而且把约翰·芬提③这一类不该在文学编年史上占据如此高地位的作者也收录进去。这部文集呈现的比较不像是美国文学史，而是一种寓言的建构，一种天堂等同地狱的《神曲》。

维多里尼在一九三八年（参见《文学》，第五期）就已写道，美国文学是用单一语言写就的世界文学，而且是否冠上美国一词都无所谓，因为它不受当地传统的束缚，同时对整个人类共同的文化开放。

在《美国人》中，对于美利坚合众国首度的描述几乎是荷马式的，包含的意象千变万化，有平原和铁路，有积雪的山巅以及从东岸绵延到西岸的一望无际的不同景色。这风景中有平版印刷似的朴实，有点类似柯里尔&艾夫斯④的风格，这是一首建立在纯粹互文幻象而非真凭实据之上的史诗。在那其中，我们见识到维多里尼已经拥有并将借以翻译那些美国作家的自由，这些作品都以维多里尼的方式被重新讲述，其中首要考量的是高度的创造性，而语义上的精确则被放到次要的位置。但是，维多里尼所描绘的美国好像一片被地震以及大陆漂移运动所撼动的史前陆地，在其上称霸的不是恐龙或是猛兽，而是爱德华兹⑤的恢宏描述，它唤醒瑞普·凡·温尔克⑥，激励他与骑着莫比·迪克的爱伦·坡进行史诗般的决斗。甚至

---

① Carlo Linati（1878—1949），意大利作家。
② Guido Piovene（1907—1974），意大利作家、新闻工作者。
③ John Fante（1909—1983），美国作家，著有《心尘情缘》。
④ Currier & Ives，一八五七至一九〇七年间柯里尔（Nathaniel Currier）和艾夫斯（James Merritt Ives）经营的一家美国平版印刷公司。
⑤ Jonathan Edwards（1703—1758），美国神学家，十八世纪美国大觉醒运动的领导者。
⑥ Rip van Winkle，华盛顿·欧文小说《瑞普·凡·温尔克》中的人物。

他的批评判断都是隐喻式的，而且好用夸大技巧：

> 梅尔维尔是爱伦·坡的形容词，是霍桑的名词。他告诉我们纯净即是凶猛。纯净是头恶虎……被绞死的比利·巴德①是个形容词。就像快乐是生活的形容词。或者就像绝望是生活的形容词。

美国好像一首武功歌。庞德和黑人唱着蓝调。

> 如今，美国就好比一处教人艳羡的新东方（因为一种新的传奇正在成形），而人们在不同的时代出现其中，多么细致的独一无二，不管他是菲律宾人、斯拉夫人或者库尔德人都一样，因为在本质上都一样：抒情的"我"，是创造的主人翁。

《美国人》是一本多媒体的书。它不仅是文学摘录和批评论述，还是教人叹为观止的摄影作品集，里面有罗斯福新政时期替公共事业振兴署工作的摄影师们捕捉的画面。我特别强调那些摄影资料是因为我听说那个时代的意大利年轻人，在文化上和政治上都受到那些画面的冲击而思改变革新：看着它们，他们感受到不同的现实环境，不同的华丽言辞甚至是不同的反华丽言辞。但是大众文化部硬是无法接受《美国人》。一九四二年发行的第一版被没收，后来虽然再版，但是维多里尼的那些评论段落被删掉了，而且由埃米利奥·切基②撰写序言。切基比较具有学术背景，性格也谨慎得多，却不像维多里尼那么热情洋溢，只是批判性和"文学性"比较强而已。

---

① Billy Budd，梅尔维尔小说《水手比利·巴德》中的人物。
② Emilio Cecchi（1884—1966），意大利文艺批评家。

不过就算这样,这部删节净化版的《美国人》也风靡一时并且催生了一种新的文化。就算拿掉维多里尼的文字,这部文选的结构仍像一篇演说。选文的拼接组合本身就是讯息。美国作家的作品被翻译成意大利文的方式(相当具争议性)产生了新的语言意义。到了一九五三年,维多里尼将会告诉大家,他用以影响年轻人的不是他翻译的东西,而是他翻译的方式。

早在一九三二年,帕韦泽写到欧·亨利的时候便说过,美国和意大利相同,文化是建立在方言根基上的。可是美国和意大利有一点很不一样,在美国,方言胜过了统治阶级的语言,以至于美国文学将英文转变成一种新的人民语言。我还记得帕韦泽故意用意大利西北部的皮埃蒙特方言翻译福克纳小说中的一些段落,因为根据他的观点,美国中西部和皮埃蒙特地区具有亲近的关系。这里我们再度看到葛兰西民族-人民的艺术观,只是那时,帕韦泽不像曼佐尼所说的那样,将语言放进托斯卡纳的亚诺河洗涤一遍,而是放进密西西比河里面了。

这里我们谈的不是单纯的语言洋泾浜化①,而是语言的克里奥尔化②。

因此,读过帕韦泽和维多里尼的那代人打的是党派性很强的游击战(通常是在共产党纵队里),而且颂扬的是十月革命以及人民的"小爸爸"那类魅力十足的人物,但是与此同时又深深被代表了希望、革新、进步的美国所吸引。

第二次世界大战结束时,维多里尼和帕韦泽都早已到达年近四十的成熟年纪,而我这篇概论性文章里要讨论的第二个世代则出生于一九三〇年代。他们中有许多人在大战结束时才刚跨入成年阶段,

---

① Pidginisation,因贸易或文化等关系,外来语和本地语混杂的现象。
② Creolisation,在语言混杂的背景下,当地的小孩学习这种混杂的语言作为母语。

而且以马克思主义的信奉者自诩。

他们的马克思主义和维多里尼或者帕韦泽的不同，因为后面这两位所信奉的完全等同于解放斗争以及对法西斯独裁政权的深恶痛绝，四海之内皆兄弟的博爱情操远重于某个精确的意识形态。对于这第二个世代而言，马克思主义牵涉包括政治组织和哲学介入的经验。这个世代的理想原型是苏维埃，它的美学指导原则是社会主义的写实主义，而它的神话则是工人阶级。作为一个经济和政治体系的美国，虽然是他们政治上的对头，但这一代人的确对美国社会历史的某些方面抱持好感，因为这个"真正的美国"是以第一批开疆先锋以及早期无政府主义者的抗争运动为特色的。那是杰克·伦敦和多斯·帕索斯①的"社会主义美国"。

正是出于这个原因，甚至在麦卡锡运动发展到如火如荼的时候，官方的马克思主义文化也从未曾彻底否定《美国人》的精神（即使后来维多里尼因和意大利共产党领袖帕尔米罗·陶里亚蒂意识形态不合而退党）。

然而，引发我们兴趣的是这第二世代的某个不同的侧面。其实这个世代可以活在那个时代两个马克思主义政党（社会党和共产党）的里面和外面，而且任何对于它的定义最后都被证明只是模糊不精确的，以至于我不得不允许自己来点虚构的变通。我要刻画一个被我命名为罗伯托的虚构人物。在他所代表的阶级成员里应该有百分之九十的罗伯托和百分之十的罗伯托。可是，在我的故事里则是百分之百的罗伯托。也许在意大利共产党中央委员会的成员中并没有那么多的罗伯托；罗伯托更多是在党外的领域，比方文化活动、出版社、电影、报纸、音乐会等领域，而且正是在这层意义上他在文化层面才具有如此高的影响力。

---

① John Dos Passos（1896—1970），美国作家。

罗伯托可能生在一九二六到一九三一年间。他在法西斯的教育体系下成长，第一次叛逆行为（当然是下意识的）是读了从美国翻译过来（翻得很糟）的连环漫画。在他看来，飞侠哥顿和明[1]的对抗是与暴政斗争的第一个象征意象。蒙面人[2]可能是一位殖民主义者，可是与其将西方的模式强加于孟加拉雨林里的原住民，他宁可保存班达那充满智慧的古老传统。米老鼠是一位为了自己的报纸能存活下去而不惜和贪腐政客周旋缠斗的新闻记者，而这个故事正是罗伯托对于舆论自由所上的第一堂课。一九四二年，法西斯政权禁止民间任意批评政府，而且几个月后更是禁止了美国这些漫画人物的出现；米老鼠已被人形而非动物造型的托弗里诺所取代，政府的借口是为了捍卫种族的纯净。罗伯托这时开始偷偷收藏每部他读过的作品，那是既痛苦又令人泄气的抗议。

在一九三九年，《关山飞渡》里的林哥是整个世代的偶像。林哥斗争的目的不是为了意识形态或是祖国，而是为了自己，为了一名妓女。他是反对华丽言辞的，因此也就等同反对法西斯。反对法西斯的还有弗雷德·阿斯泰尔[3]以及金格尔·罗杰斯[4]，因为他们反对飞行员卢恰诺·塞拉[5]这个出现在表现帝国主义思想、由维托里奥协助拍制的法西斯影片里的角色。罗伯托转而推崇的人类偶像是萨姆·斯佩德[6]、以实玛利[7]、爱德华·罗宾逊[8]、卓别林以及曼德雷克[9]合宜适切的综合体。

我认为对于一个美国人而言，即使在怀乡愁绪的年代，也没有

---

[1] 飞侠哥顿和明都是美国科幻连环漫画《飞侠哥顿》中的人物。
[2] L'Uomo Mascherato，意大利漫画《蒙面人》中的人物。
[3] Fred Astaire（1899—1987），美国舞者、演员，人称美国舞王。
[4] Ginger Rogers（1911—1995），美国歌舞片影星。
[5] Luciano Serra，电影《空军敢死队》中的人物。
[6] Sam Spade，电影《马耳他之鹰》中的人物。
[7] Ishmael，梅尔维尔小说《白鲸》中的人物。
[8] Edward Robinson（1893—1973），美国电影演员，以演出粗犷角色闻名。
[9] Mandrake，漫画《魔术师曼德雷克》中的人物。

任何东西可以将吉米·杜兰特①、《战地钟声》里的贾利·库珀②、《胜利之歌》里的詹姆斯·卡格尼③以及裴廊德号④上的船员串联起来。但是在罗伯托和他那些朋友的眼里,倒是有条脉络可以将这些经验悉数紧紧系起:因为上述那些角色都是很乐意活着、不乐意死去的人,而且他们都是与法西斯超人抗衡的人物。那个歌颂死亡姐妹的超人只会双手各握住一个手榴弹、嘴里叼着一朵玫瑰走向自我毁灭的道路,一如法西斯的歌曲所唱的那样。

罗伯托和他的世代也有他们自己的音乐——爵士乐,并不只是因为那是前卫音乐,那种他们从不曾觉得和斯特拉文斯基或是巴托克·贝拉⑤有什么不一样的音乐,也是因为那是一种堕落的音乐,是黑人在妓院里搞出来的东西。罗伯托首度变成反种族歧视的人,原因是他太喜欢路易斯·阿姆斯特朗⑥了。

心中怀着这些典型人物的罗伯托在很年轻的时候(一九四四年)便加入了党派。第二次世界大战结束后,他不是加入左翼党派,便是成为它的同路人。他尊敬斯大林,反对美军入侵朝鲜半岛,并且抗议处死罗森伯格。他在匈牙利危机的当儿退党。他坚定地相信杜鲁门是法西斯分子,而阿尔·卡普⑦的小阿布纳是位左翼英雄,并且和《薄饼坪》中穷困潦倒的人有某种关联。他喜欢爱森斯坦,不过也死心塌地相信电影的写实主义也存在于《小恺撒》里。他原先相当推崇哈米特,可是在后者那本有骨气的小说受到麦卡锡主义的吹捧庇护之后,他心中便生出被背叛的感觉了。他认为在主张人性的社会主义派系看来,《神枪游侠》与平·克劳斯贝、多萝西·拉莫尔

---

① Jimmy Durant(1893—1980),美国演员。
② Gary Cooper(1901—1961),美国演员。
③ James Cagney(1899—1986),美国演员。
④ Pequod,梅尔维尔小说《白鲸》中的船名。
⑤ Bartók Béla(1881—1945),匈牙利钢琴家、作曲家。
⑥ Louis Armstrong(1901—1971),美国爵士音乐家。
⑦ Al Capp(1909—1979),美国漫画家,小阿布纳(Li'l Abner)是他笔下的漫画人物。

和鲍勃·霍普的《桑给巴尔之路》异曲同工。他重新发现并热心推广罗斯福新政时期史诗般的作品，他喜欢本·沙恩的《萨科和万泽蒂受难曲》。在一九六〇年代民歌和民俗音乐于美国再度红起来之前，他便对这些沿袭无政府主义传统的反抗音乐了若指掌。此外，他更每每喜欢在夜间和朋友们一起欣赏皮特·席格、伍迪·盖瑟瑞、艾伦·洛马克斯、汤姆·裘迪以及金斯顿三重唱的演唱。总之，他先前被带领进入了《美国人》的神话，不过后来放在床头阅读的书却是卡津①的《根植故土》(*On Native Ground*)。

这也是一九六八年的一代发动挑战的原因，也许反对的对象也包括像罗伯托这样的人，尽管没有任何一个年轻人读过《美国人》，但是美国已然成为一种生活方式。我现在指的并非牛仔裤或是口香糖，不是以消费社会典范凌驾欧洲之上的美国。我谈的是一九四〇年代出现的那个神话，后来一直发挥影响力的神话。当然，在那些年轻人的眼中，作为强权国家的美国依然是个敌人，是世界警察，是越战以及拉丁美洲战争中必须被击垮的敌人。但是即便美国作为一个政治实体和资本主义社会的典范是他们的敌人，也有人持另外一种态度，他们重新发现美国是一个民族，是一个包括许多骚动不安的种族大熔炉。在这些人心里掠过的第一印象，并非一九三〇年代信奉马克思主义的美国人，不是西班牙内战中亚伯拉罕·林肯旅的成员，也不是《党派评论》的所谓反法西斯的早熟读者。

他们认同的是一个有如迷宫的阵营，其中混杂老人与年轻人、黑人与白人、新移民与原住民、静默的多数以及发声的少数。他们在肯尼迪和尼克松之间看不出什么实质上的差异，却能一眼认出伯克利的校园、安吉拉·戴维斯②、琼·贝兹③以及早期的鲍勃·迪伦。

---

① Alfred Kazin（1915—1998），美国评论家。
② Angela Davis（1944—   ），美国政治活动家、学者、作家。
③ Joan Baez（1941—   ），美国乡村女歌手。

要定义美国神话的性质并不是容易的事。从某种角度来看，他们使用并且回收美国现实的点点滴滴——波多黎各人、地下文化、禅风。他们没那么喜欢菲力猫和华特·迪士尼，不过却喜欢怪猫菲力兹和罗伯特·克鲁伯[1]。他们喜欢查理·布朗、亨弗莱·鲍嘉[2]还有约翰·凯奇[3]。

我并不是在特别勾勒一九六八到一九七七年间的哪次政治运动。也许我是在绘制一个X光式的意象，呈现出继续存在于意识形态表面之下的东西。我知道自己正在拍摄一些仍然在那里的东西，因为这个东西在一九七七年以及之后爆炸开来。那个年代的学生暴动比较像是黑人贫民窟的骚乱，而不是攻占冬宫的风波。而且，我还大胆假设对"红色旅"在潜意识发挥秘密影响的是曼森家族。

我当然不能用讨论一九三〇世代的那种超然客观的立场来讨论现今的世代。在时下的纷扰中，我试图辨认出美国意象-神话的新典范，那些同先前的发明一样的，克里奥尔化的结果。

美国不再是梦幻，因为你可以买张廉价机票飞到那里。

新的罗伯托也许是一九六八年某个团体的一分子，在一九七〇年对着美国领事馆丢掷莫洛托夫鸡尾酒汽油弹，一九七二年又对警察局丢掷石块，一九七七年破坏的对象成了共产党书店的玻璃橱窗。到了一九七八年，在避开加入某个恐怖组织的诱惑后，他存了点钱并飞往加州，后来也许成为生态主义的激进分子或是激进派的生态主义者。在他看来，美国不再是未来革新的意象，而是变成一处在梦想破灭（或者胎死腹中）之后能让他舔舐伤口安慰自己的地方。

美国不再是提供另一种意识形态的地方，而是意识形态的终结。他很容易便获得签证，因为他从未真正登记加入过哪个左派组织。

---

[1] Robert Crumb（1943— ），美国漫画家。
[2] Humphrey Bogart（1899—1957），美国演员，曾出演《北非谍影》等。
[3] John Cage（1912—1992），美国前卫音乐作曲家。

如果帕韦泽和维多里尼今天仍然在世,他们要拿美国签证可能难如登天,因为他们在领事馆面谈的时候必须承认自己曾是试图颠覆美国社会的组织的成员;然而,他们也都是构筑我们美国梦的作者。不过,美国的官僚制度并不是梦想;真要找个同义词,那大概是梦魇吧。

在我这个故事里是不是有什么道德教训呢?可以说没有,也可以说有好几个。如果要了解意大利对于美国的态度,尤其是反美意大利人的态度,那么你就必须记得《美国人》以及其他所有在那个年代所发生的事。在那个年代,左翼人士幻想的是山姆同志,而且在用手指指着他的画像时,嘴里吐出的话或许是:"我需要你。"

虚假的力量*

圣托马斯·阿奎那曾经在作品中对如下问题作出回答："真理是否比权势，比醇酒美人更有力量，更教人信服？"

圣托马斯给出的答案（他是尊崇王权的，而且我相信他应该也不至于排斥在餐桌上来杯佳酿。至于女色，他则表现出不为所动的立场。他的兄弟曾将一名不着寸缕的娼妓送进他的房间，希望说服他加入圣本笃会，而不要穿着多明我会那身褴褛僧服来让家族蒙羞，结果却让他拿着一根点了火的棍棒给驱赶了出去）一如往常，是细腻而又复杂的：醇酒、权势、美人以及真理是不能相互比较的，因为"这些不是同类的东西"。可是如果"以它们各自的功效加以比较的话"，它们都可以驱使人做出某些举措。醇酒作用在肉体的层次上，"因为它令我们吐露真言"，另外，我们那动物感官的本质也可能受到"情色欢愉"的影响，或者换句话说，就是受到女人的驱使（托马斯·阿奎那似乎无法想象女人也会受到性冲动的影响，不过我们不能期望他能设身处地替爱洛伊丝着想）。至于在实际的知识层面上，很明显的，国王的意愿，或者是法律的规定绝对是在它之上的。但是唯一能驱动纯理论知识的东西便是真理，因为"肉体的力量臣属于动物的力量，动物的力量与知性的力量相比则是卑下的，而实用知性的力量却不及纯理论知性的力量……因此很明显的，真理是更有价值、更卓越、更强大的"。

所以，这便是真理的力量。但是经验教导我们，真理总要花好长一段时间方能传播开来，而且要人接受真理常要以血和泪作为代价。可是有时候，某些启人疑窦的东西竟然也展现出类似的力量，因此，谈谈虚假的力量不也合情合理？

为了证明虚假（并不一定以谎言的形式存在，但必定以错误的形式面对世人）是许多历史事件背后的发动机，我必须要诉诸真理的某个准则。但是如果我以太过武断的方式选择这个准则，那么我的论述有可能会在它一开始便结束了。

如果有人坚持所有的神话、宗教里的所有显圣都是不折不扣的谎言，那么，由于对神祇（不管何种神祇）的信仰塑造了人类历史，那么我们只能下这个结论：我们数千年来都活在虚假的准则下。

然而，如此一来，我们所犯的罪就不只是无伤大雅的凡人神化论学说①了；事实的真相是，这个怀疑的论证将特别地显出和信仰重要性的相反论证有所牵连。如果你相信任何启示宗教，那么你就必须承认，如果耶稣基督是神的儿子，他就不是耶路撒冷依然等待的弥赛亚，而如果穆罕默德是安拉的先知，那么向羽蛇献祭就是个错误了。如果你是某种最开明最宽容的宗教的信徒，对于道家的法轮以及圣餐仪式兼容并蓄，那么你将谴责对于异端分子的屠戮行为，认为那是错误所导致的结果。如果你信奉撒旦，那么你将会认为《圣经》里的登山宝训简直幼稚得可以。如果你是彻头彻尾的无神论者，所有的信仰在你眼中就是场错误。结果，既然在历史演变的过程中，某些人的行事准则是根据其他人根本不以为然的信仰，我们不得不承认，对于我们每一个人而言，历史根本就是一座幻影的

---

* 本文由博洛尼亚大学一九九四至一九九五学年开学典礼演讲稿扩充而来。——原注
① Euhemerism，认为神话是人间英雄神格化的学说。

剧场。

那么，让我们依据一项比较没有争议的关于真理的观念来讨论，即使它在哲学的层次上还是有很多辩论的空间——但是我们知道，如果我们真要认真去听哲学家的话，那么每一件事都值得争议，结果我们什么结论也下不成了。就让我们依据已被西方文化所接受的、科学或者历史真理的准则来讨论；也就是说，相信尤利乌斯·恺撒是在三月十五日被暗杀的，相信一八七〇年九月二十日萨伏依这个新生王国的军队从庇亚门的缺口进入了罗马城，相信硫酸的化学方程式是 H_2SO_4，或者相信海豚是哺乳动物。

当然，上述每个观念都可以因为新的发现而被再度拿出来检视；但在目前，它们都是如此被记录在百科全书里面的，除非哪一天证明真相并非如此，否则我们还是认为那是真理，好比水的化学方程式是 H_2O 一样（而且有些哲学家相信这种真理必须在所有可能的世界中都证明为真）。

在这一点上我们可以说，在历史的进程中，人们曾经相信的事却被如今的百科全书断定为错误的，而那错误的观念甚至征服了智者，导致了帝国的崛起和溃败，赋予诗人灵感（他们并非总是见证真理），促使凡人做出英雄式的牺牲，或者造成偏激、不能宽容、屠杀，或者引人追求真理。如果事情果真如此，那么我们如何不能断言，虚假的力量确实存在？

最具典范性的例子该是托勒密的假设。今天我们已经知道，在好几个世纪当中，人类接受了一个对宇宙的错误看法。大家千方百计要让那错误的宇宙形象看来合情合理，所以发明了本轮和均轮[1]，到了最后由第谷·布拉赫[2]发明折中理论：行星是绕着太阳转没错，

---

[1] Epicycle and deferent，解释太阳、月球和行星在视运动中的速度和方向变化的几何模型。
[2] Tycho Brahe（1546—1601），丹麦天文学家和占星学家，其最著名的助手为开普勒。

但接着又继续绕着地球运行。对这个意象深信不疑的不仅有但丁，另外还包括腓尼基的航海家们，圣布伦丹，红发埃里克①以及哥伦布（上述人中第一个抵达美洲的人）。此外（在一个错误的基础上），人们还试着以经度和纬度来标示地球，现今依然如此，只是把本初子午线从加那利群岛移到格林威治。

托勒密的例子（由此触发我们想起伽利略的不幸）似乎故意被创造来引导大家去认为，我那关于虚假及其力量的故事，它那世俗的大胆，只与某些拒绝接受真理光辉的武断思想有关。但是且让我们检视一个完全不同调性的故事，那是另一个虚假的观点，由现代世俗思想耐心建构起来，目的在于诽谤宗教思想。

让我们做个实验。你不妨随便问一个人，哥伦布往西方出航却想抵达东方，那么他想要证明的是什么？还有，为了阻止他的旅程，萨拉曼卡②的那些博学之士顽固地拒绝承认的又是什么？在大多数的情况下，答案应该是：哥伦布认为地球是圆的，而萨拉曼卡那些智者却坚持它是平的，所以帆船航行一段时间之后必然会掉进宇宙的深渊。

十九世纪的世俗思想因为教会不肯接受太阳中心论的假说而被激怒，于是将地球是平的这个说法当成整个基督教世界的思想（基督教早期教父的、经院的思想）。十九世纪的实证主义和反教会思想便利用这个陈词滥调，一城一城打击教会制度，而且一如杰弗里·波顿·罗素③所证明的，这个陈词滥调在达尔文的支持者对抗一切形式的基督教基要派的论战时一再被强化④。这些支持者想证明的

---

① Eric the Red（950—1003），挪威航海家，第一个登陆格陵兰岛的欧洲人。
② Salamanca，西班牙西部历史古城。
③ Jeffrey Burton Russell（1934—　），美国历史学者。
④《发明平的地球》(Inventing the Flat Earth，纽约：普雷格出版社，一九九一年)。——原注

是，教会既然能搞错地球的形状，那么也会在物种起源的理论上站不住脚。

此外，这些人又利用了一个事实：比方公元四世纪有位名叫拉克唐修①的作者，在他的著作《神圣原理》里面，作者别无选择只能认为《圣经》里面把宇宙描写成会幕的模样（也就是四方形）是正确的，并且反对异教徒地圆说的理论，一方面也是因为他无法想象位于我们对跖点那边的人是头下脚上地颠倒行走……

最后是一位生活在六世纪拜占庭帝国、被称为航行至印度的科斯马斯②的地理学家。他在著作《基督教世界风土志》中坚持宇宙是长方形的，而地球平坦的表面上则有一个拱门状的东西（这里模仿的原型仍旧是《圣经》中提到的会幕）。在那本权威的著作《从泰勒斯到开普勒之行星系统的历史》中，作者德莱耶③认为科斯马斯并非教会的官方代表人物，他的理论却有甚多着墨的空间。

尽管戴克斯特霍伊斯④在他的作品《世界图像的运作方式》中退一步承认拉克唐修和科斯马斯必不能被视为教会长老们科学知识的代表，但他也肯定，科斯马斯的理论在接下去的几个世纪中成为了最主流的意见。

事实的真相是：拉克唐修被早期和中世纪的基督教文化搁在一旁，至于科斯马斯的文本则是因为用希腊文这种中世纪基督徒早已遗忘的语文书写而成，所以要到一七〇六年才在蒙福孔⑤的《教长与希腊文本之新文集》这部作品中再度与西方学界见面。没有任何一位中世纪的作者知道科斯马斯的作品，直到一八九七年他的作品被翻译成英文出版以后，他才被视为"黑暗时代"的权威！

---

① Lucius Caecilius Firmianus Lactantius（240—320），古罗马基督教作家。
② Cosmas Indicopleustes，六世纪左右的拜占庭地理学家、神学家。
③ John Louis Emil Dreyer（1852—1926），丹麦天文学家。
④ Eduard Jan Dijksterhuis（1892—1965），荷兰科学史学家。
⑤ Bernard de Montfaucon（1655—1741），法国圣本笃会修士、古文字学创始人。

当然，托勒密知道地球是圆的，否则他如何能将它切割成三百六十个经度呢？埃拉托斯特尼①也知道这一点，因为在公元前三世纪他就已经大致推算出赤道精确的长度了。事实上，毕达哥拉斯、巴门尼德、欧多克索斯②、柏拉图、亚里士多德、欧几里得、阿里斯塔克斯③、阿基米德等人也都知道，结果不相信这件事的人只剩留基伯④和德谟克利特这两位唯物主义的哲学家。

马克罗比乌斯⑤和马尔提亚努斯·卡佩拉⑥两位也相当清楚地球是圆的。至于教会的长老，他们必须应付《圣经》里提到的那个该死的会幕的形状，但是奥古斯丁（即便他在这个问题上并没有表达坚决的立场）非常明白古人的观点，而且赞同《圣经》是以隐喻的方式在说话。他的立场别出心裁，和教会长老的思想比较接近：既然一个人的灵魂能获救赎与否和知道地球确切的形状并无关联，这个问题在他看来是没什么趣味可言的。在某个点上，塞维利亚的圣伊西多尔（这个作者并非以科学的精确而闻名的）算出赤道的长度是八万斯塔德⑦。他难道会以为地球是平的？

即使高中一年级的学生都会很容易推断：如果但丁进了漏斗状的地狱，并且从另外一边出来、在炼狱山的山脚下看见不熟悉的星星，这就意味着，他完全知道地球是圆球形的。不过让我们撤下但丁好了（既然我们宁可相信他不会犯错）；事实上，俄利根⑧和安布罗斯⑨也持相同的意见，而且在经院哲学的阶段，有许多作家，例如大

---

① Eratosthenes（前276—前194），古希腊数学家。
② Udoxus of Cnidus（前408—前347），古希腊天文学家、数学家。
③ Aristarchus of Samos（前310—前230），古希腊天文学家，第一个认为地球有自转和公转的人。
④ Leucippus，公元前五世纪左右的古希腊哲学家，被普遍认为是原子论的创始者。
⑤ Macrobius，四世纪左右的拉丁语法学家、哲学家。
⑥ Martianus Capella，五世纪左右的拉丁语作家。
⑦ Stadia，古希腊长度单位，一说约等于一百八十五米。
⑧ Origen（185—251），基督教著名的神学家和哲学家。
⑨ Ambrose（340—397），基督教最著名的拉丁教父之一。

阿尔伯特和托马斯·阿奎那、罗杰·培根、约翰内斯·德·萨克罗博斯科①、皮埃尔·戴里②、埃吉迪奥·罗马诺③、奥雷姆④或是让·布里丹⑤，以及其他很多人都认为地球是圆的。

那么在哥伦布的时代，关键问题是什么？就是萨拉曼卡那些博学之士比哥伦布计算出更精确的数字，并且相信整个地球球体要比我们这位来自热那亚的船员想得要大，因此他想向西航行以到达东方完全是不智之举。然而哥伦布受到神圣之火的启发，加上本身又是一名经验老到的海员（纵使天文知识稍嫌不足），他认为地球并没有人家想象得那么大。当然，不管是他还是那些萨拉曼卡的博学之士，谁也没有料到在欧洲和亚洲之间还另有一片大陆。所以各位可以看出问题有多复杂，而真实和错误的界限有多接近。那些萨拉曼卡的博学之士虽然是对的、却犯了错误，而哥伦布虽是错的、却怀着破釜沉舟的决心在错误的道路上继续走下去，结果到最后竟是对的。

现在让我们来看看安德鲁·迪克森·怀特⑥所写的《基督教世界科学和神学论争史》。没错，在这两册厚厚的巨著中，作者的目的在于列出宗教思想如何延迟了科学的发展，可是由于他是饱学之士，他不可能隐藏奥古斯丁、大阿尔伯特还有阿奎那都知道地球是圆的这一事实。然而，他宣称那些古人为了捍卫这个思想，要和当时主流的神学观点奋战。但所谓的神学主流观点正是由奥古斯丁、大阿尔伯特和阿奎那等人所代表，结果推论起来，他们根本不需要和任何人奋战。

---

① Johannes de Sacrobosco (1195—1256)，英国僧侣、数学家、天文学家。
② Pierre d'Ailly (1351—1420)，法国哲学家、神学家、天文学家。
③ Egidio Romano (1243—1316)，意大利基督教经院神学家、哲学家。
④ Nicole d'Oresme (1323—1382)，中世纪晚期最著名的哲学家之一，亦为近代科学主要奠基者。
⑤ Jean Buridan (1292—1363)，法国哲学家。
⑥ Andrew Dickson White (1832—1918)，美国外交家、作家、教育家。

再来看看另外一例。罗素提醒我们，在一部由马尔凡执笔、一九二一年出版的严肃著作《科学历史与方法研究》（*Studies in the History and in the Method of the Sciences*）中曾提到："托勒密的地图……在西方被遗忘了千年之久。"另外，在一本出版于一九八八年的手册（霍尔特-简森，《地理：历史与概念》）中也可读到，中世纪的教会宣称地球像一块扁平的盘状物，中心点正是耶路撒冷；甚至丹尼尔·布尔斯廷①在他那本广为人知的作品《发现者》（*Discoverers*，一九八三年出版）中也陈述道，从第四到第十四世纪，基督教世界一直压迫地圆说。

那么"中世纪认定地球像一块扁平的盘状物"这个假说是如何散布开来的？我们看到塞维利亚的圣伊西多尔计算出赤道的长度，而且在他现存的手抄本中，我们看到一个图表，它后来也启发了诸多灵感，那就是所谓的 T-O 地图。

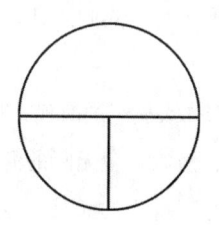

T-O 地图的结构其实非常简单：圆圈代表地球这一星球，而那三条构成 T 的线条则把圆圈分隔成上面的半圆以及下面两个四分之一圆。上面那个部分代表亚洲，因为根据传说，人间天堂是位于亚洲的；那条水平线条所代表的一边是黑海，另一边是尼罗河，而那条垂直的线就是地中海了，所以左下方的四分之一圆代表欧洲，而右下方的四分之一圆就是非洲了。而四周的大圆指的便是大海。

---

① Daniel J. Boorstin（1914—2004），美国历史学家、博物学家。

那么这种圆形会不会只是表示地球是个平面的圆而已？

我们发现在写成于十二世纪、作者为圣欧默尔[1]的手抄本《覆花之书》(Liber Floridus) 中，皇帝手执一个圆圈，上面画的正是一个T-O地图。在皇帝手中出现这么一个代表王权的图形绝非偶然。它的象征意义远远大于地理价值。如果我们投注一丁点儿的善意，那么就可以将它诠释成球状体的简化图形，而不是平面的圆圈而已。

而且，八世纪的里巴纳的比亚图斯在对《启示录》做评注的时候也画出这种T-O地图，它被后代西班牙莫札拉布的袖珍插图画家广泛引用，并对罗马式修道院以及哥特式大教堂的影响极其深远。此外，这个图形在许多加了袖珍插图的手抄本中都可找到。

既然人们相信地球是圆球体，那为何画出来的地图竟是平面样貌？第一个答案是：我们不也是这样做的？如果批评这种图形的平面样貌，那就好像批评今日地图册里的平面样貌。这只是地图绘制法里直接而且传统的投影。不过，除此之外，我们还必须考量到其他因素。

中世纪是个经常进行伟大旅行的时代，只是道路毁坏没有修缮，旅人需要穿越大片森林、横渡一望无际的海洋，他们完全没有足够的地图可资参酌，只能仰赖身边的海员。地图即便是有，也都非常粗略概要，比方圣地亚哥—德—孔波斯特拉[2]出版的《朝圣者指南》，而且这些地图所透露的信息总结起来便是："如果你要从罗马出发前往耶路撒冷，就向南一直走，边走边问即可。"让我们想想在报摊上买的任何一份火车时刻表好了。你根本不需要从那密密麻麻的小字图表中去推测什么，因为它本身已足够清楚明白，如果你要从米兰

---

[1] Lambert de Saint Omer (1060—1125)，圣本笃会修士。
[2] Santiago de Compostela，西班牙加利西亚自治区首府，相传耶稣十二门徒之一的雅各安葬于此，是天主教朝圣圣地。

搭车到里窝那①的话，全部精确的信息都在里头了（比方你一定得路过热那亚）。要去车站赶火车的人完全不在乎意大利国土的精确形状。

罗马人将联系已知世界所有城市之间的道路标示出来；这些道路被呈现在所谓波伊廷格古地图中（Peutinger's map，据十五世纪发现这张地图的人命名）。这张地图非常精确地指出当时的道路系统，却是放在两片形状十分粗略的土地上，在上的是欧洲，在下的则是非洲，以至于地中海看起来好像一条细小河流。这情况和面对一张火车时刻表是一模一样的。大陆块的形状一点也引不起人家的兴趣，只有"走哪条路才能让你从马赛到热那亚"值得重视。而且罗马人从布匿战争以后已经习惯在地中海各地来来去去，所以当然知道地中海绝对不像地图中展示的那样，是条小溪而已。

至于其他要讲的便是，中世纪的旅行是想象的。中世纪产生了不少名叫《世界图志》的百科全书，目的在于满足人们对传奇的嗜好，向大家描绘遥远且不可一探究竟的国度，而且写作者全都未曾亲临实地，只是信口开河，因为传统的力量大大强过真实的经验。那时代绘制的许多地图目的不在描绘地球的形状，而是在于胪列出在那里可以看到的民族以及城市。此外，象征的表现远比经验的再现重要，而且袖珍插画家最关心的是把耶路撒冷放在地球的中央，而不是如何前往耶路撒冷。

最后一点：中世纪的地图并不具有任何科学上的功能，只是为了满足群众对不可思议事物的渴望，这就好比今天八卦杂志告诉我们飞碟真有其物，就好比电视告诉大家金字塔是由外星文明建造的一样。即使在《纽伦堡纪年》这部写于一四九三年的史传里，或者隔一个世纪由奥特柳斯②绘制的地图中，我们都还可以见到地图上画着

---

① Livorno，意大利西岸港口城市。
② Abraham Ortelius（1527—1598），荷兰地图学家。

据称是住在某某国家的怪物,然而从制图学的观点来看,这些地图已经相当进步、可以被接受了。

或许中世纪在绘图技巧上是外行的,但是许多现代的历史学家更外行,因为他们不晓得如何诠释中世纪的人在绘制地图时所秉持的原则。

再讲一个改变了历史的赝品?君士坦丁献土。今天,感谢洛伦佐·瓦拉①的努力,我们知道该法令并不是真实的。然而,如果不是因为对这份文件的真实性有了彻底的信任,那么欧洲的历史面貌将会大大不同:没有叙任权斗争,没有对神圣罗马帝国的死命争夺,没有教皇的俗世威权,甚至不会有西斯廷教堂(教堂的壁画作于《献土》已被证明为假的年代,然而人家还是画它,这表示有好几个世纪的时间,它依然被认为是真实的)。

十二世纪下半叶,有一封信寄抵了西方,信中告诉大家在远东地区,在比被穆斯林占据的国度更远的地方,在十字军东征所达范围更远的地方(但最终还是被穆斯林夺回),有一个繁荣昌盛的基督教王国,由传奇人物祭司王约翰所统治,并且说他是"一位具有我主耶稣基督权威和美德的君王"。这封信的开头写道:

> 你们必须要知道而且坚定相信,我祭司王约翰是万主之主,而且在财富上、在德性上、在威权上都胜过这世界上所有的国王。有七十二位人君来向我们朝贡。我是一个虔诚的基督徒,并在各处广施赈济,保护扶助那些受我宽容统治所庇佑的真基督徒……

---

① Lorenzo Valla(1407—1457),意大利修辞学者、人文学者。

我们的国土延展至三处印度之土：从大印度（也就是使徒多马遗体安息之处）出发，我们的势力范围向沙漠扩展，一直到与东方接壤之处然后弯回西方一直到荒无人烟的巴比伦，在那巴别塔的旁边（……）在我们的国土中，产有大象、单峰骆驼、双峰骆驼、河马、鳄鱼（……）豹子、野驴、白狮和红狮，熊以及白色的乌鸦，另外还有蝉、半狮半鹫的怪兽、老虎、胡狼、鬣狗、野牛、人首马身怪物、野人、长角的人、半人半羊的怪兽以及它们的雌性伴侣，最后还有侏儒、狗头人身怪物、高达四十腕尺的巨人、独眼巨人、名叫凤凰的鸟，以及几乎所有生长在天空下的动物（……）在我们一个行省里，有一条叫作印度（Indus）的河流。它发源自天堂，蜿蜒流经省里多处运河。在它的水里，可以发现天然石、翡翠、蓝宝石、红玉、黄晶、黄橄榄石、缟玛瑙、绿宝石、紫水晶、玉髓以及其他各种宝石（……）。

在我们国家最遥远的地区（……）有一座岛屿。那里一年到头、每星期两次，上帝都要降下大量的吗哪①，而岛民只要收集起来便可饱餐，这也是他们唯一的食物。因为他们不事耕种、收割，也不挖掘土壤寻觅里面有何食物。这些人只靠神赐口粮便得饱足，寿命高达五百岁。当他们年届一百时便要三次喝下当地一棵树的根部涌出来的泉水，而且一旦喝了这水，他们便能重拾青春，恢复少壮时的力气（……）我们的国民从来不撒谎（……）没有人通奸。罪恶在我们身上发挥不了功效。

这些文字在接下去的几个世纪当中不断被翻译、诠释和引述（直到十七世纪），有不同语言的版本。这封信在基督教向东方扩张的过程中扮演了极为关键的角色。基于认为在穆斯林统治的领土之

---

① Manna，《圣经》中以色列人在荒野上漂泊时上帝所赐予的食物。

外还另有一个基督教王国，所有的扩张企图和探险活动都变得合情合理了。谈及祭司王约翰的人包括柏朗嘉宾①、卢布鲁克②以及马可·波罗。到了十四世纪中叶，传说中祭司王约翰王国的位置竟从模模糊糊的东方搬到了埃塞俄比亚，而那时代正是葡萄牙的航海家开始在非洲冒险的年代。英国的亨利四世也跃跃欲试想要和祭司王约翰接触，另外法国的贝里公爵和教皇尤金四世也有同样的打算。当查理五世在博洛尼亚加冕的时候，还有人提议可以和祭司王约翰结为盟友，以便收复位于耶路撒冷的耶稣圣墓。

祭司王约翰的信到底是从哪里冒出来的，目的何在？或许那是一份反拜占庭的宣传文件，由神圣罗马帝国皇帝腓特烈一世宫廷里的文书房捏造，只是问题不在于它的来源（那个年代伪造的文书多的是），而是在接受它的那一方。这种地理上荒诞不经的事能够帮助成就政治上的计划。换句话说，由某些具有伪造天赋的抄写员（伪造的文书在那年代可是很受激赏的文学体裁）③所唤起的那个鬼魅，为基督教世界向亚洲、非洲的扩张提供托辞，而且亲切地为白人的责任提供支持。

另一个具有历史复杂性的发明，便是玫瑰十字会。许多学者都讨论过十七世纪初期如曙光般焕然一新的精神氛围，给人一种黄金世纪就要迈开步伐的印象。这种希望蓬勃的氛围同时以不同的形式弥漫在天主教和基督教的领域（而且两者互相影响）：理想共和国的蓝图出现了（从康帕内拉④的"太阳城"、到约翰·瓦伦丁·安德烈

---

① Giovanni da Pian del Carpine（1180—1252），意大利圣方济各会修士。
② Guillaume de Rubrouck（1215—1295），一译鲁不鲁乞，法国圣方济各会修士。
③ 参考翁贝托·埃科《阐释的极限》中《赝品与伪造》一文。——原注
④ Tommaso Campanella（1568—1639），意大利哲学家、诗人和作家。《太阳城》是他具有社会主义性质的作品。

亚①的"基督城"),人们开始期盼普世单一王权的出现,期盼对道德和宗教进行全面革新,而彼时恰逢三十年战争爆发前夕,欧洲饱受国际冲突以及宗教仇恨的撕扯,陷入苦难境地。

一六一四年,一个宣言诞生了,名称就叫《玫瑰十字兄弟会传说》。通过这个宣言,玫瑰十字会首度向世人宣告它的存在,并且透露了自己的历史以及神秘的创办人克里斯蒂安·罗森克鲁兹②,而后者显然存活于十五世纪,并在流浪东方期间从阿拉伯人和犹太人的智者那里得知了秘密的玄学。

一六一五年,在《玫瑰十字兄弟会传说》(以德文写成)之后,又出现一篇拉丁文宣言:《玫瑰十字兄弟会自白:献给欧洲的博学之士》。第一篇宣言期许欧洲也能够出现一个拥有大量金银珠宝的团体,这个团体能将财富分配给许多国王,满足他们的需要以达成合法正当的目标,同时也能教导统治者学会每一件上帝容许人们明了的事,并且协助他们做出谨慎得宜的决定。这两个宣言运用炼金术隐喻和多多少少带有先知口吻的祈祷,特别强调兄弟会的神秘性质和成员不能将其泄露出去的事实("我们的华厦尽管有成千上万的人可以看见,但它将永远不可触及、不可毁灭,而且从罪恶的世界隐藏起来")。甚至于《传说》对欧洲所有博学之士最后的呼吁、希望他们和撰写宣言的人接触的文字就更显暧昧难懂:"纵使目前我们尚未泄露我们的真实姓名,纵使我们碰面了也是一样,但是我们势必将尝试了解每个人的意见,不管他的意见用什么语言表达出来都是一样;还有,不管谁将自己的名字透露给我们,他都可以和我们当中的某一位面对面商议,可是如果这样做有困难,也可以用书面的方式和我们讨论。"

---

① Johann Valentin Andreae (1586—1654),德国神学家。
② Christian Rosencreutz (1378—1484),传说中玫瑰十字会的创始人。

人们几乎立刻从欧洲各个角落写信给玫瑰十字会。没有人宣称认识他们,没有人承认自己是它的成员,但每个人多少都试着让别人了解,自己完全同意它的计划。尤利乌斯·斯佩伯[1]、罗伯特·弗卢德[2]以及迈克·梅耶[3]等人都对那看不见的玫瑰十字会发言:梅耶在他的《美艳的泰蜜丝》中坚称兄弟会确实存在(虽然他承认自己太过卑微,不配成为其中一员)。但是就像弗朗西丝·叶兹[4]观察到的那样,玫瑰十字会作家的惯常行为模式不仅是撇清自己绝非其成员,而且甚至从未和组织的其他成员碰过面。

从一开始,约翰·瓦伦丁·安德烈亚以及他图宾根圈子里的所有朋友立刻被怀疑是宣言的作者,他们不是终其一生极力否认别人的臆测,便是一笑置之,认为那是一项文学游戏,是年少轻狂的行为。此外,玫瑰十字会的存在不仅没有历史根据,而且根据定义还不能存在。直到今日,所谓AMORC[5](古老神秘之玫瑰十字会,它那位于加利福尼亚圣荷西的教堂有丰富的古埃及图像装饰,现在开放给民众参观)的官方资料还证明,该会合法的原始文件的确存在,但为了任谁都懂的理由,这些文件绝对不能曝光,并且被锁在无法供人参阅的档案里面。

我们对于今天的玫瑰十字会并不是那么感兴趣,因为它的成员在过去或者现在都只是民间传说的一部分罢了。从最早那两篇宣言出现开始便有人针对它们出版批评小册,而攻击的理由不止一种,最主要的是谴责他们为江湖术士和造假高手。一六二三年,巴黎有匿名人士散布玫瑰十字会成员将要进城的消息,竟引发了激烈的辩论,不管在天主教或是宗教怀疑论者的圈子里都一样;最常听见的

---

[1] Julius Sperber (1540—1616),德国神秘主义作家、化学家。
[2] Robert Fludd (1574—1637),英国物理学家、天文学家。
[3] Michael Maier (1568—1662),德国物理学家。
[4] Frances A. Yates (1899—1981),英国著名历史学家。
[5] Anticus et Mysticus Ordo Rosae Crucis 的缩写。

谣言是玫瑰十字会的成员都是崇拜魔鬼的人,而这观点则记录在同年出现的《魔鬼和所谓不可见者间的恐怖勾搭》一文里。甚至连笛卡儿在前往日耳曼途中也曾尝试(据说)和该会成员联系(当然没有成功),结果回到巴黎之后却被怀疑隶属于该组织,不过他以漂亮的一招来脱离这种处境:既然传言玫瑰十字会的成员是肉眼看不见的,那么他就尽可能地在公开场合现身,进而破除了围绕在他身边的谣言。这个插曲出自巴耶①所写的《笛卡儿先生的生平》。另外有位名叫诺伊豪斯的人起先用德文,后来一六二三年的时候又用法文发表了一篇名为《玫瑰十字兄弟会有用而兼虔敬的宣传》的文章,质疑是否真有所谓的玫瑰十字会会员,如果真有的话,他们是谁、名字从何而来,还有他们为何要向大众透露自己的身份。文章获致一个了不起的结论:"既然他们颠倒自己名字里的字母来构成新的名字、隐藏自己的年纪,既然他们来到这里却不透露真实身份,任何逻辑学家都不能否认它们存在的必然性。"

这点告诉我们,只要有人出面呼吁在人类中间进行心灵的改革,那么就会有人做出最矛盾的反应,仿佛每个人都在等待什么具有决定性的事件。

豪尔赫·路易斯·博尔赫斯在他的作品《特隆,乌克巴尔,奥比斯·特蒂乌斯》中提到一个虚构的且极不可能存在的国家,它在一部找不到的百科全书中曾被描述。从对这个国家的研究探索中,从一些彼此抄袭的文本里勾勒出来的模糊印象中,有个事实浮现出来:被谈论的其实是整个星球,"有它自己的建筑和战争,有它自己神话里的恐怖,还有它自己语言的声音,有它自己的帝王和海洋、它自己的矿物和飞鸟游鱼、它自己的代数学和火焰,以及它自己在神学和玄学上的论争"。这一切都是"一个秘密社团的集体创

---

① Adrien Baillet (1649—1706),法国学者。

作,由一个不可捉摸的天才人物领导的一批天文学家、生物学家、工程师、玄学家、诗人、化学家、伦理学家、画家、几何学家等等"。

这里我们面对的是一个典型博尔赫斯式的发明:一项发明的发明。然而博尔赫斯的读者知道他从来不曾发明任何东西;他那些最不可思议的故事其实来自他对历史的重新阅读。事实上,在某个点上面博尔赫斯说过,启发他灵感的其中一项便是约翰·瓦伦丁·安德烈亚的一部作品,而这作品(尽管博尔赫斯是从德·昆西那里得来的二手资料)"描写了玫瑰十字会这个幻想团体;后人果真按照他的想象建立了这样的一个团体"。

事实上,玫瑰十字会的故事造成了相当具有意义的历史发展。象征共济会,真实共济会的一种变体(真实的共济会真的拥有工匠们的互助组织,那些工匠几个世纪以来一直保存着古代教堂建造者的仪式和约定),而且多亏一些英国绅士,它才得以在十八世纪被创造出来。有了安德森①写的《宪章》,象征共济会便想借着强调自己古老的起源而确定自己合法的地位,根据他们的说法,其起源可远溯至建造所罗门神殿的时代。在后继的岁月里,经由朗姆赛这位一手创建所谓苏格兰共济会的先驱的努力,这创建神话中融入了神殿建造者和圣殿骑士之间的关系,而后者的秘密传统很显然是通过玫瑰十字会的中介才传到现代共济会的。

在早期的共济会中,玫瑰十字的主题将神秘主义和玄学带入一个到那时为止都还在和王权与教会竞争的组织中,可是到了十九世纪初,这个组织却摇身一变,转而拥护教会与王权,玫瑰十字以及圣殿骑士的神话也将被重新拾起,用以对抗启蒙精神。

早在法国大革命以前,人们就在讨论秘密组织的神话以及那些

---

① James Anderson(1679—1739),现代共济会核心创建者。

主宰世界命运的不为人所知的卓越之士存在的事实。到了一七八九年，吕谢侯爵[1]在自己的《论光照派》（*Essai sur la secte des Illuminés*）中警告说："在最浓密的黑暗处，由新人群所组成的团体已经形成，他们彼此认识却不必看见对方……这个团体从耶稣会那里学来了盲目的服从，从共济会那里模仿了它的审判和外部仪式，此外还从圣殿骑士团那里继承了它那不可思议的大胆。"

在一七八九和一七九八年间，为了响应法国大革命，修道院院长巴吕埃尔写出了《雅各宾主义发展史回忆录》。表面看来这是一部历史著作，但也不妨将它当作连载小说来读。受到俊王腓力[2]毁灭性的迫害之后，圣殿骑士团转为秘密组织，目的在于颠覆王权和教权。到了十八世纪，他们控制了共济会，以创立一种类似学院的组织，而其居心叵测如妖魔般的成员包括了伏尔泰、杜尔哥[3]、孔多塞、狄德罗以及达朗贝尔等人，雅各宾主义也是从此处诞生出的。但是雅各宾党人本身受到一个甚至更加秘密的组织巴伐利亚光照派的控制，后者所抱持的基本信念便是弑君。而法国大革命便是这条信念付诸实行的结果。

至于世俗的、开明的共济会和偏激的、光照派的共济会（后者专讲神秘玄学，和圣殿骑士团关系紧密）之间所存在的深刻差异并不重要，此外，圣殿骑士团的神话已经被它一名后来选择走上另一条道路的修士所戳破（我指的是约瑟夫·德·迈斯特[4]）……不，这都不重要，这已是一个非常好的故事。

巴吕埃尔的书压根没有提起犹太人。但到了一八〇六年，这位作者接到一位西莫尼尼上尉的来信。后者提醒巴吕埃尔，摩尼和穆

---

[1] Marquis de Luchet（1740—1792），法国作家、记者。
[2] Philippe le Bel，即法国国王腓力四世。
[3] Anne-Robert-Jacques Turgot（1727—1781），法国经济学家。
[4] Joseph de Maistre（1753—1821），萨伏依政治家、哲学家。

斯林回忆录中的山中老人（圣殿骑士团被怀疑和后者互通声气结为同盟）都是犹太人（现在各位可以理解，玄秘晦涩承继关系的脉络教人看了头晕）。这就等于说共济会是由犹太人创立的，那些无孔不入、深入所有秘密组织的犹太人。

巴吕埃尔并没有公开采纳这个谣传，不管怎样，直到十九世纪中期之前，它都没有产生什么令人瞩目的结果。十九世纪中期，耶稣会开始担心意大利统一运动那股反教会的思潮，代表人物例如加里波第等人，而他们都和共济会有所牵连。所以把烧炭党人说成是犹太/共济会阴谋所派遣出来的爪牙这一概念便成为有用的论战观点。

但在十九世纪，反教会行动的支持者仍然轮流诋毁耶稣会修士，千方百计要证明后者除了干出一些不利人类福祉的事，其他一无所成。比起一些所谓的"严肃作者"（从米什莱①、基内②，到加里波第和焦贝蒂③），让这个主题变得脍炙人口的则是一位名为欧仁·苏的小说家。在《流浪的犹太人》中，邪恶的罗丹神父，代表耶稣会阴谋伎俩的极致呈现，很明显是以共济会和教会传统里"不为人知的卓越之士"分身的样貌面对读者的。罗丹神父又在苏的最后一本小说里重回舞台（《人民的秘密》）。在这部作品中，恶名昭彰的耶稣会阴谋连最小的细节都被披露出来。从《巴黎的秘密》移居到这本小说里来的鲁道夫·德·盖罗斯坦揭发了耶稣会的阴谋，并且警告"这对欧洲而言意味着策划这妖魔般的阴谋诡计，同时又是恐怖的凌辱、令人发指的奴役以及陷入暴虐的命运……"

在苏的小说出版后，有一位若利先生在一八六四年写了一本反对拿破仑三世、充满自由解放精神的小册子：在这部作品里，代表

---

① Jules Michelet（1798—1874），法国历史学家。
② Edgar Quinet（1803—1875），法国作家、历史学家。
③ Vincenzo Gioberti（1801—1852），意大利哲学家、政治家。

犬儒式独裁者的马基雅弗利和孟德斯鸠交谈。欧仁·苏笔下所描述的耶稣会阴谋如今在若利先生的笔下变成是拿破仑三世的手笔了。

到一八六八年，曾出版过一些中伤毁谤性质小册子的赫尔曼·古德切①，现以约翰·雷德克利夫的笔名出版了一本极受欢迎的小说《比亚里兹》，里面描述了一场在布拉格公墓里举行的神秘仪式。古德切只是从大仲马的《约瑟夫·巴尔萨莫》（一八四九年）里抄袭过来一个场景，里面描述卡里奥斯特罗，也就是"不为人知的卓越之士"的首领，以及其他光照派成员会面密谋王后项链的事件。只是古德切描写的，不是卡里奥斯特罗以及他的党羽，而是把他们换成聚在一起的以色列十二支派的代表，描写他们商讨征服统治全世界的阴谋。

五年之后，相同的故事又出现在一部俄国作品（《犹太人，世界的统治者》）中，整个故事的描写手法让人读来会产生错觉，以为那是真实事件的报道。到了一八八一年，《当代》（Le Contemporain）杂志重印这同一则故事，并坚称它有可靠的信息来源，也就是英国外交家约翰·里德克利夫爵士。一八九六年，弗朗索瓦·布尔南（François Bournand）又再度使用那则犹太拉比的故事（只是这一次他的名字叫约翰·里德克利夫），把它编进自己的作品《犹太人，我们的同时代人》（Les juifs, nos contemporains）中。

从此以后，大仲马杜撰的共济会聚会仪式就和欧仁·苏发明的耶稣会阴谋（后来又被若利先生推在拿破仑三世身上）混合起来，变成犹太拉比真正发表的谈话，然后这一切又在不同的地方以不同的形式重新浮现出来。

出现在舞台上的有彼得·伊万诺维奇·拉奇科夫斯基，他被怀

---

① Hermann Goedsche（1815—1878），德国作家。

疑和革命分子及虚无主义者有所联系，而他后来（已经得体合宜地对自己过去的所作所为忏悔过了）又和"黑色百人团"的团体（一个极右恐怖组织）过从甚密，成为线民之后摇身一变成为沙皇政治警察（所谓的"奥克瑞纳"①）的头子。现在，拉奇科夫斯基为了帮助他的政治保护者（谢尔盖·维特），因为后者被敌手埃里·德·锡安（Élie de Cyon）弄得心烦意乱，于是命令手下将锡安的家搜查一番，并且发现一本锡安抄录若利那篇反拿破仑三世文章的小册子，并且把马基雅弗利的理念归为维特本人的。拉奇科夫斯基是个反犹激进分子（当时法国德雷福斯事件闹得如火如荼），他把搜查得来的小册子（只是绝口不提提到维特的那些文字）里面表达的理念都归在犹太人头上。一个姓锡安的人，即使是拼成 C（而非 S），也不免教人联想到犹太人的阴谋。

这篇被拉奇科夫斯基扭曲过的文字极有可能构成了《锡安长老会纪要》②一书的第一手资料。但它偏离了它的小说源头，因为它并不真的可信（除了在欧仁·苏的一本小说里），因为那些犹太拉比竟然会用如此不加掩饰而且没有羞耻的方法来表达他们邪恶的计划。他们公开宣称自己心怀"无所不至的野心、吞噬一切的贪婪，还有寻求报复毫不留情的渴望，以及无比强烈的恨意"。他们打算取消出版的自由，但是鼓励放纵的风俗。他们批评自由主义，却提倡资本主义的跨国政策。他们要在每个国家策动革命并将社会的不公平推向极端，打算建造地下工事并炸毁大城市。他们要禁止古典文学和古代历史的研究，却鼓励运动和视觉传播以便让工人阶级全都变成白痴……

阅读《锡安长老会纪要》，很容易便可看出它写成于十九世纪的

---

① Okhrana，俄罗斯帝国的特务机关。
② *Protocolli dei Savi Anziani di Sion*。

法国，因为它充满对当时法国社会的指涉，并且我们也不难看出其源头有许多非常有名的通俗小说。只可惜，从叙事的角度来看，其中的故事情节太教人信服，以至于大众对它太过认真对待。

这个故事其余的部分便是历史了。有位名叫谢尔盖·尼鲁斯的行脚僧为了进一步实现自己拉斯普京式的野心，此外他也被敌基督迷了心窍，于是评论并且刊印了《锡安长老会纪要》。此后，这个文本便展开横跨欧洲的旅行，直到掉进希特勒的手中[①]……

我们已经探究了一些造就历史的谬误概念，而且这些概念大家或多或少都听说过。然而，还有一些疯狂的观念是我们已经全然忘却的。

从一九二五年开始，纳粹圈子里面有人大力提倡一位奥地利伪科学家汉斯·霍尔宾格发明的所谓 WEL 理论，也就是 Welteislehre，万年冰理论。这个理论在当时极获罗森堡以及希姆莱等人的赏识。等到希特勒把持政权以后，霍尔宾格的理论甚至在科学界也被当作严肃的主题看待，比方和伦琴共同发明 X 光的杰出学者莱纳德也名列其中。

根据万年冰理论（最早于一九一三年便由菲利普·福特在他的《冰冷—宇宙系统》中深入讨论），宇宙是冰和火两种物质永不停歇的角力场所，结合产生的不是进化，而是循环（又称世代）的交替。宇宙间曾经有过一个极高温的巨大物体，比太阳还要大上数百万倍，后来撞上一个硕大无朋的宇宙冰块。那个冰块撞进炽热发光的物体，

[①] 我知道自己曾在《傅科摆》和《悠游小说林》两部作品中用到这个故事，但它是值得一再被重复的，只是很可惜，它被再度叙述的机会总嫌不够。一如往常，证据从许多方面来看都是最多的，除了从我自己对"连载小说"的研究，从诺尔曼·科恩（Norman Cohn）的《种族屠杀的根据：犹太世界密谋的神话以及锡安长老会纪要》（伦敦：谢里夫出版社，一九九六年），此外还来自取之不尽用之不竭的反犹太论证：内斯塔·韦伯斯特（Nesta Webster）的《秘密组织以及颠覆行动》（伦敦：波士威尔出版社，一九二四年）。——原注

然后在那里面以蒸汽的状态酝酿了好几百万年，最后导致整个物体爆炸开来。许许多多的碎片有些飞溅到冰寒的空间，有些则喷射到中介的地区而变成太阳系。月球、火星、土星和木星是由冰所组成的，而银河则是被传统天文学看成星球的冰块星群；事实上，这只是摄影上的错觉而已。太阳黑子则是脱离木星的冰块所造成的。

如今，初始的爆炸威力已经减弱，而每个行星并不像官方科学所错误认为的那样，在做所谓的椭圆形公转，而是围绕吸引它的更大星球进行接近涡漩状的运动。这种旋转运动到了最后，月球会愈来愈近地球，导致地球海洋的水平面逐渐上升，淹没赤道地区，只有最高的山脉才得以浮出水面，而且宇宙光的照射会愈来愈强烈，结果导致基因大量突变。最后月球将会爆炸，变成一团冰、水和气体的混合物，而这团东西接着便会垂直摔落在地球表面。

由于受到火星影响，地球也将变成一个大冰球，到最后将完全被太阳重新吸收。接着又会发生一次新的爆炸，然后又是一个新的开始，就像过去地球所经历过的，并且再度吸收其他三颗卫星。

这种宇宙观的核心论点便是一种永恒轮回，可追溯至最古老的神话和史诗。而纳粹党人便拿所谓的传统智慧对抗犹太自由科学的谬误知识。再者，这种冰冷的宇宙系统看起来很有北欧和雅利安的味道。在《魔法师的早晨》这本书中，作者保韦尔斯①和贝尔吉耶②认为希特勒因为相信宇宙的冰冷起源，所以才坚信自己的军队在俄罗斯的冰天雪地中将能够应付裕如。但他们也坚持认为证明宇宙冰块如何反应的需要同时让 V-1 导弹实验慢了下来。直到一九五二年，依然有一位名叫埃尔玛-布鲁格的人出书颂扬霍尔宾格，将他吹

---

① Louis Pauwels（1920—1997），法国记者、作家。
② Jacques Bergier（1912—1978），法国化学工程师、作家。

捧为二十世纪的哥白尼,并且宣称万年冰理论解释了地球事件和宇宙力量之间深远的关系,最后他下结论,犹太民主科学对霍尔宾格的故意冷落正是庸才们暗中搞密谋的典型例子。

在纳粹党周遭进行魔法-玄学以及新圣殿骑士科学研究的人,比方鲁道夫·冯·塞堡腾朵夫创立的"图勒协会"① 的门徒们,已成为广泛被研究的现象②。很显然,在纳粹的圈子里,人们同时也注意到另外一个理论。根据这个理论,地球实际上是空的,而且我们并不住在它的表面,住在它像凸透镜表面似的外部,而是住在它的里面、住在它像凹透镜表面似的内部。这个理论在十九世纪初由俄亥俄州某位克莱夫·西姆斯(Cleves Symmes)提出。他向许多科学组织写信:"我要向全世界宣称地球是空心的,里面可以住人;它包含几个同心圆的坚实球体;一个套着一个,而且开口位于极圈附近。"如今费城的自然科学院还保存着一个根据他的观念制造的木球。

这个理论在十九世纪下半叶又被赛勒斯·里德·蒂德(Cyrus Reed Teed)进一步发挥。他强调,我们想象中的天空其实是充塞在球体里面、局部发光的气体。根据他的说法,太阳、月球和星星并非天体星球,而是许多不同现象所导致的视觉效果而已。

第一次世界大战过后,这个理论先后由彼得·本德(Peter Bender)和卡尔·纽珀特(Karl Neupert)引进德国,而后者更是发起了"地球空洞说"运动。据资料显示,该理论在德国统治高层当中备受重视,而且德国海军的指挥部认为,地球空洞说能够让他们更加精确地计算出英国军舰在海面上的位置,因为如果他们使用红

---

① Thule Gesellschaft,一战晚期于慕尼黑成立的右派激进团体。
② 例如,尼古拉·古德利克-克拉克的《纳粹主义的玄学根源》(*The Occult Roots of Nazism*,韦灵伯勒:阿夸利恩出版社,一九八五年);或是勒内·阿罗的《希特勒与秘密结社》(*Hitler et les sociétés secrètes*,巴黎:格拉塞出版社,一九六九年)。——原注

外线，地球的曲度将不会阻碍他们的观察[1]。甚至有人提出一种见解，有些V-1导弹无法命中目标正是因为计算弹道的方式是根据地球表面是凹面而非凸面的理论。如果这是真的，这里我们就可以看到错误的天文理论如何具有历史上、甚至天意上的用处。

可是我们不能一语带过，说纳粹党人都是疯子，而且反正他们都已死光，除了垂垂老矣、至今仍不知藏匿何处的马丁·鲍曼（Martin Bormann）。事实上，如果你上网并且利用任何搜寻引擎查找和地球空洞说有关的条目的话，你将会发现这个理论至今仍然有许多信奉者。那些网站（还有他们出版的书）是由一些狡猾的老狐狸所架设，目的是要唬弄那些胸怀新时代理念的白痴和/或敬仰者。其实社会和文化的问题并不是狡猾的狐狸，而是数量庞大的白痴[2]。

那么可以用什么来总结我在上面提到的所有故事，还有，到底什么东西让这些故事如此令人信服？

君士坦丁大帝献土或许不是当作有意的伪造被创造出来，而是一种修辞上的练习，只是大家到后来拿出认真严肃的态度来看待它。

玫瑰十字会的宣言，至少按据称是作者的人们的说法，是一种展示学问的游戏，而且，如果不是玩笑，至少也是一种文学练习，

---

[1] 例如，在帕洛马山天文台工作的杰拉德·科尼佩尔（Gerard Kniper）曾于一九四六年在《大众天文学》（*Popular Astronomy*）发表一篇谈论这个主题的文章；另外还有威利·雷（Willy Ley），他在德国从事V-1导弹研究，曾在一九四七年的《新奇科幻》中撰写了一篇名为《纳粹土地上的伪科学》（*Pseudo-science in Naziland*）。——原注
[2] 一九二六年，海军上将伯德（Byrd）飞越北极上空，一九二九年又飞越南极上空，但都没有发现传说中可供进入地心的洞口，然而伯德的这两次飞行却促成大量文学作品的出现（只要在网络上输入 Byrd 便可得知）。一些人出于莫名其妙的心态将伯德的发现做了完全相反的诠释，硬说他发现了深入地心的入口。一个可能的原因是，如果你在白天拍摄这些区域就会发现极圈里面会有在冬季永远不被太阳照亮的黑暗地方。如果有人想要看看所谓极地通往地心通道的样子就请参考下列网站 www.v-j-enterprises.com/holeearth.html 或是 www.ourhollowearth.com/。当然，你不能相信读到的所有东西。——原注

从文类上来讲可以被归为乌托邦文学。

科斯马斯犯的是基要派的错,不过考虑到他生存的年代,这种谬误是可以被原谅的,可是正如我们所看到的,当年没有任何人把它当严肃的一回事看待,只有过了一千年以后才被人家居心叵测地以"具权威性"作品的地位供奉起来。

至于《锡安长老会纪要》,它一开始是累积许多小说主题而成的虚构作品,但是后来逐渐点燃了少数狂热分子的想象火焰,接着一路上将它的原始样貌不断加以扭曲。

但是不管怎样,这些故事中的每一个都有一个强项:从叙事的角度来看,它们都教人信服,比起日常的或者历史的真实要更真实,因为后面这两种真实相较之下太复杂了,所以也就较难令人相信,而且那些故事都为本来很难理解的东西提供了一个清楚明白的解释。

让我们再次回到托勒密的例子。如今大家都知道,托勒密的假说在科学上是谬误的。然而,如果说我们的智力已经进步到哥白尼的地步,我们的肉眼观察能力却还处在托勒密的阶段:我们看到太阳从东边升起,然后用一整个白天爬过天空,而我们的行为模式却好像自己是静止不动的,是太阳在围绕我们转,所以我们动不动就说:"太阳升起,高高挂在天际,然后向西沉落……"甚至在大学教天文学的教授也以这种方法思考:托勒密式的。

为什么君士坦丁大帝献土的故事必须被厘清呢?因为在帝国垮台之后还能确保权力的继续,它维护了"拉丁世界"的理想,它指出了一个引导的力量,在烧杀掳掠的嘶喊声中留存了一个参考点,在追逐欧洲这位新娘的野蛮求婚者当中充作指针……

为什么要排拒科斯马斯的叙述呢?从另外一些角度来看,他是一位心思缜密的旅行者,一位勤勉搜集地理和历史奇闻的人;再说,不管怎样,他的地球平面理论(至少从叙事的角度来看)并非全然不可信。地球是一个巨大无比的长方形,四周围绕着宽广的墙壁,上面顶着两层的穹庐：第一层上面有群星闪耀，而在另外一层则住着受神祝福的人。天文现象则被解释成北方有一座高山，把太阳遮掩起来的时候便是黑夜，等它位于太阳和光线之间就产生日食……

就像上文已经讨论过的，蒂德的地球空洞说即便对于十九世纪的数学家而言也是很难找出反驳理由的，因为将地球的似凸镜表面投射在似凹镜的表面而不导致太多的误差，是有可能的。

此外，如果能够满足宗教和谐的需求，又何必排斥有关玫瑰十字会的传说故事呢？还有，何必轻视《锡安长老会纪要》这部作品呢？它只想用密谋神话来解释如此多的历史事件而已。就像卡尔·波普尔[1]提醒我们的那样：

> 社会的阴谋理论……相当接近荷马的社会理论。在荷马的观念里，发生在特洛伊城前方平原上的各种事件不过是反映了奥林匹斯山上诸神的勾心斗角而已。社会的阴谋理论……源自放弃神然后问道："谁要来取代他？"他的位置于是被许多不同而有威权的人和团体填满（一些可怕的压力集团，要怪他们策划了所有我们由是大受苦难的事件）。[2]

相信密谋和策划为什么要被认为荒唐可笑？因为我们不是每天都利用这种手段来解释自己行动的失败或者事情总朝我们不愿意的方向发展？

谬误的故事归根究底说来还是故事，而且故事就像神话一样总是教人信服的。我们还能讨论多少其他谬误的故事呢？比方，南方

---

[1] Karl Popper（1902—1994），犹太哲学家、思想家。
[2]《猜想与反驳：科学知识的增长》（Conjectures and Refutations: The Growth of Scientific Knowledge，伦敦与亨利镇：劳特利奇和基根·保罗出版社，一九七六年），页一二三。——原注

大陆的神话，那片在极圈冰帽与亚热带南极洲之间移动的大陆。有人坚决相信那块大陆确实存在（过去有多到不可胜数的地图上面就把地球南方绘成有大片陆地覆盖），以至于三个世纪以来，不同国家的航海家受到激励，试图探索南半球的海洋，甚至登陆南极洲。

我们对于黄金国和青春之泉这两个启发疯狂勇敢的英雄在南北美洲探险的故事该如何看待呢？还有因为执迷于炼金石的找寻进而刺激全新化学科学诞生这事？还有未发现氧气前被认为可燃物之主要成分的燃素？

让我们暂时忘掉某些谬误的信念也曾产生正面的效果，而某些却造成恐怖以及耻辱。不管如何，它们都创造出某些东西，不管结果是好是坏。它们的成功中没有任何事是无法解释的。问题在于，我们如何以今天认为是真的故事来取代过去被认为是谬误的故事。在我几年前写成的那篇有关赝品以及伪造的论文中，我的结论是：一定存在一些工具（经验的或是臆测的），可以用来证明某些东西是假的，可是对于那问题的每种判断一定意味着一种真实而且纯正的原型存在，以至于虚假和它相较之下方能显出虚假。然而，真正的认知问题并不仅在于证明某件事物的虚假，而是证明那个真实纯正的东西符合真实纯正的头衔。

然而，这个明显的考量不应该诱导我们判定真实的准则并不存在，另外我们也不该断言，被说成是谬误的故事和我们今天认为是真的相同，只因为两者都隶属于虚构文学。倒是有一种验明真伪的方法，是通过缓慢的、群体的、公众的努力来完成，而执行的便是查尔斯·桑德斯·皮尔士所称的共同体。通过我们人类对共同体努力的信仰，我们方能怀着某种程度的平静说，君士坦丁大帝的《敕令》是伪造的，地球绕着太阳旋转，圣托马斯·阿奎那至少知道地球是圆的。

既然我们明白人类的历史是由今天被我们认定是谬误的许多说

法塑造而成的，因此这点一定要教会我们小心，让我们对于今天大家都认为是真的事物随时进行反省，因为共同体智慧的原则是建立在不断对自己知识正确性进行质疑的态度上的。

几年前，法国出版了一本由让-弗朗索瓦·戈蒂耶写的书《宇宙存在吗》。宇宙到底存不存在？好问题。宇宙会不会只是像燃素或锡安长老会一样的概念呢？

戈蒂耶的论证从哲学的角度来看是可以理解的。宇宙是"浑然整体"的概念可以追溯至最远古的宇宙学家、宇宙描述者和宇宙发生解释者的论点。可是有没有可能换个方式描述，好像我们从上向下俯瞰它，好像一个我们被包裹其中的东西，而我们则是它不可分割的一部分，同时也无法从里面逃往外面？当宇宙外边没有空间能供投射时，我们是否能够提供宇宙的几何描述？还有，我们可以谈论宇宙的"开始"吗？因为像"开始"这种时间坐标上的观念是必须和时钟的刻度产生联系的，然而宇宙本身即是自己的时钟，并不能向它外部的东西进行指涉。我们可以相信艾丁顿所说的"数十万颗星星构成银河，而数十万个银河则构成宇宙"吗？因为戈蒂耶观察到，纵使银河是一个可以被观察到的天文现象，宇宙却没办法被观察，所以将银河和宇宙凑在一起就等于让两个无法比较的整体建立起无法担保其可行性的比较关系。还有，我们能否假定宇宙是什么样的、以便用经验的工具来研究这个假定，仿佛这假定是客观存在的物体？还有，宇宙大爆炸的说法会不会只是一个古怪念头而已，就像昔日神话所杜撰的，宇宙乃出自一个笨拙的造物主之手？

基本上，这种对宇宙观念的批判就像康德对于"世界"观念的批判一样。

既然对一些人来讲，太阳并非绕着地球转的疑问在历史的某一时刻似乎和宇宙并不存在的疑问同样愚蠢和讨厌，所以目前适宜让我们的心志处于清新自由的状态，在这科学家共同体判定宇宙就像当年的地球平面说或是玫瑰十字会一样都是谬误的时候。

  从深层看,共同体的首要任务便是随时处于戒备状态,为的是每天都能够改写百科全书。

我如何写作[*]

肇始阶段，久远以前

身为小说家，我的例子算是反常的。因为我在八岁到十五岁之间便开始写故事和小说，后来我停止了，等到快五十岁的时候才又恢复写作习惯。在这场成年人的傲慢爆发之前，我度过了三十个被认为是谦逊的年头。我说"被认为是"，这点我是需要解释一下的。让我们按部就班地来，也就是说，像我小说里的习惯一样，回到以往的时空。

当初我开始写作的时候，我总是拿来一本笔记本并从第一页写起。作品的名称细想起来总有萨尔加里[①]的味道，因为他的作品当时是我灵感的来源之一（其他的来源还有凡尔纳、布斯纳尔[②]、雅科利欧[③]，以及一九一一到一九二一年的《海陆冒险及旅行画报》，最后这个是在地下室的大箱子里发现的）。所以我想出来的书名便是《拉布拉多的海盗》或《鬼船》。接着在书名页最下方我会写上出版商的名字玛戴纳出版社（Tipografia Matenna），Matenna 是 Matita（铅笔）和 Penna（钢笔）这两个词的大胆混合。然后我就着手在每隔十页的地方放进一张插画，好比德拉·瓦雷或是阿马多为萨尔加里的书所画的插画。

插画的选择决定了我接着要写的故事。刚开始的时候，第一章我可能只写几页，一般都用大写字母，而且绝不容许自己做任何改动，以便从出版的角度来看一切都无懈可击。显而易见的是，往往才写了几页我便中途放弃了。因此在那个年代，我只是一些未完成的伟大小说的作者。

在这堆啼声初试的作品中（在一次搬家的过程中几乎都丢光了），我只留住一本有头有尾的作品，但是无法确定它的文类所属。那时有人送我一本很大的笔记本当礼物，页面印有淡淡的水平线，页边还有相当宽的紫色空白。这让我灵机一动写下《以"日历"之名》的书名（第一页标着一九四二年，然后下书第十一年，指的是法西斯政权的纪年，这是当时一般的习惯，也是规定要做的）。那是一个名唤匹林皮姆皮诺的魔法师的日记。他自诩为北冰洋一座岛屿的发现者、殖民者与改革者。那座岛屿名叫阿康恩，岛上的居民都崇拜一位名为"日历"的神祇。这位匹林皮姆皮诺每一天都会以极度卖弄又讲求精准的态度记录岛民的行为和（我今天会这样形容）他们的社会人类学结构。此外，这些文字当中还错落插入一些文学练习。比方有一则"未来派短篇小说"是这样写的："路易吉是个好人，所以在亲吻了野兔们的餐盘之后便上拉特兰那里去买现在完成时……但在半路上他误闯山区死了。这是英雄行为和慈善举措最昭显的例子，所有的电线杆都为他哀悼。"

除此之外，叙述者还描述（并且画下）他所统治的岛屿，岛上

---

* 这篇文章最初是为马利亚·特雷莎·塞拉菲尼（Maria Teresa Serafini）编辑的《一本小说如何写成》（*Come si scrive un romanzo*，米兰：邦皮亚尼出版社，一九九六年）而写的。这位编辑向多名作家提出一系列同样的问题，大概就是我这篇文章中分节的来源了。后来我也出版了自己的第四本小说《波多里诺》，所以就把那次写作经验也纳入这篇修订后的文章。这些都是我最近的写作经验。——原注

① Emilio Salgari（1862—1911），意大利作家，作品风格冒险、科幻，常被改编为电影。
② Louis Henri Boussenard（1847—1911），法国冒险小说家。
③ Louis Jacolliot（1837—1890），法国作家。

的森林、湖泊、海岸以及山区，巨细靡遗地解释他理想中的社会改革，他臣民的宗教仪式以及神话，介绍他的每个大臣，话题还旁及战争和瘟疫……文本穿插着绘图，而且故事（并没有遵循任何体裁的规则）写写便成了百科全书。现在回头过来看我们就可发现孩童如何大胆地预告了大人的弱点。

到了最后，我实在不知道要再让国王和他的岛屿发生什么事情，所以在第二十九页就做了结束："我将出发到远方旅行……或许我甚至不会回来这里；这里我要做个小小的告白：以前我宣称自己是魔法师。但那不是事实：我只是匹林皮姆皮诺而已。请原谅我。"

在这些实验之后，我决定自己应该朝滑稽的文体发展，而且也确实写出了一些。假设那个年代有复印机，那我应该早就让那些文字广为流传了；我向同班同学提议，要他们每个人给我足够抄写我一部作品的活页纸，另外还得再多付几张，算是折抵墨水费和抄写工，而我则答应回赠他们每人一本我那冒险故事的手抄本。我还煞有介事地和他们订了契约，心中压根无法体会手抄十本同样的作品是多么累人的事。最后，我只得把一沓沓活页纸还给同学，心中对于自己的失败感到羞愧，不是站在作者的立场，而是站在出版商的立场。

到了中学，我专门写一些叙事文章，因为在那阶段"论说文"（不能选择主题）已经被"记叙文"所取代（我们必须描述"生活的片断"，可有自己选择的成分）。我特别擅长幽默的小品文字。那时我最喜欢的作家是沃德豪斯[1]。至今我仍保有自己的杰作：我描写自己如何在多次实验之后准备向邻居和亲戚展示一项技术上的奇迹，那就是，世界第一个摔不破的茶杯；我得意洋洋地让它跌落地面，结果当然摔成碎片。

---

[1] Sir Pelham Grenville Wodehouse（1881—1975），英国幽默作家。

一九四四到一九四五年间我转而尝试史诗的写作，包括对《神曲》的滑稽模仿以及一系列对奥林匹斯山诸神的描写，呈现的是那个黑暗时代的风格，那是物资配给、灯火管制以及拉巴利亚蒂①的歌曲正流行的年代。

在我高中的前两年，我写了一本名叫《欧忒耳珀·克里皮的一生》（附有插图）的小说，而且那时我在文学上学习的榜样是乔万尼·莫斯卡②和焦万尼诺·瓜雷斯基③。到了最后那年，我便开始写一些较具严肃文学性的作品。我认为那个阶段的主要基调是邦滕佩利④式的魔幻写实风格。在一段很长的时间里，我每天一大早就起床并且计划改写《音乐会》这部具有吸引人的叙事理念的作品。一位名叫马里奥·托比亚的失败作曲家，他让世界上有名的灵媒聚在一起，并教他们以灵体的形式在舞台上再现昔日伟大的音乐家，并令这些音乐家演奏他自己的作品《士瓦本的康拉丁》。贝多芬担任指挥，李斯特弹奏钢琴，帕格尼尼拉小提琴等等。只有一位是当代的音乐家，那就是吹小号的路易斯·罗伯逊。有一段描写相当精彩，那就是灵媒渐渐无法让他们创造出来的人物保持活生生的状态，最后，往日那些伟大的音乐家一个接着一个消融掉了，整个过程中乐器发出彼此不协调的哀泣，最后唯一例外的是罗伯逊那不受干扰、魔幻似的小号尖锐的乐音。

我应该让我忠实的读者（我可能会说总共二十四位，这样我就不至于和伟大的曼佐尼的二十五位读者打对台了，其实我是怀着谦逊的心情想胜过他的）自行去分辨，这两个插曲如何在四十年之后的《傅科摆》中重新被利用上。

---

① Alberto Rabagliati（1906—1974），意大利歌唱家。
② Giovanni Mosca（1908—1983），意大利记者、作家。
③ Giovannino Guareschi（1908—1968），意大利旅行家、幽默作家。
④ Massimo Bontempelli（1878—1960），意大利诗人、小说家，其带有魔幻写实风格的作品影响后世深远。

此外，在这时期我也写了一些"年轻宇宙的古老故事"，主角是地球以及其他的星球，时间是银河系刚刚诞生的时候，星球彼此之间受到爱欲和嫉妒的牵扯：在一个故事里面，金星和太阳相爱，费劲要脱离自己的轨道以便自我毁灭在她爱人那炽热发光的大体积内。那是我小小的、不自觉的宇宙奇趣故事。

我在十六岁的时候对诗开始感兴趣。我大量阅读艰涩难懂的诗作，不过我自己的品位比较偏向卡尔达雷利[①]以及《拉隆达》杂志那些作者的古典主义风格。我已经不知道自己是对于诗的需要（以及同时发现肖邦的音乐）才引发我那柏拉图式的、说不出口的初恋，或者情况正好相反。但不管在什么情况下，那种混合都是招致苦痛的，甚至是最温柔和最自恋的怀旧愁绪都无法令我在不感到完全彻底羞愧的情况下，去回味当时的努力。不过，从我那次的经验一定浮现出一种严厉的自我批评态度：在几年之中，这种坚决不动摇的态度已促使我认清一个事实：我写的诗和青春痘具有相同的、功能上的起源以及外貌。因此我决定（而这决心持续三十年之久）放弃所谓的创造性写作，而仅让自己局限在哲学的反思以及随笔的写作上面。

随笔作家以及小说作家

我为往后三十几年所做的决定，自己倒是从来不曾懊悔过。我指的是，我并不像那些心里渴望为艺术而写作但实际上注定为科学摇动笔杆的人。我觉得自己完全尽兴于自己所做的，而且更重要的是，我怀着一丝柏拉图式的轻蔑看待诗人，认为他们是被自己的谎言囚禁起来的人，只是模仿的再模仿者，完全无法达到那高高在上的理想，而身为哲学家，我认为自己有幸和那理想进行祥和的、贞

[①] Vincenzo Cardarelli（1887—1959），意大利作家、诗人。

洁的日常往来。

事实上，现在我意识到，自己是从三个不同的方面去满足自己对叙事的爱好的，可是当年我并没有注意到这一点。第一方面，通过对于口头叙事的不断练习（孩子们长大后，我极度怀念他们小时候，因为我再也不能给他们讲故事了）。第二方面，借由玩弄文学的戏仿拼贴（这个阶段记录在我于五十年代末、六十年代初写作的《误读》里面）。第三方面，在每篇批判性的随笔中做出一点叙事性质的东西。这点我有必要加以解释，因为我认为这样有助于了解我作为一位随笔作家的活动，以及日后我作为叙事者的角色。

当我做博士论文（有关圣托马斯·阿奎那美学的问题）答辩时，我对于奥古斯托·古佐的批评感到震惊（不过后来他让我的论文原封不动出版）：他告诉我，我实际上是在复述自己研究工作的各个阶段，仿佛那是一次调查，记载了我后来扬弃的假说以及错误的方向，然而一些成熟的学者会将这些经验充分消化，然后只将结论呈现给读者。我承认这个针对我论文所发表的评论恰如其分，只是我倒不觉得自己那种写作方式是个限制。正好相反，因为如此我日后才坚信所有的研究都应该用这种方式"被叙述"。而且我认为在接下去自己所有的非虚构性作品中都是以这种方式处理的。

结果，我就能心平气和地接受不写故事的事实，因为我用另外的方式满足了自己叙事的热情；而且后来当我又开始写故事的时候，其性质也只会是对一件研究工作的描述（在叙事学中这个就称作追踪）。

我从何处开始？

我的第一本小说是在四十六到四十八岁之间写成的，书名就是《玫瑰的名字》。我无意在这里讨论写作这第一本小说背后的（我该怎么说，存在主义意义上的?）动机：动机其实有好几个，而且我认为，想写小说的渴望本身便足够是项动机。

《玫瑰的名字》的编辑在接触作家的时候会问许多问题，其中之一便是：在文本成形的过程中，我们会经历哪些阶段？言下之意是写作是要历经数个阶段的。通常，比较外行的访谈者会在以下这两个互相矛盾的信念之间徘徊：其一，一篇我们称为创作性的文本几乎是在灵感勃发的神秘兴头上实时发展起来的；或者，其二，作家遵循一套秘诀，一组他们希望能探知的神秘规则。

没有什么所谓的一套规则，或者说精确些，其实有太多套，各不相同而且弹性极大；也没有所谓灵感勃发的兴头。比较中肯的说法是，起先会有一个初始的想法，而且在一步一步渐渐发展的过程中是有非常明确的阶段的。

我的三本小说所源自的种子概念其实不过是一个意象：正是这个意象慑住了我并令我想要勇往直前。《玫瑰的名字》诞生是因为我脑海中浮现一名僧侣在图书馆里被谋杀的景象。我在《〈玫瑰的名字〉注》中写道："我想要毒死一名僧侣。"这个带有挑衅意味的语句被人按照字面意义加以理解，造成后续的竞相提问，为什么我想犯下这种罪行。可是我压根就没有毒杀僧侣的意思（而且的确也从未干过这种勾当）：只是一名僧侣在图书馆阅读时被人毒杀的景象在我脑海中逡巡来回、不肯离去。我不知道自己是否受到英国传统侦探小说理论的影响，也就是说作品里必须描述附近发生了一桩谋杀案。也许我是在追寻自己十六岁时曾经历过的某些情感：有一次我到修道院里静修，当我散步经过哥特式和罗马式的回廊，走进一间幽暗的图书馆时，我发现阅读架上有一本摊开的《圣徒行传》，于是我得知，除了一位原先我就知道的、祝日是三月四日的真福翁贝托（beato Umberto），还有一位生前担任主教的圣翁贝托（Sant' Umberto），他的祝日是九月六日，据说他曾经在森林中令一头狮子信起了基督教。我们可以想见，在那时候，当我将垂直摊开在我面前的厚册逐页翻寻下去的时候，周遭一片死寂，只有透过镶在尖顶拱窗的半透明玻璃照射进来的光束，当时我内心感受到的是一股不寻常的骚动。

到底是不是这样我不清楚。但重点是那幕景象，也就是僧侣在阅读时遭人谋害的景象，在某个时间点上要求我在它周遭建立起一些东西将它围绕起来。至于其他的，接着就一点一点慢慢加进来了，为的是要让那核心景象产生意义，包括将故事背景设定在中世纪的决定。起先我认为故事的背景应该放在当代；接着我又决定，既然我了解而且也喜欢中世纪，何不拿它来当作故事的背景？至于其他的东西便逐渐慢慢自动就位，在那过程里面，我阅读资料，搜寻相关图像，打开堆积了二十五年的有关中世纪资料的卡片橱柜，而当初写卡片的动机是完全和文学创作毫无关联的。

至于《傅科摆》，情况就比较复杂了。我必须着手寻找那个核心景象，或者更精确些，那两个核心景象，好像一位心理分析师从病人断断续续的记忆以及残缺不全的梦境片断中逐渐重建起他的秘密。起初我只感觉到一种焦虑：我在心里对自己说，我已经出版过一本小说，我生命中的第一本小说，但也许是最后一本，因为我有一种感觉：我已经把所有我喜欢的和令我兴致勃勃的东西都放进去了，外带一些我能谈论我自己（即使是间接的）的成分。难道还有另外一些能被我叙述而且也真的是我的东西？于是有两个景象闯进我的心里。

第一个便是傅科摆，那是早先三十年前我在巴黎首度目睹过的，它在我的心中留下极为深刻的印象。我并不是说随着岁月推移我将它遗忘了。正好相反，在六〇年代的某个时间点上，有位电影导演朋友要求我为一部影片写作脚本。我不想多谈这个，因为接着它竟被用来拍出一部糟糕透顶的作品，和我原先的理想大相径庭，幸亏我亡羊补牢，阻止人家把我的名字加在上面，更别提后来他们只付给我一点象征性的费用而已。不过在那个脚本中出现了一个放置在山洞里正中位置的摆，而且还有个人在黑暗里急速旋转的时候还紧抱着它不肯放手。

另外一个萦绕在我脑际的景象则是我自己在一场葬礼中吹着小号。这是一个我不厌其烦重复讲述的故事。不过仅限于和别人很亲近的时刻才说出来：比方深夜在气氛既热络又友好的酒吧里，或者在水边散步的时候，身边一名女子等着我说出一段精彩故事，以便能脱口而出：“好棒啊！”并且紧握起我的手。一个其他记忆可以以它为中心聚拢过来的真实故事，一个我觉得很美的故事。

就是这样了，一个摆还有在公墓里一个阳光璀璨的早晨。我感觉自己可以围绕这两个景象编造出一个故事。然而我面临一个问题：怎么从摆过渡到小号上面？我寻找这个问题的解答就花去八年的光阴，然后从中脱胎而出一本小说。

说到《昨日之岛》，同样的，我的出发点也是两个非常强烈的意象，它们是我提出如下问题时，脑海中立即浮现的响应：如果我要写第三本小说，那将是什么面貌？当时我想，我已经写过太多有关修道院和博物馆的东西，也就是说，太多有关文化场所的东西：现在我应该尝试自然这个主题。只有自然，不谈别的。该如何做才能让我不得不只谈自然，无法谈论别的？就是把一个遭逢船难的人放到荒岛上面。

而且，在那时候（不过基于完全独立的理由），我买了一个可以同时显示世界各地时间的手表，中间有一个逆时针旋转的环，这样就能让当地时间对照世界各地的时间。这类手表都会附带一个指出国际换日线的标示。在日常生活中我们都知道，除非你要阅读《八十天环游地球》，否则关于这条线的知识并不是我们每天都会想到的。这点让我灵机一动：我笔下的主角必须在换日线的西方眺望换日线以东的一座岛屿，一座在时间和空间上都相当遥远的岛屿。所以我决定不让他登陆岛上，而是位于可以遥望那岛的地方。

如同我的手表所显示的，那个关键性的点正好落在阿留申群岛上，可是把故事场景放在那个地方我觉得很不妥当，实在想不出来主角能在那里做些什么。难道要他抱着石油探勘平台的设备？此外，就像稍后我在下文会交代的，我笔下只写自己曾经去过的地方，所以一想到得去那种寒风刺骨的地方，寻觅适合下笔的石油探勘平台，一股写作的热情便全浇熄了。

接着，我继续在地图册里搜寻，终于发现那条线也切过斐济群岛。斐济、萨摩亚、所罗门群岛……在这个阶段里，其他的想法加进来了，其他的蹊径出来了。我读了一些东西，并且把自己拉回十七世纪，也就是欧洲航海家开始涌向太平洋探险的年代。此举将我昔日对巴洛克文化的研究重新翻搅出来。这些因素加总起来使我决定让主角落难在一艘废弃的船上，例如鬼船那种地方……于是我动手写了。我不妨说，在那个阶段，《昨日之岛》可以自己长出两条腿走路了。

首先，建构一个世界

但是，一本小说该走向哪里？我认为这是叙事诗学第二个基础的问题。有些采访我的人会问："你是如何写小说的？"我通常单刀直入地回答："从左写到右。"不过在这里我有足够的篇幅来给个较复杂的答案。

实际的情况是：我认为（或至少可以说，在四次写作小说的尝试后，我了解得更清楚些）小说不仅是单纯的语言现象。一本小说（就像我们每天所建构的叙事语言，比方解释自己当天为什么迟到，自己如何摆脱一个讨厌的人等等)使用表达层面(文字很难转换成诗,因为诗还要考虑到音韵)来呈现内容层面,后者换句话说就是被叙述的事实。但是在内容本身的层次上,我们可以认出两个更多的层面:故事和情节。

《小红帽》的故事纯粹是按时间顺序叙述来的一连串动作:妈妈派小女孩到森林里,小女孩遇见恶狼,恶狼跑到她外婆家等她,先吃掉外婆,然后打扮成外婆的样子,等等。情节可以将这些成分以不同的方式组织起来:比方,故事开头可以先说小女孩看见外婆,对于她的长相感到诧异,回头叙述小女孩离开家门的那一刻;或者先说小女孩安全返抵家门,先向樵夫称谢,再向母亲叙述先前所发生的事情……

小红帽故事的重点全在它的故事(而且通过故事,情节也显重要),以至于用任何方式加以论述,结果都可以相当令人满意,换句话说,可以使用任何再现的方式:比方电影的影像,法语或德语,或者用连环画来表示(而上述那些方式也确实都被用过)。

我曾多次讨论过表达/内容以及散文/诗之间的对照关系。为什么意大利的摇篮曲会唱:"La vispa Teresa avea tra l'erbetta/al volo sorpresa gentil farfalletta(活泼的特雷莎在草丛中抓住/一只轻盈的小蝴蝶)?"为什么特雷莎不在灌木丛中或者攀缠的花丛里面去抓蝴蝶,尤其花丛里最有可能找到令它迷醉的花蜜?当然,那是因为 erbetta(草)和 farfalletta(蝴蝶)是押韵的,而 espuglio(灌木丛)只会和 guazzabuglio(混乱一团)押韵。

这不是个游戏,让我们先别去管欢乐的特雷莎,看看蒙塔莱的句子:"Spesso il male di vivere ho incontrato:/era il rivo strozzato che gorgoglia, /era l'incartocciarsi della foglia/riarsa, era il cavallo stramazzato(我曾常遇见生命的恶灵:/那是被阻断的淙淙溪流,/那是干皱的树叶,/完全晒枯黄的,那是颓然倒地的马)……"为什么

关于生命苦痛的象征以及显现中，诗人特别挑出完全晒枯黄的叶子，而不是其他凋萎或是死亡的现象？为什么那被阻断的小溪是"淙淙地流"？还是只有小溪会淙淙地流（gorgoglia），而描写小溪正是为树叶（foglia）的出现作准备？不管怎样，用了这个韵脚便更进一步鼓励了 riarsa（完全晒枯黄的）这个诗句中跨行成分的加入，而 riarsa 跨入下一诗行则拉长了生命，那条历经最后痉挛、准备咽下最后一口气的生命。

因为如果（而这里我们就真的在进行文字游戏了，对于诗的历史而言真是幸运）是一条呢喃的（borbotta）小溪率先出现，那么生命的苦痛恐怕就要在山洞（grotta）的黑暗和秽臭中呈现了。

另一方面，虽然维尔加①的小说以下面的句子揭开序幕："某一年代，马拉弗里亚家族人丁兴旺繁衍，数量有如通往特雷扎古道上所铺的石块……"而且"甚至在奥格尼那和阿齐卡斯戴罗也有一些"。作者当然可以拿其他的名称为自己的村庄或者市镇命名（也许他也喜欢像维塞尔巴或者蒙提普尔齐亚诺这样的地名），但是他的选择得受制于一个现实：作者决定将故事的背景设定在西西里岛。甚至石头的明喻也由该地的景观所限制，那种一望无际的如茵绿草、牧场风光、几乎是爱尔兰风情的 erbetta（草）显然不适用了。

因此，在诗作中，表达方式的选择经常决定了内容，可是在散文中情况正好颠倒；是作者所选定的世界以及发生在那世界里的事件决定故事的节奏、风格甚至是词汇的斟酌。

可是，如果硬说在诗作中内容（以及伴随而来的故事和情节间的关系）是无关紧要的，那恐怕是大错特错了。这里只举一例说明：莱奥帕尔迪的《致西尔维亚》是有故事情节的（有一位叫那个名字的年轻女孩，诗人和她相恋，但她死了，诗人苦苦想念着她）。但

---

① Giovanni Verga（1840—1922），意大利小说家、戏剧家。

是，把这首诗译成外文也就等于除了保留故事情节之外，不得不牺牲掉在原文中如此丰富的语言以及象征上的优点，比方 Silvia（西尔维亚）和 Salivi（你那时正越过）的呼应，还有韵脚以及其他格律上的长处。事实上，有品质的翻译诗作不会扭曲故事和情节，只是严格上来讲那算是另外一首诗了。

这看起来只是平淡无奇的观察，但即使在一个诗的文本中，作者也在向我们谈论一个世界：那里有两栋房子，彼此面对着面，那里有位年轻女孩忙着女孩儿们的活计。在叙事作品中更需如此。曼佐尼文笔相当好（我们可以这么说），可是如果去掉十七世纪的伦巴底地区、科莫湖、两名来自社会低下阶层的恋人、一名跋扈的贵族以及一名懦弱的副牧师等成分，那么他的小说会变成什么呢？如果把《约婚夫妇》的背景搬到埃莱奥诺拉·丰塞卡·皮芒泰尔[①]被吊死那年代的那不勒斯，那本小说会是什么局面？想都别想。

所以，当我在写《玫瑰的名字》的时候，如果我没记错的话，我整整有一年的时间连一个句子也没写（《傅科摆》至少两年，《昨日之岛》大致也是如此）。我没有写，我只是读，只是画画草图，忙着建构一个世界。这个世界必须尽可能地精确，以便我能怀着十足的自信在其中自由来去。在写《玫瑰的名字》的过程中，我画的迷宫以及修道院的平面图多达几百张，灵感来自他人画的平面图以及我实地参观的经历，因为我需要每个要素都能完美运作，因为我需要知道两个人从甲地边走边谈到乙地需要多少时间。而这项实际观察也用以决定对话的长度。

要是在哪本小说中我得写道："当火车停在莫德纳车站的时候，他迅速走下车厢并且买了那份报纸。"那么，除非我亲自去一趟莫德纳，并且观察火车进站时是否停得够久，还有报摊距离月台究竟多

[①] Eleonora Fonseca Pimentel（1751—1799），意大利诗人、革命家。

长距离（就算我的火车易地停在因尼斯夫里我采取的步骤也是一样）。这些细节也许和故事的发展（我如此想）少有关联，但是如果不这样做，我的故事硬是说不下去。

在《傅科摆》里我说马努齐奥和加拉蒙这两家出版社位于相邻的建筑物里，而且两栋建筑物中间辟有一条走道，门上嵌着毛玻璃，门前有三级阶梯。我花很多时间绘制几张草图，并且想出两栋建筑物中间如何辟出走道，还有两栋建筑物是否处于相同的水平线上。我想读者读到三级阶梯的描述并不一定理解原因，但在我看来是无比重要的。

有时候我会自问，是否真的有必要以这种精确的方式设计我的世界，因为那些细节在故事里面并不是主要的。但是在我眼里，由于它们可以帮助我对那个环境产生信心，因此必然是有用的。另外，别人告诉我，在维斯康蒂①的电影作品中，如果两个角色必须谈论一个装满珠宝的盒子，就算那个盒子自始至终不曾打开，导演还是坚持盒子里面必须事先放入珠宝，否则演员演起来较不令人信服，换句话说，演员心中较无坚定信念。

所以在写《玫瑰的名字》的时候，我把修道院里所有僧侣的相貌仪态都画了出来。所有的角色几乎全部蓄须（尽管我完全无法确定那年代的圣本笃会修士是否全部蓄须），后来雅克·阿诺在制作这部影片时，他就得仰仗他那群博学的顾问，请他们考据当年那些修士是否蓄须。值得一提的是，在小说中我对于他们是否蓄须一事是毫无着墨的。但是我在让我的角色说话或是行动的时候需要先认清楚他们，否则我就无法知道该让他们说出什么样的内容。

为了写《傅科摆》，我多少个日子的下午都待在巴黎国立工艺博物馆里直到闭馆的时间才会离开，原因只是故事的一些主要事件在

---

① Luchino Visconti di Modrone（1906—1976），意大利新写实主义电影导演。

那里面发生。为了写出和圣殿骑士团修士相关的事，我亲自远赴法国的东方森林巡览，因为那里有昔日修会总部的遗址，其实在小说里我对那地方只做了几次含糊的交代而已。为了描述卡索邦夜里从巴黎天文台散步走到孚日广场，然后再前往埃菲尔铁塔，我也好几个晚上亲自在半夜两点到三点之间走了一趟那条路径，并且用袖珍录音机将我所看到的用语音记录起来，只求日后不要搞错街道和十字路口的名称。

说到《昨日之岛》，我当然亲自去了南太平洋，到那个书里故事所描述的精确的地理位置，亲眼看看海天、鱼群以及珊瑚的颜色，而且选择一天许多不同的时段各去一次。不过在两三年的时间当中，我也同时为十七世纪的船舶绘出草图并且制作小尺寸模型，只是为了弄清楚船舱或是小隔间到底多大，还有如何从某一隔间走到另一隔间。

有一次，一位外国的出版商问我，是否有必要在小说中附上一张船体的剖面图，就像《玫瑰的名字》所有版本都附上一张修道院的平面图一样，我差点没把律师急召过来。在《玫瑰的名字》里，我要读者完全明白修道院里的空间布局，可是在《昨日之岛》里，我希望这回读者仿佛坠入五里雾中，完全不明白自己究竟置身船舱的哪个明确位置，以便在阅读的过程中为他带来一次又一次的惊奇。但是为了能够谈论一个黑暗、不确定的空间，在梦中、梦醒还有醉酒状态之间穿梭体验，并且将读者的概念混淆起来，我自己的概念就必须格外清楚，因为我在写作的过程中要不断指涉到船的内部空间，精确的程度几乎以毫米为单位。

从世界到文体风格

这个世界一旦被勾勒设计清楚之后，文字便要接踵而来了，而且这些文字（如果一切顺利的话）正是那个世界以及发生在其中的所有事件所需求的。因为这个缘故，《玫瑰的名字》当中从头到尾的文体风格都是中世纪编年史的风格：精确、忠实、天真，经常流露惊讶，必要的时候甚至呆板一下。一位十四世纪的谦逊僧侣绝不可能像加达一样写作，也不可能拥有普鲁斯特一样的记忆。在《傅科摆》中情况又不一样了，因为加入了语言的多元复杂样貌：安杰里斯那表现良好教育而且古意盎然的语言，阿尔登蒂那仿邓南遮风格的语言，贝尔勃秘密档案所使用的冷静而且极具讽刺味道的文学语言，不但拐弯抹角而且从容不迫，另外还有加拉蒙那商场招摇俗丽的语言，以及那三个出版商在他们那不负责任的幻想中的猥亵对话，而且后者成功地把博学的指涉和可疑品味的一语双关混合起来。被马利亚·科尔蒂定义为"语言风格间的跳跃切换"的现象（我诚挚感谢她指出这点）并不只取决于对文体风格的单纯决定：那种"跳跃切换"其实系由事件所发生的世界之性质所决定，而且从文化的角度来看也是参差不齐的。

至于《昨日之岛》则是故事所取自的那个世界决定了文体风格，还有对话本身的结构和叙述者与角色之间的恒常冲突，而且到了作品后面，连读者也不停地被吁请前来作为证人，在冲突中担负起共谋者的角色。事实上，在《傅科摆》中，故事发生在我们这个时代，因此也就没有恢复古语风格的问题。在《玫瑰的名字》里，故事情节发生在距今相当遥远的世纪，也就是人们运用一种不同语言的年代，即那种在作品中使用得如此频繁（对某些人来说太过频繁）的教会拉丁文。使用这种语言可以提醒我们，故事情节发生在久远的年代。基于这个理由，文体风格所间接模仿的榜样自然是那个时代编年史的作者，而直接模仿的对象，则是大家经常阅读的现代译本（不管怎样，我先前就特别注意提醒读者，我是从中世纪编年史的十九世纪译本中抄录出一些文字的）。然而在《昨日之岛》中，我的角色只可能用巴洛克的风格来说话（尽管我本人无法说那种风格的语言），除非像曼佐尼在《约婚夫妇》开头那样讽刺地模仿手稿。因此，我必须塑造出一个独特的叙述者，他有时对角色的长篇大论感到厌倦，有时自己又浸淫其中，有时又借向读者解释的机会减缓那滔滔不绝所导致的难受感觉。

因此，不同的三个世界将三种不同的"文体练习"强加在我身上，而且在写作的过程中，那三种不同风格变成三种看待事物与思考的方式。此外，我还几乎要将我那时期自己的日常经验用那种词语表达出来。

《波多里诺》是个例外

我在上文说过的话可以归纳为两个重点：其一，我从一个核心意象出发，那是我小说创作的起点；其二，叙事世界的建构决定了风格。我在小说创作上最近一次的经验是《波多里诺》，而这部作品似乎和上述两个要点是矛盾的。说到核心意象的问题，在至少两年的时间里，我心里的这种意象数量繁多。既是数量繁多那也就等于没有核心意象。事实上，这些意象中的任何一个都没有成为产生全书普遍结构的意象，而只是局限在数章里的情境。

我并不想说自己的第一个核心意象是什么，因为基于一些不同的理由我后来放弃不用，但最重要的还是因为我没有办法将它发展下去。不过天晓得，也许我可以把它储存起来，为我的第五本小说做准备。这个意象是伴随一个次要的意象而来的，而后者可以以一种平凡的方式和"密室谋杀"这一主题连在一起。如果各位有机会读一下这部小说就会发现，我在腓特烈之死那一章才将它用上。

我的第二个意象是小说的最后一幕应该发生在西西里岛巴勒莫圣方济各教堂里那些木乃伊化的尸体中间（事实上，我在先前便亲临实地好多次，并且搜集和该场所以及每一具木乃伊有关的照片）。

凡是读过这部小说的人都知道,这个意象在波多里诺和"诗人"最后的对决里被派上用场,可是在小说的经济法则下,那个意象只有一个边缘的或者说完全充当背景的功能而已。

我的第三个意象是小说要描述的对象是一群造假的人。当然,先前我已经多次讨论过造假这一现象的符号学。起初,这些角色是当代一些决定要创办一份日报的人,而且他们还想做个实验;如何利用杜撰的号外创造独家新闻。事实上,起先我是想将这部小说取名为《零》。可是到了那个阶段还是有一些令我无法信服的东西,而且我担心到后来会变成和《傅科摆》一模一样的角色。

后来,我想到了西方历史上最成功的造假事件之一,也就是祭司王约翰的那封信。这个想法其实先前已经有人用过,并且创作出一些文字。一九六〇年,我为邦皮亚尼出版社编辑威利·雷和斯布拉格·德·康的作品《彼处》的意大利文版(《传说之土》)。其中有一章谈到祭司王的王国,还有另外一章讨论以色列失落的部落。在书的封面上人家给放上一个独脚人(源自一幅十五世纪的版画)。又过了几年,我买到一张从奥特柳斯地图册里拆下的着色地图,其中所呈现的正是祭司王的国度,于是我将它挂在我书房的墙壁上。到了一九八〇年代,我读了那封信诸多不同的版本。

总而言之,祭司王的传说一直令我十分好奇,我抵挡不住要让他那国度中一些传说的怪兽走入现实生活中的欲望,好比中世纪《亚历山大大帝传奇》或者《曼德维尔游记》中所描述一整个系列的怪物形象。所以最后,我又回到了我钟爱的中世纪。因此,我的核心意象便是祭司王约翰了。然而,那不是一开始就出现的,而是长期酝酿后的结果。

可是,如果这封信的伪造者不是被认定为出自神圣罗马帝国皇帝红胡子腓特烈的文书房,上述那些东西对我而言还是不充足的。在我看来,红胡子腓特烈是另一个充满神奇魅力的名字,因为我本人出生于亚历山德里亚,一座建造来抵抗这位皇帝的城市。这个事实引导我做出一连串基于直觉的决定,好像一种连锁反应:超越传统刻板印象去重新发现腓特烈,不是通过他的敌人或者大臣的眼睛,而是通过一个儿子的观点(于是我又进一步读了有关红胡子的文字)。此外我也要陈述我那城市的起源与传说,包括加里欧多和他的母牛那一则。早先几年,我已经写过一篇有关亚历山德里亚创建历史的论文,题目就叫《圣波多里诺的奇迹》[①]。后来从这篇文章中又衍生出另一个念头:让一位名为波多里诺的人(根据保佑该城的圣徒而命名)重新经历一遍建城的那段历史,并让波多里诺成为加里欧多的儿子。这样一来,这个故事便染上通俗的、匪徒冒险小说般的色彩,同时也创造了和《玫瑰的名字》相对照的作品,因为在《玫瑰的名字》中尽是用高雅语体交谈的知识分子,而《波多里诺》说的是有关庶民和军人的故事(那些人整体来看是相当粗鄙的,嘴里说出的几乎是俚语土话)。

但来到这里,我又面临相同的问题:我必须做些什么?让波多里诺用他那十二世纪波河河谷的推定方言说话?可是对于那个时代的方言状况我们所掌握的资料少得可怜,而且没有一件是和皮埃蒙特地区有关。还是让一位叙述者说话,让他的现代言语风格破坏波多里诺自发自然的特色?就在这无所适从的节骨眼上,突然有另外一件我所极度关心的事情将我拉了一把。它在我脑际来来回回已经有一段时间,可是先前我压根没料到它会在这种场合发挥用处:叙述一个以拜占庭为背景的故事。为什么?因为我对拜占庭文明所知甚少,而且以前也从来没有到过君士坦丁堡。在很多人看来,这对于决定叙述一些发生在君士坦丁堡的事情来讲,动机是很微弱的;更何况君士坦丁堡和红胡子腓特烈的故事只有极其浅面的关系而已。不过

[①] 参见《带着鲑鱼去旅行》。——原注

有时作者想说一个故事目的只为更了解它。

说到做到。我立刻动身前往君士坦丁堡。我读了许多有关古拜占庭的材料，掌握它的山川地形，而且发现了尼基塔斯·蔡尼亚提斯的《编年史》。我找到了如何安排我故事中不同"声音"的关键：一位几乎是透明的叙述者，让他来转述尼基塔斯和波多里诺间的讨论，由尼基塔斯那博学的、目标高远的思考搭配波多里诺嘴里那些盗匪冒险故事，可是尼基塔斯（或者读者也是）根本无从知道波多里诺是否说谎还有什么时候说谎。唯一确定的是后者宣称自己是个性喜说谎的人（克里特岛埃庇米尼得斯的悖论）。

我操纵这种"声音"的游戏，但波多里诺的"声音"不在我操纵的范围之内。在这里，我违背了我那两大原则中的第二项。当我还在阅读十字军东征攻下君士坦丁堡的历史记载时（而且我已决定叙述这个重要的历史事件，而这些事件早就以小说的形式出现在维尔阿尔杜安、罗贝尔·德·克拉里和尼基塔斯的文本中），我写出了一本有点像是波多里诺日记的东西，而所用的语言据我推测是十二世纪波河河谷地区的混杂语，这些文字后来变成小说的开场。当然，在接下来的几年当中，我不断参考许多历史和方言字典以及一切我找得到的相关数据，将那些段落改写过好几次。不过，纵使在初稿阶段，由于它的特殊语言风格，我对波多里诺该如何思考和说话其实心里已有定见。因此，到了最后，波多里诺的语言并不是从一个世界的建构中产生出来的，而是相反，经过那种特殊语言风格的刺激才建构出一个世界。

在理论方面，我并不知道如何解决这种两难的情况。我所能做的唯有引述惠特曼的一句话："我是不是自相矛盾？好吧，那我就自相矛盾好了。"也许使用那种方言能将我拉回童年以及我出生的地区，也就是说，至少在记忆中将我拉回一个被建构前的世界。

限制以及时间

然而并不是说你耗去两年或三年的时间建构一个世界，就仿佛这个世界自我完足地存在、独立于你想安插进去的那个故事之外。这种"宇宙发生学"阶段是和小说支撑结构的一个假设伴随而来的（而且我真的无法用一个公式或大纲就能以偏概全），这个结构基本上是由限制和时间节奏所组成的。

"限制"在每一种艺术创作过程中都是最基本的部分。一位画家得在油和蛋黄里选出一种，得决定要在画布还是在墙壁上绘画，这些都是限制。同样的，作曲家从一开始就得选择一种音调（他可以任意调整，但总要回归到开场的音调），还有诗人也得为自己的灵感建立起格律的樊笼。我们千万不要以为所谓的前卫画家、作曲家以及诗人（乍看之下，他们有意回避"那些"限制）并没有建构其他的限制。他们的确有，只是我们未必观察得出来。

选择《启示录》里七声号角作为事件接续的蓝图可以是种限制。可是要将故事定位在一个精确的时间点上又何尝不是呢？因为你只能让某些事件，而不是另外一些，发生在这个点上。为了迁就角色们对魔法的迷恋，《傅科摆》的章数就得定在一百二十，多一章少一章都不行，而且还得将这些章数分成十个部分，一如喀巴拉中源体的数量。

接着，限制会逐渐决定时间的次序。在《玫瑰的名字》中，如果故事必须遵循《启示录》里的次序，那么情节时间便能吻合（除了离题的讨论以外）故事的时间：故事以威廉和阿德索来到修道院开始，在他们离开修道院的时候落幕。简单（而且也易读）。

在《傅科摆》里，正是那个摆的运动迫使我不得不采用另一种时间结构。卡索邦某天傍晚来到巴黎天文台躲藏起来，然后说起往昔发生的事,接着故事回到它的起点。在《玫瑰的名字》中,我一步一步建立一个像时间表或者日历的程序,把一个星期里每一天所发生的事安排妥当,但在《傅科摆》中,我采用的是迂回曲折的结构,将切换到过去以及预测到未来都包括进去。好像一个衡量表或是笛卡儿坐标。角色现在是在这里,但是想起的是过去某个时间点上所发生的事。

美的地方在于,当你从时间的坐标上来考量那些设计的时候便可发现它们其实是严格而精确的,但是我的抽屉里塞满这类的设计,而且在写作的过程中我会一再加以修改。我的意思是,故事的美在于你为自己创造限制,只不过在写作的过程中你得准备随时加以修改。然而到那地步,有时你得改变一切要素并且从起草阶段重新开始。

此外,《傅科摆》的诸多限制之一是人物必须都经历过一九六八年,然而既然贝尔勃利用计算机来写作他的文件,因此最后那些事件就必须发生在一九八三到一九八四年间,绝不可能更早。理由非常简单:第一部具有文字处理功能的计算机于一九八三年(也许是一九八二年)在意大利上市。这一点值得大家记在心里,尤其是那些坚称《玫瑰的名字》能够大获成功归功于它是用计算机写出来的人。在一九七八到一九七九年间,你在美国也很难找到那种名叫坦迪(Tandy)的便宜小计算机,而且也没有人敢在上面写超过一封信长度的东西。

为了能够补足一九六八年到一九八三年这段空当,我不得不将卡索邦送到其他地方。送到哪里?我记得以前曾经在巴西目睹过一些巫术仪式,于是我把卡索邦送去巴西(关于那个国家我知道自己所言何物,也知道那个世界的风貌)。有些读者认为这个插曲太过冗长,可是那对我而言(以及对某些仁慈的读者而言)是最基本的,因为这个插曲能够让我把将发生在其他角色身上的事情发生在巴西的安帕罗身上。如果IBM、苹果计算机或者好利获得公司提早六年或是七年就出售文字处理器，我小说的写法可能就很不同了；如果这样，也不会有巴西这段插曲，这对很多不深入的读者而言该是轻松得多，可是从我的观点来看，这可会是一大损失。

《昨日之岛》也受制于一连串的历史限制以及严格的小说格式上的限制。所谓的历史限制在于我需要主角罗伯托这名年轻人参与卡萨雷的围城之役，还需要法国红衣主教黎世留临终时他也在场，然后在一六四二年十二月（而且不能晚过一六四三年）之后抵达他的那座岛屿。在那同一年，塔斯曼也到了那一带，尽管这比我故事所设定的时间背景早了好几个月。可是我只能将我故事的时间定在七八月间，因为我亲眼看到斐济的季节也是在七八月间，而且一艘船总需要几个月的时间才能抵达那里：这些现实解释了为何我在小说最后一章提出了一些恶作剧的小说暗示，我的目的在于说服自己以及读者：也许塔斯曼稍后又回到斐济群岛，只是没向任何人提起任何事情罢了。这里，读者可以看见限制的有用一面，因为这些限制强迫你发明一些静默片断、一些密谋、一些模棱两可的地方。

你也许要问我：为什么要有这些限制？为什么罗伯托非得要在黎世留临终时跑到他的宅第？其实完全没有必要。只是给自己限制在我看来是必要的。否则故事也就不能按照我认为精彩的方式发展。

至于小说上的限制，罗伯托人必须在船上而且无法逃离，就算后来想学游泳以便登陆岛上也无济于事。在这段时间里，他思考了生和死的道理。他起先创造出一点一滴，由于缺乏智慧，他将他那世纪的所有哲学思想都否定掉了。对于一个善意的读者而言，这个似乎不只是单纯的限制，放在书中是为了要接受刺激：这将会是欲望的本质。我是最不可能否定上述看法的。可是既然我说的是自己"如何"写作，而不是读者能够或者应该从我所写的东西里找到

"什么"(因为,说到后面这点,要么小说本身已经自我完足,要么就是我浪费时间写那本小说而你们读它也是浪费光阴了,但是后面这点是不可能的),那么我的意思是,一方面,那是一个能让小说根据一个特殊涵义发展下去的限制,而在另一方面,限制所提供的正是这个意义尚未清楚的概念。既然这些东西没有彼此就不可能运作,我们谈的便是限制而非涵义,因为后者不是作者事后才来发表的意见。

容我离题一下。有一位鲁莽的三流评论家(他嘲讽身为小说家的埃科为的是要惩罚在政治上言论直接、立场鲜明的埃科)把我那部小说定义为长时间的手淫。在那冒失的评论中,那个没什么头脑的评论家却离奇地说对了:一艘和所欲求对象永远分隔开来的遇难船只当然在定义上是《圣经》俄南式的性交中断。只是那个一把憎恨之火烧得炽旺的三流评论家看到天上掉下吗哪却把它误为秽臭的猛禽粪便。他没有捕捉到这种个人癖好所具有的"思想内涵"——说到底是抽象的东西——的本质:那就像是把孤独的灵魂孕育出的种子随意播撒出去,从而繁衍出某种存在的尝试,直至达到顿悟。

言归正传。重点是罗伯托没有办法离开那艘搁浅的船只(除非到了故事结尾,只是目的和结果都不明朗)。结果每一件必须被陈述但又不发生在船上的事就得依靠记忆,除非情节被压平成为单纯故事,到最后就只能以许多细节叙述一个年轻人如何在卡萨雷冒险之后前往巴黎,然后发现自己置身船上等等。你不妨试试看,不过我可以向你保证,我的努力就算徒劳无功,你的也将有过之而无不及。

于是,我无法像在《傅科摆》中一样采用迂回前进、如蛇行般的时间主轴,而是向前迈一步然后后退三步,向前迈一步然后后退两步,或是向前迈一步然后后退一步。罗伯托记起一些事情,而与此同时,船上也发生一些事情。船上发生一些事情,而罗伯托忆起一些事情。当罗伯托的回忆从一六三〇年一路移往一六四三年,渐渐地，船上发生的事情便一个小时接一个小时地发生。直到卡斯帕神父来到为止。故事就此停止，目前看来，它的确停了一段时间。接着卡斯帕神父又消失在海上，而罗伯托又得孤独地留在船上。

我能要他做些什么？小说的限制在这里意味着我必须让他尝试各种登陆的方法。可是这得慢慢来，一天一天地记录，重复性高而且枯燥乏味。可是话说我还是在写一本小说，而小说的目的在于提供叙事的乐趣（让这些话当着每位美学家的面说出来，而且我们也完全尊敬从古希腊罗曼司到我们这一时代该文类的定律法则）。

幸好，我是另外一种限制的牺牲者。为了顺应十七世纪小说的精神，我必须在小说中安插一位分身，但起初我说实话并不知道如何利用这个角色。可是后来他的功能突然彰显出来：当罗伯托尝试登陆岛上而且泳技与日俱进的时候（但是一直都不够好），他开始想象一本有关自己分身的小说，于是那种"前进一步后退三步"的架构便可以被复制，因为罗伯托无法登陆，他的分身却办到了，那分身从罗伯托开始的地方继续下去。看到一本小说能够书写自己是多么好的事！我那时并不知道自己会写到什么地方，因为小说里的限制已硬性要求罗伯托哪里也去不了。最后小说结束，因为它直接朝向自己的结论而去。这点正是我要求我的典型读者注意的。也就是说，小说自我书写，这是以前所发生的，也是目前总是在发生的。真的。

说到限制，《波多里诺》这故事最后必须发生在一二〇四年，因为我想叙述君士坦丁堡被十字军征服的事。可是波多里诺必须出生在十二世纪中叶（我定下了一一四二年，把它当作一个参考点，这样我的角色才足够成熟，而且和我所要叙述的事情不谋而合）。史上首度提到祭司王约翰的信是一一六五年，然而我已经将它流通的时间往后延了几年，可是为什么波多里诺在说服腓特烈准他告辞之后却迟迟没有动身前往祭司王约翰的王国？因为我只能让他在一二〇四年从王国回来，以便在君士坦丁堡焚城的时候能够向尼基塔斯叙述故事。那么我到底要让波多里诺在四十年的时间空当中做些什么？这种情形和《傅科摆》中计算机的插曲类似。

我让他做很多事情，而且我一直设法让他一再推迟出发的时间。起初我觉得此举好像是种浪费，好像故事里塞进一系列时间的权宜之计，目的在于迁就那该死的一二〇四年。然而，如果你仔细加以检视（我希望，或者更精确地说，我知道很多读者真的也了解这点），就会发现我创造出了所谓欲望的痉挛（或者更明白地说，小说在那时空里创造出它，而我却没意识到）。波多里诺企求那个王国，但是却不得不一直延后他的寻找行动。因此祭司王约翰的王国在波多里诺的欲望中逐渐长大，而且在读者的眼里也是如此（我希望）。这又是限制的另外一个长处。

我如何写作

在这一点上我们便能明白，提出"你写作前是否先做笔记，立刻就写首章还是末章，用钢笔、铅笔还是打字机、计算机来写"等问题是多么没有用处。因为我们必须建构一个世界，日复一日，并且试过无数的时间结构，因为角色根据常识逻辑或者根据叙事成规（或者违反叙事成规）执行或者必须执行的动作必须符合限制的逻辑（牵涉到不断的再思考、删除以及重写），所以小说写作并没有统一的方式。

至少对我而言是如此。我知道有些作家早上八点起床，在键盘上从八点半敲到十二点（每天至少写出一行），然后停止工作并且外出休闲直到晚上。但我则不一样。首先，当我写一本小说的时候，写作这项行为其实要到后来才会发生。我一开始都先阅读做笔记，替角色画出肖像，为小说中的地名画出地图，为动作定出时间次序。而且这些工作都用细马克笔或是计算机进行，至于选哪一种就看工作的时间和地点为何，或者我想记录的叙事理念或是细节是哪一种：

如果是在坐火车的时候生出灵感那就记在火车票背后，也可以写在笔记本或是资料卡上，可以用圆珠笔、录音带，如果必要的话蓝莓果汁也可以派上用场。

结果后续所发生的是：我把记录的东西扔到一边，或者撕成一片一片，或者忘在不同的角落，所以我有一个又一个，里面塞满笔记本、不同颜色的大叠笔记、零散小纸片甚至是活页大页纸的盒子。这些性质如此不同的资料能帮助我记忆，因为我会想起曾在印有伦敦某家饭店头衔的信纸上信手写下哪个特别的笔记，或者某章的第一页是在我的书房里潦草写就，用的是标有淡蓝色线条的资料卡和万宝龙牌的笔，而接下去那章却在乡下住所写成，写在一张再生草稿纸的背面。

我完全没有特别的方法，也没有固定的写作时段、日子或者季节。但在写第二本和第三本小说的时候我养成了一个习惯。不管身在何处，我都可以整理想法、写作笔记、打出草稿，但是当我一有机会能到乡下的住所待上至少一个星期的时候，我就会在计算机上输入一整章的文字。当我离开的时候再把这些文字打印出来并加修改润饰，然后放进抽屉等待成熟，直到下次我再度回到乡下住所的时候。我最初那三本小说就是在自己乡下的住所里定稿的，每本小说的定稿工作大概耗去圣诞假期的二至三个星期。结果是我自己在心里维持一个迷信（而我应该是世界上最不迷信的人：例如走过梯子下面、满心欣喜欢迎从我面前经过的黑猫，还有，为了惩罚迷信的学生，我总爱把大学里的期末考定在礼拜五，如果是十三号那就更好了）：除了极次要的更动外，完稿的时间必须定在一月五日以前，也就是我的生日以前。如果当年我无法在这天以前准备好，那我就等到下一年（到那时候，当我在十一月几乎准备好的时候便不计一切排除所有杂务，以期在一月初能定稿）。

在这点上，《波多里诺》又是个例外。起先，我也是一如往常，以同样的节奏到乡下的住所工作，可是大概写到一半的时候，在一九九九年圣诞假期的中间，我被卡住了。我那时想该不是千禧虫在作怪吧。那时我正写到红胡子之死，而且在那章里所发生的事会决定最后那几章的方向以及我描写前往祭司王约翰王国旅程的方式。我一连几个月都毫无进展，而且绞尽脑汁也想不出跨越那障碍的方法。真的动弹不得，而且我暗中渴望动笔写作从一开始我就最兴致勃勃想完成的那几章，也就是和怪物（尤其是和伊帕吉雅）相遇的那些情节。我梦想能够从那些章节开始，可是除非解决了那令我烦心的问题，否则我是不愿意那样做的。

二〇〇〇年夏天我再度回到乡下，并在六月中旬"绕过海角"。我开始构思这本小说的时间是一九九五年，我花了五年时间才来到半途的位置，因此我告诉自己，还得再花上五年时间才能完成。

然而很明显的，在那五年当中，我也将心思全部放在构思这本小说的后半部上面，所以它在我的脑海里（或者心里或者胃囊里，谁知道）已经自动整理得有条不紊了。总而言之，在六月中旬和八月上旬中间，那本书几乎是一鼓作气地自动完成（然后就是耗时数月的检视以及重写，但在此之前，故事可以说已经完成）。在这点上，我许多原则中的一项也破灭了，因为迷信纵使再如何没有道理也算是原则的一种。我并不是在一月五日的那个时间点完成作品。

我想了几天，事情似乎有些不对劲的地方。接着，我的第一个孙子在八月八日诞生了。一切变得清晰自然；我的这第四本小说不是在我的生日那天而是在"他"的生日那天写好的。于是我将那本书献给他，而且心里觉得十分踏实。

计算机与写作

计算机影响我的写作究竟有多么深？从我的经验来看影响很大，

但从成果的角度观察就无从知道它的分量了。

顺便一提：许多采访我的人看到《傅科摆》里面谈到一部会创作诗歌以及连属情节的计算机，所以无论如何要我承认整本小说是由计算机里的程序负责写成的，是它发明了所有一切。我注意到，这些都是在新闻编辑部里工作的记者，那时都习惯在计算机上写文章，然后直接送去印刷，所以他们认为人类可以多么仰仗这部有求必应的机器。他们也知道，读他们所写东西的广大群众仍旧认为计算机具有无所不能的魔力，而我们知道，我们写作并不是要告诉读者真相，而是写出他们想看的东西。

后来我有些厌烦，就塞给他们其中一位如下的神奇公式：

首先，你需要一台计算机，这是一部会帮你思考的机器，何况对很多人而言，这可是天大的优点。你所需要的就是几行长度的程序，这连小孩都会。然后你把好几百部小说的内容喂进计算机，还有科学著作、《圣经》、《古兰经》以及好几册的电话簿（这对角色命名很有帮助）。比方，总共有十二万页的东西好了。接着，你又使用另外一个程序，利用随机方式，换句话说，你将所有文本混合起来，稍微调整一下，比方剔除所有字母a。因此你得到的会是一本奇特的作品。到了这个地步，你只需要敲下"打印"的指令，然后小说便自动印出。可是因为你去掉所有的字母a，所以得出的页数必然少于十二万页。然后你仔细将这些文字读上一遍，读上数遍之后，将最有意义的几段挑出来，将它们装上一部铰接式卡车送往焚化炉。接着你就坐到一棵树下，一手拿着炭笔，一手捧着一本高级的图画本，同时让你的思绪自由翱翔并且写下几行文字。比方："月亮高挂天上，树林沙沙作响。"也许一开始出现的不会是一部小说，而是像日本俳句那样的东西；但又何妨，最重要的是开始迈出去的那一步。

没有哪个人有勇气宣扬我的秘方。可是有人说:"我们感觉得出来,除了公墓里吹小号那一幕,其他都是在计算机上写出来的;那一幕是真正打动人心的,他一定重写过不知道多少次,而且一定是用笔写出来的。"

说来有点不好意思,在这部小说里重叠了多少阶段的草稿,用的书写工具有圆珠笔、钢笔还有细字用马克笔,而且重写的次数也算不清楚,但是"唯一"在计算机上一气呵成,没有太多改动的正是吹小号的那一章。理由其实相当简单:这段故事我时时放在心上,对自己对别人不知已经说过多少次,以至于仿佛已经写好似的。我没有任何东西需要再锦上添花了。

我将手放在键盘上,仿佛在琴键上弹奏一首自己熟悉得无以复加的曲子。如果在那幕场景中有种令人感动的成分,那是由于你自顾自弹奏就好,让你自己随着波涛涌动并记录它,该在那里的自然会在那里。

事实上,计算机的妙处在于它鼓励自然流露,你匆匆忙忙把任何浮上心头的东西一股脑输入进去,而且知道反正日后可以轻易改动它变化它。

计算机的使用实际上关系到修改的问题,因此也就是异文的问题。

《玫瑰的名字》最后几个定稿版本是用打字机打出来的,所以我得修改、重新打字,有时候甚至还要剪剪贴贴,然后折腾半天才能交给打字人员。拿回来后,我必须再度修改,接着又是剪剪贴贴。使用打字机你只能将文本修改到某一程度。在自己重新打字、剪剪贴贴然后再送去请人重新打字的过程中,你很容易感到厌倦。你在校对的阶段进行最后一次更正然后才能送印。

使用计算机以后（《傅科摆》用 Wordstar 2000 来写，《昨日之岛》用 Word 5，而《波多里诺》用的则是 Winword），情况大大改观。你会禁不起一再修改文本的诱惑。你会先写一写，打印出来，然后再读一遍。接着你会东改西改，然后再根据你挑出错误或是想增删的地方用计算机顺一次。我通常会保留不同阶段的草稿。但是大家可不要以为一个对文本异文现象感到好奇的人可以借此重建你的写作过程。事实上，你在计算机上写作，打印出来，用手改动内容，然后又上计算机修正文本，可是当你如此做的时候你是在选择其他的异文，换句话说，你并不是亦步亦趋根据你手改的版本一字不差地重打一遍。研究异文的批评家将会在你用墨水修改过的最后版本和打印机打印出来的新版本之间找到异文现象。总而言之，计算机的存在意味着异文的根本逻辑已经改变了。它们不再是深思熟虑的结果，也不是你的最后选择。既然你知道自己的选择可以随时更改，你就会不断更改，而且经常会回到最初的选择。

我真的相信电子书写方式将会影响深远地改变异文的批评，同时心中对孔蒂尼精神怀着应有的尊敬。以前我一度研究曼佐尼《圣歌》的异文。在那个时代，更动一字一词可是无比重要的事。如今情况完全相反：明天你可以拣选昨天丢弃不用的字，让它起死回生。还能算数的顶多只是最初的手写草稿以及最后打印的定稿中间的不同。其他阶段里的就是来来去去的一些东西，而且决定它们的是你血液中钾离子的浓度。

欣喜和悲伤

关于自己写小说的方法，我已经没有其他好说的了。硬要我说，那么只能补充一点：这些小说中的每一本都要花上好几年的时间。我不懂为什么有人可以每年都写一本小说；这些作品也可以是令人赞叹的，而且我打从心底佩服，但是佩服归佩服，我可不艳羡他们。写作小说这事的美，并不是实时转播的美，而是延后传送的美。

每次我的小说快写到尾声的时候我就觉得苦恼，换句话说，根据作品的内部逻辑它要停止了，而我也得跟着停止；而且我注意到，如果我坚持继续下去可能只会弄糟作品而已。美妙之处（也就是真正的乐趣所在）在于六年、七年或八年当中（最好是永远）你能活在一个你一点一滴亲手建构起来的世界中，而且这世界已经专属于你。

小说写作的结束意味着悲伤的诞生。

这也是鞭策你再立刻开始写另外一本小说的唯一理由。但如果它不是已经好整以暇在那里等你，你就是着急地摩拳擦掌也没有用。

作家和读者

然而，我不愿意见到上面最后那些陈述自动触发一些劣等作家所共同持有的观点，那就是：作家只为自己而写作。说出上面那句话的人你不要信任：他们不但不诚实，而且是满口谎言的自恋狂。

唯一你会为自己写下的文字便是购物清单上面的文字。它能提醒你该买什么东西，但东西一旦买了就可以把它撕掉，因为它对其他人毫无用处。其他每一种你写出来的文字都是在对某些人讲某些事。

我经常扪心自问：如果有人告诉我明天将有星际灾难，宇宙将要毁灭（也就是说，明天将不会有人读到今天我所写的文字），我是不是还会继续写作？

我的直觉回答是否定的。如果没有人读我写的东西，我为何要写？但经过考虑之后，我会改口说是，但那只是因为我舍不得放弃一个绝望中的希望：在银河系的灾难中也许有哪个星球能够躲过浩劫，未来说不定有人可以解读出我文字里所蕴藏的信息。在这种情况下，就算在世界末日来临的前夕，写作仍然具有它的深刻涵义。

作家只为了读者而写作。凡是说自己只为自己写作的人倒也不必然就是扯谎。那只意味着他那天不怕地不怕的无神论态度教人吃惊。即便从最严格的世俗观点来看亦复如是。

作家如果无法对未来的读者说话，那么他必然是绝望的、不快乐的。

Umberto Eco
Sulla letteratura

© RCS Libri S.p.A.-Milano，Bompiani 2002
All rights reserved
All adaptations are forbidden.

图字：09-2009-582号

图书在版编目(CIP)数据

文学这回事／(意)翁贝托·埃科(Umberto Eco)著；翁德明译. —上海：上海译文出版社，2020.7(2023.4重印)
(翁贝托·埃科作品系列)
ISBN 978-7-5327-8490-5

Ⅰ.①文… Ⅱ.①翁…②翁… Ⅲ.①世界文学-文学评论-文集 Ⅳ.①I106.53

中国版本图书馆CIP数据核字(2020)第082787号

| 文学这回事
Sulla letteratura | UMBERTO ECO
翁贝托·埃科 著
翁德明 译 | 出版统筹 赵武平
责任编辑 李月敏 张 鑫
装帧设计 尚燕平 |

上海译文出版社有限公司出版、发行
网址：www.yiwen.com.cn
201101 上海市闵行区号景路159弄B座
苏州市越洋印刷有限公司印刷

开本890×1240 1/32 印张10.75 插页5 字数232,000
2020年8月第1版 2023年4月第2次印刷
ISBN 978-7-5327-8490-5/I·5221
定价：68.00元

本书版权为本社独家所有，未经本社同意不得转载、摘编或复制
如有质量问题，请与承印厂质量科联系,T：0512-68180628